U0515992

吴敢著

张竹坡与《金瓶梅》研究

朱一玄题

张竹坡与《金瓶梅》研究

吴敢 著

文物出版社

责任编辑：孙　霞
封面设计：周小玮
责任印制：陆　联

图书在版编目（CIP）数据

张竹坡与《金瓶梅》研究/吴敢著. —北京：文物出版社，2009.2

ISBN 978-7-5010-2624-1

Ⅰ.张… Ⅱ.吴… Ⅲ.①张竹坡—人物研究②金瓶梅—文学研究 Ⅳ.I207.419

中国版本图书馆 CIP 数据核字（2008）第 163649 号

张竹坡与《金瓶梅》研究

吴敢　著

*

文 物 出 版 社 出 版 发 行

（北京东直门内北小街 2 号楼）

http://www.wenwu.com

E-mail:web@wenwu.com

北京君升印刷有限公司印刷

新 华 书 店 经 销

787×1092　1/16　印张：22

2009 年 2 月第 1 版　2009 年 2 月第 1 次印刷

ISBN 978-7-5010-2624-1　定价：68.00 元

目录

张竹坡与《金瓶梅》研究

序

黄 霖

　　吴敢兄将二十多年来研究张竹坡与《金瓶梅》的成果汇成一册，嘱我作序，我在钦敬佩服之余，不禁感慨万千。他的前两部《金瓶梅》论著，是分别由徐朔方先生与刘辉先生作的序。徐先生是我们的前辈，但就《金瓶梅》研究而言，我们都是在改革开放之后差不多同时起步的。转眼间，徐、刘两位先生已作古人。想当年一起走进"金学"园地的前辈与朋友，不少已驾鹤西去；没有走的，也大都垂垂老矣。我与吴敢兄相对较年轻，但也早已到了过六望七之年，究竟再能为"金学"做多少工作，谁也很难说了。记得两年前，比我俩稍长的王汝梅兄也曾将他的《金瓶梅》研究的主要成果编成一册《金瓶梅解读》，嘱我写序，我就说，这"显然是他二十多年来研究《金瓶梅》的一次小结"。如今，吴敢兄的这本书，无疑也是他二十多年来研究张竹坡与《金瓶梅》的一次小结。他们两位所做的这一工作，非常必要，十分及时。因为他们都是改革开放以来 30 年中，在"金学"研究史上最有代表性的学者之一。他们的研究成果，在某种意义上说，正代表着"金学"的一个时代。《金瓶梅》研究的一个时代行将过去了，他们该将自己的成果打一个包，留给后人，留给历史。

　　今就吴敢兄的研究成果来说，他对张竹坡的研究，可以说不仅是近 30 年来金学研究中的最重要的实绩之一，而且也是近百年来《金瓶梅》研究中最重要的收获之一。《金瓶梅》是一部复杂的书，围绕着它，绝大多数问题是众说纷纭，莫衷一是，但近百年来有两件实绩是无可争辩，且在金学研究中都是关系重大、举足轻重的：一个是《金瓶梅词话》的发现；另一个即是《张氏族谱》等有关张竹坡资料的发现与对张竹坡的研究。《金瓶梅词话》的发现，在《金瓶梅》研究史上具有划时代的意义，但这一发现只是商人们在收购旧书时无意得之，而吴敢兄发现《张氏族谱》等并进行了系统、细致、长期的研究，虽有天时、地利之便，但主要是他孜孜矻矻，下足了工夫所得。想当年，刘辉兄与我也都为解开张竹坡之谜作过一些努力，但我们都只是沾到了一点点的边而已。而吴敢兄的研究，终于彻底干净地解决了这个问题，使我们惊叹不已。时至今日，有关张竹坡与《金瓶梅》的研究，无疑还是吴敢兄的研究最全面，最权威。我想千载而下，它的价值还将永在。

说起吴敢兄对于金学的重要贡献，恐怕还不止于在本本，其功绩还在书外。谁也无法否认，30年来的《金瓶梅》研究中，中国金瓶梅学会以及后来的中国金瓶梅研究会（筹），在组织上、学术上、宣传上对于推动金学事业的繁荣与发展，都起了十分重要的作用。而这学会的成立与发展，吴敢兄当为第一功臣。他是我们这个学会的实干家、大总管、顶梁柱。他办事干练有方，又能广泛地团结朋友，就在他的一手操劳下，我们召开了6次国际《金瓶梅》学术讨论会、7次全国《金瓶梅》学术讨论会，并出版了学刊《金瓶梅研究》9辑，使我们的金学会、我们的金学事业，在风风雨雨中始终保持着朝气蓬勃、蒸蒸日上的态势。而他对学会工作的投入，也促进了他学术上的成功。他的一部《20世纪<金瓶梅>研究史长编》，能写得如此细致而富有特色，很大程度上是由于他对学会，对金学事业有一本最清晰的账，所以能写出了许多别人无法写出的内容。这部著作，梳理了20世纪《金瓶梅》研究的方方面面，无疑为后来者跨进金学大门铺设了一座便桥，描绘了一幅详图，功德无量。

吴敢兄嘱我写序，我一拖再拖，本想有许多话要说。但近来杂事缠身，焦头烂额，实在无力将他的成绩一一细叙，只能说了几句一直埋在我心底的最要紧的话。纸虽短而情长在。我想吴敢兄一定不会错怪我敷衍了事吧？是为序。

2008年4月22日初稿，2008年12月22日改定

张竹坡研究综述

张竹坡（1670–1698），名道深，字自得，号竹坡，以号行世。

张竹坡于康熙三十四年（1695）正月完成对《金瓶梅》的评点。张竹坡上承金圣叹，下启脂砚斋，通过对《金瓶梅》思想与艺术的评点，在很多方面将中国小说理论推进了一步，从而使自己名垂青史，立言不朽。

张竹坡在他评点《金瓶梅》的当时，即随着《第一奇书》的"远近购求"而"才名益振"（《仲兄竹坡传》）。刘廷玑自序于康熙五十四年（1715）的《在园杂志》卷二，在谈到《金瓶梅》时说："彭城张竹坡为之先总大纲，次则逐卷逐段分注批点，可以继武圣叹，是惩是劝，一目了然。惜其年不永，殁后将刊板抵偿夙逋于汪苍孚。苍孚举火焚之，故海内传者甚少"。这一段话写于康熙壬辰（1712）冬，可为一证。真正高度而又公正地评价张竹坡的《金瓶梅》评点，翔实而又准确地披露张竹坡评点《金瓶梅》过程的，是张竹坡的胞弟张道渊。张道渊主修《张氏族谱》时，写于康熙六十年的《仲兄竹坡传》，表达了他们之间兄弟加知己的不同寻常的关系。《仲兄竹坡传》："兄一生负才拓落，五困棘围，而不能搏一第，赍志以殁，何其陨哉！然著书立说，已留身后之名，千百世后，凭吊之者，咸知竹坡其人。是兄虽死，而有不死者在也"。在张竹坡一生中，如果说家族内给他直接影响的是父亲张翯和二伯父张铎的话，则家族中始终理解他、支持他的人，便是其三弟张道渊。可以说，张道渊是张竹坡和张竹坡《金瓶梅》评点的第一个全面而充分的肯定者。张竹坡在批评《幽梦影》时曾说："求知己于兄弟尤难"，这当不是无端的感慨。

有清一代流传的《金瓶梅》版本，基本都是"彭城张竹坡批评"的第一奇书本。这似乎足以说明张评本的影响，以及世人对张竹坡与张评本的认同。即在其家乡彭城，张竹坡便是名闻遐迩。道光二十九年稿本《清毅先生谱稿·赠言》录阎圻《前初到徐，有客来云，张竹坡先生将枉顾。闻先生名久矣，尚未投一刺，仍乃先及之。因感其意，得诗四章》，又《再辱竹坡先生将赠诗谬许，颇愧不敢当。不谓先生意中，乃亦知此时此地有阎子也。用是狂感，漫为放歌一首》。阎圻是"明末二遗民"之一阎尔梅之长孙，康熙己丑（1709）科二甲第 41 名进士，官工科掌印给事中。阎诗前题为七律四首，其第三首颈联为"凭陵六代穷何病，赏鉴千秋刻不妨"，则该诗当作于康熙三十四年张竹坡评点《金瓶梅》之后。阎圻作诗当时虽系布衣，亦有诗名，对竹坡推许如此，可见竹坡的影响。其后只有李海观笼统地批评张竹坡为"三家村冬烘学究"（《歧路灯》自序），算是一个例外。

但晚清间彭城张氏后人与文龙打破了这一格局。道光五年张协鼎续修彭城张氏族谱之时，将《仲兄竹坡传》中有关《金瓶梅》的文字删削净尽。《清毅先生谱稿》更指责他"直犯家讳，则德有未足称者，抑失裕后之道矣。"而文龙于光绪五年、六年、八年前后三次评点《金瓶梅》，用的底本都是在兹堂本《第一奇书》。文龙评点的是《金瓶梅》小说，并非完全针对张竹坡的评点，但张评近在手头，观点相左之时，当然要弹出不同的音符。在洋洋六万言的评点中，文龙 24 次点到"批书者"、"批者"、"阅者"，均指张竹坡。对于吴月娘、孟玉楼、庞春梅三人的评价，是他们之间的根本分歧。对于张竹坡贬吴扬孟安庞的观点，文龙大不以为然，其 24 处批评有 21 处为此。不仅仅是《金瓶梅》人物论，于《金瓶梅》艺术论亦有不同见解。如第三回"定挨光王婆受贿，设圈套浪子私挑"，张竹坡批道："妙绝十分光，却用九个'便休'描写，而一毫不板，奇绝，妙绝！"而文龙批道："挨光一回，有夸为绝妙文章者，余不觉哑然失笑。文字忌直，须用曲笔，……挨光一层，早被王婆子全已说破，此一回不过就题敷演。"文龙甚至从根本上否定张竹坡的评点，如第一百回"文禹门又云：作者或有深意，批者并无会心，阅者当自具手眼，……自始自终，全为西门庆而作也，为非西门庆而类乎西门庆者作也。批者亦当时时、处处、事事有一西门庆，方是不离其本旨。奈何只与春梅掇臀、玉楼舐痔而与月娘作对头，犹诩诩然曰：此作者之深思也，吾得其间矣。嗟乎，妄甚！"应当承认，文龙对张竹坡的批评并非全无道理，有的还相当准确和深刻，但文龙毕竟只是闲中消遣，只是对作品的赏析，而没有像张竹坡那样有意识地进行文学评论，因而没能站在小说理论的高度去认识张竹坡，便不能不失之狭隘。

其后半个世纪，未见涉及张竹坡及其评点者。孙楷第《中国通俗小说书目》[①]"明清小说部乙·烟粉第一·一人情"首列《金瓶梅词话》，第三题即为《张竹坡评〈金瓶梅〉》，其题解说："竹坡名未详。刘廷玑《在园杂志》称彭城张竹坡，盖徐州府人。曾见张山来《幽梦影》有张竹坡评，则顺康时人也。""明清小说部乙·烟粉第一·五猥亵"《东游记》题解："每章后附'竹坡评'，末附'尾谈'一卷，……竹坡不知即张竹坡否？"此可为20世纪语及张竹坡与《金瓶梅》的第一例。

光绪十七年编刊的《徐州诗征》铜山卷中，选了张道深诗二首，注云："道深，字竹坡，著有《十一草》。"竹坡的这两首诗亦见载于《晚晴簃诗汇》卷四十。1926年官修《铜山县志》，于其《艺文考》中曰："张道深《十一草》，道深字竹坡。"1935年张伯英编刊《徐州续诗征》，徐东桥为绘《张氏诗谱》，于道深名下注云："翷子。"此乃首次公开归竹坡于彭城张氏世家。《徐州续诗征》编刊前后，马廉收集《铜山县志》《第一奇书》《在园杂志》《友声后集》关于张竹坡的载录，判断竹坡"生于清康熙初年"，"卒于清康熙34–51年之十七年间"[②]。应该说，张竹

① 国立北平图书馆中国大辞典编纂处1933年初版

② 北京大学图书馆藏稿本《隅卿杂抄》

①
1949.1 东京·东方书局刊《金瓶梅》附录

②
1955.10《天理大学学报》第21辑

③
1961.2–3 东京·大安刊《大安》第7卷第2、3号

④
1961.6 名古屋·采华书林刊《天山系列丛书》第1卷，该书后经寺村政男、堀诚两人修补为《增修〈金瓶梅〉研究资料要览》1981.8 出版

⑤
1973.12 台北《黎明文丛》18

坡与《金瓶梅》这一研究方向，在现代，是由孙楷第和马廉两位先生首开其端绪的。

日本汉学家在《金瓶梅》版本研究方面得天独厚。长泽规矩也《〈金瓶梅〉的版本》①、小野忍《关于〈金瓶梅〉的版本》（1950.12《东京支那学会报》第7号）导夫前路，鸟居久晴《〈金瓶梅〉版本考》②《〈金瓶梅〉版本考再补（上）（下）》③集其大成，泽田瑞穗的《金瓶梅研究资料要览》④后续有为。第一奇书本包含其中，得到一次集中清理。

英国汉学家阿瑟·戴维·韦利（Arthur David Waley 1889–1966）为 1939–1940 年伦敦约翰 G.P 普特南父子公司出版的《金瓶梅》英文节译本，写了一篇《引言》。在《引言》中，韦利虽然认为张竹坡是一位苏州出版商的假名，但对谢颐为《第一奇书》所写的序，以及张竹坡的《金瓶梅》评点，认为"提供了一系列精细推敲"。

1956 年 10 月 25 日，《新民晚报》发表一丁《评<金瓶梅>之张竹坡》一文，算是 20 世纪第一篇研究张竹坡的专文，尽管因为体例，该文只是一个简介。

柳存仁《伦敦所见中国小说书目提要》1962 年英文版曾对本衙藏板本《第一奇书》有所叙录，"关于张竹坡……他当是康熙九年（1670）生人。至于他的营生，……大约也是书贾或替书坊办理一些文墨的读书人"。柳氏考定张竹坡的生年，是对张竹坡研究的一个贡献。惜该书中文版 1982 年 12 月始为发行，其时国内张竹坡研究，已经有了一个较大的发展。

台湾潘寿康《张竹坡评<金瓶梅>》⑤则是台湾学者关于张竹坡研究的最早一篇文章。

称得上第一篇研究张竹坡现代学术论文的，是美国汉学家戴维·特·罗依（Davin Tod Roy，中文名字芮效卫，1933–）的《张竹坡对<金瓶梅>的评论》。该文见浦安迪主编的《中国的叙事文学》，美国普林斯顿大学 1974 年出版。关于张竹坡的家世生平，

以及其评点《金瓶梅》的时间，该文说了不少错话；但关于张竹坡的《金瓶梅》评点，该文从文学批评史和小说理论的高度，给予了最内行的肯定和较有力度的阐释。文章说："这些被忽视的传统评点中最重要的作品之一就是张竹坡对《金瓶梅》的评论。……竹坡评点的主旨是要说明《金瓶梅》整部作品是一个有机的整体，是精心结构而成的。每一个细节，虽然本身微不足道，却都是不可缺少的。……这足以说明竹坡评论的性质和重要性。……他对《金瓶梅》的评论总的说来，是很光辉的文学批评，他的分析是有相当深度的。……竹坡的评点就不仅仅是对《金瓶梅》最好的评论研究和中国小说理论的宝藏，而且对堪称中国传统叙事文学顶峰的《红楼梦》的创作做出了重要贡献。我希望当这部被忽视的评点作品得到公正的评价时，张竹坡也将在中国文学批评史上赢得一个重要的位置。"

芮效卫的预言，很快便得到了证实。20 世纪 80 年代初，王汝梅、刘辉、陈昌恒、叶朗、蔡国梁、黄霖等蜂拥而起，几乎同时而又相对独立地倾注于此一专题。他们先后发表了近二十篇论文，事实上形成集体集中攻坚的局面，破天荒第一次出现系列性成果，极大地推动和推进了张竹坡与《金瓶梅》的研究。

从公开发表的时间上看，王汝梅《评张竹坡的<金瓶梅>评点》①可为中国大陆第一篇张竹坡研究专题学术论文。该文及其后作者展开阐释的《张竹坡与<金瓶梅>评点考论》②《张竹坡在小说理论上的贡献》③等可为一组。在这组论文中，关于张竹坡，根据张竹坡评本《金瓶梅》《在园杂志》《幽梦影》《中国通俗小说书目》，"我们知道，张竹坡，徐州府人，是康熙初年一位重视通俗小说，热心评刻《金瓶梅》，'其年不永'的文学评论家"。关于张竹坡的《金瓶梅》评点，"（一）继承和运用发愤而作，不愤不作的进步文学思想来评价《金瓶梅》，认为它是一部泄愤的世情书，是一部史公文字，而不是淫书"；"（二）从对文

①
《文艺理论研究》1981
年第 2 期

②
《吉林大学学报》1985
年第 1 期

③
《明清小说研究》第 3
辑，春风文艺出版社
1985.6

学作品与历史的区别中，提出文学真实性观点，加深了对文学本质的认识"；"（三）总结《金瓶梅》刻画人物性格的艺术特点，提出在'抗衡'与'危机相依'中塑造人物形象的方法"；"（四）总结《金瓶梅》'千百人总合一传'的结构特点，给《红楼梦》网状结构的创新开辟了道路"。"除了以上四点以外，竹坡从艺术形象实际出发，对作品进行细致的艺术分析的方法，也值得肯定。"同时指出，"仅就他的《金瓶梅》评论看，谈艺时，他是一个很有见地的文学批评家，提出了现实主义文学真实观，是进步的；离开文学形象，从封建伦理观念出发，抽象地说孝道论寓意时，是迂腐的，保守的。张竹坡其人就是这样一个政治上保守艺术上进步的有矛盾的人物。他给我们留下的这宗古典小说评论遗产是精华和糟粕杂揉"①。

几乎同时，刘辉写于 1981.5.1 的《张竹坡及其<金瓶梅评本>》②，及其稍后撰写的《<尺牍偶存>、<友声>及其中的戏曲史料》③《再谈张竹坡的家世、生平及其评<金瓶梅>的年代》④《<金瓶梅>张竹坡评本"谢颐序"的作者及其影响》⑤，可为一组。这组论文对张竹坡的家世生平，有进一步的追踪发掘；对张竹坡的《金瓶梅》评点，也有概要的评议。关于张竹坡，另根据《友声》《铜山县志》《徐州诗征》《徐州续诗征》等，将张竹坡归入彭城张氏世家，并绘制了一张简明的张氏宗谱，认为"张竹坡生于康熙九年（1670），卒于康熙四十七年（1708）"，"张竹坡评《金瓶梅》……时间在康熙三十四年乙亥（1695），地点扬州"，"肯定谢颐序的作者是张潮"；关于张竹坡的《金瓶梅》评点，"张竹坡评本对《金瓶梅》的艺术成就有不少细致的、中肯的分析，并且对艺术创作的若干理论问题有所探讨，提出了有价值的见解；对作品思想内容的看法虽存谬误，但也颇有可取之处"。⑥

陈昌恒 1979–1982 年在华中师范大学攻读文学硕士学位，其

①
以上引文俱见《评张竹坡的<金瓶梅>评点》

②
《中国古典小说戏曲论集》，上海古籍出版社 1985.6

③
《文史》第 15 期，中华书局 1982

④
《文学遗产增刊》第17 辑，1983.6

⑤
写于 1983.9，载《艺谭》1985 年第 2 期

⑥
以上引文俱见《金瓶梅成书与版本研究》，辽宁人民出版社 1986.6

硕士论文《论张竹坡关于文学典型的摹神说》①，与其《"西门典型尚在"——张竹坡的文学典型理论概述兼与朱星先生商榷》②《张竹坡评<金瓶梅>理论拾慧》③《概述张竹坡的文学典型论》④亦为一组。以张竹坡的小说理论作为硕士论文，陈昌恒当为世界第一人。陈昌恒的研究重点是文艺理论，所以他对张竹坡的《金瓶梅》评点，有更为深刻的论述。陈昌恒认为"张竹坡在他的评语中破天荒地提出了典型这个概念，并且准确无误地直接用在对《金瓶梅》中的主要人物西门庆、陈经济身上，……在我国古代文论中，在小说理论的发展史上，无疑都具有独创的意义"。"对于典型概念的内涵，……首先，张竹坡看到了典型形象应该具有一定的代表性，应能反映出社会生活中某些人的某些共同性来。其次，……并没有仅仅留在人物的普遍性、共同性、一般性上面，而且还看到了典型人物的个别性、特殊性、差异性"。陈昌恒还认为"张竹坡在他对《金瓶梅》的全部批评中，充分注意到了典型性格的塑造，并且就典型性格的个性化，提出了很好的理论见解"。接着他具体分析了"因人用笔说"、"抗衡说"、"犯笔而不犯说"三种典型个性化的手法，"张竹坡自己用了一句极为精当的话，总结为'为众脚色摹神'"。陈昌恒更认为"张竹坡的'并恶及出身之处'的见解，指的是典型人物所生活、行动的社会环境，……而这种社会环境与人物性格是一致的，是同时并存的，是再现典型人物性格所不可缺少的客观依据，这就涉及到了典型性格与典型环境这一典型理论的重要命题。"陈昌恒进一步认为张竹坡的"足完鞋子神理"，是"看到细节描写的真实性、典型性，指出细节的描写要围绕典型环境中的典型性格来进行"；认为张竹坡的"入世最深，方能为众脚色摹神"，是"看到了作家熟悉生活的重要性，而且对世情小说的作者深入生活、了解社会、观察人生提出了更高更具体的要求"；认为"张竹坡所提出的'假捏一人'、'幻造一事'，正是指的在为典型人物摹神中的人物性格与故事情节的艺术虚构"，指出"张竹坡关于典

①
该文的提要载《华中师范学院报》1983 年第 1 期

②
《华中师范学院研究生学报》1982 年第 3、4 期

③
《中南民族学院学报》1986 年第 2 期

④
《张竹坡评点金瓶梅辑录》，华中师范大学出版社 1986.8

型情节的艺术虚构的三点要求：一、典型情节的艺术虚构与典型性的艺术虚构的统一。……二、每一个典型情节的艺术虚构，都应该……全面地、有机地、清晰地展示出典型环境中典型性格发展的逻辑。……三、还要求情节的虚构应有诱惑性，能引人入胜"；认为"张竹坡的'因一人写及一县'的小说理论，指的是由中心典型人物的性格刻划，与典型家庭的日常琐事的描写来实现的"；认为张竹坡的"千百人总合一传"，是对"《金瓶梅》网状结构理论的最好发挥"。陈昌恒总结说："张竹坡是第一部长篇世情小说的批评家，他根据《金瓶梅》的创作实践所提出的'而因一人写及一县'的世情小说理论，在古代小说理论发展史上无疑是开创性的"①。

黄霖的《张竹坡及其<金瓶梅>评本》发表虽然稍晚②，但观其文意，写作当不晚于 1983 年。关于张竹坡，黄霖在《晚晴簃诗汇》卷四十中发现一则张竹坡的简介及其诗二首，进而追踪《徐州诗征》《徐州续诗征》《铜山县志》《尺牍友声集》等，认为这个张竹坡正是评点《金瓶梅》的张竹坡，"他评点《金瓶梅》曾得到了张潮的启发、支持和赞扬"，"世态炎凉，人情冷暖，其时他肯定受到了一些刺激，这也就是他批评《金瓶梅》的一个重要的思想基础"，认为"张氏家藏的诗稿和家谱到 1933 年时尚属完好，……估计今天还存于世，……敬请海内外有心和有力于此事者进一步探索。"该文在孙楷第、柳存仁、戴不凡、朱星、王汝梅等人研究的基础之上，针对张评《金瓶梅》的原本，可说是《金瓶梅》张评本版本研究的中国第一篇专题论文，认为"张评本《金瓶梅》有两种系统：一种是多《凡例》《冷热金针》《第一奇书非淫书论》三篇附论而无回评，另一种是有回评而少三篇附论"，而"有回评系统的本子（目前所见乾隆丁卯本、影松轩本等）还是比较接近原本的"。

蔡国梁与前面四位不同，他的张竹坡与《金瓶梅》研究，着眼点在中国小说批评史。他写于 1982 年 12 月的《明人清人今人

①
以上引文俱见《概述张竹坡的文学典型论》

②
载《中国古典文学丛考》第 1 辑，复旦大学出版社 1985.7

评<金瓶梅>》①，连同其后的《张竹坡评点<金瓶梅>辑评》②《清评点派论人物描写》③亦为一组。蔡国梁认为张竹坡"的评点虽然瑕瑜互见，然其抉微搜隐，自成系统，有利于后人掌握全书的主旨、构思、运笔与脉络"，"张竹坡的'以空结此财色二字'和'苦孝说'，给后来评论《红楼梦》的各家以直接的影响"。④

　　孙逊的《我国古典小说评点派的传统美学观》⑤，则是以美学的角度来审视中国古代小说的评点。其实，以上几位在研究张竹坡时，都有详略不等的美学审视，有意无意间，一门新的学科已经粗具蓝图。而全力建设这门小说美学学科的，要数叶朗写于1981年的《中国小说美学》⑥。该书第五章为"张竹坡的小说美学"专章。此前有李贽、叶昼、冯梦龙（第二章）、金圣叹（第三章）、毛宗岗（第四章），其后有脂砚斋（第六章）、梁启超（第七章）。该章以十节篇幅展开讨论张竹坡的《金瓶梅》评点，指出张竹坡的"独罪财色"，表现在"张竹坡所说的'泄愤'，包含了三层意思：对于现实生活黑暗面的批判，对于社会道德风尚的批判，与作者本人的遭遇有关"，"张竹坡对于小说艺术批判性的看法，比金圣叹又有所发展"；张竹坡的"因一人而写及全县"，被鲁迅说成"著此一家，即骂尽诸色"，张竹坡指出的《金瓶梅》的这个叙事方法的特点，就是"由'一家'而及'天下国家'"；张竹坡的"市井文字"，是"对于《金瓶梅》这种美学风貌的概括和肯定"，"显示出我国古典小说向近代小说转变的趋向，也显示出我国古典美学向近代美学转变的趋向"；张竹坡的"从一个人心中讨出一个人的情理"，概括了"《金瓶梅》塑造人物的特点和成就，强调人物描写的个性化就是要写出每个人的'心事'，而讨出每个人'心中的情理'，要'曲尽人情'，这对于塑造人物的理论是一个很大的发展"；张竹坡"让丑角作'点睛之笔'，乃小说中化隐为显的一种手法"；张竹坡的"小小博浪鼓"和"小小金扇"，是看到了"小道具在小说中的作用"；张竹坡的"纯是白描追魂摄影之笔"，"扩大和丰富了'白描'这个

①
《社会科学战线》1983年第4期

②
载《金瓶梅考证与研究》，陕西人民出版社1984.7

③
载《明清小说探幽》，浙江文艺出版社1985.12

④
以上引文俱见《明人清人今人评〈金瓶梅〉》，载于《社会科学战线》，1983第4期

⑤
《文学遗产》1981年第4期

⑥
北京大学出版社1985.12

概念的内涵，从而使它成为中国小说美学的一个重要范畴"；张竹坡的"百忙中故作消闲之笔"，"富贵气却是市井气"，"实际上是对审美描写和非审美描写作了区分"；张竹坡的"特特错乱其年谱"，"认为这是作者的神妙之笔"。叶朗总结说："张竹坡的评点中有不少陈腐的说教和烦琐的文字游戏，但是透过这些陈腐的、烦琐的议论，它却给当时的读者吹来了一股新鲜的气息。就象《金瓶梅》这部小说要比《三国演义》《水浒传》等小说要接近于近代小说的概念一样，张竹坡的小说美学也要比金圣叹、毛宗岗等人的小说美学更接近于近代美学的概念"，"张竹坡对于小说美学确有真知灼见，在理论上作出了新的贡献"。

这是一个张竹坡研究的突飞猛进阶段。这是一场虽系个人选题，累积下来却形似集体攻坚的科研。这是一例随着思想解放而开辟新的学术领域的典型。经过以上几位师友的努力，张竹坡研究，已经不是朱星那样简单武断的否定①，也不是戴不凡那样著录式的肯定②，而是形成一定阵容，打开一个局面，出现一批成果，作出引人深入的考证，发表了令人信服的宏论。尤其是张竹坡的《金瓶梅》评点研究，已经粗具规模，接近结题。八十年代初期研究张竹坡的这几位师友，不久都成为在国内外广有影响的著名金学家。

不过，张竹坡研究还有空白。张竹坡家世生平的短缺，严重影响着中国小说美学与《金瓶梅》研究这两门学科的建设。

1984 年 3 月，笔者出席武汉中国古典小说理论讨论会，触及张竹坡与《金瓶梅》研究方向。返徐以后，得到业师郑云波先生的鼓励和吉林大学王汝梅先生的督促，遂全力投入彭城张氏家谱和家藏故集的访求。

彭城张氏是徐州望族，其后裔遍布市区与铜山县、肖县等地，十二世张伯英更是近现代地方名人。伯英先生的金石考古很有功力。他的书法，更将汉隶、魏碑融进楷书，端庄润劲，自成格势，独步一时。笔者调查彭城张氏的家乘遗集，即从张伯英一

①
《金瓶梅考证》，百花文艺出版社 1980.10

②
《金瓶梅零札六题》，载《小说见闻录》，浙江人民出版社 1980.2

支后人入手。五月中下旬，在很多师友的惠助下，辗转寻访到张伯英的从弟张尚志。尚志先生年近古稀，精神矍铄，确切告知铜山县罗岗村尚有一部族谱存世，并具函绍介于其侄、族谱保存者张伯吹。

五月二十九日晨，笔者遂骑自行车前去罗岗。原来张竹坡的从兄张道瑞，六传一支兄弟两人，长曰介，次曰达，达即张伯英的祖父，罗岗所居乃介之后人。罗岗在徐州市南三十里，属今汉王镇管辖。时值双夏，伯吹正在麦地点种玉米。接谈之后，即于地头摊解笔者据调查结果并地方志乘所编制之《彭城张氏世系表》。伯吹以手指表，侃侃而谈，某人熟知，某人闻名，某人某某事，某人某某村云。忽戛然停语，执手而起，曰：客至不恭，歉歉，请屈尊舍下一观。笔者一向认为风尘中通脱达观者所在定多，而伯吹慷慨有识，早已心许。伯吹自房内梁上取下包袱一只，掸去灰尘，悉令观览。一面自谦道：我识字无多，不知价值，请自取用。笔者早已解袱取书，蹲地开阅。谱名《张氏族谱》，一函，函封系借用，其签条书题《有正味斋全集》，乃张道渊纂修，张璐增订，乾隆四十二年刊本。伯吹自一旁曰：先君爱读书，重文物，动乱之年，"四旧"人俱焚之，独秘藏梁端，易箦之时，尚叮嘱再三。伯吹摩挲族谱，怅然往忆。笔者亦陷入沉思：竹坡家世生平湮没三百余年，人莫能详知，而今即将见世，当是含笑欣慰于九泉吧？

后来，七八月间，在铜山县第二人民医院院长张信和等人的协助下，笔者又访见康熙六十年刊残本《张氏族谱》与道光五年张协鼎重修刊本《彭城张氏族谱》各一部，以及其他一些抄本张氏先人诗文集。九月中旬，徐州师范学院（今徐州师范大学）图书馆时有恒先生捐献书目编制告竣，也发现有一部康熙六十年刊残本《张氏族谱》与一部晚清稿本《清毅先生谱稿》。

在这些新发现的张氏家谱中，以乾隆四十二年刊本《张氏族谱》最具文献价值。该谱辑录有关张竹坡的资料最多、最全，计：《族名录》中一篇一百七十五字的竹坡小传，《传述》中张道渊撰写的一篇九百九十七字的《仲兄竹坡传》，《藏稿》中张竹坡的诗集《十一草》，《杂著藏稿》中张竹坡的一篇七百七十字的政论散文《治道》、一篇三百六十八字的抒情散文《乌思记》，以及其他一些与竹坡生平行谊有关的文字。

《张氏族谱》发现以后，张竹坡家世生平全面揭晓，张竹坡与《金瓶梅》研究，因而有了一个较大的突破。

譬如，《张氏族谱》中的张竹坡是否即评点《金瓶梅》的张竹坡，如前文所述，至今仍有人怀疑或误植。现在《族谱·传述》录张道渊《仲兄竹坡传》："（兄）曾向余曰：《金瓶》针线缜密，……吾将拈而出之。遂键户旬有余日而批成。"铁证如山，怀疑论从此可以打消。

再如，张竹坡的家世，地方志乘、郡邑诗征里涉及的彭城张氏族人有限，记载也很简疏，又有不少谬误，并且世系不明，无法统系。如上所述，前人只能知其大略。但在《张氏族谱》中，族人俱有小传，重要人物还有家传、志铭、行述、藏稿等。这就可以全面、系统、详尽地了解竹坡的家世。如竹坡的祖父张垣，是明末抗清殉难的民族英雄，清人纂修的方志，自然只能含糊带过，族谱等文献则详细记载了张垣壮烈牺牲的时间、地点、原因、经过，于是便可理解为什么竹坡的大伯父张胆以副将两推大镇而未获批准，竹坡的父亲张翊一生留连山水，啸傲林泉，等等。

又如张竹坡的生平，今天不仅可以进一步确切知道他评点《金瓶梅》《幽梦影》的时间，到扬州和在扬州给张潮写信的时间，到苏州的时间和在苏州写的其他诗篇，而且还知道他出生时的神话般的传说，童年时期的颖慧，家庭经济、身体素质和志趣爱好，北上京都夺魁长安诗社的壮举，五困棘围未搏一第的命运，效力河干、图谋进取、不幸疾卒的结局，以及他为什么能够在《金瓶梅》评点中提出"苦孝说"等论点。这就能不是泛泛地议论，简略地介绍，而是周密地考察张竹坡的生平身世，勾勒他的行动线索，梳理他的著述行谊，探讨他的思想脉络，理解他的小说美学的源流、精髓和价值。

又如张竹坡的诗集《十一草》，现已得其全集，从而可知《徐州诗征》所选，只是《十一草·客虎阜遣兴》组诗六首的一部分；还可以判断《十一草》的收集人、编定人和诗集名称的命名人；甚至可以推考张竹坡诗作的总数及其流传与存佚。

围绕张竹坡与《金瓶梅》研究，笔者先后发表《张竹坡生平述略》①《张竹坡年谱简编》②《张竹坡扬州行谊小考》③《张竹坡家世概述》《张竹坡<十一草>考评》④《乾隆四十二年刊本<张氏族谱>述考》⑤等 20 多篇论文，结集成《金瓶梅评点家张竹坡年谱》⑥与《张竹坡与金瓶梅》⑦二部专著。

这一组文章的发表和二部专著的出版，正如许建平《新时期金瓶梅研究述评》所说："刘辉在《<金瓶梅>研究十年》中对此作了如此评价：'如果说国内学者在《金瓶梅》研究中不少问题正处于探索阶段，只是取得了一些进展的话，那末，在《金瓶梅》重要批评家张竹坡的家世生平研究上，则有了明显的突破，完全处于领先地位。'这个评价是客观而恰当的"。

随着 1985 年 6 月首届全国《金瓶梅》学术讨论会、1986 年 10 月第二届全国《金瓶梅》学术讨论、1989 年 6 月首届国际《金瓶梅》学术讨论会的展开，随着 1989 年 6 月 14 日中国金瓶梅学会的成立，《金瓶梅》研究，包括张竹坡研究，有了一个长足的发展。

迄今为止，张竹坡研究已有 5 部专著出版，另在其他 20 多部金学专著中，亦有关于张竹坡研究的部分内容。而张竹坡研究的专题论文已有百篇之多，几乎年年均有张竹坡研究的新成果问世，以 20 世纪为例，1950-1978 年 1 篇，1979-1984 年 9 篇（其中 1984 年 3 篇），1985 年 13 篇，1986 年 2 篇，1987 年 8 篇，1988 年 5 篇，1989 年 2 篇，1990 年 2 篇，1991 年 3 篇，1993 年

① 《徐州师范学院学报》1984 年第 3 期

② 《徐州师范学院学报》1985 年第 1 期

③ 《扬州师范学院学报》1985 年第 2 期

④ 《明清小说研究》第 2 辑，中国文联出版公司 1985.12

⑤ 《文献》1985 年第 3 期

⑥ 辽宁人民出版社 1987.7

⑦ 百花文艺出版社 19879

①
《吉林大学学报》1987
年第1期

②
《徐州师范专科
学校学报》1987
年第1期

③
《徐州师范学院
学报》1995 年
第2期

④
《吉林大学学报》
1997年第3期

⑤
《徐州师范学院学报》
1987年第3期

⑥
《文艺理论研究》1987
年第6期

⑦
首届国际金瓶梅学术讨
论会交流论文,提要载
《国际金瓶梅研究集刊》
第1集,成都出版社
1991.7

⑧
张梦华《春日访徐朔
方谈金瓶梅研究》,见
《国际金瓶梅研究集
刊》第1集

⑨
《金瓶梅学刊》创刊
号,1989.6

1篇,1994年6篇,1995年5篇,1996年4篇,1997年2篇,1998年1篇,1999年1篇,2000年1篇,累计68篇。第一奇书的整理出版亦颇见成效,如《张竹坡批评第一奇书金瓶梅》(删节本),王汝梅、李昭恂、于凤树校点,齐鲁书社1987.1第一版,1988.3修订重印,1991.10收入该社《明代四大奇书》;《会评会校金瓶梅》,刘辉、吴敢辑校,香港天地图书有限公司1994年第一版、1998年第二版;《皋鹤堂批评第一奇书金瓶梅》(删节本),王汝梅校注,吉林大学出版社1994年10月第一版;《金瓶梅会评会校本》(删节本),秦修容整理,中华书局1998年3月第一版等。

张竹坡家世生平的全面知解,极大地推动着张竹坡《金瓶梅》评点的研究。王汝梅《论张竹坡批评<金瓶梅>康熙本》①、吴敢《张评本<金瓶梅>琐考》②、王辉斌《张评本<金瓶梅>成书年代辨说》③、王汝梅《关于<金瓶梅>张评本的新发现》④等将第一奇书版本研究引向深入。

张竹坡《金瓶梅》评点整体研究亦有新篇,吴敢《张竹坡<金瓶梅>评点概论》⑤、徐朔方《论张竹坡<金瓶梅>批评》⑥、加拿大汉学家米列娜《张竹坡的文学批评理论体系》⑦等均有系统客观的论述。徐朔方肯定"在《金瓶梅》,则是张竹坡作了开创性的探索"的同时,也指出张竹坡的《寓意说》《苦孝说》"没有任何书内或书外的事实作为依据,却把外来的封建伦常观念强加在作品身上"。徐朔方强调"研究工作最需要的是冷静的探索"⑧,此即为一例。米列娜则通过"张竹坡论作者的创作与读者的接受"、"张竹坡论《金瓶梅》的有机统一性"、"张竹坡论《金瓶梅》的浅层意义到象征意义的转化"的论述,"证实张竹坡的评点是一个完整的理论体系,……是中国十七世纪新的学术思想、新的潮流的体现"。

张竹坡《金瓶梅》评点专题研究更为多见。俞为民《张竹坡的<金瓶梅>人物论》⑨、周书文《张竹坡论<金瓶梅>的人物系统刻画》①等为张竹坡《金瓶梅》人物研究一组；俞为民《张竹坡的<金瓶梅>结构论》②、周书文《张竹坡论<金瓶梅>的艺术结构特色》③、王平《评张竹坡的叙事理论》（《金瓶梅文化研究》第3辑，华艺出版社2000.9）等为张竹坡《金瓶梅》结构研究一组；另外，吴敢《<金瓶梅>的文学风貌与张竹坡的"市井文字"说》④研究的是张竹坡的小说美学风貌，蔡一鹏《论张竹坡评点<金瓶梅>的道德理性思维方式》⑤研究的是张竹坡的小说批评思维方式，崔晓西《张竹坡在<金瓶梅>评点中的"清理"范畴及其在小说批评史上的地位》⑥研究的是张竹坡的情理说等。侯忠义、王汝梅编《金瓶梅资料汇编》⑦更可谓张竹坡资料专集，所有这些均标志着张竹坡研究的全面展开。

张竹坡研究的成果影响到中国文学批评史、中国小说理论史、中国评点文学史、中国文学研究史、中国文学通论、中国小说学等多门学科的建设。如中国文学批评史，20世纪80年代以前，郭绍虞、朱东润等人的经典通史，均未涉及张竹坡；而王运熙、顾易生主编之七卷本《中国文学批评通史》⑧之《清代文学批评史》即专列一节"张道深评《金瓶梅》"。新兴学科如中国小说理论史，无一例外均有张竹坡专章，见陈谦豫《中国小说理论批评史》⑨，方正耀《中国小说批评史略》⑩，王汝梅、张羽《中国小说理论史》⑪等；又如中国评点文学史，亦给张竹坡以相当的篇幅，见孙琴安《中国评点文学史》⑫、谭帆《中国小说评点研究》⑬等；又如中国文学研究史，不止在一章一处讲到张竹坡，见黄霖《中国小说研究史》⑭、黄霖主编之七卷本《20世纪中国古代文学研究史》⑮等；又如宁宗一主编《中国小说学通论》⑯，傅璇琮、蒋寅总主编之七卷本《中国古代文学通论》⑰等均有对张竹坡的专门评论。

张竹坡研究是《金瓶梅》研究热点之一，论者见仁见智自然在所难免。近年其争议之处，已经不是张竹坡的生平行谊，甚至不是对张竹坡《金瓶梅》评点的理论分析，而是张评本《金瓶

① 《固原师专学报》1994年第3期

② 《金瓶梅研究》第二辑，江苏古籍出版社1991.7

③ 《洛阳师专学报》1994年第1期

④ 《金瓶梅研究》第1辑，江苏古籍出版社1990.9

⑤ 《文学遗产》1994年第5期

⑥ 《浙江师大学报》1996年第3期

⑦ 北京大学出版社1985.12

⑧ 上海古籍出版社1996.12

⑨ 华中师范大学出版社1989.10

⑩ 中国社会科学出版社1990.7

⑪ 浙江古籍出版社2001.1

⑫ 上海社会科学院出版社1999.6

⑬ 华东师范大学出版社2001.4

梅》的评价与版本问题。

关于张竹坡评点《金瓶梅》的评价，20 世纪 80 年代以来，几乎众口一声，给予了充分的肯定，而且越到后来，评价越高，这才有前文徐朔方先生的持平之论。横空出世的《金瓶梅》，破天荒第一次打破帝王将相、英雄豪杰、妖魔神怪为主体的叙事内容，以家庭为社会单元，采取网状树形结构方式，极尽描摹之能事，从平常中见真奇，被誉为明代社会的众生相、世情图与百科全书。得益于此，《金瓶梅》的评点评议也水涨船高，为有识者所重视。而张竹坡的评点在《金瓶梅》所有的评点评议中最为出色。随着世界思想解放的浩荡潮流，随着新时期中国百家争鸣的和煦春风，随着新学科、新课题的丛出不穷，《金瓶梅》研究被尊为"金学"，中国小说理论史、中国评点文学史被视为热点，张竹坡研究不但成为金学，而且成为中国小说理论史、中国评点文学史、中国文学批评史的重要分支。张竹坡之受到重视，张竹坡的《金瓶梅》评点之得到赞誉，大势所趋。确实，张竹坡的《金瓶梅》评点，采取书首专论，回首与回中总评，和文间夹批、旁批、圈点三种形式，或概括论述，或具体分析，或擘肌分理，或画龙点睛，对小说作了全面、系统、细微、深刻的评介，涉及题材、情节、结构、语言、思想内容、人物形象、艺术特色、创作方法等各个方面，成为《金瓶梅》的阅读指导大纲与赏析示范，使中国小说理论与中国文学评点健全了自己的组织结构体系。给张竹坡的《金瓶梅》评点以公正相当的评价，给张竹坡在中国文学批评史、中国文学评点史，尤其是中国小说理论史中以恰当应有的地位，是社会发展的必然，是学术进步的必然。可以说，张竹坡没有辜负《金瓶梅》，学术界也没有辜负张竹坡。同时，也不必掩盖，张竹坡的小说评点，也着实说了不少迂腐的话，写下一些牵强附会的文字。另外，他从金圣叹、李渔那里得到不少启发，他的评点中留存着众多的金、李的痕迹。幸运的是，张竹坡之后的中国小说评点家，相形见绌，这才使张竹坡脱

⑭
浙江古籍出版社 2002.7

⑮
东方出版中心 2006.1

⑯
安徽教育出版社 1995.12

⑰
辽宁人民出版社 2005.5

颖而出，高标独帜。张竹坡毕竟只是 17 世纪的一位青年才俊，不必抑低，也不要拔高。

关于第一奇书本，有两个颇有争议的问题：

一是原刻本问题。孙楷第《中国通俗小说书目》谓 "原本未见"。鸟居久晴《金瓶梅版本考》《金瓶梅版本考再补》均认为是康熙乙亥年的皋鹤堂刊本，"但它的下落不明"。韩南《金瓶梅的版本及其他》据陈思相《金瓶梅后跋》①推测原刻本 "应在 1684 年（康熙 23 年）之前不久版行"。戴不凡《小说见闻录》认为是在兹堂本。刘辉《金瓶梅主要版本所见录》认为在兹堂本只是 "第一奇书之早期刻本"，其 "第一奇书之原刻本" 应为康熙乙亥本。王汝梅《金瓶梅探索》却认为 "本衙藏版甲、乙两种为其他各种第一奇书祖本"，又说："本衙藏板乙本……只是在装订时未装入各回的回前评语"，他同样认为 "本衙藏板翻印必究本" 所少的《凡例》《第一奇书非淫书论》亦系漏装，"如果是有意不装入此两篇，则可能有政治上的原因"，其理由是 "张评本回首评语与总评各篇、眉批、旁批、夹批是同一时期同一写作过程中的产品，而不可能分两阶段：先写总评、眉批、旁批、夹批，刊印为'康熙乙亥年'本（即在兹堂本或无牌记本），过了一个时期，再刊印补写回评的本衙藏版甲本"，并举例 "说明写回评在前，写眉批在后"。刘辉《金瓶梅版本考》认为 "此说纯系误解。……现在看来，附录部分，文内夹批、旁批，是张竹坡于康熙乙亥年三月最先完成的，随后拿去付刻。而所有回评，则系以后所补评，故第一奇书本最早刊本，皆无回评"。至于鸟居久晴所说 "这些回评成于何人之手不清楚"②，王汝梅和刘辉对此观点却非常一致，均主张其著作权非张竹坡莫属。黄霖《金瓶梅考论》与刘辉、王汝梅认识均不一样，他列举 9 条理由之后说："目前一般所见的在兹堂本及无'在兹堂'三字的'康熙乙亥本'并不是张竹坡批评《金瓶梅》的原本。原本未见，很可能是已佚的芥子园所刊的四大奇书第四种本。……目前所见乾隆丁

① 据韩南《〈金瓶梅〉的版本及其他》，原文所注文字为："此书仅知有一本，为北京傅惜华教授所藏。"

② 《金瓶梅版本考》

卯本、影松轩本等还是比较接近原本的",并认为《凡例》《第
一奇书非淫书论》《冷热金针》乃书商所为。吴敢《张竹坡评本
金瓶梅琐考》则认为"皋鹤堂是张竹坡的堂号……皋鹤草堂本是
徐州自刊本……而且是原刊本,……至于皋鹤草堂本封面刻有
'姑苏原板'字样,当系张竹坡的伪托。"王辉斌《张评本金瓶梅
成书年代辨说》认为"现存的康熙乙亥本与在兹堂本,均为张竹
坡评本的二刻本,……张评本的首刊本,是没有我们今天所见到
的包括康熙乙亥本、在兹堂本在内所附的上述三篇文章(按指
《凡例》《第一奇书非淫书论》、谢颐序)的。……首刻则当在康
熙 32 年张竹坡'客长安'之前"。

　　二是谢颐是谁的问题。阿瑟·戴维·韦利《金瓶梅引言》认为
谢颐不是真名,顾希春译为中文时便干脆译成"孝义"。顾国瑞、
刘辉《<尺牍偶存>、<友声>及其中的戏曲史料》认为是张潮的化
名。黄霖《张竹坡及其金瓶梅评本》亦认为谢颐即张潮。吴敢
《张竹坡评本金瓶梅琐考》对顾、刘二位观点作有辨证,结论是
"《金瓶梅》是张竹坡批评的,皋鹤堂是张竹坡的堂号,则作序于
皋鹤堂的这个'谢颐',当即竹坡本人。《第一奇书·凡例》:
'偶为当世同笔墨者闲中解颐';序中说:'不特作者解颐而谢'。
两相对应,当出一人之手,可为佐证。"王辉斌《张评本金瓶梅
成书年代辨说》则认为"谢颐与张竹坡是非为一人的"。

　　综上所述,张竹坡研究史可分为古代与现代两个时期。古代
时期主要是刘廷玑、张道渊、文龙的简明评议。现代时期又可分
作六个阶段:20 世纪 30 年代孙楷第、马廉、韦利的资料收集与
简单考证;20 世纪 50 年代长泽规矩也、小野忍、鸟居久晴、泽
田瑞稳的《金瓶梅》版本考证;20 世纪六、七十年代柳存仁、芮
效卫关于张竹坡生年的准确推断与关于张竹坡《金瓶梅》评点的
高度评价;20 世纪 80 年代初王汝梅、刘辉、叶朗、陈昌恒、蔡
国梁、黄霖等对张竹坡身世的进一步追踪与对张竹坡《金瓶梅》
评点的详细评论;紧随其后吴敢访得《张氏族谱》,张竹坡家世

生平全面揭晓；其后 20 年张竹坡《金瓶梅》评点研究的全面展开。

（原载于《河南大学学报》2007 年第 6 期，又收入《金瓶梅文化研究》第 5 辑，群言出版社 2007.5，1 版）

张竹坡传略

张道深，字自德，号竹坡。

《张氏族谱》①"传述"录张道渊《仲兄竹坡传》："兄名道深，字自得，号曰竹坡。"《张氏族谱·族名录》："道深……字自德，号竹坡。"《曙三张公志》②："道深，字自得，号竹坡。"按《荀子·成相》："尚得推贤不失序。"则"得"通"德"。竹坡字宜为自德。

《徐州诗征》卷一《铜山》："张道深，字竹坡"。民国《铜山县志》卷二十《艺文考》同，误。国内近年据以转录的专著论文，俱因误。

（英）阿瑟·戴维·韦利（Arthur David Waley 1889-1966）在《<金瓶梅>引言》③中认为张竹坡只是书商伪托的假名，非是。

彭城人。

《曙三张公志》："应科……迁居彭城。"《族名录》："垣……住居郡城。"《族谱·传述》引胡铨《司城张公传》："翃……籛城世胄也。"按应科、垣、翃为竹坡曾祖、祖、父，故《族谱·杂著藏稿》录张竹坡《乌思记》："余籛里人也。"而刘廷玑《在园杂志》卷二称："彭城张竹坡。"张潮《友声后集》注："彭城张道深竹坡。"

传为张良后裔，远而莫考。或云原籍绍兴，亦近而难稽。

《族谱·传述》引王熙《骠骑将军张公传》："公……汉文成侯良后裔。"此传亦见载《徐州府志》《铜山县志》。

①
《张氏族谱》，康熙五十七年至雍正十一年张道渊纂修，乾隆四十二年张璐增订重刊，光绪六年张介合订，六册。以下简称《族谱》。今藏徐州市博物馆。

②
《曙三张公志》，张介辑录，光绪十六年自抄本，一册。今藏寒舍。

③
未见原文，据顾希春译文（载《河北大学学报》1981年第1期），译者将张竹坡误译为张子保。

《曙三张公志·家世附》："迁自浙绍。"民国《铜山县志》卷五十四《人物传》引冯煦《张卓堂墓志铭》："其先家浙之山阴。"《族谱》康熙元年张昙序："若临安，若吴门，若吕梁，及广陵、淮阴、天中一带，科甲云礽，大都宗子房为本。如余籍山阴，家卧龙山，闻先世有迁吕梁，虽不可考，然自江北来者，无不订谱以归询"。《族谱》乾隆四十二年张璐序："留侯固远而莫考，即云支分浙绍，亦近而难稽。"

按《族谱》所收传述、志铭、赠言，均持良后绍迁之说，众口一声，传为实言。（美）戴维·特·罗依（David Tod Roy，中文名芮效卫，1933-）在其论文《张竹坡评金瓶梅》[1]中认为竹坡原籍为安徽歙县，非是。

> **张棋于明中叶迁居徐州吕梁之河头，是为彭城张氏一世。其上则漫不可考。棋，字合川，天性浑穆，家风谨严，享年八十岁。妻刘氏，胎教温淑，母训慈祥。**

冯煦《张卓堂墓志铭》："明中叶有曰棋者，始迁于徐，遂为铜山人。"《曙三张公志》："祖合川公棋，迁自浙绍，隐居徐城东南五十里吕梁之河头。"《族谱》雍正十一年石杰序："其先字合川者，为始祖。……明季兵燹之余，谱牒散亡。合川以上，求考无据。"《族谱》康熙六十年张道渊序："旧谱已失，几数十载，岁远事湮，无从稽考，仅将高祖合川公嫡支，详缮成谱。"《族谱》雍正十一年张炯序；"余祖籍隶于徐，其来旧矣。闻先代自浙绍分来，世远难稽。明季谱失，近世祖亦莫可考。先王父孝悫公尝谓余之五世祖别驾公，犹能自合川公而上追忆数代，音容想像，可屈指而历数之。别驾公捐馆后，无复有能知之者。"《族谱·凡例》："余（敢按即张道渊）家藏先大人手迹宗支旧图一纸，自合川公以上某公某氏列及三世。惜其讳号阙然。其中有讳桂者，系合川公胞兄。何事谱中

① 见王丽娜、杜维沫《美国学人对于中国叙事体文学的研究》（载《艺谭》1983年第3期），《古代文学理论研究丛刊》第6辑载有戴维·特·罗伊论文原文，译者晓洋，题目译为《张竹坡对〈金瓶梅〉的评论》。

(敢按指旧谱) 不载？想必相传失真，考求无据。……今仍奉合川公为始祖。”

《族谱·传述》录张胆《旧谱家传》："曾祖考讳棋，号合川。自高祖而上，岁远事湮，谱牒不备。世居河头，远近称河头张家。族蕃指众，闻者景仰，故以其地别云。公天性浑穆，胸无城府，纯孝性成，居家动有礼法，子弟辈相见肃衣冠出，严惮庄敬，……尺寸弗敢渝也。处族党亲里，至诚蔼恻，人弗忍欺，高曾规矩，至今犹可想见焉。享年八十岁，以寿终。曾祖妣刘氏，系出小店旧宗。胎教温淑，母训慈祥，闺门之内，肃肃雍雍，识者卜子嗣蕃衍克昌矣。并葬于杨家洼坐尖山"。《族名录》略同。

按合川当为张棋字，《旧谱家传》均以字为号，下同。

二传至应科，字敬川。迁居彭城。以省祭赴部选而不仕。慷慨侠烈，器量弘伟。享年八十四岁。以孙胆贵，驰赠骠骑将军。复以曾孙道祥、道瑞贵诰赠。妻赵氏。妾王氏。

《旧谱家传》："祖考，诰赠骠骑将军，讳应科，行二，号敬川。以省祭赴部选而不仕。事合川公以孝谨称，友于兄弟。慷慨侠烈，遇事明决，洞中机微，材干通达，器量弘伟，如万斛之舟，千钧之鼎，无不容受。而忠诚笃厚，虽三尺之童，弗忍欺也。神宗末年，徐以武功世其家者，锦衣指挥，指不胜屈。出必宝马玉带，缇骑如云。居则甲第连霄，雕甍映日。其威福赫奕，熏灼五侯。遇敬川公至，莫不敛手庄逊。为人所敬爱如此。晚年杜门不出，逍遥田园，持斋守戒。每晨讽诵梵籍，寒暑无间。诸仲聚首，怡怡愉悦。无疾言遽色，乡党俱称为善士云。"

《族名录》："应科，行二，字敬川。生于明嘉靖戊申年三月初四日，享年八十四岁，于崇祯辛未年四月初七日寿终于家。葬于城南太山新莹主穴，……官职省祭。以孙胆贵，覃恩诰赠骠骑将军。以曾孙道祥贵，诰赠光禄大夫。

以曾孙道瑞贵，诰赠荣禄大夫。妻赵氏，同君人之女，生年四十二岁，……以孙胆、曾孙道祥、道瑞贵，诰赠一品夫人。侧室王氏，生年四十九岁"。《铜山县志》略同。

《曙三张公志》："父敬川公应科，部选省祭，迁居彭城。"

兄弟五人，姊妹四人。

《旧谱家传》："棋……子五人：应科、应选、应第、应试、应聘。女四；大姑字李巩，无出；二姑字小店李某，无出；三姑夭；四姑字湖山陈舜道，生子陈廷某、陈廷瑞，并有孙。"《族名录》同，"陈廷某"为"陈廷桢"。《曙三张公志》略同。

按应选、应第，应试、应聘，《旧谱家传》《族名录》俱有小传，《曙三张公志》亦俱有简介，不具述。

三传至垣，本名聚井，字明卿，号曙三。居彭城。弱冠采芹。崇祯末，愤时事不可为，弃文改武，中崇祯癸酉科武举。史可法节制淮扬，召授河南归德府管粮通判，参兴平伯高杰军事。督饷睢阳，总兵许定国叛，诱杀高杰，公与其难。生年五十三岁。以子胆、铎，孙道祥、道瑞贵驰赠。为彭城张氏肇兴之祖。

《曙三张公志》录张胆《家乘记述》："先府君诰赠骠骑将军二公讳垣，号曙三，本名聚井，字明卿。幼聪颖绝伦，先达器之，曰盛世鸑鷟也。文宗毛一鹭案游州庠，改名垣。益肆力于今古文辞，博学强记，无所不窥。下笔浩瀚，跌宕诗赋，屡应宾兴。弗得志。崇祯中，流冠踩躏畿甸，烽堠中州弗熄。四郊多垒学，使者试文场毕，又试骑射。士羞以章句称。府君慷慨激烈，愤时事不可为，酒后击剑，闻鸡起舞，思以身许国。遂弃文就武，中崇祯癸酉科武举。高藩镇杰素识府君有文武材，是时四镇分地授官，特檄府君署户部榷司事，又署河防篆。即于家公座，得桑梓士民心，胥吏悦服。阁部史公道邻节制淮扬，召府君署本标提塘。羽檄旁午，书记烦冗，五官并用，人莫能测。凡兴利除弊军饷机宜，条陈入告，痛切窾要，益为史公所重。题授归德府管粮通判。时归德兵燹之后，继以饥荒。府君振刷颓靡，招集流亡，洁己劳瘁，以供军储。期月政成，远近向慕。……忽以身殉于悍帅之手。（九世孙张省斋增注云：'悍帅指许定国。史公遣高杰移镇开洛，进图中原。以公与宜兴陈定生参其军事。定生密谓公曰：高公悖蒀，有济也，盍去诸？公太息曰：知之久矣。顾子客也，可以去。我有官守，凤受高公知遇，史公付托，安能复爱此身乎？许定国总兵睢州，负功怨望，尝上书诋高为贼。至是内不自安，预投诚于昭勋公图赖。乙酉正月十一日，高兵至睢。定国出迎数十里，膝行高马前。定国时已七十余，高见其屈服，且怜其老，下握其手，约为兄弟，誓无相害。高兵距睢城二十里驻扎。定国请高入城，高诺之。公谏阻勿听。公曰：即去，当以重兵入。乃以亲兵三百人从。许盛为具，自款高，使其弟款诸将，遍饮士卒。妇女宾客皆杂坐。高坦然不疑，痛饮至醉。酒行，公见许弟动静，并窥许色，心知有异。托白事，耳语高，令为备。高以手推公曰：谁敢者。罢宴，高就馆寝。公欲嘱诸将谋事，皆烂醉如泥，呼之不应，推之不起。公无可奈何，乃就高榻畔，挑灯而坐。三更后，忽闻屋瓦声响。急推高醒，壮士入室者已数十辈。格斗移时，高与公并就执。定国出，蹀血南面坐，数高。高亦不屈。公大骂定国以私害公，叛国奸贼。定国怒，刀乱下。公大呼曰：昔我父以乡祭酒课士明伦，吾今得死叛贼手，不愧矣！定国愈怒，裂尸为七。三百人皆死，仅一传事小辣子，伏高床下得免……'）府君……生平性坦率旷达，虽目破万卷，胸罗武库，而无机械诡谲之术。家贫无资，轻财仗义，有所得即散。遇急或贷于人，入手辄费，不以为惜。好友相聚，出旨酒，留连竟日。诗歌迭奏，章台花馆，欢游弥永，不以为倦。族党间有大疑大狱吉凶诸事，往往排难解纷片语。然诺千里必赴，不以为劳……"。《旧谱家传》《曙三张公志》引成克巩《睢阳别驾张二公元配刘夫人合葬墓志铭》、程南陂《张氏两世事略》、张介《雨村公口述所见盱绅藏本记略》俱略同。《江南省志》《徐州府志》《铜山县志》《归德府志》《徐州诗征》《徐州续诗征》皆同，惟不详耳。

《族名录》；"垣……住居郡城。生于明万历癸巳年七月二十六日，生年五十三岁，于清顺治乙酉年正月十三日殉难河南睢州官署。葬于太山先茔昭穴。……以子胆贵，覃恩诰赠骠骑将军。以子铎贵，覃恩诰赠中宪大夫。以孙道祥贵，诰赠光禄大夫。以孙道瑞贵，诰赠荣禄大夫。"

《曙三张公志》引张胆《赠骠骑将军开具履历》："应赠故父张垣，系徐州人。"《夷犹草》张介按："公为我张氏肇兴之祖。当胜国未造，恪奉官守，致命遂志。两间正气，一代完人。我族瓜瓞绵衍，皆盛德之所留遗。"

能诗善文，风骨清峻，慷慨悲歌，有《夷犹草》传世。

《旧谱家传》："所著有《夷犹草》若干卷，吴门先辈俞公讳琬纶订定嗣行。"《族谱·赠言》引俞琬纶《夷犹草序》："有明卿张子怀刺过余，意味闲淡，风骨棱棱，望而知为异士也。急叩之，果然能诗。……方明卿举似一二，已觉清风袭耳，修黛可人。尽罄其囊中，则或搜异而写生，或稽古而凭吊，或因凉飙之动林而怀故旧，或因丛菊之在篱而见南山。鸟之飞，鱼之跃，水之流，花之开。静观自得之趣，慷慨悲歌之气，一发之于诗，皆性情中语。……观其人多从容逸豫，故其诗多轩爽夷犹。因而名之曰《夷犹草》。"此序亦见载于《曙三张公志》。

《徐州续诗征》卷二十二选罗霖《张别驾曙三先生殉难睢阳》其二："睢民觏觏望来苏，才子从军事剥肤。……

博得红绡书锦字，梁园别驾旧鸿儒。"其三："寻常诗酒为谋计，到处烟岚是社林。"

《夷犹草》张介按："四世祖伯量公云：先严诗帙，因兵燹后散失颇多，见存三卷，查已剖厕他姓集中。不便混入，今以笥中手泽若干首，附以家乘，亦以志吉光片羽也。"

按《曙三张公志》收有《夷犹草》全部，凡五十三首。《族谱·藏稿》选《夷犹草》十二首。道光《铜山县志》选《夷犹草》一首。《徐州诗征》选《夷犹草》一首，民国《铜山县志》因之。

妻刘氏，母仪端方，闺教肃严，享年六十九岁。妾冯氏，庄静严肃，持家有法，享年六十七岁。

成克巩《睢阳别驾张二公元配刘夫人合葬墓志铭》："元配刘夫人为郡绅刘公潭女，夙娴家教。归公后，公少居约，夫人椎髻操作，蘋蘩敬事，不失堂上欢。……其著者，当公出守睢阳，夫人不为喜。及难作，夫人不为惧。曰：为人臣者当如是，何惜一死殉地下！时长嗣方成立，而仲季尚在襁褓也。夫人啣哀励节，诲子育孙，垂二十年。"《徐州府志》略同。

《旧谱家传》："先姚刘太夫人出吕梁名族，归府君，家值中落，脱珥主中馈，事舅姑，虔恭斋肃。春秋奉蒸，尝蘋蘩必躬。闺教端严，内言不出，外言不入，咸以为母仪焉。字铎、翖一如己出，鞠育诸孙、孙女，含饴分旨，备极顾惜之爱。……冯太宜人生弟铎、翖，庄敬严肃，持家有法。……虽翟茀象珮，而自奉俭约，尤为难得。"

《族名录》："垣……妻刘氏，同郡人、山东兖州府滕县典史讳潭之女。生于万历癸巳年正月二十八日，享年六十九岁，于顺治辛丑年七月十二日寿终内寝。……以子胆、铎，孙道祥、道瑞贵，诰赠一品夫人。侧室冯氏，生于万历戊申年四月二十一日。以子铎贵，诰赠太宜人，晋封太恭人。享年六十七岁，于康熙甲寅年正月初一日寿终内寝。"

按垣即竹坡祖父。戴维·特·罗伊《张竹坡评金瓶梅》考证歙县人张习孔为竹坡祖父，误。

兄弟三人，姊妹三人。

《旧谱家传》："公（应科）有子三：聚井，后改名垣；聚胃；聚璧。女三：大姑字双沟高某，早世；二姑字汤之屏，生子汤启，孙某；三姑字杨子孝，生子杨登基、杨登某。"《族名录》同，《曙三张公志》略同。

按聚胃、聚璧，《旧谱家传》《族名录》俱有小传。《族谱·传达》并引有吕维扬《炯垣（聚胃）张公传》、拾泰《珍垣（聚璧）张公传》。不具述。

四传至翱。兄弟三人，时称"彭城三凤"。姊妹一人。

《族名录》："垣……子三：胆，刘氏出；铎，冯氏出；翱，冯氏出。女长，刘氏出，婿王大业，同郡人，总督三省标下游击。"《旧谱家传》、成克巩《睢阳别驾张二公元配刘夫人合葬墓志铭》同。

《族谱》张昙序："伯量……仲宣……季超……彭城三凤，将为海内共推。"

胆，字伯量，行大。与父垣同中崇祯癸酉科武举。初任河南归德府参将。清兵南下，转随豫王南征。凡三摄兵权，两推大镇。官至督标中军副将，加都督同知。晋阶骠骑将军。后革职返里，施德布惠，公举乡饮大贤。以子道祥、道瑞贵，累封光禄大夫。享年七十七岁。崇祀徐州乡贤祠。

《族谱·传述》录张胆《自述》："胆原名铨，习制举业，就有司试，避先达讳，命改名。号伯量。文场弗售，攻孙吴家言，中崇祯癸酉科武举。阁部史公可法镇淮扬，录用军前，题授河南归德府城守参将。顺治二年三月，豫王率师围归德。匝月，城将破，玉石俱焚。胆率先投诚，愿保全阖城百万生命。奉令旨准弗俘掠，予胆官副将，赐袍帽。入城安抚，士民安堵。仍命随大军，督炮车南下。攻维扬，取金陵，所在破竹。虽乘胜长驱，然锋镝之下，鸟惊兽骇，获全老弱子女无算。顺治三年，任浙闽总督张公存仁标下中军副将。……当是时，两浙新入版图，……不时风鹤告警，中宵传析，丙夜飞羽，马不及鞍，人不遑甲。张公法令严肃，文武百寮，惴惴不敢前。胆赤心报国，条陈机宜方略，战胜攻取，尽展蕴抱，无不计听言从。……顺治四年，张公入闽，特题胆漳南道。部议以武改文未便，格于例，弗行。……后张公以病予告还京，总督陈公讳锦继任，调胆金衢总兵中军。顺治六年，驻金华。凡悍兵恣横，按军法歼其渠魁，三军股栗。不半载，张公起补直隶、山东、河南总督。特疏题请调补督标中军副将。……计余任浙闽三余载，总督题叙战功，记录十三次。……及赴天雄任，榆园大盗踩躏畿甸，跳梁齐鲁。……余且剿且抚。时夜半，得侦报，贼且至。余未及旦蓐食，即单骑先驱。后军未至，而贼首已歼。余贼受缚，其协从者悉令投戈散去。……榆园以次荡平。露布奏凯，又以军功记录。蒙钦赏，顺治八年八月，以覃恩授骠骑将军，三世如其官。……顺治九年十一月，会推天津总兵员缺。十年十二月，会推河南开归总兵员缺。两次皆为有力负之而趋，廷论惋惜。……未几科参，解任听勘。又阅数月，以风影事指摘挂误，革职回籍。蕙苡为珠，自古信然。……及归里之日，兢兢株守，绤衣粗食，不敢妄费。……时当大祲，则竭廪捐赈。康熙十年冬至次年四月……共捐小麦三千余石。十二年，淮安饥，载小麦三千石输于官。……如冬无衣者，予之棉；死不能殓者，予之棺；不能葬者，予之地。

……废刹荒寺，延名僧住锡修茸。刊刻诸经，……朔望得诵，尤加虔谨。……惟愿后嗣官者，以忠勤报国，以清节惠民，居乡者，以耕读传家，以诗礼裕后。"

王熙《骠骑将军张公传》《族谱·传述》引范周《总戎伯亮张公传》、张介《雨村公口述所见盯绅藏本记略》《族名录》《家乘记述·张省斋增注》、程南陂《张氏两世事略》《族谱志铭》引张玉书《伯量张公墓志铭》《族谱·赠言》引张玉书《徐州新迁文庙记》，又引张玉书《重建荆山口石桥碑记》《江南通志》《杭州府志》《徐州府志》《铜山县志》《徐州续诗征》等俱略同。然亦有其可补充之事，与当辨明之处，兹按诠如次：

胆字伯量，非字伯亮。范周《总戎伯亮张公传》误。《笠翁一家言全集》卷四《联》"赠张伯亮封翁"、"赠张伯亮副总戎"亦误。

《骠骑将军张公传》："公……彭城人。……少慷慨有大志，鸢肩虎相，见天下多故，思以武功显。"《总戎伯亮张公传》："幼负倜傥，有大志，不屑以举业章句。"实则胆"文场弗售"，转攻孙吴。然此虽溢美之词，亦在情理之中。

《骠骑将军张公传》："旋授归德城营参将，父子文武为一方保障。……曙三公……不屈死之。公闻变，泣血厉众，率所部直捣其师，歼之。叛帅逃而免。"不详，张介《雨村公口述所见盯绅藏本记略》则颇录细节，曰："伯量在归闻变，率所部疾驰至睢。与王之纲等追定国不及，歼其余众而还。……伯量已决计送枢归葬，合手下壮士数十人，投入清营，乘间剚刃定国腹中，死不恨矣。王、李(遇春)诸将急止之曰：不可，君欲报仇，与其轻身蹈险，且事不可知，何如守城统众，乘隙待时。……既而诸将皆就伯量计曰：方今马、阮专擅朝权，史公趑趄江北，黄与二刘皆有吞噬我辈之心，南都事不可知。咫尺黄河，尽属敌国。惟江南数省，得之尚足据以为安。我等不若仍依高公故事，鼓行渡江，放兵南下，可以得志。伯量曰：不可，若鼓行放兵，是为乱也，终必无以自立。且时移势易，兴平前事，岂可师乎？目下……许定国叛去，沿河数百里尽属我等，正宜竭忠尽力，上报国恩，下复私仇，万万不可妄有希冀，自贻首乱之咎也。诸将皆谢不及，相与约曰：城守、河防，虽系两事，总属一家。我辈粗人，目不知书，凡事皆取张公进止。……豫亲王谂知伯量才兼文武，计收用。预遣许定国隶肃王军。进围归德，匝月，知城已不支。乃遣人入城，以礼招徕。并许以复仇，不杀人，不停掠，退兵三十里。伯量感之，乃受命。"

《骠骑将军张公传》："会有修怨者假事中伤，大府欲亟上白，且留公。公曰：吾尚有老母在，当伸孝养，遂吾初志也。奚辨为！遂侃然归。"《总戎伯亮张公传》："公以方盛之年，急流勇退，飘然欲从赤松子游。"《伯量张公墓志铭》："公则念母刘太夫人春秋高，自寇乱以来，戮力行间，未亲甘旨之奉。今幸中原肇定，吾愿毕矣，安能仆仆久事戎马间乎。乃力请侍养以归。"按实则张胆时为科参，"革职回籍"。王《传》、范《传》、张《铭》系为贤者讳。

张玉书《徐州新迁文庙碑记》："学宫……因陋就简，制度未备。……予宗叔伯量公毅然……捐其岁入之资六千余金以为倡。……经始于康熙癸亥年春，落成于康熙甲子年，……视旧学之制，规模宏远矣。"《重建荆山口石桥碑记》："荆山口……石桥……倾圮。……邮传行旅至此，率望洋以叹。……吾彭城族叔伯量公闵然殷怀，首志修复，……桥长计三百六十二丈五尺，高一丈八尺，宽一丈九尺，桥孔大小四十余洞。兴工于康熙壬戌年，落成于康熙辛未年，计其费共银三万六千八百四十两。"按张胆《自述》叙至康熙十九年，兴学建桥，俱在其后，故录玉书两记以补。

《族名录》：“胆，行大，字伯量。生于明万历甲寅年十二月十八日，享年七十七岁，于清康熙庚午年二月初七日寿终于家。葬于太山祖茔穆穴。……以子道祥贵，诰封光禄大夫。以子道瑞贵，诰封荣禄大夫。乡饮大宾。崇祀乡贤。”

亦能诗文。

《自述》：“署本标右营，管赏功厅事，日凡上幕府，功绩次第登记，比道员任也。”《伯量张公墓志铭》；“浙闽总制张公存仁知公才优，请于朝，欲用为漳南监司。廷议以八闽未靖，公宿将，不可以文吏夺公任。”

按《族谱·杂著藏稿》收有张胆《兵宪袁公传》《罗山人小传》两篇，均注明“载郡志”，盖张胆为《徐州府志》所作。另有《重修奎楼碑文》《迁建徐州文庙记》两篇存世。《徐州续诗征》卷一《铜山》选其诗二首，诗题《归田词》。而《归田词》今存八首，见《清毅先生谱稿》卷六。

妻朱氏，凤娴女训，早亡。继配孔氏，克襄内治，壸仪可则，享年八十九岁。妾赵氏、陈氏、刘氏、彭氏。

《自述》：“娶朱氏。毓质名闺，凤娴女训，敬事舅姑，有亡匄勉。惜中道弃捐，享年二十八岁。生于万历四十一年十二月十四日，卒于崇祯十三年十月初二日。……继娶孔氏。四德咸宜，克襄内治，春秋蘋藻，庄慎严肃。鞠育子女，慈恩备至。至于䁝卹三族之戚，恩抚群下，内外食指众多，皆使之宽裕得所。自奉简约，晚年茹斋敬佛，壸仪可则。”按孔氏事载《徐州府志》，颇详。

《族名录》：“妻朱氏，同郡人讳星炳之女。……以夫，以子道祥、道瑞贵，诰赠一品夫人。继妻孔氏，同郡讳贞贤之女。生于天启癸亥年十月初八日。以夫，以子道祥、道瑞贵，诰封一品夫人。享年八十九岁，于康熙辛卯年二月十六日寿终内寝。……侧室赵氏，生于崇祯壬午年十月二十三日。以子道溥贵，诰封太孺人。享年六十一岁，于康熙壬午年六月二十三日寿终内寝。……侧室陈氏……刘氏……彭氏。"

铎，行二，字仲宣，号鹤亭。父垣殉难，以八龄扶榇归里。弱冠，以兄胆荫生，选授内翰，时负才名。官至汉阳太守。诰封奉政大夫。廉介自持，严正端方，与时相左。遭吏议归里，遂优游林下。享年五十八岁。

《族谱·传述》录张道渊《奉政公家传》："伯父奉政大夫二公讳铎，字仲宣，号曰鹤亭。……总角时，天性庄毅，绝不与群儿伍。岁甲申，先王父殉难睢阳。国破家亡，烽烟四境。公仅八龄，而能徒步于数百里之遥，扶榇归里。其才其识，自非寻常童孺可得同年而语也。弱冠，以恩荫考除内翰。西清禁地，侍从趋跄，红本票拟，悉公手录进呈。……一时声誉藉甚皇都。丁未秋，贵今上亲政诏宣谕两浙。将入境，督抚提镇率属郊迎，俯伏十余里。公乘马竟行不顾。固为往例，实荣幸矣。及复命，未旬余，而两迁中秘。燃藜起草，口传纶綍，翻译国书，朗如眉列。己酉，出为临安司马。公至郡，首先捐俸修整黉宫，次备供给，聚士课艺，以鼓励人才。更复捐资创修曲江箐口关石桥，以利行人。……而其自处，则饮冰茹蘗，恪供职守。独是边土凋敝，僰民杂处，兼以强蕃骚扰，民不堪命。公不避嫌怨，力为抚恤。遇藩兵肆横，即严挞以惩。一时儇悍之徒，闻公名莫不敛迹避去，不敢入境。癸丑，朝觐，陞授澂江刺史。甫就道，闻冯太恭人讣，丁艰旋里。而吴逆适叛，公忠义性成，设在滇中官守是责，则张睢阳将再见于今日矣。然公早有先见，于奉表时，即命眷属归里，竟免于难。此又明哲保身之左券矣。服阕，补汉阳太守。

汉阳当水陆要冲，兵兴旁午，羽檄星驰。公才堪四应，游刃有余。督部廉知其能，调至军前监造战艘，并资赞画。公既受命，身自董理，昼夜靡宁。不数月，而艨艟巨舰，蔽江映日。当是时，亲王重镇，云集荆襄。耳公之才，莫不愿为一见。独是公廉介自持，刚厉不屈，与时相左，不能宛转叶贵人意。故被吏议。公恬然无愠色，笨车朴马，遄回故里，优游林下。囊橐萧然，闭户读书，怡怡自得，视富贵如浮云。公生平秉礼持正，庄敬不阿。闲居燕处，后进辈侍立左右，终日不敢有惰容。每恶世风偷薄，思欲力挽颓俗，反之古道。故遇有怀诈面谩者，辄质责谯让，无所容。岁时伏腊乡里，宴会座中，有豪放辈闻公至，莫不攒眉吐舌，辄自引去。曰：此吾平日畏敬，而不敢仰视者也。即此可以想公严正之风矣。……醉后不责人以非理。子侄中之狡者，尝将平日不敢面陈之事，乘醉质之公前。公大笑，颔之而已。公于沉酣之际，性地独能不乱，足见养之有素。诸人为公惜者，以公一生方正，不能随时俯仰为病。此不知公者也。而知公者则曰：此正足以传公也。"《铜山县志》略同，惟极简疏。

《雨村公口述所见盱绅藏本记略》："(胆) 弟铎、子道祥叔侄同庚，方九龄，在旁齐声愿任扶柩归葬，请兄父端意报仇。诸将异之。"按此云"九龄"，系虚岁。《奉政公家传》谓"八龄"，为周岁。

《族名录》；"铎……生于明崇祯丁丑年三月十五日，生年五十八岁，于康熙甲戌年二月初九日疾终于家。葬于黄家楼新茔主穴。官职恩荫，初任内阁办事中书，二任内国史院中书，三任内弘文院典籍，四任云南临安府同知，五任云南澂江府知府，六任湖广汉阳府知府。覃恩诰授奉政大夫。"

按《奉政公家传》称康熙为今上，则撰于康熙年间无疑。《族名录》则避乾隆讳，系刻于乾隆间。后《曙三张公志》补谓"晋阶中宪大夫"。然《族谱·诰命》未收授此散阶的诰命。

又铎诗《感怀》十首颇可与传相印证。其二曰;"追思昔日列鹓班,待漏西清识圣颜。簪笔直分衔凤下,珮铷扈从猎骑还。上方沾沐珍馐赐,内藏荣叨宫锦颁。惟有纶扉司染翰,常朝不与颇余闲。"其四曰:"曾颁凤诏出枫宸,两浙宣恩雨露臻。天使皇华清驿路,舍人鞠瘁尽臣伦。西湖桃李烟云旧,南国人文物候新。俯地锦袍盈十里,雕鞍稳坐不躬身。"诗有自注云;"全省满汉文武大小官员,皆衣朝服,俯伏道旁,约十余里。余乘马竟行不顾,盖往例也。"自得之情,溢于言辞。

能诗,工书,善饮。誉为张氏白眉。有《晏如草堂集》行世。

《奉政公家传》:"先皇帝(敢按指顺治)爱其点曳工楷,特加奖赏。凡内庭宫殿以及陵工诸额,悉命公书。……晚岁喜赋诗,有《晏如草堂集》行世。更好饮酒。每于花晨月夕,呼子侄辈分韵拈题,倾杯倒瓮,笑语达旦。"《曙三张公志》:"铎……能诗工书。"《族谱》张昙序:"铎,文华禁苑,才重天颜,孝友性生,家风是凛,诚为一族白眉。"《感怀》其七:"图书满架谁同调,明月多情入座来。"其十:"花前歌笑琴三弄,月下吟哦酒一瓢。"

按《族谱·藏稿》选《晏如草堂集》十首,总题为《感怀》。《徐州诗征》选其诗一首,即十首之五,亦题为《感怀》。另《族谱·奏疏》收有张铎康熙六年五月十八日之奏疏两道。

妻蔡氏,早亡。继配蔡氏,享年六十八岁,妾孙氏、王氏、李氏、孙氏、滕氏。

《族名录》:"妻蔡氏,沛县人、江南淮安府清河县知县讳见龙之女，早逝。以夫贵，诰赠宜人，再赠恭人。
……继妻蔡氏，沛县人、庠生讳文龙之女。生于顺治乙酉
年二月初二日。以夫贵，诰封宜人，晋封恭人。享年六十
八岁，于康熙壬辰年正月二十三日寿终内寝。……侧室孙
氏……王氏……李氏……孙氏……滕氏。"按继配蔡氏事载
《徐州府志》，颇详。

　　按胆、铎俱为竹坡伯父。竹坡并无叔父。戴维·特·罗
伊《张竹坡评金瓶梅》谓张潮为竹坡父之同父异母弟，误。

父翙，字季超，号雪客，自号山水友，行三。

　　《族名录》："翙，行三，字季超，号雪客。"《曙三张
公志》同。《族谱·赠言》引陆琬《山水友诗序》："自号
曰山水友。"胡铨《司城张公传》；"翙字季超，一字雪
客"。《徐州诗征》同。按雪客当为号，胡《传》、《诗征》
误。

崇祯癸未年生。不满二岁，而父殉难。随母归里，惊恐多病。

　　《族名录》："生于明崇祯癸未年七月二十九日。"《司
城张公传》："生甫周，其父殉难睢阳。伯兄随大军南渡。
仲兄仅八龄，扶父柩，并奉其母两太夫人，走烽火中数百
里以归。公在襁褓，遭跋涉，冒惊恐，因而一生善病，如
汉文成侯。"

年十三，两兄并仕，独奉母家居。

　　《司城张公传》："公年十三，伯兄远镇天雄，仲兄以
内史入侍清班。群从各复蝉联鹊起以去。公内而亲帏独奉，
色笑承欢。"《铜山县志》略同。

英颖绝伦，雍容恬雅，少有练达之才。

《司城张公传》："辣髯伟干，秀眉炯目，神锋渊著，精采焕发。奕奕荫百十许人，朗朗若万间屋。……周旋恬雅，揖让雍容，只觉奇气英英，扑人眉宇。至其综理家政，则部署有方，屏当不紊。夫以翩翩年少，具此练达之才，每令老生宿儒对之挢舌。金曰：王孙公子不镂自雕，此谚不虚矣。"《族谱》张昊序："翱，蜚声黉序，英颖绝伦，振翮雄飞，拟目以俟。"

不欲宦达，强之仕，旋归。

《司城张公传》："闾里望其仕，群相告曰：东山不起如苍生，何此语竟忘之耶？公笑而不言。交亲劝其仕，私相谓曰：慕容垂乘父兄之资，少加倚仗，便足立功，此语竟忘之耶？公不答。公之伯兄强公之都下，逼之仕。激相问曰：伯石辞卿，子产所恶。少而学，壮而行。致身显盛，光大前人，遗烈此语竟忘之耶？公勉应之，授司城之衔。旋即遄归，终不仕。"《曙三张公志》："翱……庠生，授职五城兵马司正指挥。"《族谱·杂著藏稿》选其《山水友约言》："芥功名而尘富贵。"

啸傲林泉，留连山水，约文会友，结社赋诗。

《司城张公传》："外而广结宾朋，座中常满。……肆力芸编，约文会友。一时闻风兴起，诵读之声，盈于里巷。……公无轩冕情，有邱壑想。每于长松片石之间，山晓水明之候，琴樽自适，丝竹怡情。朗畅之怀，直欲不容一点俗尘飞来左右者。公最重交游，尝结同声社，远近名流，闻声毕集。中州侯朝宗方域，时下负盛名；北谯吴玉林国缙，词坛宗匠，皆间关入社。盛可知矣。……湖上李笠翁偶过彭门，寓公庑下，留连不忍去者将匝岁。同里吕青履维扬、孙直公曰绳、居梦真毓香、杨又、曾巩、徐硕、林栎之数子，常与公数晨夕于烟霞泉石之间，数十年无间然也。"《铜山县志》略同。

《山水友·惜春草》"春夜宴西园次孙汉雯韵"："千古惟容我辈宽，夜游秉烛莫辞寒。樽前且进青田酿，身后谁逢绛雪丹。美景从来怜易歇，春光休教送无端。诗成四座风云落，独愧阳春曲和难。"又"赠博平耿隐之"；"癖爱烟霞尘富贵，性甘泉石老林邱。"

《山水友约言》："丹诏九重，难致草堂之居士。白云一片，堪娱华阳之隐居。旷达无拘，陶靖节之放怀对酒。诙谐特异，嵇中散之乐志携琴。是以富春垂钓之士，友麋鹿而侣鱼虾。神武挂冠之贤，芥功名而尘富贵。古人良有以也，我辈宁不幡然。况朝露易晞，浮云难久，春花虚艳，秋月徒辉。自宜尽日为欢，及时行乐也。爰集烟霞之侣，共订泉石之盟。乐山乐水，会文会友。会之设也，宜俭维道义以相长。会之期也，宜频庶情怀之相洽。要知气分既相投，须置形骸于莫问。克全终始，无竟妍媸。况我同人，咸饶异致。特特奇奇之品，磊磊落落之姿。允为神仙窟里之人，要非名利场中之客。自宜接七逸之武，盘桓于翠竹之谿。追四皓之踪，优游于紫芝之圃。或筑草堂于层峦之上，或构环堵于曲水之滨。或荫长松，或坐纤草。朋风友月，听鸟观鱼。世居太古之前，人是羲皇以上。何其适也，不亦快哉。其或韵士无依、高人落魄者，则从而济之；花魂无主、月魄不归者，则从而吊之。呜呼，怡情为乐，养性乃真。较彼心如膏火、思等流波者，其趋既异、所得自多也。"

《族谱·杂著藏稿》录其《惜春草小引》："余琴书性癖，花鸟情深。九十韶光，欲尽绸缪久住。三春景物，肯教容易轻归。故携酒深山，卧听清音来睍睆。征歌密柳，坐评娇影舞参差。"

能诗擅文，解律工画，骈文、七律清新流丽，尤得右军、太白逸致。有《同声集》《山水友》《惜春草》行世。

《曙三张公志》："翃……诗名家。"《山水友·惜春草》"和答王子大"，"梦笔生花善论诗，小窗风雨寄离思。阳春白雪高千古，明月青莲擅一时。"陆琬《山水友诗序》："……点染图画，游戏三昧。……每过从先生馆舍，受诗稿卒业，如行山阴道上，千岩万壑，目不给赏；水光山色，冉冉飞动楮面。盖先生之诗，借山水而益奇。"《族谱·赠言》引徐鸿《山水友诗序》："先生诗若干篇，名其集曰《山水友》。"《族谱·赠言》引赵之镇《惜春草序》："余至彭城，受知于季翁先生，因得快读其所著。才奇八斗，而一往情深，……无日不携斗酒、挟管弦，酬觞啸咏，……是以盈囊充箧，无一掷地不作金石声。……及见珠辉玉灿，奇艳惊眸者，则案头《惜春草》也。……出之巧合天然，绝无斧凿痕迹。"《司城张公传》："刊有《同声集》诗如干卷行于世。"同治《徐州府志》卷十九《经籍考》："张翃，《同声集》(铜山志)。"

按《族谱·藏稿》选其诗十五首、词四首，总其名曰《山水友》《惜春草》，未析分。又道光《铜山县志》卷二十二《艺文五国朝诗一》选其诗一首，《徐州诗征》卷二《铜山二》选其诗一首，俱在《族谱》所选之内。

多蓄异书古器。

陆琬《山水友诗序》："彭城季超张先生挟不世之材，负泉石之癖，多蓄异书古器，以啸咏自适。"

曾出游任城、汉阳、吴江、杭州等地。

按《山水友·惜春草》中有《秋日登任城太白楼谒二贤祠》《登晴川阁》《过西冷游飞来峰》诸题。其《传言玉女》(重阳旅况)：雁渡长空，霜落吴江，枫冷乡思无限。"

又《赠博平耿隐之》："云龙折柳为君赋，他日同期五岳游。"

感叹世风颓丧，慨然为桑梓排难解纷。

《司城张公传》："当是时，流氛蹂躏之余，吾徐惊鸿甫奠，俗鄙风颓。……更结经济社，标以射约，而少年英俊辈，纷纷然操弓挟矢以从。由此国俗为之丕变。公敷陈事理，词义精剀，声响朗然。郡中巨细事咸质诸公。公剖分明晰，悉中肯綮，而桀黠争雄纠结难明者，当公片语，莫不含羞释忿而退。盖公临事刚而不亢，柔而不衰，直爽轩豁，音吐鸿钜，令人凛然如对巨鉴，而不能隐其迹也。"

性喜挥霍，常致囊涩。

《司城张公传》："公门第迥然，而晰产乃不及中人。且性喜挥霍，屡以涩囊致困。"

每怀黍离之情，飘然有出世之思。

《山水友·惜春草》"初夏静夜玩月偶成"："拥石高歌舒啸傲，抛书起舞话兴亡。衔杯不与人同醉，独醒何妨三万场。"又"泗水怀古和石蕴辉韵"："丰沛雄图望眼消，空余泗上水迢迢。诗歌旧迹碑犹在，汤沐遗恩事已遥。白鹭闲依荒草渡，锦禽争过断杨桥。山川无限兴亡意，月色风声正寂寥。"又"白云禅院"："白云深处偶停车，殊觉红尘道路赊。梵语空清高岭落，花香幽艳曲蹊斜。朝霞暮霭连松叶，夜月春风冷石华。每忆武陵求隐地，桃源不意在山家。"又"答弥壑和尚"："厌闻名利计人余，欲向深山结草庐。幻梦觉来三昧寂，色空悟到一身馀。"

因哭至友致卒，生年四十二岁。

《司城张公传》："公一日扶病出数十里外，哭其至友于悬水邮。过恸。归途冒风雪，病转剧，因着床褥，遂不起。"《族名录》；"翙……生年四十二岁，于清康熙甲子年十一月十一日疾终于家。葬于丁塘紫金山之阴新茔主穴。"

母沙氏，同郡廪生沙日清女。弱龄以孝女闻，于归以贤妇名，晚岁以仁母称。享年六十三岁。

《族谱·壶德》："沙氏，徐州人、廪生沙日清女，兵马司指挥张翙妻。赋性沉静，一生无疾言遽色。弱龄以孝女闻，于归以贤妇名，晚岁以仁母称。至其闺范，雍雍然，肃肃然，外言不入，内言不出也。作未亡人者，将三十年，丸熊之教无怼。男噪才名于弱冠，女解割股于垂髫。即此可证氏教有方矣。里中亲串咸敬仰之，奉为仪型焉。"原注："载州志闺德部。"

《族名录》："沙氏……生于顺治丁亥年三月二十三日，享年六十三岁，于康熙巳丑年二月二十四日寿终内寝。合葬丁塘紫金山新茔主穴。"

簪缨世胄，钟鼎名家。

《族谱》雍正十一年石杰序："张于徐为巨族，其仕者皆有廉能之称。"《族谱·传述》引拾泰《珍垣张公传》："筱里……世族最伙，若历数之，则张姓当偻第一指。"《族谱·传述》引庄柱《邑侯张公传》；"彭城张氏，素称望族，代有伟人。"《族谱·传述》引周钺《孝靖先生传》："先生一门群从，势位倾同里。"《族谱·志铭》引孔毓圻《履贞张公墓志铭》；"簪缨袍笏，一门济济，大河南北，莫与伦也。"《族谱·崇祀》："簪缨世胄，钟鼎名家。"

竹坡生有异兆，竟每以虎自喻。

《仲兄竹坡传》："岁庚戌，母一夕梦绣虎跃于寝室，掀髯起立，化为伟丈夫，遂生兄。"《十一草·拨闷三首》：
"我闻我母生我时，斑然之虎入梦思，掀髯立起化作人，黄
衣黑冠多伟姿。……我志腾骧过于虎。……去年过虎踞，
今年来虎阜，金银气高虎呈祥，池上剑光射牛斗。"《十一
草·客虎阜遣兴》："……银虎何年卧此邱。凭吊有时心耳
热，……"。《十一草·乙亥元夜戏作》："弱女提灯从旁
舞，醉眼将灯仔细看，半类狮子半类虎。"

少聪颖，六岁能诗，入塾倾倒同社。

《仲兄竹坡传》："六岁辄赋小诗。一日，丱角侍父侧。
座客命对曰：河上观音柳；兄应声曰：园外大夫松。举座
奇之。……兄长余二岁，幼时同就外傅。余质钝，尽日呀
唔，不能成诵。兄终朝嬉戏，及塾师考课，始为开卷。一
寓目，即朗朗背出，如熟读者然。……一日，师他出。余
拣时艺一纸、玩物一枚，与兄约曰：读一过而能背诵不忘
者，即以为寿。设有遗错，当以他物相偿。兄笑诺。乃一
手执玩具，一手持文读之。余从旁催促，且故作他状以乱
之。读竟复诵，只字不讹。同社尽为倾倒。"

二十四岁，北游长安诗社，名震都门，咸称竹坡才子。

《仲兄竹坡传》："长安诗社每聚会不下数十百辈，兄
访至，登上座，竟病分拈，长章短句，赋成百有余首，众
皆压倒，一时都下称为竹坡才子云。"《司城张公传》：
"道深，有时名，世咸称为竹坡才子云。"

《十一草·乙亥元夜戏作》；"去年前年客长安，春灯影
里谁为主。"按乙亥前二年为癸酉，竹坡生于庚戌，因知为
二十四岁。《十一草·拨闷三首》："廿岁文章遍都下。"按
此系举其成数。

性孝友，志欲鹏飞，光宗耀祖。

《族谱·杂著藏稿》录其《乌思记》："余……年十五而先严即见背。……戊辰春，予以亲迎至钟吾。……萱树远离，……对景永伤，不觉春衫泪湿。……偶见阶前海榴映日、艾叶凌风，乃忆为屈大夫矢忠、曹娥尽孝之日也。……彼曹娥一女子也，乃能逝长波逐巨浪，贞魂不没，终抱父尸以出。矧予以须眉男子，当失怙之后，乃不能一奋鹏飞，奉扬先烈，……尚何面目舒两臂，系五色续命丝哉！"《十一草·乙亥元夜戏作》："堂上归来夜已午，……且以平安娱老母。"

体质羸弱，而精神独异。读书快若败叶翻风。

《仲兄竹坡传》："兄体臞弱，青气恒形于面，病后愈甚。伯父奉政公尝面谕曰：侄气色非正，恐不永年，当善自调摄。……兄虽立有羸形，而精神独异乎众，能数十昼夜目不交睫，不以为疲。"《十一草·拨闷三首》："我生柔弱类静女"。

《仲兄竹坡传》："兄读书一目能十数行下，偶见其翻阅稗史，如《水浒》《金瓶》等传，快若败叶翻风，晷影方移，而览辄无遗矣。"

落拓不羁，志节疏放。

《仲兄竹坡传》："兄性不羁。一日家居，与客夜坐。客有话及都门诗社之盛者。兄喜曰：吾即一往观之，客能从否？客方以兄言为戏，未即应。次晨，客晓梦未醒，而兄已束装就道矣。"《十一草·拨闷三首》："我生泗水上，志节愧疏放。"

《幽梦影》有一则云："赏花宜对佳人，醉月宜对韵人，映雪宜对高人。"竹坡批曰："聚花、月，雪于一时，合佳、韵、高为一人，吾当不赏而心醉矣。"《幽梦影》又一则云："一岁佳节以上元为第一，中秋次之，五月九日又次之。"竹坡批曰："一岁当以我畅意日为佳节。"

五困场屋，未博一第。

《仲兄竹坡传》："十五赴棘围，点额而回。……兄一生负才拓落，五困棘围，而不能博一第。"

激赏《金瓶梅》针线细密，二十六岁时，为炎凉所激，旬有余日，批成梓行，货之金陵，才名益振，然终受其累。

《仲兄竹坡传》："(兄)曾向余曰：《金瓶》针线缜密，圣叹既殁，世鲜知者，吾将拈而出之。遂键户旬有余日而批成。或曰：此稿货之坊间，可获重价。兄曰；吾岂谋利而为之耶？吾将梓以问世，使天下人共赏文字之美，不亦可乎？遂付剞劂。载之金陵。于是远近购求，才名益振。四方名士来白下者，日访兄以数十计。"

按《第一奇书非淫书论》"生始二十有六，素与人全无恩怨"云云，信为实言。又《竹坡闲话》："《金瓶梅》何为而有此书也哉？曰：此仁人志士，孝子悌弟，不得于时，上不能问诸天，下不能告诸人，悲愤呜唈，而作秽言以泄其愤也。"并说他"恨不自撰一部世情书，以排遣闷怀。"又《第一奇书·凡例》："此书非有意刊行，偶因一时文兴，借此一试目力，且成于十数天内。"戴维·特·罗伊《张竹坡评金瓶梅》考定竹坡评《金瓶梅》在康熙五年至二十三年间，非是。

《幽梦影》有一则云："凡事不宜刻，若读书，则不可不刻。"竹坡批曰："我为刻书累，请并去一不字。"按有清一代，张氏族人皆不便承认其为先人。直至民国二十四年，张伯英编纂《徐州续诗征》，方首次公开归竹坡于谱系。

性挥霍，喜交游，狂于酒，至于贫病交加。

《仲兄竹坡传》："兄素善饮，且狂于酒。……兄性好交游，虽居邸舍，而座上常满。日之所入，仅足以供挥霍。"

《十一草·拨闷三首》其二："少年结客不知悔，黄金散去如流水。老大作客反依人，手无黄金辞不美。"其一："愁多白发因欺人，顿使少年失青春。"《竹坡闲话》："迩来为穷愁所迫"。《幽梦影》有一则云："境有言之极雅而实难堪者，贫病也。"竹坡批曰："我幸得极雅之境！"

客寓扬州、苏州，愤世疾俗，批书写恨，吟诗寄愁，自我解嘲。

《与张山来书》其一："老叔台诚昭代之伟人，儒林之柱石。小侄何幸，一旦而识荆州。广陵一行，诚不虚矣。"其二："承教《幽梦影》……小侄旅邸无下酒物，得此，数夕酒杯间颇饶山珍海错……不揣狂瞀，妄赘琐言数则。"按竹坡于康熙三十五年由南京移寓扬州，① (参见下文) 而由《与张山来书》知乃初识张潮等人，并参与《幽梦影》批评。其《幽梦影》批语有一则云："今之绝胜于古者，能吏也，猾棍也，无耻也。"

《十一草·拨闷三首》其三："去年过虎踞，今年来虎阜。"其二："而今识得世人心，蓝田缓种玉，且去种黄金。"其一："何如不愁愁亦少，不见天涯潦倒人，饥时虽愁愁不饱。随分一杯酒，无者何必求！"《十一草·客虎阜遣兴》："好将诗思消愁思，省却山塘买醉钱。"按竹坡评点《金瓶梅》在康熙三十四年乙亥，次年春"载之金陵"。此言"去年过虎踞，今年来虎阜"，因知竹坡系于康熙三十六年由扬州转客苏州。其有感于人情冷暖、世态炎凉，却由来已久。《乌思记》："人情反复，世事沧桑，若黄河之波，变幻不测；如青天之云，起灭无常。噫！予小子久如出林松杉，孤立于人世矣。"

然志不少减，坚欲用世。遂北上，效力永定河工次。

《十一草·拨闷三首》："眼前未得志，岂足尽生平。"
《十一草·客虎阜遣兴》其三："凭吊有时心耳热，云根拨
土觅吴钩。"

《仲兄竹坡传》："一朝大呼曰；大丈夫宁事此以羁吾
身耶！遂将所刊梨枣，弃置于逆旅主人。罄身北上，遇故
友于永定河工次。友荐兄河干效力，兄曰：吾聊试为之。
于是昼则督理插畚，夜仍秉烛读书。"

按《在园杂志》卷二；"(竹坡)殁后将刊板抵偿凤逋
于汪苍孚，苍孚举火焚之。"刘廷玑康熙四十五年任淮徐
道，驻节彭城，此段记载孤例无稽，应是传闻而误。

工竣，一夕突病，呕血数升而卒，时年二十九岁。

《仲兄竹坡传》："工竣，诣钜鹿会计帑金。寓客舍。
一夕突病，呕血数升。同事者惊相视，急呼医来，已不出
一语。药铛未沸，而兄奄然气绝矣。时年二十有九。"

《族名录》；"生年二十九岁，于康熙戊寅年九月十五
日疾终于直隶保定府永定河工次。葬于丁塘先茔穆穴。"

官候选县丞。

《族名录》；"官职候选县丞。"《曙三张公志》："道
深……候选县丞。"

著述甚富，传世者六种。其一《十一草》。

《徐州诗征》："道深……著有《十一草》。"民国《铜
山县志》同。《徐州诗征》并选其诗二首，题为《虎阜遣
兴》。

按《族谱·藏稿》收有《十一草》十八首。内有《客虎

阜遣兴》一组六首。《诗征》所选即其一、三，诗题则删误。另道光《铜山县志》卷二十二《艺文五》选张道源一首《中秋看月黄楼上》，实为《十一草》最末一首，《县志》误署。

《仲兄竹坡传》："(兄) 二十余年诗古文词无日无之，然皆随手散亡，不复存稿。搜求败纸囊中，仅得如干首。"按竹坡作诗既"随手散亡"，又系暴卒，其《十一草》集名，当为其弟道渊代拟。

其二《治道》。其三《乌思记》。

按《治道》为政论散文，《乌思记》为记叙散文，俱见载于《族谱·杂著藏稿》。

其四《金瓶梅》批语。

按批语有以下几种形式：一、每回回首总批；二、回内双行夹批；三、附录，计有：凡例，《金瓶梅》寓意说，冷热金针，非淫书论，苦孝说，读法，杂录小引，竹坡闲话，杂录，趣谈，目录。批语俱附于原书，未曾单行。张评本《金瓶梅》有康熙乙亥原刊本及翻刻本 (参阅本书附图)。各本于附录，或作次序调整，或有增删，不尽同。

其五《幽梦影》批语。

按《幽梦影》为张潮撰写之杂感集。有道光十三年刊《昭代丛书》别集本、光绪二年复刊本、光绪五年啸园刊《古今说部丛书六集》本等。其上共有批语五百一十三条 (据啸园刊本)，其中张竹坡批语八十三条。

其六《东游记》批语。

按孙楷第《中国通俗小说书目》卷四："《狐仙口授人见乐妓馆珍藏东游记》……每章后有'竹坡评'，末附《尾谈》一卷。……竹坡不知即张竹坡否?"柳存仁《伦敦所见中国小说书目提要》:"《尾谈》中叙及'长崎岛有大唐街,皆中国人'。孙子书先生考证……'此书之作至早不能过康熙二十八年'。……假如这个竹坡真的是批《金瓶梅》的张竹坡,则康熙二十八年他尚只有二十岁,再过几年批书,与孙先生的考据正相符合。"

妻刘氏,西安府参将刘国柱女。夫妇伉俪情深。

《族名录》:"妻刘氏,同郡人、陕西西安府参将讳国柱之女。生于康熙戊申年九月十三日,享年七十五岁,于乾隆壬戌年三月初一日寿终内寝,合葬于丁塘先茔穆穴。"

《乌思记》:"戊辰春,予以亲迎至钟吾。……荆枝遥隔,……对景永伤"。《十一草·乙亥元夜戏作》:"堂上归来夜已午,春浓绣幕余樽俎,荆妻执壶儿击鼓,弱女提灯从旁舞。"

子二人。长彦宝。次彦瑜。

《仲兄竹坡传》:"子二:彦宝、彦瑜。"《族名录》:"道深……子二:彦宝,刘氏出;彦瑜,刘氏出。"《曙三张公志》:"彦宝,字石友,善诗画,生员。彦瑜。"《清毅先生谱稿》卷四《雪客公支派》:"彦宝,道深长子,字若芝。住郡城东南张家集。生于康熙己巳四月二十七日。生员。生年五十六岁,乾隆甲子正月十九日疾终,祔葬丁塘祖茔。室蔡氏,宿迁县人、湖广九谿卫守备讳求之女,生于康熙戊寅四月初五日,生年四十一岁,雍正戊申六月初十日疾终,葬宿迁县马路口新茔。侧室王氏。""彦瑜,道深次子。住张家集。生于康熙乙亥二月十七日,生年二十一岁,雍正乙巳八月十七日疾卒,葬宿迁县马路口新茔。室陈氏,浙江绍兴府山阴县人、宿迁县丞讳朝纲之女,生于康熙丙戌五月十五日,生年十八岁,疾卒,合祔。"

女二人，俱刘氏出。

《族名录》："女，刘氏出，婿赵懋宗，镶黄旗人。二，刘氏出，婿庄显忠，直隶顺天府大兴县人，广东惠州营把总。"

孙世扬、世振、世荣。

按俱见《清毅先生谱稿》。不具述。

曾孙材、果、林、殿元。

按俱见《清毅先生谱稿》。不具述。

元孙翼莺。

按见《清毅先生谱稿》。不具述。

竹坡兄弟九人，五人早夭。

《仲兄竹坡传》："余兄弟九人，而殇者五。兄虽居仲，而实行四。"《族名录》

"翙……子四：道弘，沙氏出；道深，沙氏出；道渊，沙氏出；道引，沙氏出。"

按《徐州诗征》以前，不注孰为翙子。民国《铜山县志》始据张氏谱注明："翙……子道渊。"《徐州续诗征·张氏诗谱》又增注有："道深，翙子。"另《铜山县志》、同治《徐州府志》均在"应例"项，记录有道弘，但未注世系。

兄道弘，字士毅，号秋山。风神秀骨，初欲利济万物，终以画隐故园。能诗，擅丹青，长于没骨图，名噪一时。官至江西按察司知事。享年七十四岁。妻陆氏。

《族名录》："道弘，行大，字士毅，号秋山。生于康熙癸卯年八月初九日，享年七十四岁，于乾隆丁巳年九月二十九日寿终于家。葬于丁塘先茔昭穴。官职贡监，援例上林苑监署丞，初任改补江西按察司知事。妻陆氏，宿迁县人、生员、乡饮大贤讳奋翮之女。生于康熙壬子年八月初九日，享年六十三岁，于雍正乙卯年九月二十六日寿终内寝，合葬于丁塘先茔昭穴。"

《曙三张公志》："道宏，字士毅，号秋山。能诗，以画名。上林苑监正，补江西按察司知事。"《司城张公传》："道弘以上林牧改授江右观察参军。擅丹青，长于北宋没骨图，名噪一时。"

《族谱·赠言》引葛继孔《张秋山画记》："忆予守宜阳时，诣臬台，察案中有伟然七尺躯，长髯秀目，修眉耸颧，丰神气宇，俨若山岳者其人，询知为秋山张氏，以京职调是台属吏者。他日访于署，时值炎暑，窥见一室中粉碧青黄缤纷，几案排闼。入则有鲜花数树，馥馥生绡上，枝迎叶舞。顿觉春风驵宫，怡我心神。讶而叹曰：孰为是神品而使造化在手耶？秋山曰：研粉涂丹，下于雕虫篆刻，壮夫犹且不为。若云造化在手，则大丈夫存利济万物心，得时而驾，调元赞化，俾天下被泽者，莫不快阳春有脚，庶足以当斯语。予乃以涂抹祛嚣暑耳，何敢辱君言之贶。是时，秋山年方强壮。乌府廉知其才能，遇疑谳沉冤，辄与诸谋。幕府棘长图圄，星沉贯索，秋山赞画之力居多。……予于秋山之画有深嗜，而不能不亟为赞者，予曾乞《九秋图》一幅悬诸壁。值秋时，回栏曲榭，亦间莳异卉，与壁间相映，几莫辨其孰为植孰为绘。盖不独形色肖之，其芬芳之气，畅发之神，无不栩栩然相比似。考其派出，五代黄荃写生，不以墨，但以轻色染成，谓之没骨图。迨后徐熙先落笔以写其枝叶蕊萼，然后传色。故骨气丰神，为古今绝笔，秋山殆契其微欤？……及予司臬江左之明年，秋山买舟来晤。风神犹昔，而须发苍然矣。询其出处，则曰：予归登吾山之云龙，仰睇岚光，俯挹湖影，不觉邱壑之情浓，而簪组之缘绝。遂构数椽于其麓，乃拘余画者伙，予亦不倦画，盖将以是老焉。……秋山，彭城人，张姓，名道弘，字士毅，秋山其归隐之别号也。初授职上林苑丞，改补江西按察司知事。忧，去官，不仕。"

按道弘，因避乾隆讳，改道宏。

弟道渊，字明洲，号蘧庵，乡谥孝靖先生。

《族名录》："道渊，字明洲，号蘧庵，……乡谥孝靖先生。"周钺《孝靖先生传》："字明洲，号蘧庵，……里中士夫谥曰孝靖，固定论哉！"《曙三张公志》、道光《铜山县志》略同。

淡泊处世，不乐仕进。

《孝靖先生传》："时先生一门群从，势位倾闾里，而先生泊如也。萧然环堵，门无杂宾。……客有劝先生调选为升斗计者，先生辄笑而颔之。盖先生尊大人季超公，际伯仲纬武经文之盛，独抗怀高尚，不乐仕进。……会功令文武互用，遂需次京邸。……自是而后，先生亦绝意仕进矣。"

喜收字书古器，手不释卷。

《孝靖先生传》："一时诸名流题赠满四壁。架列藏书凡若干卷。案头笔床茗椀外，古器数事，近作稿一册，……"。道光《铜山县志》："道渊……喜读书，七十手不释卷。"

优游天下，旷达不问生产。

《孝靖先生传》；"每良辰美景，先生偕伯兄秋山、季弟汲庵，开阁延宾，酒兵诗债，鏖战者往往彻宵旦。……先生旷达不问生产，以故家益中落。朝餐未洁，便典春衫。

夜饮偏豪，常寻武负，……而先生故好游，游屐几遍天下。申酉间，余授徒里闬，而先生探奇闽峤，往返皆获过从。余乃比岁得与先生棕鞋藤帽，散步两峰三竺间。而先生巫赏，尤在孤山片石。尝暮山日落，暝色烟凝，先生方兀坐凝神，若将属句者。令嗣采若屡促登舟，弗应也。盖先生一生山水之癖，诗文之豪，即此概见矣。"

能诗善文，情真辞切。

《曙三张公志》："道渊……能诗。"《孝靖先生传》："所历名山大川之胜，荟萃郁勃，而发之诗文。读先生秦征载路，如曹集诸刻者。见其嵌崎澎湃，咸谓得山水之助焉。"

修家谱，建家祠，几竭一生之力。

《族谱》康熙六十年张道渊序："余愧不敏，然分不容辞。闻命之日，凛凛于怀。于是握槧怀铅，循支依派，逐户咨询，尽人究察。如某讳、某行、某字、某号、居某处、生某日、卒某时、葬某地、职某衔、官某方、妻某氏、妾某人、子某出、女某归，以及孙、曾、云、礽，一一细记。通族遍历，越岁始周。其间名字雷同者改之，嫡庶混淆者辨之。联合谱之次序，排长幼以攸分。至于事功不泯，文行堪传者，则另为立传。其恩纶、藏稿、寿挽诸章，悉选入集。恪遵旧谱程式，殚精竭虑，阅数载而谱成。"

《族谱》雍正十一年张道渊后序："族谱之修，几经雠校，曾于戊戌、己亥间遍历通族，详分支派，遵沿旧谱条目，汇选恩纶、传志、藏稿、赠言、寿挽诸章，衰集成帙。正在发刊，忽以他务纠缠，……只得暂为辍工。只将锓成之宗支图、族名录等等，附以家法十七则，订辑成书，分给族人使用。……余则度之高阁，以待来兹。岁月蹉跎，迟至壬子秋七月，墓祭之期，……因起建立宗祠之议。

……于是岁十月谷旦奉安先人主位于祠，诸子姓……金谓余曰：建祠、修谱，吾族两大事。今祠已建，谱安容缓？余曰：唯唯。……余谢绝人事，入祠捷关，敬谨增修。旧条目中，逐目增益新条。旧条目外，按条另标新目。更立宗训、族规、家法，……又恐迟或他误，前辙可鉴也。乃即鸠工于祠，随手付梓。编次方完，而梓人报竣。兹举也，起于癸丑四月之朔，成于九月之望。客曰：谱约千页，亦云繁矣。夫以盈尺之书，成于数月之内，何其速也！诸子姓曰：非然。谱修于戊戌、己亥之间，而今乃成，为日已多。余曰：更非也。余自十数龄时，捧观旧谱，见其条目空存，早已立心纂述，以竟先人未竟之事。今余已开第七帙矣。是余于谱，乃竭一生之力。客云数月之速，谈何易易。而子姓只见修谱于戊亥之间，余则不知也。"

《族谱》雍正十一年徐州牧石杰序："五世孙道渊继其先人之志，增修以成。"

《孝靖先生传》："丙辰，余公车北上，便道过访。先生方锐意以修家乘、建宗祠为己任。迨己未，余南宫被放，应方伯徐公之聘，复馆彭城。时则先生已谱成祠竣矣。余读其条教，瞻其庙堂，窃叹先生生平懿行，觏缕不尽。而此尤先生十余年来殚精竭力而成者。"

按综上所录，则道渊髫年即蓄修谱之志，乃潜心留意，遂于康熙五十七、五十八年间正式入手，至康熙六十年，谱已垂成，后因故中辍，然已编成恩纶、传志、藏稿、赠言、寿挽诸章，其宗支图、族名录等，并已杀青。雍正十年复续，先于是年七至十月建成宗祠，继以雍正十一年四至九月，纂竟族谱，并同时梓成，然已第七稿矣。至于周《传》乾隆元年尚在修纂云云，因《传》作于乾隆十三年，或系记误。竹坡评点《金瓶梅》之功不可没！道渊纂修《张氏族谱》之功亦不可没！惟其道渊，竹坡之诗文、小传方得传世！

性孝友，以礼让率族。

《孝靖先生传》："先生性友爱，……少孤不逮，色养惟谨，侍母太夫人朝夕，每以不得捧檄娱亲为歉。……而太夫人适遘重疾，先生闻信，促装归侍汤药。卒以居丧尽礼称族党间。"《族谱》雍正十一年八世冢孙张炯序："曾叔祖明洲……与先王父乃竹林中至近，而且至相亲密者。"道光《铜山县志》："道渊……性孝友，……以礼让率族人。"民国《铜山县志》同。

按即以《族谱》为例，除《族名录》《传述》例当有其家传，并为撰《仲兄竹坡传》《圣侄家传》《珍侄家传》载于《族谱·传述》，《侄女彦瑗小传》载于《族谱·壶德》外，其诗文一无入选。其奉公谦让，于此可见。

享年七十一岁。

《族名录》："道渊……生于康熙壬子年九月二十日，享年七十一岁，于乾隆壬戌年二月初七日寿终于家，葬于丁塘紫金山之东新莹主穴。"

官候选守御所。

《族名录》："官职候选守御所。"《曙三张公志》同。

妻陶氏。继配任氏。妾丁氏。

《族名录》："妻陶氏，徐州卫人、贡生讳于雯之女。生于康熙辛亥年正月十五日，生年二十四岁，于康熙甲戌年正月初四日疾终内寝。合葬于丁塘紫金山之东新莹主穴。继妻任氏，肖县人、廪生讳以濂之女。生于康熙戊午年十一月十八日，生年四十一岁，于康熙戊戌年七月初六日疾终于肖邑母氏之宅。合葬于丁塘紫金山之东新莹主穴。侧室丁氏，生于康熙丁丑年十二月二十四日。"

弟道引，字汲庵，号芸樵。监生。享年六十一岁。妻丁氏。

《族名录》："道引，行八，字汲庵，号芸樵。居住张家集。生于康熙甲寅年八月二十三日，享年六十一岁，于雍正甲寅年六月十六日寿终于家。监生。妻丁氏，同郡人、河标中军守备捐补都司讳炽之女。生于康熙丙辰年九月二十七日，享年六十岁，于乾隆丙辰年二月初七日寿终内寝，合葬于张家集北新茔主穴。"

姊妹四人，俱沙氏出。妹文闲，七岁割股疗父，旌为孝女。

《族名录》："翙……女长，沙氏出，婿赵泉楠，镶黄旗人，陕西平庆道。三，沙氏出，婿韩启钜，同郡人，山东莱州府潍县县丞。四，沙氏出，婿郝质珙，沛县人，贡生。"

《族谱·壶德》引外叔祖沙永祺《张孝媛小传》："清河氏有女曰文闲，齿方龀，凤娴礼度。凡女红针管铅墨诗赋，不假师傅，辄工妙绝伦。虽方之道韫，不复过也。两亲殊爱之，深闺画阁，风日晴丽，跬步不去左右。康熙辛酉冬，余倩季超甫偶遘痰疾。延和扁疹视，参酌汤盏，未即愈。当沉迷仓卒中，诸儿女绕床户环泣。女独入小阁绣佛前，戒侍者出，胡跪燃香再拜，愿以身代父。算取花剪割股，潜置药鼎内，数沸，进于父。时慈母诸昆娣无有知其事者。浃日，果渐瘳。越两月，始微露于母前。而季超病遂愈。……余念吾沙氏自少参公以忠孝传其家，今嫠尔女士在清河望族。此女之懿孝性成，一段佳话，诚有不可泯没者，亦吾两家之幸也。"《徐州府志》《铜山县志》略同。按女七岁换齿曰龀，康熙二十年辛酉，竹坡十二岁，故为其妹。另沙永祺尚有《张孝媛征诗小启》，载《族谱·赠言》。

从兄道祥，字履吉，号拙存。胆长子。由恩荫选授内翰，官至湖北按察使。晋阶光禄大夫。勤于业，孝于亲，笃于友。卒于

官所，生年五十岁。崇祀湖北名宦祠。工诗，有《宦游草》传世。妻马氏，多病。次配赵氏，贤孝谦恭。妾崔氏。

《族名录》；"胆……子六：道祥，朱氏出；道瑞，朱氏出；道源，赵氏出；道溥，赵氏出；道沂，陈氏出，彭氏育；道沛，赵氏出。"按民国《铜山县志》云胆子五，缺道沛，不周；所引王熙《骠骑将军张公传》则明言胆子六。

《族谱·志铭》引冯溥《拙存张公墓志》："公讳道祥，字履吉，号拙存。生而颖异过人，读书能数行俱下。……甲子春，升授湖广湖北观察使。故事，参议无升臬司之例。而公特膺殊宠。……去代之日，黄童白叟，攀辕卧辙，所过填拥不得行，号泣之声，闻于数里。……公自中翰至观察，宦途数十年，兢兢奉职，从无挂误致于吏议。公孝事二亲，必敬必诚；友于昆季，始终无间；笃于友谊，道义相亲。"《徐州府志》《铜山县志》略同。

《族名录》："道祥，行大，……生于明崇祯丁丑年三月十四日，生年五十岁，于清康熙丙寅年正月十九日疾终于湖广湖北臬署。葬于肖县凤凰山新茔主穴。……官职恩荫，初任内秘院中书，二任云南洱海道，三任山西雁平道，四任湖广湖北按察司使。诰授光禄大夫。妻马氏，同郡人、世袭千户讳玉斗之女。生于崇祯甲戌年十一月初四日。以夫贵，诰封一品夫人。享年六十岁，于康熙癸酉年十二月二十八日寿终内寝。……次配赵氏，广西左江道璧球之女。生于顺治戊子年二月二十八日，享年七十七岁，于雍正甲辰年六月二十八日寿终内寝。……侧室崔氏。"

《族谱·壸德》录张道源《嫂氏赵太孺人记》："吾兄拙存公以中翰奉命随定西将军入滇，道过里门，辞堂上双亲。濒行，父母命曰：……汝妇病莫能从，且得异症，艰于嗣孕。汝为冢男，宜早得子，以慰吾两老人心。汝于前途，当慎选名楣，更为择配，……兄唯唯而退。"

《宦游草·都门嘱使者南旋》："劳尔一杯酒，莫辞行路难。雁归秋月迥，书寄朔风寒。计日乡心切，浮云宦兴阑。老亲如有问，长跪说平安。"

《宦游草·长安除夕》："性癖耽诗酒。"《曙三张公志》："道祥……工诗，……崇祀湖北名宦祠。"《徐州续诗征》卷一《铜山》选万睿《挽湖北臬司张拙存》："文采风流孰似君，与君廿载结兰芬。龙山丝竹消春昼，燕市琴书共夜分。珍重绿杨方阅岁，凄其黄鹤淡流云。"民国《铜山县志》卷二十《艺文考》："张道祥，《宦游草》。"嘉庆《肖县志》卷七云其家冢"在凤凰山"。

按道祥与仲叔铎同庚，为彭城张氏五世年最长者。《族谱·藏稿》选《宦游草》二十一首。《徐州诗征》卷一《铜山一》选其诗二首，俱在《族谱》所选之内。

从兄道瑞，字履贞，号微山。胆次子。康熙癸丑武进士，官至江南福山营游击。晋阶荣禄大夫。骑射勇武，孝友性成，剔弊厘奸，乐善好施。生年五十二岁。原聘库氏，未娶即亡。继配刘氏、王氏。姜李氏、马氏、王氏、印氏、黄氏。

《族谱·志铭》引孔毓圻《张公墓志铭》："生而天资朴茂，孝友性成。总角之时，辄负大志。业儒不成，幡然投笔。曰：大丈夫安能久事毛锥子、坐困青毡也。且韬钤吾家故物，姑学万人敌，以备国家登坛缓急之寄，不亦可乎。由是从事决拾，果以康熙癸卯获隽武闱，癸丑成进士。……遂选侍禁庭，出入扈跸，七年所泊。岁庚申，……题为福山营游击将军。……丁卯，徐州总戎缺，……委署镇事。剔弊厘奸，施德布惠，乡评籍籍。……庚午丁外艰，捧讣号痛，勺水溢米不下于咽者数日。牒报两台，坚请终制。顾格于成例，弗许。哀毁之余，遂撄痼疾。……以痰症卒于官舍。"《徐州府志》《铜山县志》略同。《曙三张公志》："道瑞……性至孝。"

《族谱·赠言》引郝惟讷《奉贺履贞张君高捷荣膺侍卫

序》；"尝见履贞对策校射，飞马破鹄，群雄惊异。旋且投鞭倚树，旁若无人。余已心赏其有将相气度，而风采可畏。"

《族名录》；"道瑞，行二，……生于明崇祯庚辰年十月初二日，生年五十二岁，于清康熙辛未年十月二十七日疾终福常营官署。葬于肖县东南沈家峪新茔主穴。……初任御前头等侍卫，二任江南福常营游击。诰授荣禄大夫。妻原聘库氏，满州人、总漕部院讳礼之女，未娶故。继妻刘氏，肖县人、生员讳谭之女。生于崇祯壬午年四月二十二日，生年二十六岁，于康熙丁未午六月二十二日疾终内寝。……以夫贵，诰赠一品夫人。继妻王氏，直隶顺天府人、福建漳泉总兵官讳之纲之女。生于顺治甲午年四月十九日。以夫贵，诰封一品夫人。享年七十五岁，于雍正戊申年十一月十五日寿终内寝。……侧室李氏，……以子彦璘贵，诰赠宜人。侧室马氏……王氏……印氏……黄氏"。《铜山县志》："张道瑞，以子彦璘赠资政大夫，以孙绍元赠中宪大夫。"

按道光《铜山县志》云泽州陈相国曾为道瑞作传。未见。又嘉庆《肖县志》卷七云其冢墓"在沈家峪"。道瑞即《曙三张公志》辑抄者张介五世祖，《徐州续诗征》选刊者张伯英七世祖，《张氏族谱》保存者张伯吹八世祖。张氏后人历历可数者，唯此一支。

从兄道源，字履常，号云豀。胆第三子。官至江西驿盐道。晋封中宪大夫。操守廉洁，孝友尚义。工诗善书，有《玉燕堂诗集》等行世。享年六十五岁。妻吴氏。姜华氏、孙氏、翁氏。

《族谱·志铭》引庄楷《云豀张公墓志》："公为伯量公第三子，……两兄俱各仕宦，公庭闱色养，克尽子道。内总家计，外应宾客，秩然有条。以明经候补内阁中翰。结交皆吴下名宿，有《学诗堂会课》传诵人口。太翁气宇宏

阔，规模远大。大凡所欲为善事，公能先意承旨，竭力赞
襄。……己巳入都需次，补授工部营缮司主事，勤敏练达，
……会丁外艰，……念两兄早世，寡母在堂，孝养备至。
……弟慎庵……得瘵疾以卒。公经理其丧，兼为立嗣。于
六、七两弟妍山、澄斋抚爱尤至。……公以养亲为重，仕
宦为轻。公之母孔太夫人晓以大义，申以国恩，勉趣就道。
诏选得授云南曲靖知府，……调开化，……补授直隶永平
府，旋委署通永道，政声洋溢。……而部选已掣江西通省
驿盐副使。……丁酉摄江西臬篆，……继摄藩篆，……前
后莅监司五年，操守廉洁，不名一钱，不矫激沽名，不畏
劳避怨。邮传则核浮冒减供应，盐政则缉私枭清积弊。
……告归之日，行李萧然。……有生平宁人负我，无我负
人之语，盖记实也。……大抵公之一生，三为郡守，位至
监司，勤慎廉明，慈和惠恺，……初终一节，坦白光明。"
《徐州府志》《铜山县志》略同。

《族谱·赠言》引彭廷训《重修南昌府学碑记》："学宫
属醴使张公董其事焉。于是约之阔阔，柝之橐橐，张公不
时亲临省视，细至一椽片瓦，务极周祥。凡五阅月而后落
成。……张公名道源，徐州人。"

《族名录》："道源，行三，字履常，号云豁。生于康
熙乙巳年六月初三日，享年六十五岁，于雍正己酉年十二
月二十九日寿终于家。葬于肖县勘沟新茔主穴。……官职
贡监，初任工部营膳司主事，二任云南曲靖府知府，三任
云南开化府知府，四任直隶永平府知府，五任江西驿盐道。
覃恩诰授中宪大夫。妻吴氏，同郡人、浙江宁波府通判讳
汝琭之女。生于康熙丙午年正月十七日，生年五十二岁，
于康熙丁酉年九月二十五日疾终于江西官署。……以夫贵，
覃恩诰赠恭人。侧室华氏，……以子彦珩贵，覃恩诰封恭
人。侧室孙氏……翁氏"。

《曙三张公志》："道源……工诗善书。"民国《铜山县

志》："张道源，《玉燕堂诗集》。"

《族谱》张道渊序："余兄履长，……尝欲增修，以继先人之志。于是倥偬王事，无暇讲求。因自永平官署遥致一函，嘱余襄事。"

按《徐州诗征》谓道源"官江西盐驿道"，误。其官衔全称为："督理江西通省驿传盐法按察使司副使"（《云谿张公墓》）。《族谱·藏稿》选其《玉燕堂诗集》二十五首。《徐州诗征》卷一《铜山一》选其诗一首，即前二十五首之一。民国《铜山县志》卷七十四《志余下》选有《中秋看月黄楼上》七律一首，题署：张道源。查此诗不见于《玉燕堂诗集》，而见于《十一草》，当为竹坡所作，《县志》误。又《族谱·壶德》录其所作《嫂氏赵太孺人记》一篇，甚得文章章法。

从弟道溥，字履嘉，号慎庵。胆第四子。官至堂邑县令。诰授文林郎。政绩昭著，有贤父之称。长于听讼，有神君之号。生年三十三岁。妻赵氏。

庄柱《邑侯张公传》："先生名道溥，……生而颖异，气宇不凡。……年甫弱冠，即偕副使公效力河工。八年之间，历著成绩。……命宰堂邑。下车之后，廉洁自持，……政声洋溢。一时有贤父之称。……积谷以救贫，煮粥以济饥，清保甲，严巡警，使盗贼潜迹。……抑且长于听讼，……阖邑爱而畏之，咸有神君之号。……忽丁内艰，哀毁成疾，赍志以终。"《铜山县志》同。《徐州府志》《曙三张公志》仅登录其官职。

《族名录》："道溥，行四，字履嘉，号慎庵。生于康熙辛亥年二月初四日，生年三十三岁，于康熙癸未年四月十九日疾终于江南高邮州舟次。葬于太山之阳新茔主穴。……官职贡监，山东东昌府堂邑县知县。覃恩诰授文林郎。妻赵氏，直隶顺天府密云县人、漕标右营游击讳完璧之女。

……以夫贵，覃恩诰封孺人。"

从弟道洴，字履时，号岈山。胆第五子。直谅好义，劳怨不避。生年五十八岁。累赠奉直大夫。专祀皂河。妻孔氏。继配乔氏。妾胡氏。

《族谱·传述》引庄楷《别驾张公传》："公为伯量公第五子，行六。生而岐嶷，卓荦不羁。少年才勇过人，善骑射。尤笃于至性，庭闱聚顺，肃肃雍雍；昆弟友恭，融融泄泄。……年及冠，随伯兄之任京师，相为倚毗。继丁外艰旋里，……公之诸昆筮仕远省，子身在家，上事高堂，下视子侄，内而综理家政，外而酬应宾客。……至在河工襄事，疏浚泰安等处泉源，堵筑中牟十里店漫口，挑挖睢宁峰山楼引河，疏凿肖邑东河，监造武陟县嘉应观皂河大王庙，皆……贤劳懋著。……公直谅好义，性不能茹非道，处物无阿私，遇事有不平者，感慨往赴，至身劳怨不避。"《族谱·传述》引秦勇均《岈山张公传》《铜山县志》略同。

《族名录》："道洴，行六，字履时，号岈山。生于康熙乙卯年七月二十四日，生年五十八岁，于雍正壬子年四月十七日疾终于家。葬于肖县吉山窝新茔主穴。官候选通判。以子廷献贵，覃恩诰赠儒林郎。妻孔氏，山东兖州府汶上县人、监生讳衍铉之女。……以子廷献贵，覃恩诰封安人。继妻乔氏，直隶顺天府大兴县人、江南淮安府徐属同知讳显忠之女。……以子廷献贵，覃恩诰封安人。侧室胡氏，……以子廷敬贵，覃恩勑封孺人。"

民国《铜山县志》："张道洴，以子廷献、廷敬，累赠奉直大夫。"《曙三张公志》："道洴……以光录寺典簿，题补大名府通判。专祀东河。"

按《铜山县志》云："皂河庙工至今留有（敢按道洴）遗像。"《曙三张公志》"东河"似为"皂河"之形误。又道光《铜山县志》云道洴为"胆季子"，误。又《曙三张公志》云道汧"题补大名府通判"，实未补。《岍山张公传》：
"题补大名通判，会缺已他授，复归。"故《族名》"官候
选通判"。

从弟道沛，字履旋，号澄斋。胆季子。官至延平府知府。晋阶中宪大夫。生年五十一岁。妻赵氏。继配王氏。妾黄氏。

《族名录》："道沛，行七，字履旋，号澄斋。生于康
熙癸亥年三月初四日，生年五十一岁，于雍正癸丑年正月
二十四日疾终福建延平府官署。葬于焦山新茔主穴。……
官职贡监，初任广西桂林府通判，二任广西镇安府通判，
三任云南楚雄府通判，四任湖广德安府同知，五任福建延
平府知府。覃恩诰授中宪大夫。妻赵氏，镶黄旗人、刑部
员外讳延组之女。……以夫贵，覃恩诰赠恭人。继妻王氏，
太仓州人、文渊阁大学士讳掞之女。……以夫贵，覃恩诰
封恭人。侧室黄氏。"同治《徐州府志》《铜山县志》《曙
三张公志》仅登录其官职。

从兄道著、道中，从弟道衍、道敏、道维、道统、道衡、道用、道贯、道政，俱铎子。

按俱见《族名录》《曙三张公志》。不具述。

从侄彦璬，道弘子。

按见《族名录》《曙三张公志》、民国《铜山县志》
《徐州续诗征》。《族谱·藏稿》选其《情寄草》诗十二首。
《徐州诗征》卷一《铜山一》选其诗一首，即《族谱》所选
之一。不具述。

从侄瑭、瑊、璐、璕，俱道渊子。

按俱见《族名录》《曙三张公志》。璐并增修《张氏族
谱》，于乾隆四十二年补刊竣工，作序，载《族谱》卷首。

不具述。

从侄彦瑨、彦玶,俱道引子。

按俱见《族名录》《曙三张公志》。不具述。

从侄女彦瑗,道引第三女。

按见《族名录》《族谱·藏稿》《族谱·壶德》录道渊《侄女彦瑗小传》。不具述。

从侄彦琦,道祥子。

按见《族名录》《曙三张公志》《族谱》张炯序、《族谱·征聘》《族谱·乡谥》《族谱·志铭》引孙倪城《逸园张公墓志铭》《族谱·藏稿》《族谱·杂著藏稿》《徐州府志》《铜山县志》《肖县志》《徐州诗征》)。不具述。

从侄彦璘、彦圣、彦琮、彦琨、彦珍、彦珣,俱道瑞子。

按俱见《族名录》《曙三张公志》。彦璘又见《族谱·诰命》《族谱·行述》《族谱·杂著藏稿》《徐州府志》《铜山县志》《肖县志》,彦圣又见《族谱·传述》录张道渊《圣侄家传》《族谱·壶德》《族谱·藏稿》《徐州诗征》《铜山县志》,彦琮又见《族谱·诰命》《徐州府志》《铜山县志》《徐州续诗征》,彦珍又见《族谱·传述》录张道渊《珍侄家传》《族谱·藏稿》《族谱·赠言》引陈履中《树滋堂诗序》《徐州府志》《铜山县志》《徐州诗征》)。不具述。彦琮即张介高祖、张伯英六世祖、张伯吹七世祖。

从侄彦球、彦玗、彦埏、彦玑、彦琯、彦璇、彦琚、彦璩,俱道源子。

按俱见《族名录》《曙三张公志》。彦球,一名球,又见《族谱·诰命》《徐州府志》《铜山县志》《徐州续诗征》，彦珩又见《徐州府志》《铜山县志》，彦埏又见《铜山县志》《徐州续诗征》。不具述。

从侄彦珰，道溥过继道源子。

按见《族名录》《曙三张公志》。不具述。

从侄廷献、彦瑛、廷丞、廷谟、廷敬，俱道汧子。

按俱见《族名录》《曙三张公志》。廷献、彦瑛、廷敬又见同治《徐州府志》、民国《铜山县志》，廷献又见道光《铜山县志》。不具述。

从侄嵩高、岱高、华高，俱道沛子。

按俱见《族名录》《曙三张公志》。不具述。

从侄彦熊、彦瑢、彦玟、彦珲、彦玻、彦玉、彦主、彦玖、彦瓒、彦瑾、彦璟、廷松、廷柏、彦征，俱铎孙。

按俱见《族名录》《曙三张公志》。不具述。彦琦至彦征凡四十七人，为彭城张氏六世。

仅张垣一支，七世凡一百十六人，八世凡二百十七人，九世、十世各四百余人，俱见《曙三张公志》。不具述。现已传至二十世。

（原载于《金瓶梅评点家张竹坡年谱》，辽宁人民出版社1987.7，1版；又载于《中国小说戏曲论学集》，台湾文史哲出版社2000.7，1版）

张竹坡年谱

清圣祖康熙九年庚戌 (1670)　　　一岁

七月二十六日，竹坡生于徐州。①

五月六日，颁发《冯太孺人晋封太宜人诰命》《授铎奉政大夫配蔡孺人再赠宜人继配蔡孺人晋封宜人诰命》。(《张氏族谱·诰命》)

秋，河溢。(同治《徐州府志》卷五下《记事表》)

冬，大雪，冻及井泉。(同上)

康熙亲政四年。

现存《金瓶梅词话》刊刻五十四年。(据万历丁巳序)

竹坡家族近支年岁之可考者：

曾祖父应科卒三十九年。(《族谱·族名录》，以下未注出处者同)

祖父垣殉难二十五年。

祖母刘氏卒九年。

祖母冯氏六十三岁。

叔祖聚胃六十一岁。

叔祖聚璧卒十年。

大伯父胆五十七岁。解甲归里十六年。②

大伯母朱氏卒三十年。

大伯母孔氏四十八岁。

二伯父铎三十四岁。在云南临安司马任。③

二伯母蔡氏二十六岁。

父翀二十七岁。

母沙氏二十四岁。

堂叔、姨父铃十八岁。

堂婶、从母沙氏十七岁。

从兄道祥 (胆子) 三十四岁。在山西雁平道任。④

从兄道瑞 (胆子) 三十一岁。

从兄道源 (胆子) 六岁。

从兄道著 (铎子) 八岁。

从兄道中 (铎子) 四岁。

胞兄道弘八岁。

妻刘氏三岁。

从侄彦琦 (道祥子) 四岁。⑤

从侄彦璘 (道瑞子) 二岁。⑥

竹坡家族交游中年岁之可考者：

金之俊卒，享年七十八岁。⑦

陈贞慧六十七岁。⑧

冯溥六十二岁。 (毛奇龄《易斋冯公年谱》)

李渔六十岁。 (《中国戏曲曲艺辞典》)

冒襄六十岁。 (冒广生《冒巢民先生年谱》)

尤侗五十三岁。 (《中国文学家大辞典》)

侯方域卒十六年。 (《壮悔堂文集》)

王熙四十三岁。 (《王文靖公集》)

张玉书二十九岁。 (丁传靖《张文贞公年谱》)

张潮二十一岁。⑨

戴名世十八岁。 (《戴南山先生全集》)

当时名人：

金圣叹卒九年。 (《中国文学家大辞典》)

钱谦益卒六年。 (同上)

丁耀亢卒。 (孔另境《中国小说史料》)

毛宗岗完成《三国演义》评点二十七年。 (据《第一才子书绣像三国志演义》顺治甲申序)

吴伟业六十二岁。 (顾师轼《梅村先生年谱》)

顾炎武五十八岁。《张穆《顾亭林先生年谱》》

朱彝尊四十二岁。 (杨谦《朱竹垞先生年谱》)

王士禛三十七岁。 (《中国文学家大辞典》)

宋荦三十七岁。 (《西陂类稿》)

蒲松龄三十一岁。 (路大荒《蒲松龄年谱》)

洪昇二十六岁。 (章培恒《洪昇年谱》)

孔尚任二十三岁。 (袁世硕《孔尚任年谱》)

方苞三岁。 (《中国文学家大辞典》)

地方贤达：

万寿祺卒十八年。 (《隰西草堂集》)

阎尔梅六十八岁。 (《阎古古全集》)

①乾隆四十二年刊本《张氏族谱·族名录》 (以下未标刊行年代者俱指该谱，且均简称为《族谱》)："道深……生于康熙庚戌年七月二十六日。"《曙三张公志》："应科……迁居彭城。"《族名录》："垣……住居郡城。"按谱例；子居同父者不重书。《族名录》翀无居地，因知居仍徐州。故《族谱·传述》引胡铨《司城张公传》云："翀……籛城世胄也。"又翀以两兄胆、铎并仕独奉母家居，一生不仕。故知竹坡生于徐州。《乌思记》："余籛里人也。"可相印证。《族谱·藏稿》录张翀〔传言玉女〕 (重阳旅况)："戏马台前，想家园，宴高岭"。则竹坡具体出生地为徐州户部山戏马台前。

②《族谱·传述》录张胆《自述》："顺治九年十一月，会推天津总兵员缺。十年十二月，会推河南开归总兵员缺。两次皆为有力负之而趋。……未几，科参，解任听勘。又阅数月，以风影事指摘挂误，革职回籍。"据此可知，张胆解组归田在顺治十一年。

③《族谱·传述》录张道渊《奉政公家传》："己酉，出为临安司马。……癸丑，朝觐。"

④《族谱·志铭》引冯溥《拙存张公墓志》："康熙戊申……改补山西雁平金事。……旋因逆藩蠢动，而大同西连秦境、云中，地方辽阔，饷务殷繁，非道员管理不可。题请改衔，兼辖大同粮饷。……甲子春，升授湖广湖北观察使。"

⑤《族谱·志铭》引孙倪城《逸园张公墓志铭》："先生……生于康熙丁未年九月初三日丑时。"

⑥《族谱·玉文府君行述》："府君生于康熙己酉年九月十六日申时。"

⑦谭正璧《中国文学家大辞典》："金之俊……生年不详,卒于清圣祖康熙九年。"按《族谱》旧序中有金之俊一序,署;"康熙八年己酉长至七十有七息斋老人金之俊顿首拜题。"因知其享年。且逆推可知其生年为万历二十一年癸巳。蔡冠洛《清代七百名人传》附录一《清代大事年表》:"康熙九年闰二月,内国史院大学士金之俊卒。"可资证明。杨殿珣《中国历代年谱总录》谓金之俊康熙八年卒,误。

⑧《中国文学家大辞典》"陈贞慧(公元一六〇四年——一六五六年)"。按竹坡《与张山来》其一:"昨夜陈定翁过访"。此"陈定翁"疑即陈定生(贞慧)。竹坡《与张山来》作于康熙三十五年,则是年贞慧九十三岁,其卒年必在公元一六九六年之后。参见丙子谱。

⑨据顾国瑞、刘辉《<尺牍偶存><友声>及其中的戏曲史料》,载《文史》第15辑。

康熙十年辛亥 (1671)　　二岁

竹坡解调声。①

二月,勅命撰《孝经衍义》。(翦伯赞主编《中外历史年表》)

二月四日,从弟道溥(胆子)生。(《族名录》)

八月,肖县地震,河再溢。(同治《徐州府志》卷五下《记事表》)

是年,徐地大祲,张胆捐小麦三千石赈济。②张潮侨寓扬州。③

①《族谱·传述》录张道渊《仲兄竹坡传》:"甫能言笑,即解调声。"按儿童普通周岁即可言笑走动,姑系于此。

②张胆《自述》:"数年以来,岁俭谷贵,往往半价平粜。时当大祲,则竭廪捐赈。康熙十年冬至次年四月,每人日给麦一升。扶老携幼来自远方者,不计其数。共捐小麦三千余石。"

③同庚戌谱注⑨。

康熙十一年壬子 (1672)　　三岁

八月,河决,肖、砀大水。(同治《徐州府志》卷五下《记

事表》)

八月九日，嫂陆氏 (道弘妻) 生。(《族名录》)

九月二十日，胞弟道渊生。(《族名录》)

秋，许虬作《恭赠伯量张公序》。(《族谱·赠言》)

是年，从侄女史张氏生。①

① 《族谱·壶德》："张氏，湖北枭司张讳道祥女。……系壬子年生。"

康熙十二年癸丑 (1673)　　四岁

十一月，平西王吴三桂举兵反于云南，称天下都招讨兵马大元帅，以明年为周元年。

是年，张铎以临安司马入京朝觐，升授澂江刺史。①

二伯母随后离滇，行至常德，三桂反信踵至，城门昼闭，立出片语，赚关返徐。②

道瑞武进士中式。③

淮安饥，张胆载小麦三千石输于官赈济。④

① 《奉政公家传》："癸丑，朝觐，升授澂江刺史。"

② 《奉政公家传》："公早有先见，于奉表时即命眷属归里，竟免于难。"《族谱·壶德》引《徐州志》："蔡氏……随入滇。时吴藩反形未露，氏早见及之。其夫朝觐入都，氏曰：此地非可久居，夫行，吾亦行矣。夫行后，氏即束装就道。至常德稍憩，而吴藩逆信踵至。城门昼扃。氏命仆人持夫刺语当事。当事系其夫世好，启门。一时拥而欲出者数百人，城门尉弗许。正喧讧间，氏于肩舆内命奴传语曰：悉吾藏获辈也，当此凶焰方张之际，吾故多随护从卫之以行。尉弗阻，遂尽出之。"

③ 张胆《自述》："道瑞，癸丑科武进士。"《族名录》同。按据《铜山县志》，道瑞先中康熙癸卯科武举，癸丑联隽武进士。故《族谱·志铭》引孔毓圻《履贞张公墓志铭》："康熙癸卯获隽武闱，癸丑成进士。"

④ 张胆《自述》："十二年，淮安饥。载小麦三千石输于官，奉漕台帅公宪檄，分散山阳、清河、桃源、沭阳、睢宁五县粥厂。"

康熙十三年甲寅 (1674)　　　五岁

正月初一日，祖母冯氏卒。（《族名录》）

张铎丁内艰未赴澂江刺史任。①

春，道瑞选侍禁庭。②

正月，四川巡抚罗森、提督郑蛟麟降于吴三桂。

二月，广西将军孙延龄起兵响应吴三桂。

三月，靖南王耿精忠反于福建。

八月二十三日，胞弟道引生。（《族名录》）

十二月，平凉提督王辅臣叛于宁羌。

①《奉政公家传》："甫就道，闻冯太恭人讣，丁艰旋里。而吴逆适叛。"

②《族名录》："道瑞……初任御前头等侍卫。"《履贞张公墓志铭》："今上御天安门，廷较同榜多士。公制策艺勇悉当旨。遂选侍禁庭，出入扈跸。"《族谱·赠言》引郝惟讷《奉贺履贞张君高捷荣膺侍卫序》："甲寅春，圣天子侧席求贤，推毂命将，抡文校射，……履贞对策校射，……飞马破鹄，群雄惊异。旋且投鞭倚树，旁若无人。……及传胪御览，选授侍卫。"

康熙十四年乙卯 (1675)　　　六岁

竹坡可赋小诗，为父所钟爱。①

七月二十四日，从弟道汧（胆子）生。

是年，胞妹文闲生。②

河决徐州。（同治《徐州府志》卷五下《记事表》）

①《仲兄竹坡传》："六岁，辄赋小诗。一日，丱角侍父侧。座客命对曰：河上观音柳。兄应声曰：园外大夫松。举座奇之。父由是愈钟爱兄。"

②《族谱·壶德》引外叔祖沙永祺《张孝媛小传》："清河氏有女曰文闲，齿方龀，……康熙辛酉冬……"。按女七岁齿龀，故生于本年。参见辛酉谱。

康熙十五年丙辰 (1676)　　　七岁

二月，尚之信劫其父平南亲王尚可喜降吴三桂。

六月，王辅臣兵败降清。

十月，耿精忠兵败降清。

冬，道祥奉旨监督应州矿务。①

是年，河决宿迁，徐地大水。(同治《徐州府志》卷五下《记事表》)

①冯溥《抽存张公墓志》："丙辰冬，钦差大人于应州之边耀山开矿，特旨命公监督矿务。"

康熙十六年丁巳 (1677)　　八岁

竹坡偕弟道渊同就外傅，以聪颖倾倒同塾。①

正月二十七日，从弟道衍 (铎子) 生。(《族名录》)

三月，尚之信降清。

七月，河决，徐地大水。(同治《徐州府志》卷五下《记事表》)

是年，张铎服阕，补汉阳太守。②

①《仲兄竹坡传》："兄长余二岁，幼时同就外傅。余质钝，尽日呷唔，不能成诵。兄终朝嬉戏，及塾师考课，始为开卷。一寓目，即朗朗背出，如熟读者然。余每遭夏楚，兄更得美誉焉。一日，师他出。余拣时艺一纸、玩物一枚，与兄约曰：读一过而能背诵不忘者，即以为寿。设有遗错，当以他物相偿。兄笑诺。乃一手执玩具，一手持文读之。余从旁催促，且故作他状以乱之。读竟复诵，只字不讹。同社尽为倾倒。"按道渊入塾至少应有六岁，竹坡长道渊二岁，是为八岁，姑系于此。

②《奉政公家传》："服阕，补汉阳太守。"按康熙十三年正月初一日，铎生母冯氏卒，守制，至康熙十六年四月一日起服，故知补职于此年。

康熙十七年戊午 (1678)　　九岁

春，张胆半价平粜。(《自述》)

二月二十八日，从弟道敏 (铎子) 生。(《族名录》)

八月，吴三桂称帝于衡州，旋病卒。

是年，河决肖县。(同治《徐州府志》卷五下《记事表》)

康熙十八年己未 (1679)　　　十岁

春，张胆捐粮一千四百石赈济。(《自述》)

三月，尤侗博学鸿儒科中式，授翰林院检讨，分修《明史》。(《中国文学家大辞典》)

是年，阎尔梅卒。(《阎古古全集》)

康熙十九年庚申 (1680)　　　十一岁

二月，张胆大赈灾民。①

六月，张胆捐资督工，重建徐州文庙。②

初冬，大同大饥，道祥赈米四千余石。③

是年，道瑞题授江南福山营游击将军。④

①张胆《自述》："十九年春二月至四月，复大赈来者，无论男妇老弱，予粮一升，如十一年给放。"

②张胆《迁建徐州文庙记》："始于康熙十九年六月，时酷暑，躬为程督，虽日坐烈日中，不盖不箑，因得藉手告竣，于次年秋落成。"张玉书《徐州新建文庙记》："余宗叔伯量公……因捐其岁入之资六千余金以为倡。……经始于康熙癸亥年春，落成于康熙甲子年。"按以上二记均曾镌碑，立于徐州文庙。光绪十三年丁亥十二世张伯英入庠，尚得摩挲。后因兵燹碑佚。一九四一年张伯英重书勒石，并加跋云："文贞以作记之年为庙成之年则误。"此碑今亦无存。徐州无线电五厂文金山藏有其拓片。楷书，润劲端雅，为彭城书派上品。

③《拙存张公墓志》："大同大饥，公出己资设粥厂，日煮米三十余斛。自庚申初冬至辛酉入夏而止，约计赈米四千余石。"

④《履贞张公墓志铭》："岁庚申，江南提督王公永誉以福山襟江枕海，边腹要地，非长材不足以资弹压，特题为福山营游击将军。"

康熙二十年辛酉 (1681)　　　十二岁

春，蒙古告饥。道祥奉敕管理各省捐纳事例。①

十月，云南省城破，吴三桂反叛平息。

冬，张翊病，文娴割股疗父。②

十二月二十日，颁发《赠垣中宪大夫配刘氏赠恭人姜冯氏封恭人诰命》、《授铎中宪大夫配蔡氏赠恭人继配蔡氏封恭人诰命》(以上道光五年本《彭城张氏族谱·恩纶》)《赠骠骑公应科晋荣禄大夫配赵太夫人再晋一品夫人诰命》《赠骠骑公垣晋荣禄大夫配刘太夫人再赠一品夫人诰命》《封骠骑公胆晋荣禄大夫配朱太夫人再赠一品夫人继配孔太夫人晋封一品夫人诰命》、《授道瑞荣禄大夫配刘氏赠一品夫人继配王氏封一品夫人诰命》。(以上《族谱·诰命》)

是年，彦琦应京兆试。③

徐地大饥，张胆、道瑞输粟数千石赈济。④

① 《拙存张公墓志》："辛酉，蒙古告饥。敕命在京现行各省捐纳事例，俱移大同，属公管理，将以备赈也。开例月余，捐者寥寥，米价且复腾踊。例限八月报竣，为期甚促。"按姑以春三月道祥奉旨，"月余"之后，已是四、五月间，距限期八月，仅三个月时间，可谓"甚促"。

② 《张孝媛小传》："康熙辛酉冬，余倩季超甫偶遭痰疾，延和扁诊视，参酌汤盏，未即愈。当沉迷仓卒中，诸儿女绕床户环泣。女独入小阁绣佛前，戒侍者出，胡跪燃香再拜，愿以身代父。算取花剪割股，潜置药鼎内，数沸，进于父。……浃日，果渐瘳。"

③ 《逸园张公墓志铭》："年十五，应京兆试。京江相公见而奇之，令与今学士天门先生同塾，课文与亲昆弟等。"按彦琦生于康熙六年丁未，"年十五"，当即二十年辛酉。

④ 《族谱·传述》引王熙《骠骑将军张公传》："康熙辛酉，徐地大饥。出囷粟数千石设厂分赈。"《履贞张公墓志铭》"二十年来骠骑公之孳孳为善，惟日不足者，实公有以左右之也。……岁辛酉，徐邦大饥，公自福山驰报于骠骑公，输粟数千石赈之。"

康熙二十一年壬戌 (1682)　　十三岁

三月十一日，从弟道维 (铎子) 生。(《族名录》)

十一月四日，从弟道统 (铎子) 生。(《族名录》)

是年，张胆捐资兴建徐州荆山口石桥。①

从姐吴张氏夫亡守节，奉旨旌表。②

河决宿迁。(同治《徐州府志》卷五下《记事表》)

顾炎武卒。(张穆《顾亭林先生年谱》)

①《族谱·赠言》引张玉书《重建荆山口石桥碑记》："吾彭城族叔伯量公闵然殷怀，首志修复，……兴工于康熙壬戌年，落成于康熙辛未年。"

②《族名录》："胆……女长，朱氏出，婿吴廷焯。"《族谱·壶德》引《徐州志》："张氏，生员吴廷焯妻。夫亡守节，康熙二十一年奉旨旌表。至三十七年建坊。见《一统志》。"

康熙二十二年癸亥 (1683)　　　十四岁

竹坡捐监。①

三月四日，从弟道沛 (胆子) 生。(《族名录》)

六月十一日，颁发《赠荣禄公应科晋光禄大夫配赵太夫人再晋一品夫人诰命》《赠荣禄公垣晋光禄大夫配刘太夫人再晋一品夫人诰命》《封荣禄公胆晋封光禄大夫配朱太人再赠一品夫人继配孔太夫人晋封一品夫人诰命》、《授道祥光禄大夫配马氏封一品夫人诰命》。(《族谱·诰命》)

秋，康熙侍太皇太后幸五台山进香，道祥奉命筑路。②

十月六日，山西地震，道祥赈钱瘗死，煮粥救生。③

是年，张潮《虞初新志》编成，自序。

①《仲兄竹坡传》："父欲兄早就科第，恐童子试羁縻时日，遂入成均。"按据《清史稿·选举志》，清代科举制，童试须经县试五场、府试多场、院试五场，合格者称入泮，为生员。生员每年又须岁考，乡试前尚须科考，自然"羁縻时日"。乡试则须生员、贡生、监生方可应考。而监生，可以纳资捐监，不一定就读于国子监，故为科第之捷径。据《仲兄竹坡传》，竹坡二十四岁北上都门，才倾长安诗社，咸称竹坡才子 (参见癸酉谱)。玩其文意，竹坡此前并未入监就读，因知"入成均"系捐监。然捐监年代不明。今据竹坡十五岁初次应举 (参见甲子谱)，姑系于此。竹坡此时家尚殷富。《十一草·拨闷三首》其二：

"少年结客不知悔，黄金散去如流水。"

②《拙存张公墓志》："癸亥秋，皇上御驾奉侍太皇太后幸五台进香。山径崎仄，步辇难行。奉文先期修路，公即率属……"。《拙存张公墓志》："癸亥……十月朔五日，代州、崞县、原平、忻州、太原等处地大震。……公则赈钱瘗死，煮粥救生。"

康熙二十三年甲子 (1684)　　　十五岁

竹坡骑马舞剑，壮志凌云。①

八月，竹坡赴省乡试，落第。②

十一月十一日，张翙卒。竹坡哀毁致病。③

正月二十六日，道祥升授湖北按察使。④

九月，康熙南巡，阅河，幸宿迁。(同治《徐州府志》、《中外历史年表》)

①《十一草·拨闷三首》："十五好剑兼好马，……壮气凌霄志拂云，不说人间儿女话。"

②《仲兄竹坡传》："十五赴棘围，点额而回。"按监生以科举上进，只可应乡试，而通例乡试在各省省城举行。《清史稿·选举志》；"乡试以八月，会试以二月。均初九日首场，十二日二场，十五日三场。"此当为竹坡初次南下至南京。

③《族名录》："翙……于清康熙甲子年十一月十一日疾终于家。"《乌思记》："年十五而先严即见背。"《仲兄竹坡传》："十五……旋丁父艰，哀毁致病。兄体臞弱，青气恒形于面，病后愈甚。"

④《拙存张公墓志》："甲子春，升授湖广湖北按察使。故事，参议无升臬司之例。而公特膺殊宠"。据钱实甫《清代职官年表》，道祥任湖北臬司在正月二十六日。

康熙二十四年乙丑 (1685)　　　十六岁

二月二十三日，从侄彦圣 (道瑞子) 生。(《彭城张氏族谱》)

四月三日，叔祖聚胃卒。①

是年，徐地大饥，张胆捐粮数千石赈济。②

徐州儒学生员多人具呈公举获准，以张胆为乡饮大宾。（《族谱·乡饮》）

①《族名录》："聚胃……于康熙乙丑年四月初三日寿终于家。"《族谱·传述》引吕维扬《炯垣张公传》："于康熙乙丑之阳月捐馆于寝。"按《尔雅·释天》："十月为阳"。吕《传》误。

②《族谱·崇祀》："康熙二十四年，徐郡大祲。本宦出杂粮三千余石，设厂赈济。复出粟数千石，减价粜之。饥民赖以存活者无算。"

康熙二十五年丙寅（1686）　　十七岁

一月十日，从侄彦琮（道瑞子）生。（康熙六十年本《张氏族谱》）

一月十九日，道祥卒于湖北臬署。子彦琦扶柩归葬。①

四月十三日，从侄彦琨（道瑞子）生。（《彭城张氏族谱》）

是年，湖广武昌府乡绅具呈公举获准，崇祀道祥于湖北名宦祠。（《族谱·崇祀》）

张铎作《感怀》诗十首。②

道渊见族谱旧编未竟，立志补纂。③

①《族名录》："道祥……于清康熙丙寅年正月十九日，疾终于湖广湖北臬署。"《族谱·征聘》："本宦克行孝道，亲父张道祥殁于楚臬任内，时年二十岁，扶柩归葬。"按彦琦康熙六年丁未生，"二十岁"正是本年。

②按《族谱·藏稿》选张铎《晏如草堂集》十首，总题《感怀》。观其诗意，俱缅怀往事之作，当作于同时。其一云："虚度韶华五十秋"。铎生于崇祯十年丁丑，五十岁正是本年。其三自注云："时下诏求言，余有小疏陈钱法。"诗中则云，"弹指风光二十秋"。据《族谱·奏疏》，陈钱法疏作于康熙六年五月十八日，二十年后亦为本年。

③《族谱》张道渊雍正十一年后序："余自十数龄时捧观旧谱，见其条目空存，早已立心纂述，以竟先人未竟之事。"按道渊生于康熙十一年壬子，至本年十五岁。姑系于此。

康熙二十六年丁卯 (1687)　　　十八岁

八月，竹坡二应乡试，落第。①

竹坡与刘氏结婚。②

一月十八日，堂婶、从母沙氏卒。(《族名录》)

二月，禁淫词小说。(王利器《元明清三代禁毁小说戏曲史料》、《中外历史年表》)

三月六日，从弟道衡 (铎子) 生。(《族名录》)

五月七日，从弟道用 (铎子) 生。(《族名录》)

秋，徐歉，张胆出粟代垫赋税。③

是年，徐州总戎缺，道瑞委署镇事。④

①《仲兄竹坡传》："五困棘围，而不能博一第。"《清史稿·选举志》："顺治元年，定以子午卯酉年乡试。"按自康熙二十三年甲子，至康熙三十五年丙子，总凡五科，又无恩科。竹坡既"五困棘围"，必然科科俱到。参见甲子谱。

②《乌思记》："戊辰春，予以亲迎至钟吾。每致悲风木，抱恨终天。兼之萱树远离，荆枝遥隔……"。则康熙二十七年戊辰之春竹坡已有妻室。按竹坡丁外艰起服在本年二月十一日，再次应举在本年八月，而新婚似不会即行远离，故知竹坡结婚当在本年秋冬间。《族名录》："道深……妻刘氏，同郡人、陕西西安府参将讳国柱之女。"

③《族谱·崇祀》："康熙二十六年，徐地荒歉。小民秋粮难办。本宦出粟七百余石，代本乡贫农垫完正赋。"

④《履贞张公墓志铭》："丁卯，徐州总戎缺。督抚两台素器重公，且以徐为公桑梓地，委署镇事。剔弊厘奸，施德布惠，乡评籍籍。"

康熙二十七年戊辰 (1688)　　　十九岁

春，竹坡因道弘婚事至宿迁，慨叹世事，志欲鹏飞，作《乌思记》。①

十二月一日，从孙秉绪 (彦璘子) 生。(康熙六十年本《张氏族谱》)

76

张竹坡与《金瓶梅》研究

是年，洪昇《长生殿》撰成上演。(章培恒《洪昇年谱》)

①《乌思记》："余篯里人也。年十五而先严即见背。届今梧叶悲秋，梨花泣雨，三载于斯。而江山如故，云物依然。惟有先生长者，旧与诗酒往还。予童时追随杖履者，仅存寥寥一二人。至于人情反复，世事沧桑，若黄河之波，变幻不测，如青天之云，起灭无常。噫，予小子久如出林松杉，孤立于人世矣。戊辰春，予以亲迎至钟吾。每致悲风木，抱恨终天。兼之萱树远离，荆枝遥隔，当风雨愁寂之时，对景永伤，不觉青衫泪湿，白眼途穷，竟不知今日为何日矣。偶见阶前海榴映日，艾叶凌风，乃忆为屈大夫矢忠、曹娥尽孝之日也。嗟乎，三闾大夫不必复论。彼曹娥，一女子也。乃能逝长波，逐巨浪，贞魂不没，终抱父尸以出。矧予以须眉男子，当失怙之后，乃不能一奋鹏飞，奉扬先烈，槁颜色，困行役，尚何面目舒两臂，系五色续命丝哉。嗟乎，吾欲上穷于碧落，则玉京迢递，阊阖迥矣；吾欲下极于黄泉，则八荒杳茫，鬼磷燃矣。陟彼高冈，埋苍烟矣。溯彼流水，泣双鱼矣。思之思之。惟有庄蝶虞鹿，时作趋庭鲤对之时。然后知杀鸡椎牛，正人子追之不及，悔之不能，血泪并枯之语也。是为记。"按钟吾为春秋古国名，据顾颉刚、章巽编《中国历史地图集(古代史部分)》，即"今江苏宿迁北。"查《族名录》，竹坡姐妹与嫂氏中，只有其胞兄道弘妻陆氏，为"宿迁县人，生员、乡饮大宾讳奋翮之女。"陆氏生于康熙壬子年八月初九日，至本年十七岁，正是出阁之年。竹坡所谓"亲迎"，当指此事。

康熙二十八年己巳 (1689) 　　二十岁

正月，康熙二次南巡，阅河，幸宿迁。(同治《徐州府志》、《中外历史年表》)

四月十九日，从弟道贯(铎子)生。(《族名录》)

四月二十七日，长子彦宝生。(《清毅先生谱稿》)

八月，洪昇以国丧期间上演《长生殿》招祸。(章培恒《洪昇年谱》)

是年，道源入都需次，补授工部营缮司主事。(《族谱·志铭》引庄楷《云谿张公墓志》)

道溥随道源效力河工。①

道洴随道源之任京师。②

①《族谱·传述》引庄柱《邑侯张公传》："年甫弱冠，即偕副使公效力河干。八年之间，历著成绩。癸酉冬奉委解赈汴梁"。按道溥生于康熙十年辛亥，"弱冠"当为二十九年庚午。然二十九年二月七日张胆卒，道源等丁艰，因知此为本年事。而自"癸酉冬"倒推八年，为二十五年丙寅，道溥十六岁，不可称"年甫弱冠"。庄《传》八年误。

②《族谱·传述》引庄楷《别驾张公传》："年及冠，随伯兄之任京师，相为倚毗。继丁外艰，旋里。"按道汧生于康熙十四年，"及冠"应为康熙三十三年。本年十五岁，曰"及冠"不当。又伯兄道祥已卒，仲兄道瑞外任，此所谓"伯兄"，应为道源。道源行三，庄《传》误。

康熙二十九年庚午 (1690)　　　二十一岁

八月，竹坡三应乡试，落第。①

正月，徐淮大饥。张胆捐小麦五千石助赈。②

二月七日，张胆卒。(《族名录》)

六月，以张玉书为文华殿大学士。(《清代七百名人传》)

①参见甲子谱、丁卯谱。

②《族谱·崇祀》："二十九年，徐复大饥。又出小麦二千石助赈。……淮属大饥，本宦捐小麦三千石运淮助赈。"按本年二月七日胆卒，此当为正月事。

康熙三十年辛未 (1691)　　　二十二岁

二月二十五日，从侄球 (道源子) 生。(康熙六十年本《张氏族谱》)

三月十八日，从侄彦珍 (道瑞子) 生。①

十月二十七日，道瑞卒于福常营官署。(《族名录》)

是年，冯溥卒。②

张潮援新例捐纳京衔，以岁贡生授翰林院孔目，实未出仕。③

①张彦珍《树滋堂诗集·甲午元夕前一夜举第一子四首》其二自注："余生于常熟之署邸，辛未岁三月十八日也。"其三云："明年五十忽平分"。"明年"

即康熙五十四年乙未，彦珍二十五岁，故曰"五十忽平分"。

②据毛奇龄《易斋冯公年谱》。章培恒《洪昇年谱》《中国文学家大辞典》同。《清代七百名人传》附录一《清代大事年表》谓卒于康熙三十一年二月，误。

③同庚戌谱注⑨。

康熙三十一年壬申 (1692)　　　二十三岁

三月十五日，从侄彦珣 (道瑞子) 生。 (康熙六十年本《张氏族谱》)

是年，彦琦捐纳候选司务。 (《族谱·征聘》)

康熙三十二年癸酉 (1693)　　　二十四岁

八月，竹坡四应乡试，落第。①

冬，竹坡北游长安诗社，名震京都，咸称竹坡才子。②

四月二十四日，张胆葬于徐州太山祖茔。 (张玉书《伯量张公墓志铭》)

冬，道溥奉委解赈汴梁。③

是年，冒襄卒。④

①参见甲子谱、丁卯谱。

②《十一草·乙亥元夜戏作》："去年前年客长安，春灯影里谁为主。"按乙亥前二年即本年，竹坡二十四岁。竹坡八月在南京应试，落榜返里，休整后北上，当已入冬。《十一草·拨闷三首》其三："廿岁文章遍都下"，系举其成数。《仲兄竹坡传》载有竹坡夺魁都门诗坛详情，曰："一日家居，与客夜坐。客有话及都门诗社之盛者。兄喜曰：吾即一往观之，客能从否？客方以兄言为戏，未即应。次晨，客晓梦未醒，而兄已束装就道矣。长安诗社每聚会不下数十百辈。兄访至，登上座，竟病分拈，长章短句，赋成百有余首。众皆压倒，一时都下称为竹坡才子云。"

③《邑侯张公传》："癸酉冬，奉委解赈汴梁。措置有方，且捐粟平粜，民赖以全活者甚众。上宪称能，交章特荐。"

④据冒广生《冒巢民先生年谱》。冒襄享年八十三岁。《清代七百名人传》

谓其年八十，误。

康熙三十三年甲戌 (1694)　　　二十五岁

年初，竹坡在京。①旋返里，作《春朝》诗二首，彦琦和之。②

二月九日，张铎卒。（《族名录》）

四月九日，从孙秉纶 (彦璘子) 生。（康熙六十年本《张氏族谱》）

五月，康熙巡幸畿甸，阅视河堤。（《清代七百名人传》附录一《清代大事年表》）

七月二十三日，从弟道政 (铎子) 生。（《族名录》）

是年，道溥宰棠邑。③

彦璘选授平谷县知县。④

从孙志勤 (彦琦子) 生。⑤

孔尚任、顾天石《小忽雷》传奇在京演出。（王季思《桃花扇·前言》）

河溢花山口。（同治《徐州府志》卷五下《记事表》）

---

① 《十一草·乙亥元夜戏作》："去年前年在长安。""去年"，即本年。

② 《十一草·春朝》："长至封关未许开，葳蕤暂解为春来。偶依萱树栽花胜，敢使藜灯误酒杯。呵冻莫愁三月浪，望云已痒一声雷。预拼拂拭朦胧眼，先赏疏篱腊后梅。""去年腊尽尚留燕，帝里繁华不计钱。凤阙双瞻云影里，鹤轩连出御河边。树围瀛岛迷虚艇，花满沙堤拾翠钿。此日风光应未减，春明门外柳如烟。"《族谱·藏稿》选张彦琦《甲戌春朝和叔氏原韵》："东风开冻未全开，云影濛濛带雪来。辞腊只余诗一卷，迎禧惟有酒千杯。三冬沍冷栖宾雁，二月惊涛起蛰雷。后日风光无限景，眼前着屐且寻梅。""繁华何必说幽燕，是处风光尽值钱。锦里土牛催种急，香飞玉蝶到梅边。华堂晴暖开春宴，子夜清歌堕翠钿。无那频年空惹恨，三春辜负柳如烟。"两诗第一首俱为十灰韵，第二首俱为一先韵，韵脚并次第全同，诗意亦相关联。因知彦琦所和，必为竹坡原韵。彦琦为竹坡从兄道祥独子，故称竹坡为"叔氏"。和诗有"华堂晴暖开春宴"句，则诗作于家宴之上。原诗与和诗必为同时所作。因知竹坡《春朝》二首亦作于本年春。原诗有"去年腊尽尚留燕"句，则竹坡离京返里在本年年初。

③《邑侯张公传》："癸酉，……明年，命宰棠邑。"

④《族谱·玉文府君行述》："服阕，即入都谒选，得宁津县。因前令留任，回部改授，复选授顺天府平谷县知县。"按道瑞卒于康熙三十年十月二十七日，彦璘起服当即本年。

⑤《族谱·传述》引吴云标《雪樵张君传》："殁时年三十有六，为雍正己酉岁。"按逆推志勤当生于本年。

康熙三十四年乙亥（1695）　　二十六岁

竹坡作《乙亥元夜戏作》诗。①

正月七日，竹坡评点《金瓶梅》。旬有余日批成，付梓。②

二月七日，从侄彦珩（道源子）生。（康熙六十年本《张氏族谱》）

二月十七日，次子彦瑜生。（《清毅先生谱稿》）

五月，康熙巡视新河及海口运道。（《清代七百名人传》附录一《清代大事年表》）

是年，从侄女史张氏夫史楷殁，守节。③

洪昇《长生殿》授梓。（章培恒《洪昇年谱》）

王晫、张潮辑《檀已丛书》由新安张氏霞举堂刊刻行世，张潮作序。

河溢花山口，运河亦溢。（同治《徐州府志》卷五下《记事表》）

①《十一草·乙亥元夜戏作》："堂上归来夜已午，春浓绣幕余樿俎。荆妻执壶儿击鼓，弱女提灯从旁舞。醉眼将灯仔细看，半类狮子半类虎。吁嗟兮，我生纵有百上元，屈指已过二十五。去年前年客长安，春灯影里谁为主。归来虽复旧时贫，儿女在抱忘愁苦。吁嗟兮，男儿富贵当有时，且以平安娱老母。"按竹坡二十五岁应为康熙三十三年甲戌，此诗因作于正月十五日，方入新年，系指实岁。

②《第一奇书非淫书论》："生始二十有六"。按张评本《金瓶梅》原刊本为康熙乙亥本，竹坡二十六岁正是乙亥年，因此，竹坡评点《金瓶梅》在本年，批成付梓亦在本年。大连图书馆藏本衙藏版本《第一奇书》所载寓意说："竹

坡，彭城人，……偶读《金瓶》……乃发心于乙亥正月人日批起，至本月廿七日告成。"《仲兄竹坡传》："(兄) 曾向余曰："《金瓶》针线缜密，圣叹既殁，世鲜知者。吾将拈而出之。遂键户旬有余日而批成。"《第一奇书·凡例》："此书非有意刊行，偶因一时文兴，借此一试目力，且成于十数天内。"据此又知竹坡评点《金瓶梅》仅用时十余日。

③《族谱·壶德》："张氏，湖北臬司张讳道祥女，适原任浙江宁绍道史光鉴子、监生史楷。后楷……贫殁京邸，氏年方二十四岁。……氏系壬子年生，孀居三十年。"按壬子为康熙十一年，氏"二十四岁"，当即本年事。

康熙三十五年丙子 (1696)　　　二十七岁

春，《第一奇书》刊竣，载之金陵，远近购求，竹坡才名益振。①

八月，竹坡五应乡试，落第。②

秋冬间，竹坡旅居扬州，结识张潮等人，有《与张山来》书三封，并参与《幽梦影》批评。③

春，洪昇道经武进，往游江宁。(章培恒《洪昇年谱》)

秋，徐州大雨，居民惊迁，道源设法保护。④

是年，彦琦填 [多丽] (咏山庄新池叶曹先生十字韵) 词。⑤

河溢花山口，运河亦溢。(同治《徐州府志》卷五下《记事表》)

①《仲兄竹坡传》："遂付剞劂，载之金陵。于是远近购求，才名益振。四方名士之来白下者，日访兄以数十计。兄性好交游，虽居邸舍，而座上常满。"《十一草·拨闷三首》其三："去年过虎踞，今年来虎阜。"按竹坡本年八月五应乡试于南京，秋冬间旅居扬州，明年移寓苏州。因知康熙乙亥本《第一奇书》于本年春刊竣，并即"载之金陵"。参见丁丑谱。

②参见甲子谱、丁卯谱。

③张潮《友声集·后集》收竹坡《与张山来》书三封。其一："承颁赐各种奇书，捧读之下，不胜敬服。老叔台诚昭代之伟人，儒林之柱石。小侄何幸，一旦而识荆州。广陵一行，诚不虚矣。昨晚于大刻中见灯谜数十则，羡其典雅古劲，确而且趣。不揣冒昧，妄为拟议，不知有一二中鹄否？敢录呈座下，幸

进而教之为望。昨夜陈定翁过访，亦猜得四枚，并呈台教。附候兴居，俟容叩悉不尽。"其二："连日未获趋候，歉歉。承教《幽梦影》，以精金美玉之谈，发天根理窟之妙。小侄旅邸无下酒物，得此，数夕酒杯间颇饶山珍海错。何快如之。不揣狂瞽，妄赘琐言数则。老叔台进而教之，幸甚幸甚。拙稿数篇并呈，期郢政为望。"其三："捧读佳序，真珠璀玉灿，能使铁石生光。小侄后学妄评，过龙门而成佳士，其成就振作之德，当没世铭刻矣。谢谢。"信中涉事甚多，兹分别按诠如次；一、据顾国瑞、刘辉《＜尺牍偶存＞＜友声＞及其中的戏曲史料》考证，此三封信俱作于本年。而本年夏季之前，竹坡均在南京。其去扬州，必在本年秋冬间。则《与张山来》书三封本年秋冬作于扬州。二、信中既云："小侄何幸，一旦而识荆州。广陵一行，诚不虚矣。"则竹坡与张潮本年在扬州必为初交。但因为同声相应，同气相求，又是同姓相亲，其关系很快便极融洽。于是颁书、赐序、呈稿、写信，俨然如同故知。三、所谓"昨晚于大刻中见灯谜数十则"云云，王汝梅《再谈张竹坡的小说评点》考定"大刻"为《檀几丛书》，是。此即为"承颁赐各种奇书"之一。四、信中所提"陈定翁"，疑即陈定生。定生名贞慧，江苏宜兴人，一般认为他卒于顺治十三年，享年五十三岁。若他至本年尚健在，则已是九十三岁高龄，称"翁"正当其宜。定生与竹坡为世交，《曙三张公志》录张介《雨村公口述所见旴绅藏本记略》："阁部按部淮安，遍阅诸将，兵皆虚夸不足用，惟兴平部伍齐整，士马精强，……思妙选长材，为之辅佐。时宜兴陈定生已招置幕府，曙三既至，任事明敏精密，……史公大悦曰：吾得张陈两君以佐兴平，复何虑哉。……乙酉正月十一日，兴平抵睢。定国出迎四十里，……即请兴平入城。曙三与陈定生已窥定国狡诈志异，皆极言之。兴平勿听。定生密谓曙三曰：高公刚愎，无济也。我辈从之，终受祸耳。盍去诸？曙三太息曰：知之久矣。顾子客也，可以去。我则有官守，凤受高公知遇，史公托付，受事以来，已置此身于度外矣。子其行哉。"曙三即竹坡祖父张垣。竹坡与定生能在扬州会晤，缅怀往事，当更多一番感触。五、据啸园刊本，《幽梦影》批语多达五百十三则，其中竹坡批语八十三则。信中云："承教《幽梦影》，……小侄旅邸无下酒物，得此，……不揣狂瞽，妄赘琐言数则。"则竹坡《幽梦影》批语作于此时。六、信中所谓"佳序"，自是张潮为竹坡某评书所作之序。顾国瑞、刘辉《＜尺牍偶存＞＜友声＞及其中的戏曲史料》以此"佳序"即《第一奇书》谢颐序，非是。由上文可知，竹坡《与张山来》书写于康熙三十五年秋冬 (据《友声》编辑体例，其第三信当较前二信晚出，则写第三信之时，或已入冬)，则张潮"佳序"亦当作于此前不久。而《第一奇书》

谢颐序，作于康熙三十四年"清明中浣"。时间相距一年又半，两序显非一序。《第一奇书》全称为《皋鹤堂批评第一奇书金瓶梅》，皋鹤堂当即张竹坡之堂号。而谢序"题于皋鹤堂"，则谢序应为竹坡本人所作，即"谢颐"乃竹坡之化名。参见乙亥谱。

④《云豀张公墓志》："丙子秋，霖雨浃旬，河流泛溢，城不浸者三版，居民惊骇迁避，公百方保护。"

⑤《族谱·藏稿》选彦琦该词："屈指算，双丸易迈，余也行年三十。"按彦琦生于康熙六年丁未，"行年三十"，则为本年。

康熙三十六年丁丑（1697） 二十八岁

春，竹坡移寓苏州，贫病交加，作《拨闷三首》，慨叹世情，自我解嘲。①

七月十七日，同郡人李蟠一甲一名进士及第。（钱实甫《清代职官年表》）

七月十九日，颁发《赵孺人封太孺人诰命》、《授道溥文林郎配赵氏封孺人诰命》。（《族谱·浩命》

秋，洪昇至苏州。吴人醵资为演《长生殿》，江宁巡抚宋荦主之，八十翁尤侗作序，极一时之盛。（章培恒《洪昇年谱》）

是年，张潮《昭代丛书》甲集刊行，尤侗为序。

①《十一草·拨闷三首》其一："风从双鬓生，月向怀中照，对此感别离，无何复长啸。愁多白发因欺人，顿使少年失青春。愁到无愁又愁老，何如不愁愁亦少。不见天涯潦倒人，饥时虽愁愁不饱。随分一杯酒，无者何必求。其有遇，合力能，龙凤飞拂逆，志甘牛马走。知我不须待我言，不知我兮我何剖。高高者青天，渊渊者澄渊，千秋万古事如彼，我敢独不与天作周旋。既非谄鬼亦非颠，更非俯首求天怜。此中自有乐，难以喉舌传。明日事，天已定，今夜月明里，莫把愁提起。闲中得失决不下，致身百战当何以。"其二："少年结客不知悔，黄金散去如流水。老大作客反依人，手无黄金辞不美。而今识得世人心，蓝田缓种玉，且去种黄金。"其三："青天高，红日近，浮云有时自来往，太虚冥冥谁可印。南海角，北山足，二月春风地动来，无边芳草一时绿。君子能守节，达人贵趋时，时至节可变，拘迫安所之。我生泗水上，志节愧疏放。

天南地北汗漫游，十载未遇不惆怅。我闻我母生我时，斑然之虎入梦思，掀髯立起化作人，黄衣黑冠多伟姿。我生柔弱类静女，我志腾骧过于虎。有时亦梦入青云，傍看映日金龙舞。十五好剑兼好马，廿岁文章遍都下。壮气凌霄志拂云，不说人间儿女话，去年过虎踞，今年来虎阜，金银气高虎呈祥，池上剑光射牛斗。古人去去不可返，今人又与后人远。我来凭吊不胜情，落花啼鸟空满眼。白云知我心，清池怡我情，眼前未得志，岂足尽生平。"按竹坡曾于康熙二十三年甲子、二十六年丁卯、二十九年庚午、三十二年癸酉、三十五年丙子五至金陵。本诗中云："廿岁文章遍都下"，则"去年过虎踞"，必在康熙三十二年癸酉竹坡北上都门、夺魁长安诗社之后，即指康熙三十五年丙子第五次至金陵事。"今年来虎阜"，自即康熙三十六年丁丑事。又本诗中"二月春风"云云，可知竹坡离扬来苏，系在春季。参见癸酉谱、丙子谱。

康熙三十七年戊寅（1698）　　二十九岁

四月之前，竹坡在苏州。①吟诗寄愁，作《客虎阜遣兴》六首。②

志不少懈，北上效力于永定河工次，另图进取。③

九月十五日，竹坡暴卒，功败于垂成。行橱所遗，惟四子书一部、文稿一束、古砚一枚。④

葬于铜山县丁塘先茔。⑤

五月二十日，颁发《张道源母赵太儒人封太恭人诰命》。（《彭城张氏族谱》）

十二月二十日，道著卒。（《族名录》）

是年，彦琦构筑醉流亭，以为游览地。⑥

河决李家楼口。（同治《徐州府志》卷五下《记事表》）

①《仲兄竹坡传》："一朝大呼曰：大丈夫宁事此以羁吾身耶！遂将所刊梨枣，弃置于逆旅主人。馨身北上，遇故友于永定河工次。"按每年春夏间筑堤防汛，为当时例务，永定河亦然。而竹坡离苏北上与效力河干中无间隔，可知竹坡"遇故友于永定河工次"，当为本年初夏间事。此前当仍在苏州。参见本谱注②。

②《十一草·客虎阜遣兴》其一："四月江南晒麦天，日长无事莫高眠。好

将诗思消愁思，省却山塘买醉钱。"其二："剑水无声静不流，天花何处讲台幽。近来顽石能欺世，翻怪生公令点头。"其三："千秋霸气已沉浮，银虎何年卧此邱。凭吊有时心耳热，云根拨土觅吴钩。"其四："画船歌舞漫移商，矜贵吴姬曲未央。歇担菜佣桥上坐，也凝双眼学周郎。"其五："故园北望白云遥，游子依依泪欲飘。自是一身多缺限，敢评风土惹人嘲。"其六："僧房兀坐掩重门，鸟过花翻近水村。迩日又开诗酒戒，只缘愁绪欲消魂。"按本组诗与《拨闷三首》情趣大不相同。前诗怨天尤人，自我解嘲，而不得解脱。本诗虽亦吟咏寄愁，但描摩景物，清脱自然，其"云根拨土觅吴钩"句，已意味着不久将大呼而起，另求进取。可知本组诗的写作时间，距其"五困棘围"，当有较长的间隔。但两组诗均写苏州春日事，而《拨闷三首》作于康熙三十六年丁丑，则本组诗当作于本年。诗中既有"四月江南晒麦天"云云，则本年四月之前，竹坡仍在苏州。

③《仲兄竹坡传》："……遇故友于永定河工次。友荐兄河干效力。兄曰：吾聊试为之。于是昼则督理插畚，夜仍秉烛读书达旦。"按自康熙六年至三十七年，黄河凡十四度决口。而自康熙二十三年至四十六年，康熙六次南巡，均曾阅河。治理黄河成为国家头等要务之一。永定河亦然。《清史稿·河渠志·永定河》："永定河亦名无定河，……顺治八年，河由永清徙固安，与白沟合。明年，决口始塞。十一年，由固安西宫村与清水合，经霸州东，出清河；又决九花台、南里诸口，霸州西南遂成巨浸。康熙七年，决卢沟桥堤，命侍郎罗多等筑之。三十一年，以河道渐次北移，永清、霸州、固安、文安时被水灾，用直隶巡抚郭世隆议，疏永清东北故道，使顺流归淀。三十七年，以保定以南诸水与浑水合流，势不能容，时有泛滥，圣祖临视。巡抚于成龙疏筑兼施，自良乡老君堂旧河口起，经固安北十里铺，永清东南朱家庄，会东安狼成河，出霸州柳岔口三角淀，达西沽入海，浚河百四十五里，筑南北堤百八十余里，赐名永定。自是浑流改注东北，无迁徙者垂四十年。"清廷每年仅治水一项，度支国帑，动辄数百万计。藉此升官发财者则不计其数。即彭城张氏，如道源、道溥、道沔、廷献等，均曾取誉邀宠于河工。竹坡因于场屋达十三、四年之久，此番可谓转觅途径，另求进取。

④《仲兄竹坡传》："工竣，诣钜鹿会计帑金。寓客舍，一夕突病，呕血数升。同事者惊相视，急呼医来，已不出一语。药铛未沸，而兄淹然气绝矣。时年二十有九。……兄既没，检点行橱，惟有四子书一部、文稿一束、古砚一枚而已。"《族名录》："道深……生年二十九岁，于康熙戊寅年九月十五日疾终

于直隶保定府永定河工次。"

⑤《族名录》："道深……葬于丁塘先茔穆穴。"按据《族名录》，茔穴在丁塘紫金山之阴，主穴为其父母，昭穴为其兄嫂。

⑥《族谱·杂著藏稿》录张彦琦《醉流亭赋》："余于戊寅年怀山居之念，遂构此亭，种花莳竹，以为游览地。"

康熙六十年辛丑 (1721)　　　竹坡卒后二十三年

二月十四日，孙世荣 (彦瑜子) 生。(《清毅先生谱稿》)

是年，道渊重修《张氏族谱》告一段落，作序。复因故中辍。然本谱所收竹坡各项，均已哀集入帙，惟多未梓成。①

吴敬梓二十一岁。(何泽翰《儒林外史人物本事考略》)

夏敬渠十七岁。(赵景深《中国小说丛考》)

袁枚六岁。(《中国文学家大辞典》)

①《族谱》道渊雍正十一年后序："族谱之修，几经雠校，曾于戊戌、己亥间，遍历通族，详分支派，……汇选恩纶、传志、藏稿、赠言、寿挽诸章，哀集成帙。正在发刊，忽以他务纠缠，奔走于吴中、白下之途，……只得暂为辍工。只将镂成之宗支图、族名录等等，附以家法十七则，订辑成书，分给族人使用。"按《族谱》道渊前序作于康熙六十年，当为初成而辍工之期，因系于此。

清世宗雍正十一年癸丑 (1733)　　　竹坡卒后三十五年

四月，禁民间刊刻书籍。(《清代七百名人传》附录一《清代大事年表》)

是年，道渊续修《张氏族谱》毕。作后序。倩徐州牧石杰序。八世冢孙张炯附序。梓成。竹坡《家传》及其《十一草》《治道》《乌思记》等始与通族见面。①

①《族谱》道渊雍正十一年后序："编次方完，而梓人报竣。兹举也起于癸丑四月之朔，成于九月之望。"

清高宗乾隆四十二年丁酉（1777）　　竹坡卒后七十九年

五月二日，颁发《赠张绍之祖母王氏恭人诰命》。（《彭城张氏族谱》）

是年，从孙张璐（道渊子）增修《张氏族谱》毕，作序，梓成。即本年谱所据《族谱》。竹坡生平著述因此得以传世。①

脂砚斋抄阅再评《石头记》二十三年。（据甲戌本《脂砚斋重评石头记》）

---

①《族谱》张璐乾隆四十二年序："迄今四十余年，代日益远，人日益多，使不重加订正，详为增入，将远者或不免于湮，多者或不免于紊。璐罪其奚辞焉。……赖吾族中宦游者解俸助梓，典核者悉心襄事，始克勒有成书。"

清宣宗道光五年乙酉（1825）　　竹坡卒后一百二十七年

是年，九世张协鼎（张胆来孙）第五次重修族谱毕，刊成，更名为《彭城张氏族谱》，转详于分支世系，而削除藏稿与杂著，并割裂原文，任意联缀，尤篡改《仲兄竹坡传》，尽删与《金瓶梅》有关文字。

道光二十九年己酉（1849）竹坡卒后一百五十一年

是年，九世张省斋（张胆来孙）重编族谱，①后抄订成帙，名为《清毅先生谱稿》，恢复藏稿与杂著，然删除《仲兄竹坡传》，并在《族名录》中极诋竹坡。②

---

①张介编《荣寿录》引程保廉《清毅先生年谱》："道光二十九年己酉，公五十四岁，重修族谱，采辑旧闻，搜罗遗事，夜以继日，寝食不遑也。"按清毅先生为乡人私谥，即张省斋，其《清毅先生谱稿》虽略有增删，实乃乾隆四十二年刊本《张氏族谱》与道光五年刊本《彭城张氏族谱》之重新组合本。

②《清毅先生谱稿·族名录》墨笔稿："道深……恃才傲物，曾批《金瓶梅》小说，隐寓讥刺，直犯家讳，非第误用其才也，早逝而后嗣不昌，岂无故欤？"朱笔修改稿："道深……恃才傲物，批《金瓶梅》小说，愤世疾俗，直犯

家讳，则德有未足称者，抑失裕后之道矣。"

清德宗光绪六年庚辰 (1880)　　竹坡卒后一百八十二年

是年，十世张介合订《张氏族谱》为礼乐射御书数六册。即笔者所见乾隆四十二年本《族谱》。

光绪十七年辛卯 (1891)　　竹坡卒后一百九十三年

是年，桂中行、王嘉诜编《徐州诗征》刊成。选竹坡诗二首，题为《虎阜遣兴》，注云："道深，字竹坡，著有《十一草》。"另选竹坡《中秋看月黄楼上》七律一首，误署为"张道源"。此乃竹坡诗首次与世见面。

中华民国二十四年乙亥 (1935)　　竹坡卒后二百三十七年

是年，十二世张伯英编《徐州续诗征》刊成。徐东桥据张氏家藏稿编《张氏诗谱》，于道深名下注云："翊子"。此首次公开归竹坡于彭城张氏世系。后人遂得追踪发见。

（原载于《金瓶梅评点家张竹坡年谱》，辽宁人民出版社1987.7，1版；又载于《中国小说戏曲论学集》，台湾文史哲出版社2000.7，1版）

张竹坡年表

清圣祖康熙九年庚戌（1670）　　　　一岁

七月二十六日，竹坡生于徐州。

七月六日，颁发《冯太孺人晋封太宜人诰命》《授铎奉政大夫配蔡孺人再赠宜人继配蔡孺人晋封宜人诰命》。

现存《金瓶梅词话》刊刻五十四年（据万历丁巳序）。

竹坡家族近支年岁之可考者：

祖父垣殉难二十五年。

祖母冯氏六十三岁。

大伯父胆五十七岁，解甲归里十六年。

二伯父铎三十四岁，在云南临安司马任。

二伯母蔡氏二十六岁。

父翱二十七岁。

母沙氏二十四岁。

从兄道祥（胆子）三十四岁，在山西雁平道任。

从兄道瑞（胆子）三十一岁。

从兄道源（胆子）六岁。

胞兄道弘八岁。

妻刘氏三岁。

从侄彦琦（道祥子）四岁。

从侄彦璘（道瑞子）二岁。

当时名人：

金圣叹卒九年。

丁耀亢卒。

毛宗岗完成《三国演义》评点二十七年（据《第一才

子书绣像三国志演义》顺治甲申序)。

李渔六十岁。

尤侗五十三岁。

蒲松龄三十一岁。

洪昇二十六岁。

孔尚任二十三岁。

张潮二十一岁。

地方贤达：

万寿祺卒十八年。

阎尔梅六十八岁。

康熙十年辛亥（1671）　　二岁

竹坡能言笑，解调声。

二月，敕命撰《孝经衍义》。

张潮侨寓扬州。

康熙十一年壬子（1672）　　三岁

八月九日，嫂陆氏（道弘妻）生。

九月二十日，胞弟道渊生。

康熙十二年癸丑（1673）　　四岁

十一月，平西王吴三桂举兵反于云南，称天下都招讨兵马大元帅，以明年为周元年。

是年，张铎以临安司马入京朝觐，升授澂江刺史。二伯母随后离滇，行至常德，三桂反信踵至，城门昼闭，立出片语，赚关返徐。

道瑞武进士中式。

淮安饥，张胆载小麦三千石输于官赈济。

康熙十三年甲寅（1674）　　　五岁

正月初一日，祖母冯氏卒。张铎丁内艰未赴澂江刺史任。

春，道瑞选侍禁庭。

八月二十三日，胞弟道引生。

康熙十四年乙卯（1675）　　　六岁

竹坡可赋小诗，为父所钟爱。

是年，胞妹文娴生。

康熙十五年丙辰（1676）　　　七岁

冬，道祥奉旨监督应州矿务。

康熙十六年丁巳八岁。

竹坡偕弟道渊同就外傅，以聪颖倾倒同社。

是年，张铎服阕补汉阳太守。

康熙十七年戊午（1678）　　　九岁

春，徐饥，张胆半价平粜。

康熙十八年己未（1679）　　　十岁

春，徐饥，张胆捐粮一千四百石赈济。

三月，尤侗博学鸿儒科中式，授翰林院检讨，分修《明史》。

是年，阎尔梅卒。

康熙十九年庚申（1680）　　　十一岁

二月，徐饥，张胆大赈灾民。

二月，张胆捐资督工，重建徐州文庙。

初冬，大同大饥，道祥赈米四千余石。

是年，道瑞题授江南福山营游击将军。

康熙二十年辛酉 （1681）　　　　十二岁

春，蒙古告饥，道祥奉敕管理各省捐纳事例。

十月，云南省城破，吴三桂反叛平息。

冬，张翮病，文娴割股疗父。

十二月二十日，颁发《赠骠骑公应科晋荣禄大夫配赵太夫人再晋一品夫人诰命》《赠骠骑公垣晋荣禄大夫配刘太夫人再赠一品夫人诰命》《封骠骑公胆晋荣禄大夫配朱太夫人再赠一品夫人继配孔太夫人晋封一品夫人诰命》《授道瑞荣禄大夫配刘氏赠一品夫人继配王氏封一品夫人诰命》。

是年，彦琦应京兆试。

徐地大饥，张胆、道瑞输粟数千石赈济。

康熙二十一年壬戌 （1682）　　　　十三岁

是年，张胆捐资兴建徐州荆山口石桥。

康熙二十二年癸亥 （1683）　　　　十四岁

竹坡捐监。

六月十一日，颁发《赠荣禄公应科晋光禄大夫配赵太夫人再晋一品夫人诰命》《赠荣禄公垣晋光禄大夫配刘太夫人再晋一品夫人诰命》《封荣禄公胆晋封光禄大夫配朱太夫人再赠一品夫人继配孔太夫人晋封一品夫人诰命》《授道祥光禄大夫配马氏封一品夫人诰命》。

秋，康熙侍太皇太后幸五台山进香，道祥奉命筑路。十月六日，山西地震，道祥赈钱瘗死，煮粥救生。是年，张潮《虞初新志》编成，自序。

康熙二十三年甲子 （1684）　　　　十五岁

竹坡骑马舞剑，壮志凌云。

八月，竹坡赴省乡试，落第。

十一月十一日，张翮卒。竹坡哀毁致病。

正月二十六日，道祥升授湖北按察使。

康熙二十四年乙丑（1685）　　十六岁

是年，徐地大饥，张胆捐粮数千石赈济。

徐州儒学生员多人具呈公举获准，以张胆为乡饮大宾。

康熙二十五年丙寅（1686）　　十七岁

一月十九日，道祥卒于湖北臬署。子彦琦扶柩归葬。是年，湖广武昌府乡绅具呈公举获准，崇祀道祥于湖北名宦祠。

张铎作《感怀》诗十首。

道渊见族谱旧编未竟，立志补纂。

康熙二十六年丁卯（1687）　　十八岁

八月，竹坡二应乡试，落第。

竹坡与刘氏结婚。

二月，禁淫词小说。

秋，徐歉，张胆出粟代穷民垫完赋税。

是年，徐州总戎缺，道瑞委署镇事。

康熙二十七年戊辰（1688）　　十九岁

春，竹坡因道弘婚事至宿迁，慨叹世事，志欲鹏飞，作《鸟思记》。

是年，洪昇《长生殿》撰成上演。

康熙二十八年己巳（1689）　　二十岁

四月二十七日，长子彦宝生。

八月，洪昇以国丧期间上演《长生殿》招祸。

是年，道源入都需次，补授工部营缮司主事。

康熙二十九年庚午 (1690) 二十一岁

八月，竹坡三应乡试，落第。

正月，徐淮大饥。张胆捐小麦五千石助赈。

二月七日，张胆卒。

康熙三十年辛未 (1691) 二十二岁

十月二十七日，道瑞卒于福常营官署。

张潮援新例捐纳京衔，以岁贡生授翰林院孔目，实未出仕。

康熙三十一年壬申 (1692) 二十三岁

是年，彦琦捐纳候选司务。

康熙三十二年癸酉 (1693) 二十四岁

八月，竹坡四应乡试，落第。

冬，竹坡北游长安诗社，名震京都，咸称竹坡才子。

四月二十四日，张胆葬于徐州泰山祖茔。

康熙三十三年甲戌 (1694) 二十五岁

年初，竹坡在京。旋返里，作《春朝》诗二首，彦琦和之。

二月九日，张铎卒。

彦璘选授平谷县知县。

孔尚任、顾天石《小忽雷》传奇在京演出。

康熙三十四年乙亥 (1695) 二十六岁

竹坡作《乙亥元夜戏作》诗。

正月七日，竹坡评点《金瓶梅》。旬有余日批成，付梓。愤懑满胸，不吐不快，乃以述代作，以说比史，悯作者之苦心，新读者之耳目，遂使《金瓶梅》洗淫乱而存孝悌，变帐薄以作文章。激赏《金瓶梅》针线缜密、血脉贯通，以冷、热、真、假关系点明其创作倾向，以"市井文字"概括其美学风貌。批书之时，哭笑相间，几至心血半枯。然洞微探幽，以作者知己自许。

二月十七日，次子彦瑜生。

洪昇《长生殿》授梓。

王晫、张潮辑《檀几丛书》由新安张氏霞举堂刊刻行世，张潮作序。

康熙三十五年丙子（1696）　　二十七岁

春，《第一奇书》刊竣，载之金陵，远近购求，竹坡才名益振。

八月，竹坡五应乡试，落第。

秋冬间，竹坡旅居扬州，结识张潮等人，有《与张山来》书三封，并参与《幽梦影》批评。

春，洪昇道经武进，往游江宁。

秋，徐州大雨，居民惊迁，道源百方保护。

是年，彦琦填 [多丽]（咏山庄新池叶曹先生十字韵）词。

康熙三十六年丁丑（1697）　　二十八岁

春，竹坡移寓苏州，贫病交加，作《拨闷三首》，慨叹世情，自我解嘲。

七月十七日，同郡人李蟠一甲一名进士及第。

七月十九日，颁发《赵孺人封太孺人诰命》《授道溥文林郎配赵氏封孺人诰命》。

秋，洪昇至苏州。吴人醵资为演《长生殿》，江宁巡抚宋荦主之，八十翁尤侗作序，极一时之盛。

是年，张潮《昭代丛书》甲集刊行，尤侗为序。

康熙三十七年戊寅（1698）　　二十九岁

四月之前，竹坡在苏州。吟诗寄愁，作《客虎阜遣兴》六首。

志不少懈，北上效力于永定河工次，另图进取。

九月十五日，竹坡暴卒，功败于垂成。行橱所遗，惟四子书一部、文稿一束、古砚一枚。

葬于铜山县丁塘先茔。

是年，彦琦构筑醉流亭，以为游览地。

康熙六十年辛丑（1721）　　竹坡卒后二十三年

二月十四日，孙世荣（彦瑜子）生。

是年，道渊重修《张氏族谱》告一段落，作序。复因故中辍。然本谱所收竹坡各项，均已裒集入峡，惟多未梓成。

吴敬梓二十一岁。

夏敬渠十七岁。

清世宗雍正十一年癸丑（1733）　　竹坡卒后三十五年

四月，禁民间刊刻书籍。

是年，道渊续修《张氏族谱》毕。作后序。倩徐州牧石杰序。八世冢孙张炯附序。梓成。竹坡《家传》及其《十一草》《治道》《乌思记》等始与通族见面。

清高宗乾隆四十二年丁酉（1777）　　竹坡卒后七十九年

是年，从侄张璐（道渊子）增修《张氏族谱》毕，作序，梓成。即本年表所据乾隆四十二年本《族谱》。

竹坡生平著述因此得以传世。

脂砚斋抄阅再评《石头记》二十三年（据甲戌本《脂砚斋重评石头记》）。

清宣宗道光五年己酉（1825）　　竹坡卒后一百二十七年

是年，九世张协鼎（张胆来孙）第五次重修族谱毕，刊成，更名为《彭城张氏族谱》，转详于分支世系，而削除藏稿与杂著，并割裂原文，任意联缀，尤篡改《仲兄竹坡传》，尽删与《金瓶梅》有关文字。

道光二十九年己酉（1849）　　竹坡卒后一百五十一年

是年，九世张省斋（张胆来孙）重修族谱，后抄订成帙，名为《清毅先生谱稿》，恢复藏稿与杂著，然删除《仲兄竹坡传》，并在《族名录》中极诋竹坡。

清德宗光绪六年庚辰（1880）　　竹坡卒后一百八十二年

是年，十世张介合订《张氏族谱》为礼乐射御书数六册。即笔者所见乾隆四十二年本《族谱》。

光绪十七年辛卯（1891）　　竹坡卒后一百九十三年

是年，桂中行、王嘉诜《徐州诗征》刊成。选竹坡诗二首，题为《虎阜遣兴》，注云："道深，字竹坡，著有《十一草》。"另选竹坡《中秋看月黄楼上》七律一首，误署为"张道源"。此乃竹坡诗首次与世见面。

中华民国二十四年乙亥（1935）　　竹坡卒后二百三十七年

是年，十二世张伯英编《徐州续诗征》刊成。徐东桥据张氏家藏稿编《张氏诗谱》，于道深名下注云："翃子"。此首次公开归竹坡于彭城张氏世系。后人遂得追踪发见。

（原载于《张竹坡与金瓶梅》，百花文艺出版社 1987.9，1 版；又载于《徐州师范学院学报》1985 年第 1 期，后收入《曲海说山录》，1996.12，1 版，均名《张竹坡年谱简编》，文字较本文略有增添）

张竹坡家世概述

张竹坡评点《金瓶梅》之后，名闻遐迩。随着张评本《金瓶梅》的一版再版，竹坡其名代代相传。但是，近三百年来，人们对张竹坡其人的了解，依据刘廷玑《在园杂志》、张潮《友声》《徐州诗征》、民国《铜山县志》等，仅仅知道竹坡是他的字[1]，名为道深，徐州人，如此而已。民国二十四年张伯英编刊《徐州续诗征》时，徐东桥绘制了一个《张氏诗谱》，于道深名下注云："翱子"。而翱及其兄胆、铎，并诸子侄，在《徐州府志》《铜山县志》《萧县志》上有传。至此，人们才算对张竹坡的家世有了一个简要的认识。但极为粗略，非惟府志、县志上的不少材料，因世系不明，无法统属；而且对于张竹坡的家庭经济，他在家族中的地位，他为什么评点《金瓶梅》，为什么在《金瓶梅》评论中提出"泄愤"说、"真假"论、"市井文字"说、"寓意说"、"苦孝说"等这些实质性的问题，仍然难以解答。

并且，随着近年来对中国古代小说理论的深入研究，又有人对张竹坡的家世，提出一些别说。譬如，据王丽娜、杜维沫介绍，美国学人戴维·特·罗伊（David Tod Roy，中文名芮效卫，1933— ）认为：张竹坡约于一六五〇年生于彭城，杨复吉编辑的《昭代丛书别集》中收有张潮著《幽梦影》，书中有张竹坡的评语。评语提到清代歙县著名学者张潮是他父亲的同父异母弟，因而他称张潮为叔。由此可知竹坡的原籍应是安徽歙县。竹坡的祖父张习孔是一六〇六年生，一六四九年中进士，张潮所编《檀几丛书》收有张习孔所作《家训》，其中提到张竹坡的祖母十分贤惠，她对妾生子张潮，就象对亲生子一样。[2]

而据《徐州续诗征》、民国《铜山县志》，张竹坡的祖籍是浙

[1] 实际上，竹坡为其号，字是自德。见《张氏族谱》。

[2] 见王丽娜、杜维沫《美国学人对于中国叙事体文学的研究》，载《艺谭》1983年第3期

①
据顾希春译文，题目《〈金瓶梅〉引言》，载《河北大学学报》1981年第1期

江绍兴，他的祖父是张垣。前者，依据是《幽梦影》中的一则批语，后者的依据是《张氏诗谱》上的一条夹注。两者究竟哪一个正确？是两个竹坡还是一个竹坡？两者虽然互相抵牾，却也难判是非。因为两者的根据都不充分，尽管《张氏诗谱》相比要可靠得多，也都不能确凿说明他们那个籍贯的张竹坡，就是评点《金瓶梅》的张竹坡。更有甚者，英国学人阿瑟·戴维·韦利（Arthur David Waley1889–1966）根本否定张竹坡的存在，认为只是伪托的假名①。迄今为止，国内外关于这一课题的研究状况，大体如此。

笔者近来经过多方访求，获见《张氏族谱》四部、《曙三张公志》一册，不但证明了张竹坡的真实存在，更确切证明了竹坡的祖父是张垣，而不是张习孔。兹先将张竹坡家世概述如次。

《族谱·传述》引王凤辉《鉴远张公传》："张公讳铭，号鉴远（敢按铭为竹坡堂叔）。其远祖自于越之卧龙山，迁徐之崇庆乡，卜居河头。"《族谱·志铭》引庄楷《云溪张公墓志》："公讳道源（敢按道源为竹坡从兄）……先世为浙中著姓，由绍迁徐。"《族谱·传述》引秦勇均《岈山张公传》："君讳道汧（敢按道汧为张竹坡从弟）……先世自绍兴迁来。"《曙三张公志》："祖合川公棋，迁自浙绍，隐居徐城东南五十里吕梁之河头。"其他传述、志铭、赠言，亦众口一声，俱持此说。本来，民国《铜山县志》引冯煦《张卓堂墓志铭》就曾说过："其先家浙之山阴。"当时孤独一证，有人不予承认。现在，《张氏族谱》载之凿凿，说明竹坡的祖籍确是浙江绍兴。姑退一步，即便竹坡祖籍绍兴一说，因为年代久远，漫不可详考，也从未有任何一则资料说张竹坡的祖籍是安徽歙县。

竹坡高祖名张棋，字合川，"天性浑穆，胸无城府，纯孝性成，居家动有礼法，子弟辈相见肃衣冠出……处族党亲里，至诚蔼恻，人弗忍欺"（《族谱·传述》录张胆《旧谱家传》）。张棋是据《张氏族谱》历历可知的彭城张氏的一世祖。竹坡家族此际尚未发家，但是家风孝友，已见端绪。

竹坡曾祖名张应科，字敬川，生于明嘉靖二十七年，卒于崇祯四年，享年八十四岁。"以省祭赴部选而不仕，事合川公以孝谨称，友于兄弟。慷慨侠烈，遇事明决，洞中机微，材干通达，器量弘伟……而忠诚笃厚，虽三尺之童，弗忍欺也……晚年……持斋守戒，每晨讽诵梵笈，寒暑无间……乡党俱称为善士云"（《旧谱家传》）。竹坡家族从应科开始才迁居郡城。应科没有入仕，奉守孝悌传统，以布衣终。

竹坡祖父名张垣，字明卿，号曙三，生于明万历二十一年七月二十六日。据《旧谱家传》《曙三张公志》，张垣于崇祯末，感叹国事，酒后击剑，闻鸡起舞，遂弃文习武，中崇祯癸酉科武举。史可法驻守扬州，节制江北四镇，遣兴平伯高杰移镇开洛，进图中原。召垣授河南归德府管粮通判，参谋高杰军事。南明弘光元年正月十三日，睢州总兵许定国叛，诱杀高杰。垣与难，大骂不屈，壮烈殉国。张垣"生平性坦率旷达，虽目破万卷，胸罗武库，而无机械诡谲之术。家贫无资，轻财仗义，有所得即散……族党间有大疑大狱吉凶诸事，往往排难解纷片语。然诺千里必赴"（《曙三张公志》录张胆《家乘记述》）。能诗，慷慨悲歌，轩爽夷犹。张垣为彭城张氏肇兴之祖，竹坡家族从此进入宦途，代不乏人，尤以顺康间为最盛。然而张垣既然殉职于明，易代之际，满人对其后裔似颇有猜惧。张氏入仕者俱有才干，素享政声，却没有一人能够做到封疆大吏。张胆以副总兵，两次会推总镇，均未获准。这一点对张竹坡本人虽无直接影响，但张胆及其同辈弟兄却大多厌畏于仕途，而逍遥于闾里。彭城张氏因此济济一堂，这对竹坡既有影响，又有约束。张垣临终，自觉于国无愧，但于族不安。《族谱》雍正十一年八世家孙张炯序："别驾公于睢阳殉难之顷，独念家谱未修为遗憾焉。"张氏族人的家族观念根深蒂固，这一点，在竹坡一生中，都产生着不可低估的影响。

竹坡的祖母刘氏，系张垣的原配，"为郡绅刘公潭女，凤娴家教"（《曙三张公志》引成克巩《睢阳别驾张二公元配刘夫人合葬墓志铭》)。《旧谱家传》："先妣……归府君，家值中落，脱珥主中馈。事舅姑，虔恭斋肃，春秋奉蒸，尝蘋蘩必躬。闺教端严，内言不出，外言不入。咸以为母仪焉。字铎、翅一如己出。"与戴维·特·罗伊所论恰恰相反，竹坡的父亲是庶出。

竹坡的大伯父名张胆，字伯量。据《族谱·传述》录张胆《自述》、引王熙《骠骑将军张公传》、引范周《总戎伯亮张公传》，《曙三张公志》引十世孙张介《雨村公口述所见盱绅藏本记略》、引程南陂《张氏两世事略》、引张胆《家乘记述》九世孙张省斋增注，《族谱·志铭》引张玉书《伯量张公墓志铭》等，张胆幼习制举业，文场弗售，转攻孙吴家言，与父垣同中崇祯癸酉科武举。史可法镇守淮扬，题授河南归德府城守参将。时父子文武一方，为世所重。父殉难后，清兵围归德，乃降。转随清军南下，攻维扬，取金陵，下浙闽，累功官至督标中军副将，加都督同知。顺治十一年，解甲归田，终老林下。张胆降清，虽出于欲报父仇，并保全归德百姓，毕竟是一种变节行为，在他一生中都是一种不可消除的难言隐衷。张胆乡居三十七年，直至竹坡二十一岁方去世。他捐粮赈灾，重修文庙，筑河造桥，建寺延僧，被公举为乡饮大贤，崇祀徐州乡贤祠。张胆虽然三摄兵权，两推大镇，一方面因为身仕两朝，名节有亏，于心不安；另方面又因为父亲殉忠朱明，诚惶诚恐。所以他持家森严，生怕子侄辈戳出乱子，难以收拾。竹坡在张胆生前读书应举，孜孜不倦，显然受到这种威慑。

竹坡的二伯父张铎，字仲宣，号鹤亭，生于明崇祯十年。《族谱·传述》录张道渊《奉政公家传》："弱冠，以恩荫考除内翰。西清禁地，侍从趋跄，红本票拟，悉公手录……一时声誉藉甚皇都……补汉阳太守……当是时，亲王重镇，云集荆襄，耳公之才，莫不愿为一见。独是公廉介自持，刚厉不屈，与时相左，不能宛转叶贵人意，故被吏议。公恬然无愠色，笨车朴马，遄回故里，优游林下。"父亲就义时，铎方九龄，奉母两太夫人，跋涉数百里，扶柩归葬，极具胆识。《族谱·传述》录张道渊《仲兄竹坡传》："兄体臒弱,青气恒形于面……伯父奉政公尝面谕曰:侄气色非正,恐不永年,当善自调摄……兄素善饮,且狂于酒,自是戒之。"如果说竹坡对大伯父是畏服的话,对这位伯父却是佩服。张铎能诗善书,被誉为张氏白眉。张铎卒于康熙三十三年,时竹坡二十五岁。

竹坡的从兄道祥,胆长子,与仲叔铎同庚,而长一日,初任内秘院中书,累官至湖北按察使。从兄道瑞,胆次子,生于明崇祯十三年,清康熙癸卯科武举,癸酉成进士,选侍禁庭,题为福山营游击将军。从兄道源,胆第三子,长竹坡六岁,官至江西驿盐道。

张氏家族此时武有张胆、张道瑞前后昭继,文有张铎、张道祥、张道源等一脉相承,经文纬武,可谓盛极。二十多岁的张竹坡,就生活在"一门群从,势位倾闾"(《族谱·传述》引周钺《孝靖先生传》)的这个"簪缨世胄,钟鼎名家"(《族谱·崇祀》)之中。毫无疑问,这对张竹坡具有着极大的吸引力。然而张竹坡一支却门庭清肃,在这个望族中,显得很不相称。

竹坡的父亲张翱,字季超,号雪客,崇祯十六年七月二十九日生。据《族谱·传述》引胡铨《司城张公传》,父亲殉难之时,张翱不满二岁,随母归里,长途惊恐,所以一生善病。及长,伯兄远镇天雄,仲兄入侍清班,乃独奉母家居,不欲宦达。其实,张翱是张氏家族中唯一怀有强烈的黍离之情的一个。其《初夏静夜玩月偶成》诗有句云:"拥石高歌舒啸傲,抛书起舞话兴亡。衔杯不与人同醉,独醒何妨三万场。"他的不愿入仕,除了家庭的原因之外,这应是最主要的根由。张翱能诗擅文,解律工画,在《族谱·藏稿》所录十二家诗集中,他的诗清新流丽,深得太白逸致,是最佳的一种。竹坡家学渊源,他二十四岁北进都门,夺魁长安诗社,并非侥幸取胜,是有着深厚的根基的。张翱一生啸傲林泉,留连山水,广结宾朋,约文会友。中州侯朝宗、北谯吴玉林、湖上李笠翁皆曾间关入社。竹坡的童年和少年时期就生活在如此诗酒自适、丝竹怡情的气氛之中。在这种环境熏陶之下，他自幼英颖绝伦，"甫能言笑，即解调声，六岁辄赋小诗"（《仲兄竹坡传》）。《族谱·赠言》引陆琬《山水友诗序》："彭城季超张先生挟不世之才，负泉石之癖，多蓄异书古器，以啸傲自适。"张翱的志趣，与其伯兄张胆大不相同。竹坡在自己家中是比较自由的，他很早就阅读了《水浒传》《金瓶梅》等稗史小说，并培养了对他们的浓厚的兴趣，和很高的鉴赏能力。张翱自己虽然缅怀故国，不屑仕进，却很希望自己的儿子，尤其是他最钟爱的竹坡，能够早成功名。《仲兄竹坡传》："父欲兄早就科第"。可惜张翱亦其年不永，康熙二十三年，那时竹坡才十五岁，便因哭至友过恸而病卒。

竹坡的母亲沙氏，同郡"廪生沙日清女……赋性沉静，一生无疾言遽色。弱龄以孝女闻，于归以贤妇名，晚岁以仁母称"（《族谱·壸德》）。她与丈夫伉俪深情。张胆、张铎均置姜多人，惟有张翱一生不备侧室。她没有辜负丈夫的恩爱。丈夫谢世时，季子道引仅十一岁，还有两名幼女。子女们经过她的抚养教育，"男噪才名于弱冠，女解割股于垂髫。"（同上）在那个封建社会中，她尽到了最大的责任。因此，她赢得子女的高度尊敬和孝顺。康熙二十七年戊辰，竹坡以亲迎至宿迁，在寓所作了一篇《乌思记》，内中说："……萱树远离……当风雨愁寂之时，对景永伤，不觉青衫泪湿。"《十一草·乙亥元夜戏作》："堂上归来夜已午……且以平安娱老母。"

竹坡的胞兄道弘，字士毅，号秋山，长竹坡八岁。据《族谱·赠言》引葛继孔《张秋山画记》《曙三张公志》等，他能诗，尤擅丹青，以没骨图名噪一时。以贡监援例上林苑署丞，改补江西按察司知事。初欲调之赞化，终丁忧不仕，画隐一生。他是竹坡一门中唯一入仕的一个，亦半途而废。无形中，压在竹坡肩上的担子更重了一层。

竹坡的胞弟道渊，字明洲，号蘧庵，小竹坡二岁。能诗善文，雍容大度，具有入仕的良好素质。但"客有劝先生谒选为升斗计者，先生辄笑而颔之。盖先生尊大人季超公，际伯仲纬武经文之际，独抗怀高尚，不乐仕进"（《孝靖先生传》）。道渊极有乃父遗风，优游天下，诗酒度日。季弟道引尚且年幼。兄官场中辍，弟不欲宦达，振奋家望，光宗耀祖，就这样成为竹坡责无旁贷的一种事业，或者说一种负担。然而道渊也没有辜负仲兄的奋争，自竹坡卒后二十年，即康熙五十七年起，至雍正十一年止，道渊毅然承担起修家谱、建家祠的大任，并且以毕生的精力，终于独立完成了这项艰巨的工程。这就是笔者见到的乾隆四十二本《张氏族谱》。正是因为有了这部族谱，我们才能得以明了张竹坡的家世、生平、著述。

张胆兄弟三人各家，只有张翙一门未曾宦显，其他两门则俱获得了较大的荣誉。据《族谱·诰命》，自顺治八年至雍正元年，诰命迭颁，恩纶屡加。计：应科以孙胆贵，追赠骠骑将军；以曾孙道瑞贵，追赠荣禄大夫；以曾孙道祥贵，追赠光禄大夫。张垣以子胆贵，追赠骠骑将军；以子铎贵，追赠征仕郎；以孙道瑞贵，追赠荣禄大夫；以孙道祥贵，追赠光禄大夫。张胆诰授骠骑将军；以子道瑞贵，诰封荣禄大夫；以子道祥贵，诰封光禄大夫。张铎诰授奉政大夫。道祥诰授光禄大夫。道瑞诰授荣禄大夫。道源诰授中宪大夫。道溥（胆第四子）诰授文林郎。道汧（胆第五子）以子廷献贵，诰赠儒林郎。道沛（胆第六子）诰授中宪大夫。彦璘（道瑞长子）诰授奉政大夫。彦琮（道瑞第三子）诰授儒林郎。彦球（道源长子，一名球）诰授文林郎。应科妻赵氏，张垣妻刘氏，张胆妻朱氏、继配孔氏，道祥妻马氏，道瑞妻刘氏、继配王氏，俱累赠（封）一品夫人。张垣姜冯氏累封太宜人。张胆姜赵氏以子道沛贵，诰封恭人。张铎妻蔡氏、继配蔡氏累赠（封）宜人。道瑞姜李氏以子彦璘贵，诰赠宜人。道源妻吴氏诰赠恭人。道溥妻赵氏诰封孺人。彦璘妻孔氏诰封宜人。彦琮妻吴氏诰封安人。彦球妻马氏诰赠孺人、继配杨氏诰封孺人等。络绎不绝的封赠，增加着彭城张氏的光荣，却刺激着竹坡的神经。论才艺，竹坡父子更高出家族他支一筹。然而，祖宗未因他们父子而获誉，父母未因竹坡兄弟而得封。竹坡实在此气难平。《乌思记》："偶见阶前海榴映日，艾叶凌风，乃忆为屈大夫矢忠、曹娥尽孝之日也。嗟乎……彼曹娥一女子也，乃能逝长波，逐巨浪，贞魂不没，终抱父尸以出。矧予以须眉男子，当失怙之后，乃不能一奋鹏飞，奉扬先烈，槁颜色，困行役，尚何面目舒两臂系五色续命丝哉！"竹坡五困棘围，而志不稍懈，原因盖在于此。康熙二十三年甲子八月，竹坡初应乡试落第。同年十一月十一日，父亲见背。张翙对儿子期望很高，竹坡却未能一举中式，让父亲失望而逝。恃才傲物的竹坡，岂能甘心！

就这样，造成了竹坡一生无法摆脱和解决的一个矛盾。他偏爱说部，在这方面具有着特异的才能，形势却逼着他攻读时文、求取功名。真是用短消长！封建科举桎梏人才，于此可见一斑。张潮《幽梦影》有一则曰："著得一部新书，便是千秋大业；注得一部古书，允为万世弘功。"竹坡批道："注书无难，天使人得安居无累，有可以注书之时与地为难耳！"诚可谓辛酸之语。

竹坡童年与少年时期的生活较为富裕。《十一草·拨闷三首》其二："少年结客不知悔，黄金散去如流水。"他的父亲能够赏山乐水、聚客结社，也必须具备相当的经济条件。经济来源大约出于张胆父子的提供。从某种意义上说，这也是对张翙奉母家居的一种报偿。但自康熙甲子至甲戌，十年之间，张翙、道祥、张胆、道瑞、张铎先后病逝，家族经济发生了很大的变化。特别是张翙去世以后，竹坡兄弟在家族中的地位，受到了极大的影响。竹坡从此"如出林松杉，孤立于人世矣"（《乌思记》）。所在他在《十一草·拨闷三首》《十一草·客虎阜遣兴》《治道》，以及《幽梦影》批语，和《金瓶梅》评点中，一再地感叹世情浇薄、贫病交加。竹坡生性慷慨，而自幼习惯于挥霍，至"老大作客反依人，手无黄金辞不美"（《拨闷三首》）。这是竹坡生命后几年中的幽灵似的缠绕着他的又一个矛盾。

孝道是整个封建宗法礼教的重要组成部分，封建社会的每一个家庭细胞无一例外地都应该把它作为治家的准则之一。彭城张氏家族在这一方面表现得似乎特别突出。《族谱·宗训》二十则，其首则即为"孝悌"。张氏族人的确是如此奉守躬行的。他们在入仕以前,以此发家;在入仕以后,以此得誉。打开《张氏族谱》,自一世张棋,至七世志勤,在每一个的传述、志铭里面,孝悌都是其主要内容之一。最著名的莫过于竹坡胞妹文闲割股疗亲一事。《族谱·壸德》引外叔祖沙永祺《张孝媛小传》:"康熙辛酉冬,余倩季超甫偶遘痰疾,延和扁诊视,参酌汤盏,未即愈。当沉迷仓卒中,诸儿女绕床户环泣。女独入小阁绣佛前,戒侍者出,胡跪燃香再拜,愿以身代父。算取花剪割股,潜置药鼎内,数沸,进于父……浃日果渐瘳……而季超病遂愈。"张竹坡在《金瓶梅》评点中之所以提出"苦孝说",以及他在《乌思记》中强烈地倾慕于孝道,在《治道》中热心于维护封建伦理,是有其深刻的礼教与家风渊源的。然而张竹坡不仅终生未博一第,而且在父亲去世以后,寄庐外埠,疲于应考,未能在萱堂面前色笑承欢。这是他短促的一生中的又一矛盾,也是他一生痛苦肯綮之所在。

彭城张氏人俱能诗。《张氏族谱》为此专辟"藏稿"一项,计选张垣《夷犹草》诗十二首,张铎《晏如草堂集》诗十首,张翙《山水友》《惜春草》诗十五首词四首,张道祥《宦游草》诗二十一首,张道源《玉燕堂诗集》诗二十五首,张竹坡《十一草》诗十八首,张彦琦《山居编年》《适意吟》《鸥闲舫草》《章江随笔》《凌虹阁词集》诗三十五首词三首,张彦圣(道瑞子)《学古堂诗集》诗十一首词一首,张彦璲(道弘子)《情寄草》诗十二首,张彦珍(道瑞子)《树滋堂诗集》诗二十首,张志勤(彦琦子)《青照轩诗草》诗十首,张彦瑷(道引女)《娴猗草》诗六首词八首。此外,《曙三张公志》收有《夷犹草》全部五十三首;同治《徐州府志·经籍考》《铜山县志·艺文考》《萧县志·艺文》著录有张氏族人诗集多种;《铜山县志》《徐州诗征》并选有张氏族人诗多首,俱出自《张氏族谱》;《徐州续诗征》又据张氏家藏稿,增选有张胆诗二首、张彦球《湘弦草》四首、张彦珽(道源子)《三影斋诗稿》二十九首、张彦琮诗一首等。另外还有笔者搜集到的竹坡父兄子侄散佚诗词若干首。这些诗词直抒胸臆，清脱飞动，俱极可观。其中张翱的七律、竹坡的古风、彦瑗的七绝，甚至可以与清初大家相媲美。他们一生诗酒相伴，甚或嗜诗成性，以诗为人生第一要物。《族谱·壶德》录张道渊《侄女彦瑗小传》："侄女……吾八弟之第三女也……尤喜吟哦。其父授以四声之学，言下即能明彻。平上去入，应声而得，百试不舛。吾徐北地，音韵不讲，谬错者多。时有往来诗文，吾弟相咏，女从旁听之，一字之讹，悉能剖辩。父常口授小诗，即能讲解大意。拈笔弄研，日不释手。十馀龄后，诗已渐成片段。曾出所作《娴猗草》示余。其间多有天然之句，如《咏落花》有云：'不知一夜飞多少，赢得阶前万点红。'何其飘洒之至！岂非出自性灵耶！《咏雪》诗云：'谩拟轻狂柳絮飘，合将素质比琼瑶。'特翻谢庭之案，寄寓良高，大得诗人之旨……易簧之时……对其兄璿曰：'今吾永辞人世矣，独有所遗诗词数卷，一生心血，未免情牵。兄其为我刊而传之，我方瞑目！'"竹坡的家族既是官宦之家，又是书香之族。

笔者所述彭城张氏家族中的这个张竹坡，正是评点《金瓶梅》的那个张竹坡。《仲兄竹坡传》："（兄）曾向余曰：《金瓶》针线缜密，圣叹既殁，世鲜知者，吾将拈而出之。遂键户旬有馀日而批成。"至此，本文告竣，张竹坡籍贯之争也可结束，而张竹坡的家世，在竹坡逝世二百八十六年之后，终于完整清晰地布告于天下。

（原载于《明清小说研究》第 2 辑，中国文联出版公司 1985.12，1 版；后收入《张竹坡与金瓶梅》，百花文艺出版社 1987.9，1 版）

张竹坡生平述略

考索张竹坡的生平，在对张竹坡评本《金瓶梅》研究的历史过程中，一直受到研究者的重视。这一研究方向，在现代，应该说是由马廉先生与孙楷第先生两人首开其端绪的。当然，每一个张评本《金瓶梅》的研究者，自均曾留意《第一奇书》卷首的谢颐序①。但孙先生进一步从刘廷玑《在园杂志》拈出张竹坡的籍贯，又从张潮《幽梦影》上的竹坡评语，推测出张竹坡生活的大约年代②。马廉先生则据民国《铜山县志》等查知张竹坡名道深，并编制了一页张竹坡家世简表③。之后，这一研究领域沉寂了四五十年④。近年来，随着《金瓶梅》版本研究领域的扩大，和中国古代小说理论课题的提出，对张竹坡生平的探求，才重又为学术界所重视，并取得了一定的进展⑤。

迄今为止，据笔者所知，经过国内外学人的努力，关于张竹坡的生平，已经取得的研究成果，有如下几点：其一，陆续发现了一些有关张竹坡生平的资料，譬如《在园杂志》《幽梦影》《东游记》《尺牍偶存》《友声集》《徐州诗征》、民国《铜山县志》《徐州续诗征》《隅卿杂抄》等。其二，基本公认张竹坡是徐州人。其三，有人提出了张竹坡生年为康熙九年的推测，并引起了学术界的注意。其四，知道张竹坡名道深，著有《十一草》诗集，并查到他的两首诗。其五，充分认识到张竹坡《金瓶梅》评点的美学价值，肯定他是中国古代小说的杰出评论家。其六，注意到张竹坡的行踪，知道他曾旅居扬州、苏州，与张潮等人有较为密切的交往。其七，留心到除《金瓶梅》外张竹坡所批的其他书籍。凡此数点，都为张竹坡生平的继续探讨与彻底揭晓，提供了线索。但是，还有许多问题没有解决：张竹坡的字、号是什

① 序中说："今经张子竹坡一批，不特照出作者金针之细，兼使其粉腻香浓，皆如狐穷秦镜，怪窘漫犀，无不洞鉴原形。"此乃关于张竹坡批点《金瓶梅》的最早记载。

② 孙楷第《中国通俗小说书目》："竹坡名未详。刘廷玑《在园杂志》称彭城张竹坡，盖徐州府人。曾见张山来《幽梦影》有张竹坡评，则顺康时人也。"又说："《狐仙口授人见乐妓馆珍藏东游记》二十四章，……每章后有'竹坡评'，末附'尾谈'一卷。……竹坡不知即张竹坡否？"刘廷玑《在园杂志》原文为："《金瓶梅》……彭城张竹坡为之先总大纲，次则逐卷逐段分注批点，可以继武圣叹，是惩是劝，一目了然。惜其年不永，殁后将刊板抵偿凤遗于汪苍孚，苍孚举火焚之，故海内传者甚少。"

么？能否确知他的出生年月？他活了多大岁数？他评点《金瓶梅》究在何时何地？他为什么要评点《金瓶梅》？他在《金瓶梅》评点中的夫子自道是否可信？刘廷玑的话准确不准确？他什么时间到的扬州、苏州，在那里都干了些什么？他一生另外还有哪些经历？他的喜怒哀乐是什么，从这些喜怒哀乐中能否判断他的思想倾向？民国《铜山县志》与《徐州续诗征》中所说的张氏家谱还存不存世？等等。这些重要问题，随着《金瓶梅》研究的深入，愈来愈增添着人们求解的兴趣。

笔者在前人研究的基础上，也致力于张竹坡材料的访求与研究，最近有幸访见了《张氏族谱》。族谱中有一种是乾隆四十二年刊本，系竹坡的胞弟张道渊纂修。在这部《张氏族谱》里，收有张道渊撰写的《仲兄竹坡传》、张竹坡的诗集《十一草》、张竹坡的几篇散文，和其他关于竹坡生卒嫡传、交游著述的资料。现在，张竹坡的生平身世，总算可以较为全面而准确地获解了。本文即将发现的关于张竹坡生平的新知，分则简略考述如下：

（一）张竹坡的名、字、号与排行。《仲兄竹坡传》："兄名道深，字自得，号曰竹坡。余兄弟九人，而殇者五。兄虽居仲，而实行四。"《曙三张公志》："道深，字自得，号竹坡。"⑥《张氏族谱·族名录》则为："道深，行四，字自德，号竹坡。"《荀子·成相》："尚得推贤不失序。"知古"得"通"德"，则竹坡字当为自德。

《族名录》："张翃……子四：道弘，沙氏出；道深，沙氏出；道渊，沙氏出；道引，沙氏出。"查民国《铜山县志》张翃条，仅云："子道渊"。《徐州续诗征·张氏诗谱》又注云："道深，翃子。""彦璲，翃孙。"但竹坡究系兄弟几人？行第如何？彦璲为谁之子？记载不详，外人无法知晓。

（二）张竹坡的生年与卒年。《族名录》："竹坡生于康熙庚戌年七月二十六日，生年二十九岁，于康熙戊寅年九月十五日疾终。"《仲兄竹坡传》："岁庚戌，……遂生兄。……而兄奄然气绝矣。时年二十有九。"《张氏族谱》的记载证明，《第一奇书

张竹坡与《金瓶梅》研究

③
据抄本《隅卿杂抄》，北京大学图书馆藏。

④
1956 年 10 月 25 日《新民晚报》载有一篇署名"一丁"的文章，题目是《评〈金瓶梅〉之张竹坡》，内容比较简略。1962 年英文版柳存仁著《伦敦所见中国小说书目提要》，曾对本衙藏板本《第一奇书》有所介绍，并提出张竹坡生年与卒生的推测，但国内无法读到。因此，以上两文，未在国内产生反响。

非淫书论》中竹坡"生始二十有六，素与人全无恩怨"云云，是完全可信的。柳存仁先生和王汝梅先生均曾考证竹坡的生年为康熙九年。这一推断是完全正确的。竹坡只活了二十九岁，无怪刘廷玑要慨叹"其年不永"，也无怪《仲兄竹坡传》感叹说："与李唐王子安岁数适符（敢按王勃生年二十七岁，道渊此处引误）。吁，千古才人如出一辙，余大不解彼苍苍者果何意也！"（美）戴维·特·罗依（David Tod Roy，中文名芮效卫，1933–）先生考证竹坡生于顺治七年，提前了整整二十年，当因其认定竹坡是歙县张氏族人而误。

（三）张竹坡的出生地与墓葬地。《族名录》："垣……住居郡城。"张垣为竹坡祖父。《张氏族谱》谱例：子居同父者不重书。《族名录》张翀条无居地，因知居仍徐州。故《族谱·传述》引胡铨《司城张公传》云："翀……钺城世胄也。"又翀以两兄胆、铎并仕，独奉母家居，故知竹坡生于徐州。《族谱·杂著藏稿》录竹坡《乌思记》："余钺里人也。"可相印证。

康熙三十七年，张竹坡病卒于巨鹿（今河北平乡县）。《族名录》："道深……疾终于直隶保定府永定河工次。"这是约而言之。《仲兄竹坡传》记载了竹坡病卒的具体地点与情形："工竣，诣巨鹿，会计帑金。寓客舍，一夕突病，呕血数升。同事者惊相视，急呼医来，已不出一语。药铛未沸，而兄奄然气绝矣。"

后来，竹坡被归"葬于丁塘先茔穆穴"（《族名录》）。据《张氏族谱》，丁塘先茔主穴葬的是竹坡的父母，昭穴葬的是竹坡的兄嫂。另据笔者调查，"丁塘先茔"位于今江苏省铜山县汉王乡紫金山之阴，坟垅虽俱已夷平，墓穴尚未经破坏。其后人亦可确指其具体方位。

（四）关于张竹坡诞生的传说。《仲兄竹坡传》："岁庚戌，母一夕梦绣虎跃于寝室，掀髯起立，化为伟丈夫，遂生兄。"这当然只是沙老夫人的梦感，带有明显的神秘色彩。但这一段神话般的故事，却在竹坡的思想中起着作用，他后来简直是闻"虎"兴感。《十一草·客虎阜遣兴》其三（即《徐州诗征·虎阜遣兴》

5 国内已发表的论文与已出版的论著有：王汝梅《评张竹坡的〈金瓶梅〉评论》（载《文艺理论研究》1981年第2期）；孙逊《我国古典小说评点派的传统美学观》（载《文学遗产》1981年第4期）；顾国瑞、刘辉《〈尺牍偶存〉、〈友声〉及其中的戏曲史料》（载《文史》第15辑）；叶朗《中国小说美学》（北京大学出版社1982年12月，1版）；陈昌恒《论张竹坡关于文学典型的摹神说》（载《华中师院学报》1983年第1期）；蔡国梁《明人清人今人评〈金瓶梅〉》（载《社会科学战线》1983年第4期）等。国外的研究文章，笔者仅知：（美）戴维·特·罗依《张竹坡对〈金瓶梅〉的评论》（载1982年9月《古代文学理论研究丛刊》第6辑，译者晓洋）；（英）阿瑟·戴维·韦利《〈金瓶梅〉引言》（载《河北大学学报》1981年第1期，译者顾希春）。

⑥
《曙三张公志》亦笔者近来新发现的资料之一，系彭城张氏十世孙张介辑录手抄。

其二）："千秋霸气已沉浮，银虎何年卧此丘？凭吊有时心耳热，云根拨土觅吴钩。"竹坡客居虎阜，自比"银虎"，触景生情，联想身世，这才心耳发热的。《十一草·拨闷三首》其三："我闻我母生我时，斑然之虎入梦思，掀髯立起化作人，黄衣黑冠多伟姿。……我志腾骧过于虎。……去年过虎踞，今年来虎阜，金银气高虎呈祥，池上剑光射牛斗。"这不但是以虎喻己，简直是非我莫虎。《十一草·乙亥元夜戏作》："弱女提灯从傍舞，醉眼将灯仔细看，半类狮子半类虎。"在竹坡眼里，竟然比比皆虎了。

（五）张竹坡的童年与少年生活。竹坡生而聪颖，闻名闾里。《仲兄竹坡传》："甫能言笑，即解调声。六岁，辄赋小诗。一日，丱角侍父侧。座客命对曰：河上观音柳；兄应声曰：园外大夫松。举座奇之。……兄长余二岁，幼时同就外傅。……兄终朝嬉戏，及塾师考课，始为开卷。一寓目即朗朗背出，如熟读者然。……一日师他出。余拣时艺一纸、玩物一枚，与兄约曰：读一过而能背诵不忘者，即以为寿。设有遗错，当以他物相偿。兄笑诺。乃一手执玩具，一手持文读之。余从旁催促，且故作他状以乱之。读竟复诵，只字不讹。同社尽为倾倒。"

竹坡性情豪爽，稍长，喜交宾朋，有父风。这时他家的经济状况甚为殷实。《拨闷三首》共二："少年结客不知悔，黄金散去如流水。"

竹坡自幼体质柔弱。《拨闷三首》其三："我生柔弱类静女。"《仲兄竹坡传》："兄体臞弱，青气恒形于面，病后愈甚。伯父奉政公（敢按即张铎）尝面谕曰：侄气色非正，恐不永年，当善自调摄。"竹坡颇受警策，一方面戒酒，《仲兄竹坡传》："兄素善饮，且狂于酒，自是戒之，终身涓滴不入于口。"一方面锻炼，《拨闷三首》其三："十五好剑兼好马。"

（六）张竹坡的才气与精力。竹坡二十四岁以前，虽称誉于故园，但影响不远。二十四岁时，他北游京都，一举轰动帝阙。《乙亥元夜戏作》："去年前年客长安，春灯影里谁为主。"乙亥年竹坡二十六岁，"前年"，他便是二十四岁。《仲兄竹坡传》

记载了这次北上的详细情形："兄性不羁，一日家居，与客夜坐。客有话及都门诗社之盛者，兄喜曰：吾即一往观之，客能从否？客方以兄言为戏，未即应。次晨，客晓梦未醒，而兄已束装就道矣。长安诗社每聚会不下数十百辈，兄访至，登上座，竞病分拈，长章短句，赋成百有馀首。众皆压倒，一时都下称为竹坡才子云。"他在北京约停了大半年，载誉而归。康熙三十三年甲戌春，他返回故里以后，还念念不忘此行会诗案首的壮举。《十一草·春朝》其二："去年腊尽尚留燕，帝里繁华不计钱。"直到乙亥元夜，还有前面已经引过的诗句，自豪之情，溢于文词。

竹坡不但才气过人，而且精力特异。《仲兄竹坡传》："兄虽立有羸形，而精神独异乎众。能数十昼夜目不交睫，不以为疲。"

由前述引文可知，张道渊撰写的《仲兄竹坡传》，紧紧把握住乃兄的异乎寻常的气质，将竹坡灵慧绝伦、才倾八斗、恃才傲物、不可一世的禀赋，刻划得入木三分。张竹坡后来能在十几天的时间内完成《金瓶梅》的评点，直是自然而然之事。

（七）张竹坡成婚的时间与其妻刘氏。竹坡大约是十八岁结婚的。《乌思记》："戊辰春，予以亲迎至钟吾。……兼之萱树远离，荆枝遥隔，当风雨愁寂之时，对景永伤，不觉青衫泪湿。"戊辰是康熙二十七年，竹坡十九岁，既言"荆枝遥隔"，说明他已有妻室。钟吾为春秋古国名，地点在今江苏省宿迁县北。从徐州到宿迁，不过一二百里路程，竹坡念念不忘"荆枝"，说明他新婚未久。而由下文可知，康熙二十六年丁卯八月，竹坡曾经二应乡试于南京。因此，竹坡成亲的时间，当在康熙二十六年秋冬间。《族名录》："道深……妻刘氏，同郡人、陕西西安府参将讳国柱之女。"刘氏是一位贤惠的妻子。《乙亥元夜戏作》："堂上归来夜已午，春浓绣幕余樽俎。荆妻执壶儿击鼓，弱女提灯从傍舞。"元宵之夜，丈夫高堂承欢，午夜归来，她导演并参加演出了一场家庭晚会，真是"其乐融融"！后来竹坡久客外阜，极其渴望天伦之乐，希望能得到这种幸福。《幽梦影》中有他一条批语说："久客者欲听儿辈读书声，了不可得！"刘氏长竹坡二岁，一直活到七十五岁高龄。

（八）张竹坡的用世精神与五困场屋。竹坡早年捐监，曾经五应乡试。《仲兄竹坡传》："兄一生负才拓落，五困棘围，而不能博一第。"清代科举如明制，乡试三年一科，于子午卯酉年行之。而自康熙二十三年甲子，至康熙三十五年丙子，总凡五科，又无恩科，竹坡既"五困棘围"，必然科科俱到。竹坡十五岁那年，即康熙二十三年甲子，他初试桂榜。因此，《仲兄竹坡传》曰："十五赴棘围"。竹坡虽然五落秋榜，而志不少懈。《拨闷三首》其一："知我不须待我言，不知我兮我何剖。……千秋万古事如彼，我敢独不与天作周旋。即非谄鬼亦非颠，更非俯首求天怜。此中自有乐，难以喉舌传。……闲中得失决不下，致身百战当何以？"

"贫士失职而志不平"。何况是竹坡才子！何况是自负其才又极欲用世的竹坡才子！何况是名震南北、天下尽知的竹坡才子！他不能自甘贫贱，受人冷落。《拨闷三首》其三："眼前未得志，岂足尽生平。"《客虎阜遣兴》其三："凭吊有时心耳热，云根拨土觅吴钩。"《仲兄竹坡传》："（兄）一朝大呼曰：大丈夫宁事此以羁吾身耶！遂将所刊梨枣，弃置于逆旅主人，馨身北上。"竹坡发这个狠心的时间，是康熙三十七年春，当时他因评刊与发行《金瓶梅》寓居在苏州。所谓"逆旅主人"，大约便是刘廷玑《在园杂志》所称的汪苍孚一类的人物。据乾隆《徐州府志》，刘廷玑康熙四十五年任淮徐道，驻守彭城，与张氏家族有交往。此时距竹坡谢世未久，他一定从张氏族人那里听到过竹坡的一些行实。但他所谓"殁后将刊板偿抵夙逋于汪苍孚"云云，应是传闻而误。

既然科举一途此路不通，入仕也还有别的门径。康熙三十七年戊寅春，他"馨身北上"，满怀热望，不甘沉沦，期待着能有一展经纶的机会。然而，他不惯于节约心力，养精蓄锐。他追求极度的刺激、过分的效率。"数十昼夜目不交睫"，这对于"青气恒形于面"的身体虚弱者来说，岂是长久之计！《幽梦影》有一则曰："赏花宜对佳人，醉月宜对韵人，映雪宜对高人。"竹坡评云："聚花月雪于一时，合佳韵高为一人，吾将不赏而心醉矣。"《幽梦影》中他的另外两条批语也说："一岁当以我畅意日为佳节。""我愿太奢，欲为清富，焉能遂愿"。

　　他选择了一个什么样的门径呢？效力河干！《仲兄竹坡传》："遇故友于永定河工次，友荐兄河干效力。兄曰：吾聊试为之。于是昼则督理插畚，夜仍秉烛读书达旦。"

　　治理河务是清政府的头等大事之一，最高统治者动辄亲临巡视，在这项工程上升官发财的可说不计其数。张竹坡效力河干，不失为一个宦达的捷径。即彭城张氏家族，就有不少人取誉显耀于河工。如《族谱·传述》引庄柱《邑侯张公传》："（道溥）年甫弱冠，即偕副使公效力河工。八年之间，历著成绩。"又《族谱·传述》引秦勇均《岈山张公传》："嗣君廷献，以京职初赴河工。君（敢按指道汧）与俱。河督沧州陈公一见惊且喜曰：吾耳子名久矣，治水事巨，若当为分理之。遂留不遣。君感陈公知已，遂慷慨勇跃为国家用。"永定河亦是屡屡泛滥，令清庭忧心之处。《清史稿·河渠志·永定河》："永定河亦名无定河……三十七年，以保定以南诸水与浑水汇流，势不能容，时有泛滥，圣祖临视。巡抚于成龙疏筑兼施，自良乡老君堂旧河口起，经固安北十里铺，永清东南朱家庄，会东安狼成河，出霸州柳岔口三角淀，达西沽入海。浚河百四十五里，筑南北堤百八十余里，赐名永定。自是浑流改注东北，无迁徙者垂四十年。"然而竹坡时运不济，功败于垂成。由前文可知，永定河工竣之后，他突然病亡。《仲兄竹坡传》："赍志以殁，何其阨哉！"

　　张竹坡为什么会有这种锐意进取的精神？前面说过，他自幼聪敏，素享声誉，要强好胜，极为自信。《十一草·留侯》："飘然一孺子，乃作帝王师。……终得聘其志，功成鬓未丝。"《十一草·酂侯》："不有萧丞相，谁兴汉沛公。……授汉以王业，卓哉人之雄。"他的确相信他应该像虎为兽中之王一样，成为人中之杰。他认为他的落第只是一种偶然，只是时运不济。他认为他一定会中式，一定胜任帝师国相之职，只不过时候未到而已。这是出自他个人襟怀天性方面的原因。除此之外，他们这一支在整个彭城张氏家族中的地位，也时时给他以刺激，促使他发奋抗争，自强不息。据《张氏族谱》，张翱兄弟三人，张胆、张铎两门，纬武经文，雀起群从，敕命恩纶，络绎不绝，真是地道地做到了光宗耀祖、封妻荫子。而张翱一支却门庭清肃，布衣始终，祖宗未因张翱父子而诰赠，父母未因竹坡兄弟而覃恩。然而，在整个家族之中，张翱父子的文情才思，实为翘楚。这就产生了一个极大的矛盾：张翱父子的才干，族人不得不佩服；张胆、张铎兄弟子侄的显耀，族人也不能不企羡。世俗不以才情区别人之贵贱，文士却以才情判断人之清浊。张翱一门在家族中的地位，委实有点格格不入。当张翱活着的时候，因为他奉母尽孝，张胆、张铎的宦囊，使竹坡家庭的经济尚能裕如，张翱也很受族人乡邻的尊敬，"每令老生宿儒对之挢舌"，"郡中巨细事咸质诸公"（胡铨《司城张公传》）。而在父亲辞世之后，"人情反覆，世事沧桑，若黄海之波，变幻不测，如青天之云，起灭无常。噫，予小子久如出林松杉，孤立于人世矣"（《乌思记》）。竹坡之所以百折不回，强欲入世，也在于面对这种别有霄壤的变化，他不能甘心服气。

（九）张竹坡评点《金瓶梅》的时间与原由。竹坡评点《金瓶梅》时年龄二十六岁，对这一点，《金瓶梅》的研究者基本是承认的。也就是说，《张氏族谱》发现以前，已可考知张竹坡是在康熙三十四年乙亥完成《金瓶梅》的评点的。现在，则可具体知道，竹坡评点《金瓶梅》的时间，是康熙乙亥正月。至于竹坡为什么评点《金瓶梅》，前人虽有论及，却不够准确。《仲兄竹坡传》："（兄）曾向余曰：《金瓶》针线缜密，圣叹既殁，世鲜知者，吾将拈而出之。……或曰：此稿货之坊间，可获重价。兄曰：吾岂谋利而为之耶？吾将梓以问世，使天下人共赏文字之美，不亦可乎！"竹坡自己也说："偶为当世同笔墨者闲中解颐"

（《第一奇书·凡例》）。显然，竹坡主要是从文艺欣赏与文艺批评的角度来批书的。因此，他才可能对于中国小说理论，作出重要的贡献。《竹坡闲话》："《金瓶梅》何为而有此书也哉？曰：此仁人志士，孝子悌弟，不得于时，上不能问诸天，下不能告诸人，悲愤呜唈，而作秽言以泄其愤也。"张竹坡曾"恨不自撰一部世情书，以排遣闷怀"，但最后他选择了评点《金瓶梅》的做法，当然也有出于"穷愁所迫，炎凉所激"的一面。

（十）张竹坡的交游。前文已经指出，人们业已知道竹坡于康熙三十五年到过扬州，与张潮等人过从甚密，并参与了《幽梦影》的批评；也知道他到过苏州，作有《虎阜遣兴》二首。现在，进一步可知竹坡是在康熙三十五年秋冬间到扬州，一直到明年年初，他才移寓苏州，直至康熙三十七年初夏，方离苏北上。《十一草》中有他写在苏州的《客虎阜遣兴》六首与《拨闷三首》等凡九首诗传世。此外，竹坡的交游，其尚可确知者，计有：其一，与阎古古之孙阎千里有交往。《十一草》中有一首《赠阎孝廉孙千里》，诗中说："久思伐木登龙门，……高车忽来黄叶村。……请将诗律细讲论，何以教我洗眵昏。"其二，康熙二十七年戊辰春，竹坡因胞兄道弘的婚事，到过宿迁，作有散文《乌思记》。其三，康熙三十二年秋，竹坡北游京师，夺魁长安诗社，翌年初，返回彭城。其四，康熙二十三年甲子，二十六年丁卯，二十九年庚午，三十二年癸酉，三十五年丙子，竹坡五至南京参加江南省的乡试。前四次都是秋初到南京，落选以后，秋末即返回徐州。第五次则因为所评《金瓶梅》刊成，丙子春，他即"载之金陵"，并以金陵为立脚地，广事交游。《仲兄竹坡传》："四方名士之来白下者，日访兄以数十计。兄性好交游，虽居邸舍，而座上常满。"其五，康熙三十七年戊寅初夏，竹坡北上永定河工地，图谋进取。九月十五日，暴卒于巨鹿。其六，家族中间，除了父母妻子以外，竹坡与二伯父张铎、胞弟道渊、从侄彦琦的关系，也有直接资料可稽。张铎严正端方，能诗工书，被誉为张氏白眉。竹坡对他很为敬服。竹坡与道渊，则为知己兄弟。道渊在竹坡卒后，为仲兄撰了家传，编了诗集、文集，对竹坡的《金瓶梅》评点，给予了充分的肯定和高度的评价。而彦琦肩负大宗重责，守成父祖勋业，其思想情趣，与竹坡是有很大不同的。

（十一）张竹坡的功名与子女。竹坡也得到过一点功名：候选县丞。县丞是正八品，又何况是候选，并无实任，这对于志大才高的竹坡，可谓绝大的讽刺！

竹坡"子二：彦宝，刘氏出；彦瑜，刘氏出。女，刘氏出，婿赵懋宗，镶黄旗人；二，刘氏出，婿庄显忠，直隶顺天府大兴县人，广东惠州营把总"（《族名录》）。另据《曙三张公志》："彦宝，字石友，善诗画，生员。"

（十二）张竹坡一生中的矛盾。在竹坡短促的一生里，从十五岁起，有四个无法解决与摆脱的矛盾，缠绕了他十四个春秋。首先，他酷爱说部，对《水浒传》、《金瓶梅》等通俗小说，有着卓异的鉴赏力，但因为科举，不得不将大量的时间花在制艺时文上面。《幽梦影》上有一则批语说："注书无难，天使人得安居无累，有可以注书之时与地为难耳！"可谓道出其心声。其次，他一生负才，极欲用世，却困于场屋，未博一第。《仲兄竹坡传》："兄既殁，检点行橱，惟有四子书一部，文稿一束，古砚一枚而已。"他不明白：他那种锋芒毕露的性格，不会受到正统儒道的青顾；他在稗语小说方面表现出来的才能，只会被封建礼教视为异端，而加以排斥。他至死都没有放弃制举，固执地认为他一定能够独占鳌头。复次，他生当彭城张氏最为繁盛之时，族人们簪缨袍笏，势倾闾里，他却贫病交加，转倚他人门户。父亲去世之时，正是竹坡由少年进入青年的阶段。他本来就早熟，面对家景的沧桑，更促进了他对社会人生的理解。后来，他南奔北走，批书交友，领略人情，洞悉世务，饱尝了炎凉冷暖的滋味。他愈是不能接受这种命运，愈要改变困苦的处境，命运却愈趋险恶。自从他康熙三十五年春离开家乡，直至去世，他有家不能归，做了将近三年的寓公。在这期间，他穷困潦倒，二十七、八岁就已白发满头。《拨闷三首》其一："愁多白发因欺人，顿使少年失青春。"其二："老大作客反依人，手无黄金辞不美。"《幽梦影》有一则曰："境有言之极雅而实难堪者，贫病也。"竹坡批云："我幸得极雅之境。"他只有吟诗寄愁，自我解嘲。《客虎阜遣兴》其一："好将诗思消愁思，省却山塘买醉钱。"《拨闷三首》其一："何如不愁愁亦少，不见天涯潦倒人，饥时虽愁愁不饱。随分一杯酒，无者何必求。"他只能对这种现实予以辛辣的嘲讽。《拨闷三首》其二："而今识得世人心，蓝田缓种玉，且去种黄金。"最后，他性情纯孝，却既不能科举中式，慰先考在天之灵，又每常弃家奔波，不得奉养高堂，色笑承欢。《仲兄竹坡传》："父欲兄早就科第"。康熙二十三年八月，竹坡初试落第；十一月十一日，张翱病逝。父亲没有看到儿子的功名，带着伤心和不平，离开了人世。这件事，在竹坡生命的旋律中，打下了永远悲哀悔恨的基调。《乌思记》："偶见阶前海榴映日，艾叶凌风，乃忆为……曹娥尽孝之日也。……矧予以须眉男子，当失怙之后，乃不能一奋鹏飞，奉扬先烈，槁颜色，困行役，尚何面目舒两臂系五色续命丝哉！"

康熙三十三年甲戌春，张竹坡从北京回到徐州，沉浸在长安夺标的自我陶醉情绪里，安贫乐居了一个时期。《乙亥元夜戏作》："归来虽复旧时贫，儿女在抱忘愁苦。吁嗟兮，男儿富贵当有时，且以平安娱老母。"在此之前，特别是在此之后，他生命的激流，就像是三峡的江水，越被拘束，就越是奔腾咆哮，夺口而出。在中国文学史上，张竹坡可算是昙花一现，没有来得及更多地驰骋才志，就离开了人间。他定是带着他在评点《金瓶梅》时，所发遣的对于现实生活黑暗的揭露，和对于社会道德风尚的批判辞世的。当他在巨鹿客舍呕血数升之倾，他心中定会充满着壮志未遂的怨恨，和未尽其才的愤懑！

近年来，张竹坡评点《金瓶梅》的美学价值，正在获得人们的公认；张竹坡在中国小说理论发展史和在中国文学批评史上的重要地位，正在引起国内外学人的重视。竹坡有知，当是欣慰含笑于九泉的吧？

明年（1985 年）是张竹坡评点《金瓶梅》暨《第一奇书》刊行二百九十周年，张竹坡诞生三百一十五周年，逝世二百八十七周年。笔者不揣谫陋，敢献绵薄，与同好分享发见之乐，期望张竹坡与《金瓶梅》的研究，届时能有一个较大的进展。

　　（原载于《徐州师范学院学报》1984 年第 3 期，后收入《张竹坡与金瓶梅》，百花文艺出版社 1987.9，1 版）

张竹坡与《金瓶梅》研究

张竹坡《十一草》考评

（一）

在光绪十七年编刊的《徐州诗征》铜山卷中，选了张道深的两首诗，题为《虎阜遣兴》：

> 四月江南晒麦天，日长无事莫高眠。
>
> 好将诗思消愁思，省却山塘买醉钱。

> 千秋霸气已沉浮，银虎何年卧此邱。
>
> 凭吊有时心耳热，云根拨土觅吴钩。

张道深名下并有注云："道深，字竹坡，著有《十一草》。"这是我们得以知道张竹坡名道深，竹坡为其字，并著有诗别集《十一草》的最早文字记载。（竹坡的这两首诗亦见载于《晚晴簃诗汇》卷四十。在此之前，张潮《友声集》曾注明张竹坡名道深，但没有指出他有《十一草》）后来，民国十五年官修的《铜山县图志》，肯定了《徐州诗征》上的这一记载。在其卷二十《艺文考》中著录云："张道深《十一草》。道深，字竹坡。"民国二十四年，张竹坡的七世族孙张伯英选刊《徐州续诗征》，虽然未再入选张竹坡的诗，却由徐东桥编录了一个《张氏诗谱》，附在张竹坡伯父张胆的诗后，在这个诗谱上，注明："道深，翊子。"这就将张竹坡归入张氏世系，使我们进一步了解到张竹坡的家世大略。

《张氏诗谱》前有徐东桥的小引，"勺圃（敢按张伯英号）续诗征讫，以家藏集见示，曰先世遗著不敢自去取，嘱代编录"云云，则所增之注，亦当出于家藏故集。《徐州诗征》《铜山县图志》均有张氏族人参与编修，他们的载录自然也应出于家族藏稿。但是，前述诸书固然递次有所增进，却俱欲露还藏，未能详明，甚或妄自删割，张冠李戴，使张竹坡的身世著述，在有清一代埋藏了二百年之后，又继续湮没了七八十年之久，并且遭到了难以弥补的损失，实在是一个历史的遗憾！

竹坡乃我桑梓先哲，笔者既学治小说，自予广为稽查。不期果有所获，终得睹识其佚诗若干！本文仅拟质正前人的妄改、误置，并进而考评《十一草》，以及竹坡的其他佚诗。

姑仍由张竹坡的所谓"虎阜遣兴"诗说起。我所发现的这一组诗，不是二首，而是六首。"四月江南晒麦天"一首为其第一首，"千秋霸气已沉浮"一首为其第三首。这一组诗的诗题也不是"虎阜遣兴"，而是《客虎阜遣兴》。《徐州诗征》是部选集，从六首中选取二首，原无可非议，但既未注明这一组诗的总数，又妄删诗题，无论如何都不是恰当的做法。顺便解释一下第三首诗。从字面上看，自然是"贫士失职而志不平"的感慨。这样说当然不错，但诗中却有着更深刻一层的含义。所发现的张竹坡的另外一组诗《拨闷三首》其三中有这样几句："我闻我母生我时，斑然之虎入梦思，掀髯立起化作人，黄衣黑冠多伟姿。我生柔弱类静女，我志腾骧过于虎……去年过虎踞，今年来虎阜，金银气高虎呈祥，池上剑光射牛斗。"以此印证前诗，原来竹坡是写自身的故实，是因此发遣胸襟，并不单单是登高而赋的一般性的抒情。

另外，道光十一年《铜山县志》卷二十二《艺文五·国朝诗一》，选了张道源的一首《中秋看月黄楼上》，曰：

今古风光定不殊，古人对月意何如？

兔毫此夜仍堪数，人事当年孰可呼。

远眺却嫌南斗近，旷怀应笑北山孤。

百年以后登楼者，还有悲歌客也无。

民国《铜山县志》卷七十四《志馀下·本县诸贤词赋》，照录了这首诗，亦题为道源作。道源是张胆的第三子，为竹坡的从兄，官至江西驿盐道，著有《玉燕堂诗集》。但新发现的《玉燕堂诗集》里没有这首诗。相反，在张竹坡的佚诗里，却有此诗。因此，这首诗的著作权应该属于张竹坡。在新发现这些材料之前，我们总感叹关于竹坡的著述知道得太少。其实，至少还有这一首诗是大家都见到过的。真是一个令人兴叹的误会！道源著述亦富，《玉燕堂诗集》就保存了他的二十五首诗。后人并没有必要把这首《中秋看月黄楼上》移置到他的头上。而且，《徐州诗征》另选有他的一首《佛手柑》，就明明白白的是《玉燕堂诗集》二十五首之一。《玉燕堂诗集》里有一首《登黄鹤楼》，诗题与此相近，或者竟因此误置。"源"与"深"二字形似，也可能是由此李代。这当然只是一种猜测，恐怕也没有更好的解释。但不管是什么原因造成，这首诗今天总算还原给了作者张竹坡。

我所发现的这些材料，均载录于《张氏族谱》。关于《张氏族谱》的发现经过及其意义，请参见本书有关文章，这里仅因行文必要略作介绍。《张氏族谱》系竹坡胞弟道渊纂修，道渊为此用了毕生的精力。是谱起修于康熙五十七年，至雍正十一年毕功。（道源尝欲修谱，因居官无暇，转命道渊襄事。源、渊二人至相亲密，全谱体例即二人共同商定。道源虽卒于雍正七年，但此谱之藏稿、赠言等部分俱完成于康熙五十八年，道渊康熙六十年并写了谱序。所有这些，道源不可能不过目。这时固然竹坡早已亡故，如果将道源的诗《中秋看月黄楼上》误列在竹坡名下，道源是不会不指正的。因此，该诗确为竹坡所作。）谱为家刻本，最后复经道渊之子张璐增订，重刊于乾隆四十二年。家谱的绝大部分和主要部分，俱纂修于乾隆即位以前，由这些文字里面只避康熙的讳而不避乾隆的讳可以证明。并且是纂修于雍正十一年以前，因为雍正十一年道渊所作的序中说："编次方完，而梓人报竣……今幸以成，如释重负"。

在《张氏族谱·藏稿》里，有"竹坡公"一项，选其诗凡十八首，总其名曰《十一草》。这个"十一草"是什么含义？诗集《十一草》是不是张竹坡本人的命名？张竹坡一生写了多少诗？

他去世以后他的族人又保存过他的多少诗？兹试作考证。

张竹坡生于康熙九年，暴卒于康熙三十七年，得年二十九岁。后来就是这个纂修《张氏族谱》的弟弟道渊，为他写了一篇家传，幸存于《张氏族谱·传述》。传中说："兄自六龄能诗，以至于殁，其间二十馀年，诗古文词，无日无之。然皆随手散亡，不复存稿。搜求于败纸囊中，仅得如干首，一斑片羽，徒令人增忉怛耳！"话虽不多，却说得再明白不过了。竹坡既然吟诗填词"皆随手散亡，不复存稿"，而且又是突然病卒，在他生前没有手编自己的诗集，更不可能命名为《十一草》，其理至明。这个《十一草》的诗集名称，应该就是他的弟弟道渊代拟的。道渊代拟这一名称的时间，当即其纂修族谱之时，也就是选定这十八首诗之时。因此，《张氏族谱》中保存的这十八首诗，即是《十一草》的全部。换言之，张竹坡的《十一草》总共只有这十八首诗。"十一"者，十之存一也。这就是"十一草"的含义。我这个推断，还有一条旁证。《族谱·藏稿》选有张彦圣（道源次子）的诗十一首，题其名曰《学古堂诗集》。而《族谱·传述》录张道渊《圣侄家传》："嗣子秉信数锾其父诗文以传，岁久遗稿散亡，搜馀笥零笺断简中，仅得诗十一首，附梓家乘。"彦圣同样"其年不永"，同样是暴卒。显然，《学古堂诗集》亦系道渊命名。而《学古堂诗集》只有十一首诗。《铜山县志》、《徐州诗征》所选彦圣诗，亦俱在这十一首之中。道渊才力逼趋乃兄，所以才在数十百个兄弟子侄之中，独被公举为修族谱与建家祠的主持人，他为仲兄竹坡诗集命名为《十一草》，语浅意深，文短情长，至当不过。

但道渊"搜求于败纸囊中，仅得如干首"的竹坡遗诗，却似不仅这十八首。《仲兄竹坡传》中并没有说"仅得诗十八首"。《族谱·藏稿》所收族人十二家诗集，除彦圣《学古堂诗集》外，均非全豹，而为选集。《族谱·凡例》有一则即指此例，曰："先人著作，子孙有力者全刊专集附谱，今仍公选族人诗文，合刻一集，庶使无力者不致湮没祖父之泽。"竹坡的诗自然也不例外，所以在《十一草》题下注云："选诗十八首。"但为道渊搜求到的竹坡遗诗究有几许？光绪十六年十世孙张介依原本过录了张垣的诗集《夷犹草》，都五十四首。而《张氏族谱》选录《夷犹草》十二首。照此比例，道渊所收集到的竹坡遗诗，似在八十首左右。竹坡一生的实际诗作，自然远远不止此数。仅他二十四岁时北上都门，会诗长安，很短的时间，便"长章短句，赋成百有馀首"（《仲兄竹坡传》）。可惜这些诗已经查无头绪了。

张垣为彭城张氏家族肇兴之祖。他的诗据抄本《夷犹草》张介按引张胆的话说，尚且"因兵燹后散失颇多，见存三卷，查已剟剧他姓集中"，未有专集刊本传世。据此推测竹坡遗诗未经专集镌刻，恐怕不是武断的结论。竹坡妻刘氏，是同郡人、陕西西安府参将刘国柱之女，长竹坡二岁，一直活到乾隆七年，享年七十五岁。刘夫人生有二子二女，竹坡去世时子女尚幼。孤儿寡妇生活匪易，子彦宝、彦瑜且未宦达。竹坡的诗作手稿，他们非但无力刊印，能否妥为保存传世，亦实难逆测。至于竹坡受批《金瓶梅》之累，族人讳言，名姓不显，就更使他的诗难以传世了。凡此，不妨认为，《十一草》以外的竹坡的其他遗诗，俱早已亡佚。

《铜山县志》《徐州诗征》所入选张氏族人诗作，凡为《张氏族谱·藏稿》入选者，俱未出其右，但在张氏第六世，增选了张彦珽诗一首（见民国《铜山县志》）、张澍诗一首（见《徐州诗征》）。且后来《徐州续诗征》除补选张胆诗二首外，增选六世、七世以下诗作甚多。再加上新发现的《夷犹草》抄本等，足以说明徐东桥所谓"以家藏集见示"云云，信然有据。只不过后来的选家，首肯了张道渊的眼力，图个省事，据以再行录选罢了。既然民国二十四年前后张氏"家藏集"尚且存世，而且为数甚夥，虽然后来迭经变迁、动乱，因距今未久，当仍有存于世间的可能。如果一旦再有新的发现，或许能够对《十一草》作出更为准确详备的考证，容且拭目以待。

由前文可知，《十一草》全集十八首诗，就有十五首未曾见世。另外三首虽然分别见载于《铜山县志》《徐州诗征》，但题署与诗题均有谬误。兹先将《十一草》原文，按可编年与不可编年两部分，全文迻录，并加考证，然后综合予以评论。

春 朝

长至封关未许开，葳蕤暂解为春来。

偶依萱树栽花胜，敢使藜灯误酒杯。

呵冻莫愁三月浪，望云已痒一声雷。

预拼拂拭朦胧眼，先赏疏篱腊后梅。

去年腊尽尚留燕，帝里繁华不计钱。

凤阙双瞻云影里，鹤轩连出御河边。

树围瀛岛迷虚艇，花满沙堤拾翠钿。

此日风光应未减，春明门外柳如烟。

【编年】《族谱·藏稿》选张彦琦《甲戌春朝和叔氏原韵》："东风开冻未全开，云影濛濛带雪来。辞腊只馀诗一卷，迎禧惟有酒千杯。三冬冱冷栖宾雁，二月惊涛起蛰雷。后日春光无限景，眼前着屐且寻梅。""繁华何必说幽燕，是处风光尽值钱。锦裹土牛催种急，香飞玉蝶到梅边。华堂晴暖开春宴，子夜清歌堕翠钿。无那频年空惹恨，三春辜负柳如烟。"两诗第一首俱为十灰韵，第二首俱为一先韵，韵脚并次第全同，诗意亦相关联，因知彦琦所和，必为竹坡原韵。彦琦为竹坡从兄道祥独子，所以称竹坡为"叔氏"。和诗有"华堂晴暖开春宴，子夜清歌堕翠钿"句，则诗作于家宴之上，原诗与和诗必为同时所作。因知竹坡《春朝》二首亦作于康熙三十三年甲戌春。诗中"去年腊尽尚留燕"句，亦与下一首诗《乙亥元夜戏作》相合，可为旁证，参见下诗。

乙亥元夜戏作

堂上归来夜已午，春浓绣幕馀樽俎。

荆妻执壶儿击鼓，弱女提灯从傍舞。

醉眼将灯仔细看，半类狮子半类虎。

吁嗟兮，我生纵有百上元，屈指已过二十五。

去年前年客长安，春灯影里谁为主，

归来虽复旧时贫，儿女在抱忘愁苦。

吁嗟兮，男儿富贵当有时，且以平安娱老母。

【编年】 本诗诗题至明，作于康熙三十四年乙亥正月十五日。竹坡生于康熙九年庚戌七月二十六日，至乙亥应为二十六岁，诗中"屈指已过二十五"云，因方入新年，系指实岁。

拨闷三首

风从双鬓生，月向怀中照，对此感别离，无何复长啸。愁多白发因欺人，顿使少年失青春。愁到无愁又愁老，何如不愁愁亦少。不见天涯潦倒人，饥时虽愁愁不饱。随分一杯酒，无者何必求。其有遇，合力能，龙凤飞拂逆，志甘牛马走。知我不须待我言，不知我兮我何剖。高高者青天，渊渊者澄渊，千秋万古事如彼，我敢独不与天作周旋。既非谄鬼亦非颠，更非俯首求天怜。此中自有乐，难以喉舌传。明日事，天已定，今夜月明里，莫把愁提起。闲中得失决不下，致身百战当何以？

少年结客不知悔，黄金散去如流水。老大作客反依人，手无黄金辞不美。而今识得世人心，蓝田缓种玉，且去种黄金。

青天高，红日近，浮云有时自来往，太虚冥冥谁可印。南海角，北山足，二月春风地动来，无边芳草一时绿。君子能守节，达人贵趋时，时至节可变，拘迫安所之。我生泗水上，志节愧疏放。天南地北汗漫游，十载未遇不惆怅。
我闻我母生我时，斑然之虎入梦思，掀髯立起化作人，黄
衣黑冠多伟姿。我生柔弱类静女，我志腾骧过于虎。有时
亦梦入青云，傍看映日金龙舞。十五好剑兼好马，廿岁文
章遍都下。壮气凌霄志拂云，不说人间儿女话。去年过虎
踞，今年来虎阜，金银气高虎呈祥，池上剑光射牛斗。古
人去去不可返，今人又与后人远。我来凭吊不胜情，落花
啼鸟空满眼。白云知我心，清池怡我情，眼前未得志，岂
足尽生平。

【编年】此三首诗既编为一组，当为同时所作。三诗情调统一，
俱系寓公失志之感，可资佐证。其三中云："去年过虎踞，今年来
虎阜。"竹坡曾于康熙二十三年甲子、二十六年丁卯、二十九年庚
午、三十二年癸酉、三十五年丙子五至金陵。其三中又云："廿岁
文章遍都下。"此系举其成数，竹坡实于康熙三十二年癸酉秋北上都
门，所以《春朝》才有"去年腊尽尚留燕"之句，《乙亥元夜戏作》
才有"去年前年在长安"之句。因此，本诗所谓"去年过虎踞"，必
指康熙三十五年丙子至南京事。"今年来虎阜"，自然为康熙三十六
年丁丑事，本诗即作于是年。

客虎阜遣兴

四月江南晒麦天，日长无事莫高眠。
好将诗思消愁思，省却山塘买醉钱。

剑水无声静不流，无花何处讲台幽。
近来顽石能欺世，翻怪生公令点头。

千秋霸气已沉浮，银虎何年卧此邱。
凭吊有时心耳热，云根拨土觅吴钩。

画船歌舞漫移商，矜贵吴姬曲未央。
歇担菜佣桥上坐，也凝双眼学周郎。

故园北望白云遥，游子依依泪欲飘。
自是一身多缺陷，敢评风土惹人嘲。

僧房兀坐掩重门，鸟过花翻近水村。
迩日又开诗酒戒，只缘愁绪欲消魂。

【编年】《族谱·传述》录张道渊《仲兄竹坡传》："(兄)一朝大呼曰：大丈夫宁事此以羁吾身耶！遂将所刊梨枣，弃置于逆旅主人，罄身北上，遇故友于永定河工次。"显然，竹坡离苏北上与效力河干，为紧相连属之事。而竹坡"遇故友于永定河工次"，为康熙三十七年戊寅初夏间事，"四月江南晒麦天"的时节，他应该还在苏州。又，此诗与《拨闷三首》当非作于同时。否则，两组诗诗意重复。而且，两组诗的格调已大不相同。前诗怨天尤人，自我解嘲，而不得解脱。本诗虽亦吟咏寄愁，但已有闲情逸致。其状景绘物，清脱自然。而"云根拨土觅吴钩"句，已意味首不久将大呼而起，另觅进取之途，故可判断本诗作于康熙三十七年四月。

(三)

留侯

飘然一孺子，乃作帝王师。
岂尽传书力，为思大索时。
报韩未竣事，辅汉亦何辞。
终得骋其志，功成鬓未丝。

酂侯

骊山失一鹿，泗水走群龙。

不有萧丞相，谁兴汉沛公。

良谋潜蜀内，本计裕关中。

授汉以王业，卓哉人之雄。

淮阴侯

背水囊沙后，平齐下楚时。

既然用武善，为甚识机迟？

丞相何曾负，将军实自危。

未央云漠漠，莫与郦生知。

【考证】以上三首诗，咏古寓志，似为一组，盖作于同时。据《仲兄竹坡传》，竹坡生而聪颖，少有大志。其父张翱亦以千里驹相视，属望甚厚。在这一组诗里，竹坡慨然以帝师人雄自喻，嘲笑韩信死不自知，其雄心勃勃，跃跃欲试。似当作于应举落第之前。竹坡于康熙二十三年甲子初困场屋，本组诗之作，疑即在此前不久的时间内。

赠阎孝廉孙千里

先生孝廉之长孙，孝廉诗名满乾坤。

金针玉律今尚存，先生又抵词林根。

久思伐木登龙门，破屋拥鼻愁鸢蹲。

高车忽来黄叶村，相思有块亲手扪。

不嫌粗粝出鸡豚，脱略不设瘿木樽。

西坞新烧老瓦盆，木杓对举听春温。

请将诗律细讲论，何以教我洗眵昏。

【考证】阎千里，名圻，一字坤掌，阎尔梅之长孙，康熙己丑进士，官工科掌印给事中，著有《泗山诗文集》。据诗意，此番阎圻造访竹坡，系他们初次会晤。《族谱·赠言》收有阎圻的诗《前初至徐，有客来云张竹坡先生将枉顾。闻先生名久矣，尚未投一刺，仍乃先及之。因感其意，得诗四章》《再辱竹坡先生赠诗谬许，颇愧不敢当。不谓先生意中乃亦知当此时此地有阎子也。用是狂感，漫为放歌一首》。按后题诗中有句云："亦有人知阎千里，意外得之狂欲起"，则该题亦作于他们未曾见面之前。而阎圻前后两题五首诗，盖作于相去不久的时间之内。其前题中云"闻君年少喜长游"，"江南秋水蓟门霜"，后题中亦云："竹坡竹坡刻苦求，点墨如金笔如钩，信得燕公好手腕，一挥万卷筑诗楼。"可知阎诗作于竹坡康熙三十二年长安诗社夺魁之后。竹坡此诗当即作于阎诗之后不久，这时竹坡已是四困棘围，父亲也已去世很久，家庭经济甚为拮据，所以本诗屡言贫困。

和咏秋菊有佳色

不是寻常儿女姿，须从霜后认柔枝。
果堪盈把休嫌瘦，便过重阳莫迟迟。
谁道无钱羞老圃，只须有酒实空卮。
醉眼万朵黄金下，更拭双眸有所思。

【考证】陶渊明《饮酒二十首》其五："采菊东篱下，悠然见南山。"安贫乐道，怡然自得，这是一种境界。竹坡本诗"更拭双眸有所思"的，却是"不是寻常儿女姿，须从霜后认柔枝"，即"东隅已失，桑榆非晚"的意思。竹坡一生锐意进取，几落桂榜，而志不少懈。但后来总不免伴随有愁苦怨恨，参见前述《拨闷三首》等。本诗格调颇高，柔枝经霜，黄金依旧，表现了一种不避磨难、后来居上的精神。似当作于《赠阎孝廉孙千里》之后不久。

中秋看月黄楼上

今古风光定不殊，古人对月意何如？
兔毫此夜仍堪数，人事当年孰可呼。
远眺却嫌南斗近，旷怀应笑北山孤。
百年以后登楼者，还有悲歌客也无。

【考证】《世说新语·言语第二》："风景不殊，正自有山河之异！"竹坡本诗当然不是表达黍离之情，但充满世风日下之慨，可谓

"风景不殊，正自有人事之异！"《族谱·杂著藏稿》录张竹坡《治道》："三代以上为政易，三代以下为政难，何今天下不同于古天下哉……人心风俗污染已久，欲复时雍之胜，岂易为力哉！"这正是他在《金瓶梅》评点中"恨不自撰一部世情书以排遣闷怀"之所在。而竹坡评点《金瓶梅》的时间，在康熙乙亥正月。因此，本诗疑即作于康熙三十四年乙亥八月十五日。

（四）

一般文学史著作，认为清初诗作存在宗唐、宗宋和自抒胸臆三大派别。明代前后七子统领文坛，一味泥古，致使有明一代的诗，不但远逊于唐宋，即与元诗、清诗相较，亦差肩一筹。明末阉党专权，政治腐败，满族觊觎社稷，内困外危，情势紧迫。有识之士，作诗属文，奋臂直呼，这才突破摹拟的藩篱，开始使诗歌创作面对社会现实。清初诗坛宗唐、宗宋的倾向，实际是明代复古主义的继续。更大量的诗人，则主张不拘一格，抒写个性。钱谦益说："诗者，志之所之也。陶冶性灵，流连景物，各言其所欲言者而已。"这话很有代表性。张竹坡及其族人，便是这种主张的实践者之一。

竹坡的祖父张垣，明崇祯癸酉科武举，南明弘光朝河南归德府通判，抗清殉难，是一位民族英雄。彭城张氏十世孙张介辑录《曙三张公志》，收有张垣的诗集《夷犹草》，凡五十三首。集中既有流连山水之句，亦有感叹时事之章，写的都是个人的襟怀。如《登放鹤亭次霍司马韵》："绝巘孤亭试此攀，苍茫天地有余闲。鹤踪已去云犹在，龙气虽湮苔尚斑。一带岚光樽酒外，千秋胜状画图间。登高倍切伊人思，何日乘风靖边关。"又《登沛上歌风台和蔡虚白孝廉韵》："汉里歌风此是哉，我来凭吊独徘徊。千年小篆中郎迹，半碣雄辞帝子裁。云气犹疑思猛士，水声空自绕荒台。于今道路多烽火，且对遗踪酾酒杯。"忧国忧时，游不安踪。

竹坡的父亲张翙，生于明清易代之际，一生奉母家居，不屑仕进，每将黍离之思，寓向诗情画意。《族谱·藏稿》选有他的诗十五首词四首。其《初夏静夜玩月偶成》："庭角空阶月似霜，清和天气夜犹凉。花眠露浥香初细，柳静风牵影渐长。拥石高歌舒啸傲，抛书起舞话兴亡。衔杯不与人同醉，独醒何妨三万场。"又《春日云龙山怀古和孙汉雯韵》："乾坤何处不雍容，野水清清草色浓。霸气全消空戏马，阳春初转满云龙。三千世界端为幻，七十人生孰易逢。名利于今君莫问，尼山久隐道谁从。"清流冲远，写的是明末遗民的思绪情趣。

竹坡生活在康熙年间，是大清的臣民，他不可能有殉明之志，也不再有故国之思。但他继承了乃祖乃父的诗风，我诗言我志，"我手写我口"。《十一草》全集十八首，不论是春朝的回味，元夜的戏作，咏菊的思考，赠友的期望，还是寓公的遣兴，游子的拨闷，怀古的慨叹，赏月的悲歌，莫不有他自己的影子，莫不跳动着他的脉搏。我就是诗，诗就是我，这是张竹坡《十一草》的最显著的特色。

竹坡的父亲兄弟三人。伯兄张胆三握兵权，两推大镇，官至副总兵，加都督同知，诰封骠骑将军，公举乡饮大贤，崇祀乡贤祠。仲兄张铎，三任内翰，两为知府，诰授奉政大夫。从侄道祥官至湖北臬司，诰封光禄大夫；道瑞官至福常营游击，诰封荣禄大夫；道源官至江西驿盐道，诰封中宪大夫。祖宗三代并诸嫂、侄媳亦俱因此得以诰赠（封）。惟独张翙一门布衣始终，未能光宗耀祖，荫妻封子。而张翙父子才气学识，在彭城张氏族中，实为翘楚。竹坡就生活在这种矛盾的环境之中。他自幼使气好胜，又恃才傲物，所以一生拼搏，百折不回。命运却好像有意和他作对，越是急于求成，越是蹭蹬坎坷。他曾经五困棘围，弄到贫病交加、寄人篱下的田地，饱尝了人情冷暖、世态炎凉的滋味。他当然因此愧悔，借酒浇愁，吟诗寄恨；但更主要的是发愤抗争，图强复起。这种积极进取的精神，贯注在他的诗中，成为《十一草》的又一个鲜明的特色。在《和咏秋菊有佳色》中，他以傲霜的秋菊自喻，宣布自己"不是寻常儿女姿"。在《拨闷三首》其一中，他不是"俯首求天怜"，而要"与天作周旋"，他把这种抗争中的反复视作乐趣，说"此中自有乐，难以喉舌传"；他表示不要说是五举不第，就是"致身百战当何以"？在《拨闷三首》其三中，他追忆自己"十五好剑兼好马，廿岁文章遍都下，壮气凌霄志拂云，不说人间儿女话"的豪情壮志，发遣"眼前未得志，岂足尽生平"的感叹，重申"我志腾骧过于虎"的志气、决心。在《客虎阜遣兴》中，他虽然"愁绪欲消魂"，却要"好将诗思消愁思"；虽然因为"一身多缺陷"而惭愧，却偏要评论风土，指斥世风；之所以如此，原来是他凭吊卧邱的"银虎"，触动"我志腾骧过于虎"的素志，心耳发热，又要"云根拨土觅吴钩"了。对比或者更能说明问题。竹坡《春朝》其二的旨趣，与其说是企羡京都繁华，不如说是"去年前年客长安，春灯影里谁为主"的自豪。"长安诗社每聚会不下数十百辈。兄访至，登上座，竞病分拈，长章短句，赋成百有馀首。众皆压倒，一时都下称为竹坡才子云"（《仲兄竹坡传》）。诗艺才力如此，"树围瀛岛迷虚艇，花满沙堤拾翠钿"，哪一桩不该竹坡才子欣赏！桂榜、杏榜，哪一榜不该竹坡才子题名！出将入相，哪一职不该竹坡才子荣任！诰授封赠，哪一敕不该竹坡才子获得！而彦琦肩担大宗重责，守成父祖勋业，受族人尊敬，得社会优容，自然他很难理解竹坡的处世为人。"繁华何必说幽燕，是处风光尽值钱"，他劝竹坡像自己一样随遇而安。"无那频年空惹恨，三春辜负柳如烟"，他要竹坡像自己一样得过且过。竹坡当然不会听从这些劝慰，他期待着"春明门外柳如烟"的"风光"。

观察事物，独具只眼，寓意寄趣，翻高一筹，是《十一草》的又一个特色。历代歌颂留侯张良的诗，多着眼于他功成不居，急流勇退。《族谱·藏稿》选张彦琦《彭城怀古十咏·留侯庙》："报秦原不为封侯，隆准能依借箸谋。养虎未须贻楚患，神龙便已学仙游。崔巍寝庙千年在，带砺山河一望收。此后高风谁得似？严陵五月独披裘。"便属于这一类。彦琦自己优游山水，无意仕进，所以他特别欣赏留侯的"仙游"。竹坡不这样看张良，他认为张良最可称誉的，是"飘然一孺子，乃作帝王师"，是"终得聘其志，功成鬓未丝"。他看到的张良只是风度潇洒、年青有为、辅汉成功、志得意满的一代伟人。同样，他惋惜淮阴侯韩信的，也不是如一般论者所说的不知进止，而是识机太迟，入人之彀，不善为自己谋虑。《拨闷三首》其二更是言约义深，翻新出奇。"少年结客不知悔，黄金散去如流水，老大作客反依人，手无黄金辞不美。"讲的是很常见的人情世态，但用的是强烈对比的手法。当主人与做客人，有黄金与无黄金，主客易位，有无极端，这种霄壤之别，足令人叹为观止。"而今识得世人心，蓝田缓种玉，且去种黄金。"前半首诗的陈述感触，一变而为谴责嘲刺，将全诗的格调，立刻推进到更高的境界。如果说前半首诗只是一道闪电，让人们看清满天乌云，引起警觉的话；则后半首诗便是一声霹雳，倾注下覆盆大雨，将趋炎附势的小人，浇一个落汤鸡，让人们洞察他的原形，口诛手斥，使之无有藏身之地。"蓝田日暖玉生烟"，冰清玉洁，辉光升腾，这是人类情操、社会道德应有的象征。但是今天蓝田不再种玉，黄金将要万能，情操沉沦，道德败坏，是多么令人触目惊心！这一首诗入手平淡，漫不足奇，却奇峰突起，势拨五岳，而又前后接榫，浑然一体，非大手笔莫能为此。

竹坡才思横溢，随口成章，虽也能写出值得反复玩味的七律、七绝，却不愿为格律束缚，最喜以古风谋篇，其俊语连珠，豪情汪肆，出句平易，意境新奇，如出水芙蓉，清逸流丽，很得太白三昧。如《乙亥元夜戏作》前半首六句，活画出一幅元宵家乐图。一个高堂承欢已罢、午夜归室的蒙懂醉汉，看到妻子儿女备盏挑灯以待，不觉馀兴复浓，执杯在手。于是妻子倾壶，幼儿击鼓，弱女舞灯，母亲早已导演好的一场家庭晚会，就这样以儿女为主角而开始。诗人频频举杯，醉眼愈加模糊，看着婆娑的舞姿、旋转的灯笼，联想起自己的身世，触击到一生的志向，眼前出现了虎啸狮纵、青云缭绕的幻景。《客虎阜遣兴》其四则像是一位摄影师抢拍下的吴门春江游船的镜头。"君到姑苏见，人家尽枕河。古宫闲地少，水港小桥多。夜市卖菱藕，春船载绮罗。"苏州的春天，达贵富绅每常乘坐画船漫游，并叫有歌伎侑觞助兴。忽然，一只画舫划到一座拱桥面前。丽装的名姝异伎，自高身份，正在轻歌曼舞。歌声悠扬，送进歇担桥上、凝目注视的挑菜雇工的耳中。菜工情不自禁，随着旋律，踏起拍子，那副认真的样子，俨然也是一个顾曲的周郎！

《曙三张公志》："道深……诗名家。"张竹坡《十一草》的思想内容与艺术特色俱皆可观，称之为"诗名家"，并非过誉之词。可以说，《十一草》发现以后，张竹坡不仅是中国古代小说理论的重要批评家，也是清初的著名诗人。

（原载于《徐州师范学院学报》1985 年第 3 期，名《张竹坡〈十一草〉考证》；后收入《明清小说研究》第 2 辑，中国文联出版公司 1985.12，1 版；又收入《张竹坡与金瓶梅》，百花文艺出版社 1987.9，1 版）

张竹坡著述交游三考

张竹坡与《东游记》

张竹坡虽然只活了二十九岁，却著述甚富，今知存世者计五种：诗集《十一草》，散文《治道》《乌思记》，《幽梦影》批语，《金瓶梅》评语，《东游记》评语。关于《东游记》评语，孙楷第《中国通俗小说书目》云：

> 东游记，二十四章，……仅存二本三章。……每章后有"竹坡评"。末附"尾谈"一卷。字多古体，自造字尤多，遽难辨识。竹坡不知即张竹坡否？……"尾谈"又云："日本妇人妍美如玉，中国人多有留连丧身不归者，今长崎岛有大唐街，皆中国人。"按：长崎唐人街数于日本元禄二年，当我国康熙二十八年，是此书之作至早不能过康熙二十八年。

评语作者尚是一个问号。其后三十年无人问津。柳存仁《伦敦所见中国小说书目提要》：

> 《第一奇书》（金瓶梅）……关于张竹坡，……他当是康熙九年生的人。……［附记一］……据北京大学图书馆藏狐仙口授人见乐妓馆珍藏东游记残本，每章后有"竹坡评"，末附"尾谈"一卷。"尾谈"中叙及"长崎岛有大唐街，皆中国人"。孙子书先生考证长崎岛唐人街数于日本元禄二年，即康熙二十八年，因谓"此书之作至早不能过康

熙二十八年"。照我上文的考据，假如这个竹坡真的是批《金瓶梅》的张竹坡，则康熙二十八年他尚只有二十岁，再过几年批书，与孙先生的考据正相符合。

仍然只是假设。那末，为《东游记》写评语的竹坡，究竟是不是评点《金瓶梅》的张竹坡呢？随着《张氏族谱》的发现，张竹坡家世生平全面揭晓，张竹坡与《东游记》的关系，也便可以作进一步的考索。

张竹坡卒于康熙三十七年，《东游记》"此书之作至早不能过康熙二十八年"，如果《东游记》评语确为张竹坡所作，则他批评该书的时间，只能是在康熙二十八年至三十七年这八、九年之间。八、九年（甚至可以是一、二年）之前在日本出现的事，远隔重洋的中国人张竹坡是怎么如此快就知道了的呢？《张氏族谱·传述》录张道渊《奉政公家传》："伯父奉政大夫二公讳铎，……弱冠，以恩荫考除内翰。西清禁地，侍从趋跄，红本票拟，悉公手录进呈。……未旬余，而两迁中秘。燃藜起草，口传纶綍，翻译国书，朗如眉列。"《张氏族谱·族名录》："铎……官职恩荫，初任内阁办事中书，二任内国史院中书，三任内弘文院典籍……。"《族名录》："道祥……官职恩荫，初任内秘院中书……"。《张氏族谱·志铭》引孔毓圻《张公墓志铭》："道瑞……果以康熙癸卯获隽武闱，癸丑成进士，……遂选侍禁庭，出入扈跸……。"《族名录》："道瑞……初任御前头等侍卫……。"《张氏族谱·志铭》引庄楷《云溪张公墓志》："公……以明经候补内阁中翰。……己巳入都，需次补授工部营缮司主事。"① 张铎是竹坡的二伯父，张道祥、张道瑞、张道源是竹坡大伯父张胆的长子、次子、三子，俱为竹坡从兄。原来张铎、张道祥叔侄是皇帝的私人秘书，张铎而且还是外交秘书；张道瑞则是皇帝的侍卫；康熙二十八年，张道源又新任京职，而同时，其弟张道溥、张道汧（均竹坡从弟）随任帮办。张竹坡之所以能够知解当时的国际时事，其消息来源，自然是张铎、道祥、道瑞、道源、道

张竹坡与《金瓶梅》研究

① 以上俱见乾隆四十二年刊本《张氏族谱》

溥、道汧叔侄。

张竹坡与阎圻

《徐州诗征》卷五选了阎圻的一首诗，诗题为《闻竹坡先生将至，赋此赠之》：

> 闻君年少喜长游，我亦披云拥翠裘。
> 万里山川供快笔，一囊礼乐重诸侯。
> 龙威蝌迹文难译，狗盗蛾眉价未投。
> 尚有远怀勤展腊，目穷天际赋登楼。

其实阎圻当时写的是一组诗，诗题为《前初至徐，有客来云，张竹坡先生将枉顾。闻先生名久矣，尚未投一刺，仍乃先及之。因感其意，得诗四章》。这一组诗见载于道光二十九年稿本《清毅先生谱稿·赠言》。《徐州诗征》所选的一首，是第二首。其第一、三、四首为：

> 黄金满路酒盈樽，客意悠悠道不存。
> 千古才人争石斗，百家风气倭蟒蚴。
> 珠兰琪树随青草，明月秋山冷白门。
> 怪此知名逢处少，高吟仙桂露香频。
>
> 江南秋水蓟门霜，落落天边有乙行。
> 博物惊人传石鼓，雄词无敌擅长杨。
> 凭陵六代穷何病，赏鉴千秋刻不妨。
> 此意每怜谁共解，昏鸦接翅影苍苍。
>
> 君本留城袭汉公，致身家在晓云中。
> 人如秋浦三分白，花想河阳一样红。
> 市石名豪非漫笑，濡头草圣自称雄。

闻声肯许轻相问，百里烟波是沛宫。

阎圻，字千里，一字坤掌，沛县人，徐州"明末二遗民"之一阎尔梅之长孙，康熙己丑科二甲第四十一名进士，官工科掌印给事中，著有《泗山诗文集》。诗中既云"凭陵六代穷何病，赏鉴千秋刻不妨"，则诗作于张竹坡评点刊刻《金瓶梅》之后，亦即康熙三十四年正月之后。[1]诗作于徐州。康熙三十四年三月之后，张竹坡在徐州家中的时间，只有两次：一次是康熙三十四年正月至康熙三十五年春，一次是康熙三十七年春夏之交。[2]后者尚无确凿证据，姑暂定阎圻该诗作于康熙三十四年。这时的张竹坡已是四困棘围，父亲也去世很久，家庭经济甚为拮据。而阎圻当时也是一介布衣。两人境遇相似，性情又都疏放，文学见解也很相通，同气相求，同声相应，遂先定文字交。

《清毅先生谱稿·赠言》还录有阎圻的一首诗《再辱竹坡先生赠诗谬许，颇愧不敢当，不谓先生意中，乃亦知当此时此地有阎子也，用是狂感，漫为放歌一首》：

亦有人知阎千里，意外得之狂欲起。
十年落莫未逢人，傍湖筑室闲泥水。
先民遗教时不投，读书春夏射春秋。
出门治具高五岳，苍然逸兴远十洲。
少负吟癖移朝暮，长章短咏按律度。
江东风调歌周郎，一音一节时时顾。
谬折老宿奉典册，倾囊千珠光粒粒。
悔后方知非佳言，概从燧火星星入。
师心一变家学荒，不学风雅学骚庄。
穷居放言少忌讳，不争高步踞词场。
诗为圣人一大政，匪独文士依为命。
城中万事起黄钟，嶙谷之竹凤凰应。
搔首青天问一声，谢朓何奇使人惊？

张竹坡与《金瓶梅》研究

[1] 参见拙文《张竹坡年谱简编》，载《徐州师范学院学报》1985年第1期

[2] 参见拙文《张竹坡〈十一草〉考评》，载《明清小说研究》第2辑。当时限于资料，考证未确，应以本文为准。

杜公饮食怀君父，君父而外皆所轻。
　　立言有本大何病，义则可取音何定。
　　微言既绝又何人，茫茫此旨还相问。
　　竹坡竹坡刻苦求，点墨如金笔如钩。
　　信得燕公好手腕，一挥万卷筑诗楼。
　　更不见井鱼意深难，浅出山云岫，
　　发停积高空，明月上城头。
　　照人怀抱如秋白，诵君之诗对君语。
　　一语欲行不肯去，日复三歌琼桂树。

由诗题诗意可知，此诗作于前诗之后不久。"亦有人知阎千里，意外得之狂欲起"，则二人尚未曾见面。"十年落莫未逢人，傍湖筑室闲泥水"，与张竹坡一样，阎圻也是一个不甘寂寞、锐意进取、仕途失意、沽价待售的士子。"再辱竹坡先生赠诗谬许"，可见两人诗歌往还，互许为知已。

　　于是阎圻前往彭城往顾张竹坡。《张氏族谱·藏稿》录张竹坡《十一草》其四《赠阎孝廉孙千里》：

　　先生孝廉之长孙，孝廉诗名满乾坤。
　　金针玉律今尚存，先生又抵词林根。
　　久思伐木登龙门，破屋拥鼻愁鸢蹲。
　　高车忽来黄叶村，相思有块亲手扪。
　　不嫌粗粝出鸡豚，脱略不设瘿木樽。
　　西坞新烧老瓦盆，木杓对举听春温。
　　请将诗律细讲论，何以教我洗眵昏。

先是两人互闻声名，其后竹坡传言要访阎圻，阎乃作《前初至徐……》诗，接着竹坡回赠诗篇（惜竹坡其他赠诗今已无存），阎乃再作《再辱竹坡先生赠诗……》诗，遂导成阎径至竹坡家中过访，竹坡因得《赠阎孝廉孙千里》诗。

张竹坡与李渔、洪昇

张竹坡评本《金瓶梅》版本众多，其早期刊本康熙乙亥本、在兹堂本书题右上方均署：李笠翁先生著。无独有偶。一九八三年秋笔者在中央戏剧学院图书馆著录《合锦回文传》，见其亦题：笠翁先生原本。《合锦回文传》里并有竹坡与回道人的题赞。就这样，张竹坡与李渔之间便有了不容忽视的某种联系。

实在李渔与张竹坡并不是一代人。张竹坡出生的时候，李渔已是花甲之年。李渔卒于康熙十九年，其时张竹坡才十一岁。但李渔与张竹坡家族却颇有渊源。《张氏族谱·传述》引胡铨《司城张公传》："湖上李笠翁偶过彭门，寓公庑下，留连不忍去者将匝岁。"李渔为什么住在张竹坡的父亲张翖家中"留连不忍去"呢？原来张翖能诗擅文，解律工画，多才多艺，聪颖绝伦，其诗尤为清新俊逸，而一生啸傲林泉，留连山水，肆力芸编，约文会友，"尝结同声社，远近名流，闻声毕集"（《司城张公传》）。李渔便是"闻声毕集"的名流之一，可见主雅客亦不俗。

《笠翁一家言全集》卷四《联》收有李渔书赠张胆的两幅对联：其一《赠张伯亮封翁》："少将出老将之门，喜今日科名重恢旧业；难弟继难兄之后，卜他年将相并著芳声。"原注云："伯亮旧元戎也，长公履吉久作文臣，次君履贞新登武第。"其二《赠张伯亮副总戎》："功业著寰中，喜汗马从龙适逢其会；英雄罗膝下，羡经文纬武各有其人。"原注云："令子二人，一为文吏，一为武臣。"按伯亮（量）系张胆的字，履贞即道瑞的字。此云"新登武第"，当为道瑞中举之时。则李渔为张胆书题对联的时间，应在康熙二年癸卯。这也应是李渔到徐州过访张翖"寓公庑下"的时间。这时李渔移家金陵不久，正是"无半亩之田，而有数十家之口，砚田笔耒，正靠一人"（《四库全书总目提要》别集存目七引《与柯岸初掌科》），而游历四方，靠打抽丰过日子的时期。

李渔与父亲和家族的交往，张竹坡后来不可能不闻说。刘辉

《金瓶梅成书与版本研究》①考定李渔是所谓崇祯本《金瓶梅》的写定者和作评者，若果如此，则这一消息，张竹坡也不会不知道。因此，张竹坡这才在自己评点刊行的《第一奇书》封面镌上"李笠翁先生著"的字样，作为对这位前辈著作权的首肯。

至于张竹坡与洪昇，虽然尚未查到有关他们之间交往的直接资料，但也发现不少线索，姑附列于次，用供参考。张竹坡出生那年，洪昇二十六岁。洪昇《长生殿》撰成上演于康熙二十七年，其时竹坡十九岁，二困场屋，感慨世事，作散文《乌思记》。次年，洪昇以国丧期间在京上演《长生殿》招祸。又四年，竹坡北游京都，魁夺长安诗社，誉称竹坡才子。康熙三十四年乙亥，张评本《金瓶梅》批成付梓；同年，《长生殿》授梓。明年春，竹坡携《第一奇书》至金陵销售，名闻遐迩；同时，洪昇道经武进，往游江宁。康熙三十六年丁丑春，竹坡自扬州移寓苏州，贫困潦倒，吟诗寄愁，直至次年春夏间方离苏北上；同年秋，洪昇至苏州，吴人醵资为演《长生殿》，极一时之盛。

（原载于《张竹坡与金瓶梅》，百花文艺出版社 1987.9，1 版；后收入《金瓶梅研究集》，齐鲁书社 1988.1，1 版）

① 辽宁人民出版社 "金瓶梅研究丛书" 本

张竹坡扬州行谊考

　　张竹坡名道深，字自德，以号行世。清康熙九年庚戌出生于徐州。生而颖慧，少有大志，时称竹坡才子。及长，应举子试，五困场屋，未博一第。康熙三十四年乙亥正月，转批《金瓶梅》，以寄愤懑，并试才力。旬有余日，批成十余万言，名闻遐迩。就在张竹坡科场失利而文坛获誉之际，他到扬州寓居了三、四个月的时间，与这座文化古城结下了不解之缘。

张竹坡到扬州的时间与目的

　　在张潮所编《友声后集》中，收有张竹坡《与张山来》的书信三封。顾国瑞、刘辉《〈尺牍偶存〉〈友声〉及其中的戏曲史料》（载《文史》第15辑）根据该书的编辑体例，认为这三封信俱作于康熙三十五年。从笔者新近发现的《张氏族谱》的记载来看，这一判断是正确的。但尚不够确切，兹试为补证。

　　《张氏族谱·传述》录张道渊《仲兄竹坡传》："或曰：此稿（敢按即其《金瓶梅》评点稿）货之坊间，可获重价。兄曰：吾岂谋利而为之耶？吾将梓以问世，使天下人共赏文字之美，不亦可乎！遂付欹厥。载之金陵。"张竹坡康熙三十四年将《金瓶梅》"偶尔批成，适有工便，随刊呈世"（《第一奇书·凡例》），他刊刻《第一奇书》用了多长时间，亦即他将《金瓶梅》"载之金陵"是在哪一年呢？张竹坡《十一草·拨闷三首》："去年过虎踞，今年来虎阜。"《拨闷三首》作于康熙三十六年春，则"去年"当为康熙三十五年。这一年八月，竹坡曾在南京第五次参加秋闱。那末，他携带《第一奇书》至南京的时间，必在秋季之前。而康熙三十六年春竹坡已转寓苏州，显然，竹坡到扬州的时间，系在他五落桂榜之后，即康熙三十五年秋冬之间。自然，《与张山来》书三封的写作时间，即在此时。

张竹坡是为了发行《第一奇书》来到扬州的。《仲兄竹坡传》："载之金陵。于是远近购求，才名益振。四方名士之来白下者，日访兄以数十计。兄性好交游，虽居邸舍，而座上常满。日之所入，仅足以供挥霍。一朝大呼曰：大丈夫宁事此以羁吾身耶！遂将所刊梨枣，弃置于逆旅主人，罄身北上。"竹坡"罄身北上"的时间在康熙三十七年，当时他是离开苏州北到永定河工地另图进身之阶的。在苏州他尚有"所刊梨枣"即《第一奇书》"弃置于逆旅主人"。由此可知，他发行《金瓶梅》的路线是：南京、扬州、苏州。

张竹坡与张潮

张潮，字山来，号心斋居士，安徽歙县人。生于清顺治七年庚寅。初亦致力于举业，累试不第。后援例捐纳京衔，实未出仕。家积缥缃，胸罗星宿，工词卓识，编著甚富。有《虞初新志》《昭代丛书》《花影词》《幽梦影》等行世。康熙十年起，张潮侨寓扬州，交纳文士，团结书贾，届竹坡到扬州之时，俨然已是地方文林领袖。

张竹坡到扬州之后，因为同声相应，同气相求，又是同姓相亲，很快就与张潮相识，并且过从甚密。他推崇张潮"诚昭代之伟人，儒林之柱石"，称之为"老叔台"，说"小侄何幸，一旦而识荆州"（《与张山来》其一）。他们之间交往的具体事例，今知有下列三种：互赠著述，竹坡参与《幽梦影》批评，张潮为竹坡某书作序。第二种留待后文专述，本节仅对一、三两种略加考释。

《与张山来》其一："承颁赐各种奇书，捧读之下，不胜敬服。……昨晚于大刻中见灯谜数十则，羡其典雅古劲，确而且趣，不揣冒昧，妄为拟议，不知有一二中鹄否？"张潮送给竹坡的"各种奇书"虽已不得全知，其均为张潮编著或刊行，当无疑问。否则，竹坡不会说"捧读之下，不胜敬服"。收有"灯谜"的"大刻"无疑是其中之一。"大刻"不是大编、大著，范围既可缩小，也不难确知。张潮《昭代丛书甲集序》："甲戌初夏，晤王君丹麓于西子湖头。出所辑《檀几丛书》，焚香共读。予也载宝而归，校梓行世，颇为同人所赏。"《檀几丛书》的原刊本是康熙三十四年新安张氏霞举堂刊本，可见，所谓"大刻"当即《檀几丛书》。至于竹坡送给张潮"期郢政为望"的"拙稿数篇"（《与张山来》其二），今尚不可确知。

《与张山来》其三："捧读佳序，真珠璀玉灿，能使铁石生光。小侄后学妄评，过龙门而成佳士，其成就振作之德，当没世铭刻矣。"信中说得很明白，张潮的"佳序"是为竹坡某评书而作。有的文章便据此以为此"佳序"即《第一奇书》卷首的谢颐序。当然，张竹坡既然将《第一奇书》运到扬州销售，又与张潮互有馈赠，《第一奇书》无疑当在赠送之列。但这一篇"佳序"，却并非谢颐序。理由其实很简单，谢颐序作于康熙三十四年清明中浣，而此序作于康熙三十五年秋冬，时间相距一年又半，两序显非一序。竹坡评书甚多，张序究为何书而作，序文内容如何，今日只能暂付阙如。

张竹坡是"五困棘围"以后到广陵来的。他当时的情绪，应该比翌年移居姑苏时"愁多白发因欺人，顿使少年失青春"（《拨闷三首》）的状况更糟。但是从他的三封信与他在《幽梦影》中的批语看，他在扬州生活得还算如意。自然，这是因为他加入了张潮的活动圈子，得到境遇与志趣大致相同的朋友们同情、安慰和激励的结果。

张竹坡与陈贞慧

如果说张竹坡结交张潮是他一生中的幸运的话，则他在维扬认识陈贞慧，更是一种意外巧遇。

《与张山来》其一："昨夜陈定翁过访，亦猜得四枚，并呈台教。"此"陈定翁"疑即陈定生。定生名贞慧，江苏宜兴人。

仗义疏财，读书励行。明末与冒襄、侯方域、方以智并称"四公子"，系复社重要成员，曾遭阮大铖陷害入狱。明亡后，隐居不仕。一般认为陈贞慧卒于顺治十三年，享年五十三岁。若他至康熙三十五年尚在广陵出现，已是九十三岁高龄，所以竹坡在信中称之为"翁"。

定生与竹坡其实是世交。《曙三张公志》引张胆《家乘记述》附张省斋增注云："史公遣高杰移镇开洛，进图中原。以公与宜兴陈定生参其军事。"《曙三张公志》引张介《雨村公口述所见盱绅藏本记略》记载更为详细："阁部按部淮安，……惟兴平部伍齐整，……思妙选长材，为之辅佐。时宜兴陈定生已招置幕府，曙三既至，任事明敏精密，……史公大悦曰：'吾得张陈两君以佐兴平，复何虑哉。'……乙酉正月十一日，兴平抵睢。定国出迎四十里，……即请兴平入城。曙三与陈定生已窥定国狡诈志异，皆极言之。兴平勿听。定生密谓曙三曰：'高公刚愎，无济也。我辈从之，终受祸耳。盍去诸？'曙三太息曰：'知之久矣。顾子客也，可以去。我则有官守，夙受高公知遇，史公托付，受事以来，已置此身于度外矣。子其行哉！'"曙三即竹坡的祖父张垣，竹坡与定生能在扬州会面，缅怀往事，当更多一番感触。

张竹坡与《幽梦影》

《与张山来》其二："承教《幽梦影》，以精金美玉之谈，发天根理窟之妙。小侄旅邸无下酒物，得此，数夕酒杯间颇饶山珍海错，何快如之。不揣狂瞽，妄赘琐言数则。"

《幽梦影》是张潮撰写的一部杂感集。该书以随笔的方式，三言两语，点到而止，对不少日常生活与世俗现象作出概括，底蕴丰厚，饶有韵致，颇见哲理与文彩，很吸引了一批文人借题发挥，畅吐块垒。据光绪五年啸园刊本，其上共有批语五百十三条，批书者多达一百十二人。

张竹坡在《幽梦影》上总共写下八十三条批语，约可归纳为哲学观点、社会见解与生活感受三大类。他的这些评语同样写得隽永灵俏,启人思机。譬如,《幽梦影》有一则云:"一日之计种蕉,一岁之计种竹,十年之计种柳,百年之计种松。"竹坡批曰:"百世之计种德。"又如,他批"藏书不难,能看为难,看书不难,能读为难;读书不难,能用为难;能用不难,能记为难"这一则时说:"能记固难,能行尤难"。

张竹坡评点《金瓶梅》经过周密的计划,"亦可算我又经营一书"(《竹坡闲话》),写作态度十分严肃认真。他批《幽梦影》则不然,主要是文人雅兴,闲中消遣。唯其如此,他的批语中涉及自己人生经历、生活情趣的条款很多,为研究他的生平思想,提供了参考依据。例如他批"一岁诸节,以上元为第一,中秋次之,五月九日又次之"此则时说:"一岁当以我畅意日为佳节"。不为传统所缚,敢向习俗挑战,只此一语,表尽洒脱达观的胸襟,不是如见其人吗?又如,《幽梦影》云:"文人每好鄙薄富人,然于诗文之佳者,又往往以金玉珠玑绵绣誉之,则又何也?"竹坡批曰:"不文虽穷可鄙,能文虽富可敬。"张竹坡之所以五落秋榜而志不少懈,穷愁忧困却执意超拔,这一评语,不也是注脚吗?

与竹坡后来的一年多苏州生活相比,他在扬州的几个月,是他自从评点与刊行《金瓶梅》之后,因为社会的排斥和家族的冷落,而流离失所之中,较为快慰的一个时期。张竹坡"广陵之行,诚不虚矣"(《与张山来》其一)!

(原载于《扬州师范学院学报》1985 年第 2 期,后收入《张竹坡与金瓶梅》,百花文艺出版社 1987.9,1 版)

张䎖与张竹坡

张竹坡的父亲张䎖（1643—1684），字季超，号雪客，生逢明清易代，每作式微之叹，而纵情山水，肆力芸编，尤以诗词骈文见长，卓然可为清初大家。在张竹坡一生中，无论是人生态度、思想情趣，还是文学修养、性情习尚，对其影响最大者，莫过于他的父亲张䎖。

一

张竹坡的祖父张垣，中式崇祯癸酉科武举，出任河南归德府通判。清兵进逼黄河，睢阳总兵许定国叛变，张垣威武不屈，壮烈殉难。时为南明弘光元年暨清顺治二年。当时张䎖不满二周岁，尚在襁褓之中。

张垣是彭城张氏肇兴之祖，有清一代，备受张氏后人的推崇怀念。国仇家恨，在张䎖内心深处，打上了永不可磨灭的烙印。顺治十二年，"公年十三，伯兄远镇天雄，仲兄以内史入侍清班，群从各复蝉联鹊起以去。公内而亲帏独奉，色笑承欢，外而广结宾朋，座中常满"（《张氏族谱·传述》引胡铨《司城张公传》）。各人有各人的人生旅程。张胆、张铎并仕于清庭，为家族赢得了"簪缨世胄，钟鼎名家"（《族谱·崇祀》）的地位。张䎖并不苛求于二位兄长，但他自己却找到了隐居不仕的理由：奉养萱堂。《司城张公传》："方公之啸傲林泉也，闾里望其仕，群相告曰：东山不起，如苍生何，此语竟忘之耶？公笑而不答。交亲劝其仕，私相谓曰：慕容垂乘父兄之资，少加倚仗，便足立功，此语竟忘之耶？公不答。公之伯兄强公之都下，逼之仕，激相问曰：伯石辞卿，子产所恶，少而学，壮而行，致身显盛，光大前人遗烈，此语竟忘之耶？公勉应之。授司城之衔。旋即遄归，终不仕。"张翙所得的官是候选兵马司指挥，并未实任。

张翙在自己的诗文中，一再地表达了强烈的故国之思。《族谱·藏稿》录其《泗水怀古和石蕴辉韵》："丰沛雄图望眼消，空馀泗上水迢迢。诗歌旧迹碑犹在，汤沐遗恩事已遥。白鹭闲依荒草渡，锦禽争过断杨桥。山川无限兴亡意，月色风声正寂寥。"又《初夏静夜玩月偶成》："庭角空阶月似霜，清和天气夜犹凉。花眠露浥香初细，柳静风牵影渐长。拥石高歌舒啸傲，抛书起舞话兴亡。衔杯不与人同醉，独醒何妨三万场。"故土易主，睹物触情，花木有知，山川怀恨，诗人抛书起舞，饮酒高歌，人醉心醒，啸傲林泉。《族谱·杂著藏稿》录其《山水友约言》云："丹诏九重，难致草堂之居士。白云一片，堪娱华阳之隐君。旷达无拘，陶靖节之放怀对酒。诙谐特异，嵇中散之乐志携琴。"更以陶潜、嵇康自况，为其终生不仕，自加了注脚。《司城张公传》："又念国家用武之秋，弧矢之事，尤不可缓。更结经济社，标以射约。而少年英俊辈，纷纷然操弓挟矢以从。"联系张翙一生的政治态度，他组织骑射的目的，恐怕也和这种黍离之情有关。

张翙虽然成长在清朝，也算得是由明入清的遗少，而且又有自己特殊的家庭背景，他之不与清朝合作，应是国仇家恨使然。在彭城张氏家族中，表现出这种明显的排满情绪的，张翙算是唯一的一个。后文还要讲到，张翙为人通脱达观，追求个性的自如，家庭关系也甚为开明。他的政治倾向，不强加于族人，包括他最钟爱器重的儿子张竹坡。《族谱·传述》录张道渊《仲兄竹坡传》："父欲兄早就科第，恐童子试羁縻时日，遂入成均。"儿子既然生长在清朝，是大清的臣民，他就应有自己选择前程的权利，父亲便也就为儿子提供了尽量的可能。后来张竹坡五困棘围，而志不少懈，除了个人的志向、家族的压力之外，父亲的期望也是主要动力之一。父亲甘为竹林隐逸而明志，儿子奋欲金榜题名以慰心，父子二人的政治倾向虽异，其人生态度，却是殊途归一。

父子们都有一种幽愤郁积胸中，他们对人情冷暖、世态炎凉深有感慨，并时常在诗文中流露出来。

明末清初，社会动乱，人心浮摇，是一个民俗丕变、世情浇薄的时期。《族谱·传述》录张胆《旧谱家传》："神宗末年，徐以武功世其家者，锦衣指挥，指不胜屈。出必宝马玉带，缇骑如云；居则甲第连霄，雕甍映日。其威福赫奕，熏灼五侯。"《司城张公传》："当是时，流氛蹂躏之馀，吾徐惊鸿甫奠，俗鄙风颓。"张翱对"俗鄙风颓"的世习极为痛惜，《司城张公传》："高让之士，厉浊激贪，公其人欤？"《族谱·藏稿》录张翱《春日云龙山怀古和孙汉雯韵》："……三千世界端为幻，七十人生孰易逢。名利于今君莫问，尼山久隐道谁从。"张翱这里所谓"道"，指的是什么呢？《族谱·杂著藏稿》录张竹坡《治道》："得道则治，失道则乱，……盖政教存乎风俗，风俗系乎人心。自古礼之不作也，而人心荡荡，则出乎规矩之外矣。自古乐之不作也，而人心骄骄，则肆于淫逸之中矣。人心不正，风俗以颓。……人心风俗污染已久，欲复时雍之胜，岂易为力哉。"显然，他们父子所说的道，还是封建伦理规范。他们都不是哲学家，不能对新的社会环境所造成的新的时代风尚，给予哲学的解释，他们对流俗浇漓的谴责，只能以文艺的形式表现出来。在这一方面，儿子承继了父亲的情绪，并因为自己的身世表现得更为深刻。

《族谱·杂著藏稿》录张竹坡《乌思记》："至于人情反复，世事沧桑，若黄河之波，变幻不测；如青天之云，起灭无常。"他的诗更予以直接的指责，《十一草·拨闷三首》其二："老大作客反依人，手无黄金辞不美。而今识得世人心，蓝田缓种玉，且去种黄金。"他的这种情绪，在《幽梦影》的批语中也有所表露，如他评"古之不传于今者，啸也，剑术也，弹棋也，打球也"这一则时说："今之绝胜于古者，能吏也，滑棍也，无耻也。"他曾"恨不自撰一部世情书，以排遣闷怀"，后来他评点

《金瓶梅》，原因之一，便是出于"穷愁所迫，炎凉所激"（《竹坡闲话》）。

二

如果说在政治思想倾向方面，张翱对张竹坡的影响，还算是部分的间接的话，则在人生态度、生活情趣方面，父亲给予了儿子全面的直接的影响。

父子们都有活着就要做生活强者的志趣，尽管他们的表现形式不尽相同。《司城张公传》："吾徐惊鸿甫奠，俗鄙风颓，公乃肆力芸编，约文会友，一时闻风兴起，诵读之声，盈于里巷。……由此国俗为之丕变。"张翱限于不仕于满清的初衷，慨然以力挽日见颓鄙的人情世故为己任。他"乐水乐山，会文会友"（《山水友约言》），排难解纷，甘作不垂于正史的民众领袖，赢得了桑梓父老的推崇爱戴。《司城张公传》："而乃周旋恬雅，揖让雍容，止觉奇气英英，扑人眉宇。至其综理家政，则部署有方，屏当不紊。夫以翩翩年少，具此练达之才，每令老生宿儒对之捣舌。……公敷陈事理，词义精剀，声响朗然，郡中巨细事咸质诸公。公剖分明晰，悉中肯綮，而桀黠争雄纠结难明者，经公片语，莫不含羞释忿而退。盖公临事刚而不亢，柔而不衰，直爽轩豁，音吐鸿鬯，令人凛然如对巨鉴，而不能隐其迹也。"张翱既不能"达则兼济天下"，便"穷则独善其身"。但他虽"是以富春垂钓之士，友麋鹿而侣鱼虾；神武挂冠之贤，芥功名而尘富贵"（《山水友约言》），却并非颓废沮丧，沉沦不起，而是以毕生精力，汲山川之精华，借前贤为砥砺，在诗词骈文方面，达到了很高的造诣，得到当代的首肯。

张竹坡则奋以天下为己任，极欲在政治上大展经纶。他少有大志，每以张良、萧何自许。《十一草·留侯》："飘然一孺子，乃作帝王师。……终得骋其志，功成鬓未丝。"《十一草·酂侯》："……不有萧丞相，谁兴汉沛公。……授汉以王业，卓哉人之雄。"他之所以"一生负才拓落"（《仲兄竹坡传》），百折不回，是因为他坚信自己"不是寻常儿女姿，须从霜后认柔枝"（《十一草·和咏秋菊有佳色》）。他觉得自己就像虎为兽中之王一样，天生就该是人中之杰。《拨闷三首》其三："我志腾骧过于虎，……壮气凌霄志拂云，不说人间儿女话。"张竹坡在评《幽梦影》时说："心能自信。"他的确不但坚信他一定能够高占鳌头，而且坚信他未有不能干成的事业。也是靠着这种自信心，在北京夺标返徐，翌年举次子，心情较为平静的情况下，他"偶因一时文兴，借此一试目力"，而在"十数天内"（《第一奇书·凡例》）评点了《金瓶梅》。

父与子都追求至性至情，尽意捕捉灵感契机，力争过分的效益，喜尚极度的刺激，有一种为自己的事业和爱好穷心竭力、不惜心神的献身精神。《族谱·杂著藏稿》录张翙《惜春草小引》："余琴书性癖，花鸟情深。九十韶光，欲尽绸缪久住；三春景物，肯教容易轻归。"《山水友约言》："况朝露易晞，浮云难久，春花虚艳，秋月徒辉，……会之期也宜频，庶情怀之相洽。要知气分既相投，须置形骸于莫问。"不但他自己这样说，他的朋友也如此看，《族谱·赠言》引陆琬《山水友诗序》："彭城季超张先生挟不世之才，负泉石之癖，而时时寻幽选趣，信宿乃返。自号曰：山水友。"《族谱·赠言》引赵之镇《惜春草序》："季翁先生……才奇八斗，而一往情深。且与山水为缘，莺花作主。当云龙、戏马岚翠侵衣，燕子、黄楼春光满目，无日不携斗酒，挟管弦，酣觞啸咏其间。每抚景兴怀，豪视一世。"张翙性耽山水，熔锻诗词，一生的心血，都用于"立言"。

父亲讴歌任事的痴心入迷，儿子更发扬成为拼搏。《仲兄竹坡传》："兄虽立有羸形，而精神独异乎众，能数十昼夜目不交睫，不以为疲。"张竹坡五落桂榜，锐气不歇，《十一草·客虎阜遣兴》其三："凭吊有时心耳热，云根拨土觅吴钩。"《拨闷三首》其一："千秋万古事如彼，我敢独不与天作周旋。既非谄鬼亦非颠，更非俯首求天怜。……闲中得失决不下，致身百战当何以？"张竹坡评点《金瓶梅》以后，受到家族的冷落，社会的排斥，但他"自是一身多缺陷，敢评风土惹人嘲"（《客虎阜遣兴》其五），没有因此退却，而接着又在扬州参与了《幽梦影》的批评。

与父亲"朗畅之怀，直欲不容一点俗尘飞来左右者"（《司城张公传》）那种清雅的情调不同，张竹坡因为更多的是在贫困潦倒的逆境中度过，他希望得到世人所能得到的一切，而且要加倍地猎获。他批评《幽梦影》时说："我愿太奢，欲为清富，焉能遂愿。"又说："一岁当以我畅意日为佳节。"什么是他理想的"畅意日"呢？《幽梦影》有一则云："赏花宜对佳人，醉月宜对韵人，映雪宜对高人。"张竹坡评曰："聚花、月、雪于一时，合佳、韵、高为一人，吾当不赏而心醉矣。"他认为这样的日子，"其乐一刻胜于一日矣"。

张翱和张竹坡都最重交游，性喜挥霍，视金钱富贵如流水，以友情知己为生命。《司城张公传》："公门第迥然，而晰产乃不及中人，且性喜挥霍，以涩囊致困。客劝公经营子母，以为饶裕计。公答曰：珠帘玉箔之奇，金屋瑶台之美，虽时俗之崇丽，实哲人之所鄙。……公最重交游，尝结同声社，远近名流，闻声毕集。中州侯朝宗方域，时下负盛名，北谯吴玉林国缙，词坛宗匠，皆间关入社。盛可知矣。……湖上李笠翁渔偶过彭门，寓公庑下，留连不忍去者将匝岁。同里吕青履维扬、孙直公曰绳、居梦真毓香、杨又、曾巩、徐硕、林梅之数子，常与公共数晨夕于烟露泉石之间，数十年无间然也。"张翱也常离家出游，《族谱·藏稿》录其《赠博平耿隐之》："癖爱烟霞尘富贵，性甘泉石老林邱。云龙折柳为君赋，他日同期五岳游。"据《张氏族谱》，他曾到过北京、任城、汉阳、苏州、杭州等地。张翱四十二岁那年，因哭友过恸而卒。《司城张公传》："公一日挟病出数十里外，哭其至友于悬水村，过恸，归途冒风雪，病转剧，因着床褥，遂不起。吁，公以至性死于友，公父以至性死于君，易地皆然，而志节萃于一门，能不令人景行而仰止耶！"

张竹坡从小生活在父执们同声相应、诗酒怡情的环境之中，他很早就学会了观察生活。他看到父亲以雍容恬雅的风度和出类拔萃的诗章，团结着一群有才华的朋友，他对于"宁为小人之所骂，毋为君子之所鄙；宁为盲主司之所摈弃，毋为诸名宿之所不知"（张潮《幽梦影》）的说法，极为赞成。张竹坡幼年还在私塾之时，就以他聪颖绝伦的才气，使"同社尽为倾倒"（《仲兄竹坡传》）。他开始寻找和选择朋友，"少年结客不知悔，黄金散去如流水"（《拨闷三首》其二），终于他找到了诸如"少负吟癖移朝暮，长章短咏按律度，……师心一变家学荒，不学风雅学骚庄"（《族谱·赠言》引阎圻《再辱竹坡先生赠诗谬许……漫为放歌一首》）的阎千里这样的诗友。《族谱·赠言》引阎圻《闻竹坡先生将至赋此答之》其二："闻君年少喜长游"。"江南秋风蓟门霜"（同上其三），张竹坡确是走南闯北，游兴甚浓。他二十四岁北上都门，魁夺长安诗社，"一时都下称为竹坡才子"（《仲兄竹坡传》），而像父亲一样为名流所青目。他二十七岁再下金陵，销售《第一奇书》，"于是远近购求，才名益振，四方名士之来白下者，日访兄以数十计。兄性好交游，虽居邸舍，而座上常满。日之所入，仅足以供挥霍"（同上）。虽然这时张翙去世已久，从张竹坡身上，仍很可以看到他的影子。这一年秋天，张竹坡第五次应举落第之后，先后旅寓扬州、苏州，加入张潮等人的活动圈子，也是很活跃的人物。

三

据《族谱》，张翙生前著有诗集《山水友》《惜春草》，并编有诗集《同声集》。《族谱·藏稿》虽然只从其《山水友》、《惜春草》中选刊了十五首诗、四首词，张翙诗词的格调特色，仍约略可以从中窥探出来。《山水友约言》与《惜春草小引》，因为是骈文，与其诗词的风格也是统一的。

张翙的诗词，从题材上看，不外乎三类：一是赠答唱和诗，如《春夜晏西园次孙汉雯韵》《送董建威之京》《赠博平耿隐之》《和答弥壑和尚》《和答王子大》《春日云龙山怀古和孙汉雯韵》《泗水怀古和石蕴辉韵》《登云龙山和殷符九韵》、[菩萨蛮] (送路秀寰果老洞修行) 等；二是旅游诗，如《春日访渡愚上人》《秋日登任城太白楼谒二贤祠》《过西泠游飞来峰》《登晴川阁》《夏日偕友人饮石湖浣俗泉》、[传言玉女] (重阳旅况) 等；三是咏物诗，如《白云禅院》、《初夏静夜玩月偶成》、[青玉案] (春雨)、[菩萨蛮] (春阴喜月儿) 等。而无论是哪一类，几乎都离不开山水。可以说，山水是张翙诗词吟咏的对象，也是其灵魂。陆琬《山水友诗序》："天地间之有山水，即天地之性灵，天地之文章也。……盖先生之诗，借山水而愈奇；山水之奇，借先生而益重。非先生不能友山水，然则惟山水乃可友先生耳。"可谓的论。前文讲过，张翙的政治倾向与人生态度是作竹溪隐逸，他以山水为题，正是写他自己。确实，在他的诗中，未有应酬的虚作，或违心的唱优，而春夜、夏月、白云、流水、云龙山、晴川阁、石苟湖、飞来峰，无不有他的身姿性情涵盖其间。

清初诗歌，不少篇章循沿明季流习，宗唐宗宋，往往徒具架构，而空洞无物。张翙是有识之士，有心之人，他的诗属于抒写个性一派。"我手写我口"，是张翙诗文的特色之一。这一优良的家诗传统，无疑为张竹坡所继承。在《十一草》中，不论是春朝元夜的回味，咏菊赠答的思考，还是寓公游子的拨闷，赏月怀古的遣兴，都回荡着张竹坡奋臂直呼的声音。

他们父子在诗文中所顽强表现的这种自我，充贯着一种怫郁不平之气。从这点上说，父子是前后一脉，却又有各自的个性。父亲是"风景不殊，正自有山河之异"的感慨，这是一种难言之衷，所以表现得委婉迂回。他的诗从字面上看去，好像只是山川花木，只是春愁秋闷，其沉郁愤懑之思，却透过水光山色，巧妙而又自然地流露出来。如《春日访渡愚上人》："二月春风绿未齐，疏村历历小桥西。一湾流水无人渡，十里空山有鸟啼。素性相亲依涧壑，尘心销尽鉴清溪。登临欲借天龙意，也向林峦结隐栖。"鸟声啾啾，流水叮叮，绿色初剪，春光明媚，这本应是生机盎然、催人进取的环境，作者却产生了"尘心销尽"、"林峦结隐"的思想，委实发人深思。又如《过西泠游飞来峰》："六桥烟柳久相思，此日登临春较迟。无恙湖光还载酒，多情山色欲催诗。一峰谁识西来意，千古人哀南渡时。徒倚漫疑灵鹫远，秀峦原是旧分奇。"杭州风景，诗人久已神往，一朝南下，"六桥烟柳"，却匆匆而过，而伫立飞来峰前，遐思冥想，原来他是哀思民族兴亡的往事。张翙在《山水友约言》中公开宣称："况我同人，咸饶异致，……自宜接七逸之武，盘桓于翠竹之溪。"他在《惜春草小引》中也说："无奈风雨欺人，以致莺花无主，……爱拈旧体，用诉新愁，或拆字藏头，或回文会意，……聊展微吟，少舒幽愤。"

张竹坡则是恃才傲物，而久困场屋，弄得贫病交加，寄人篱下，其一腔怨愤，发之为诗文，可以肆无忌惮地呼天呛地，一泄无馀。如《拨闷三首》其三："我生泗水上，志节愧疏放，天南地北汗漫游，十载未遇不惆怅。……我来凭吊不胜情，落花啼鸟空满眼。白云知我心，清池怡我情，眼前未得志，岂足尽生平。"又如《治道》："呜呼，古成才也易，今成才也难，良可慨也夫！"与风流蕴藉的张翙诗不同，张竹坡是饱含激情，直抒胸臆。

这样，父子的诗歌，便呈现出不同的风格。父亲是典雅俊逸，儿子是平易流畅；父亲是雍容含蓄，儿子是活泼质直。他们各自选取了最适宜表现自己风格的格律形式：父亲以七律见长，儿子以古风取胜。父子虽然各领风骚，却是异曲同工。他们的诗词有一个共同的特色：清新豪畅，堪称皆得太白三昧。张翙《秋日登任城太白楼谒二贤祠》："高楼独峙古城巅，楼下苍苔不计年。泗水秋风香翰墨，凫山夜月带云烟。非徒彩笔名诗圣，岂为金樽誉酒贤。千载隐怀谁共解，相怜惟有饮中仙。"就以李白知己自期，表达了对"诗圣"、"酒贤"的爱慕。"竹坡竹坡刻苦求，点墨如金笔如钩，信得燕公好手腕，一挥万卷筑诗楼"（阎圻《漫为放歌一首》），简直便就是"斗酒诗百篇"的李白再世。

平心而论，张竹坡的诗虽然也斐然可观，虽然张竹坡在当时就被誉为"诗名家"（《曙三张公志》），虽然他颇得家学真谛，比起父亲的诗来，却不免差肩一筹。陆琬《山水友诗序》："余居彭城久，每过从先生馆舍，受诗稿卒业，如行山阴道上，千岩万壑，目不给赏，水光山色，冉冉飞动楮面。"赵之镇《惜春草序》："余至彭城，受知于季翁先生，因得快读其所著，才奇八斗，……使高岑王孟奔走毫端。是以盈囊充箧，无一掷地不作金石声。"实非过誉之词。张翱的诗，格调高雅，意境幽爽，出句平易，炼字贴当，音韵铿锵，朗朗上口，即列之清初大家之林，实当之无愧。

四

张翱对儿子的影响是多方面的。

张翱解律工画，博学多才，读书不倦，吟咏不绝。在父亲的感染下，竹坡"甫能言笑，即解调声。六岁辄赋小诗"（《仲兄竹坡传》）。张翱性喜交游，座客常满，友朋又皆当代名流，席间自然气宇轩昂、谈吐不凡。竹坡自幼侍奉父侧，耳濡目染，其志向自不同凡响。"一日丱角侍父侧。座客命对曰：河上观音柳；兄应声曰：园外大夫松。举座奇之。"儿子的气质禀赋、才智器识极像父亲，"父由是愈钟爱兄"（同上）。

父亲视竹坡为其家千里驹，命携其弟道渊"同就外傅"（同上）。并"恐童子试羁縻时日"，很早就为儿子捐监，欲其"早就科第"。父亲尽其所能，为儿子铺设了一条平坦的人生大道。

竹坡十五岁那年，南下赴应天乡试。极有可能，就是父亲送他应举的。当然父子们是满怀信心前去的。不料却"点额而回"（同上）。这自然出乎张翱的意料之外。儿子初试不利的事实，对张翱是一个致命的打击。他那"一生善病"（《司城张公传》）的身体一下子垮了下来，二、三个月以后，张翱便长辞了人间。

张翱满怀幽愤，死不瞑目；竹坡也是"旋丁父忧，哀毁致病"（《仲兄竹坡传》）。父亲的去世，给了竹坡强烈的刺激。从此，他失去了慈祥的父亲，失去了优裕的生活，失去了父亲的社交圈，带着心灵的创伤，肩负起自立的重任，而"如出林松杉，孤立于人世矣"（《乌思记》）。

张翙既不能尽忠于国，便全心尽孝于母，"亲帏独奉，色笑承欢"，在他的言传身教下，他们全家极重孝道。康熙二十七年春，张竹坡因为迎接嫂氏前往宿迁，这时他已是二困棘围，想到自己辜负了父亲的期望，写下一篇感情充沛的抒情散文《乌思记》，自我责备，痛不欲生。内中说："彼曹娥者，一女子也，乃能逝长波，逐巨浪，贞魂不没，终抱父尸以出。矧予以须眉男子，当失怙之后，乃不能一奋鹏飞，奉扬先烈，槁颜色，困行役，尚何面目舒两臂系五色续命丝哉！"

父亲对儿子的影响，不但在其生前，而且在其身后，与日俱增。父亲去世以后的十四年里，金陵乡试，竹坡是场场必到。他好像欠下一笔债务需要偿还，想拚命博得一第，步入宦途。他所以如此，与其说为了政治理想，不如说为着"奉扬先烈"。困于场屋之后，他一方面仍然决心"致身百战"，一方面另觅进取的途径。《仲兄竹坡传》："（兄）遇友于永定河工次。友荐兄河干效力，兄曰：吾聊试为之。于是昼则督理插畚，夜仍秉烛读书达旦。"张竹坡为了报答父亲的教养，竭尽了心力。但他命运不济，功亏一篑。永定河工竣，张竹坡却突然病卒。《仲兄竹坡传》："兄即殁，检点行橱，惟有四子书一部、文稿一束、古砚一枚而已。"历史没有给张竹坡入仕的机会，没有再给他应试的机会，张竹坡一定是带着比他父亲更大的遗憾和愤慨离开人世的。

张竹坡既然不能仕进，他的才智便会寻求其他领域发泄出来。当时京师有个长安诗社，"每聚会不下数十百辈"，极一时之盛。康熙三十二年冬，竹坡刚从南京第四次落榜回到徐州，闻知此事，随即"束装就道"，"兄访至，登上座，竞病分拈，长章短句，赋成百有馀首，众皆压倒。一时都下称为竹坡才子"（《仲兄竹坡传》）。南京落第，而北京夺魁，前后不过数月时间，真是对封建科举的绝妙的讽刺。张竹坡当然以此自慰，但他绝未就此满足。一年之后，他开始了他一生中最伟大的事业——评点

《金瓶梅》。张翀"多蓄异书古器",张竹坡凭藉父亲的藏书,培养了对稗词小说的浓烈的兴趣和卓异的鉴赏能力。仅仅"旬有馀日"(同上),他写下了十几万字的评语,对《金瓶梅》作了擘肌分理、鞭辟入里的分析,为中国古代小说理论,留下了一份光彩夺目的遗产。

那个社会的荣誉观,使张竹坡不会想到,他正是靠奇情异趣、怪才逸志,为他自己,为他父亲,赢得了永垂不朽的声誉。现在,张竹坡在中国文学批评史上的重要地位,已经基本得到公认。将他教育成人的张翀及其"名满京雒"(陆琬《山水友诗序》)的诗文,亦应引起人们的重视。

(原载于《明清小说研究》第 4 辑,中国文联出版公司 1986.12,1 版;后收入《张竹坡与金瓶梅》,百花文艺出版社 1987.9,1 版)

张道渊与两篇《仲兄竹坡传》

张竹坡在他评点《金瓶梅》的当时，即随着《第一奇书》的"远近购求"而"才名益振"。二十年后，刘廷玑又第一次以文字称赞他"可以继武圣叹"。但真正高度而又公正地评价张竹坡的《金瓶梅》评点，翔实而又准确地披露张竹坡评点《金瓶梅》过程的，是张竹坡的胞弟张道渊。张道渊写于康熙六十年的《仲兄竹坡传》，真情实意，婉切动人，表露了他们之间兄弟加知己的不同寻常的关系。

一

张道渊字明洲，号蘧庵，乡谥孝靖。生于康熙十一年九月二十日，卒于乾隆七年二月初七日，享年七十一岁。

父亲张翙"际伯仲纬武经文之盛，独抗怀高尚，不乐仕进"（《张氏族谱·传述》引周钺《孝靖先生传》，以下未注出处者同），而纵情山水，啸傲林泉。道渊一生诗酒自适，不欲宦达，有乃父之风。"客有劝先生谒选为升斗计者，先生辄笑而颔之。……会功令文武互用，遂需次京邸。而太夫人适遘重疾，先生闻信促装，……而后先生亦绝意仕进矣。"道渊最后的官职是候选守御所，并无实任。实则他醇谨练达，博学多识，具有入仕的极好素质；又是生当"一门群从，势位倾闾里"之时；而且伯兄道弘宦程半途而废，仲兄竹坡早逝，四弟道引年幼，施展胸纶，光宗耀祖，对他说来，本应是责无旁贷，义不容辞。但他没有这样做。

道渊雅人深致，采取的是淡泊处世的态度。"先生泊如也。萧然环堵，门无杂宾。一时诸名流题赠满四壁。架列藏书凡若干卷。案头笔床茗碗外，古器数事、近作稿一册。""先生旷达不问生产，以故家益中落。朝餐未洁，便典春衫；夜饮偏豪，常寻武负。"

乐游好客，是彭城张氏的家风。张翙父子于此尤甚。道渊也无例外。为他作传的钱塘人周钺"三十年来，主宾投契，所目见耳闻"，最有感触："岁己亥，余浪迹彭城，介吴子开雯得见于先生。……譬尘嚣烦溽中一服清凉散沁入心脾，不自觉予情之倾倒也，遂订交。……每良辰美景，先生偕伯兄秋山、季弟汲庵，开阁延宾，酒兵诗债，鏖战者往往彻宵旦。而余亦时时杂坐其间，跌宕笑傲，爽然得人世友朋之乐，盖不知何处是他乡矣。""先生故好游，游屐几遍天下"。仅据记载，道渊到过的地方就有北京、苏州、南京、杭州、福建。"申酉间，余授徒里闬，而先生探奇闽峤，往返皆获过从。余乃比岁得与先生棕鞋藤帽散步两峰三竺间。而先生亟赏尤在孤山片石。尝暮山日落，暝色烟凝，先生方兀坐凝神，若将属句者。令嗣采若屡促登舟，弗应也。"

张翙病逝之时，道渊才十三岁，"少孤，不逮色养"。老母在堂，伯兄道弘"托画以终隐"（《族谱·赠言》引葛继孔《张秋山画记》），道渊生性孝友，"惟谨侍母太夫人朝夕，每以不得捧橇娱亲为歉。……卒以居丧尽礼称族党间"。

"士君子读书明理，义裕经济，得志则功在民物，不得志则敬宗收族，述祖德诒孙谋。圣人曰：是亦为政。先生有焉。"道渊为家族做了两件大事：修族谱，建宗祠。彭城张氏第一次修谱是在顺康间，未成。道渊"自十数龄时，捧观旧谱，见其条目空存，早已立心纂述，以竟先人未竟之事"（乾隆四十二年本《张氏族谱》礼册录道渊雍正十一年后序）。后来康熙五十七年至六十年间，经张道源提议，道渊"遍历通族，详分支派，……汇选恩纶、传、志、藏稿、赠言、寿挽诸章，哀集成帙。正在发刊，忽以他务纠缠，……只得暂为辍工，……庋之高阁，以待来兹"（同上）。十二年后，道渊复受合族之请，建祠修谱，终于完成了这两件重任。周钺说："余读其条教，瞻其庙堂，窃叹先生生平懿行，觌缕不尽，而此尤先生十馀年来殚精竭力而成者。"

道渊能诗，"酒兵诗债"，可见酒宴间的即席诗、唱和诗很多。"所历名山大川之胜，荟萃郁勃，而发之诗文。读先生秦征载路，如曹集诸刻者。见其嵚崎澎湃，咸谓得山水之助焉。"他亦善解诗，从侄彦圣、彦珍，侄女彦瑗一有新作，必出示请正，叔侄们每以诗会心。他又愿存诗，竹坡、彦圣、彦珍、彦瑗的诗，没有他的留存、搜求，是很难传世的。遗憾的是，他自己的诗，因为身后遗稿散失，却没有留传下来。

二

道渊与竹坡兄弟两人的性情志趣是有很大不同的。举如，竹坡颖慧，道渊质朴。"余质钝，尽日咿唔，不能成诵。兄终朝嬉戏，及塾师考课，始为开卷。一寓目，即朗朗背出，如熟读者然。"再如，竹坡疏狂，道渊醇谨。竹坡的一生，从他出生时的神话，到卯角之年异乎常儿的作诗应对，到启蒙时代使"同社尽为倾倒"的惊人的记忆力，到十五岁即捐监应举，到初试不利"点额而回"，到北上京师魁夺长安诗社，到转评《金瓶梅》、"旬有馀日而批成"，以及他"能数十昼夜目不交睫，不以为疲"的精力，和河干效力、另图进取、永定河工竣却突然病亡的命运等，充满着传奇色彩。道渊除了第二次续修家谱，"起于癸丑四月之朔，成于九月之望"，被认为"谱约千页，亦云繁矣。夫以盈尺之书，成于数月之内，何其速也"（后序）之外，一生"泊如"，遇事"辄笑而颔之"，不像乃兄那样锋芒毕露。又如，竹坡执意进取，五困场屋，志气不衰，而急欲入仕，渴望做一个"达则兼济天下"的帝师国相；道渊却"绝意仕进"，"锐意以修家乘、建宗祠为己任"，只想做一名"穷则独善其身"的乡贤隐士。等等。

他们兄弟自然也有很多相似之处。他们共同受到父亲的深远影响，共同感觉到他们父子兄弟与家庭其他支派的不同，同样不愿虚度人生，同样决心改变本支在整个家族中的地位，都想挑起光耀祖宗、振兴家门的重担，都想在文字笔墨方面继续保持父亲当年在家族中具有的优势。他如孝悌、好客、乐游、能诗、善文等，兄弟两人也相仿佛。尽管竹坡与道渊采选的人生旅程不同，尽管他们之间在生性习尚方面有一些差异，他们在人生观念与文艺思想上的一致，使兄弟之间的感情紧紧相连、亲密相通。在张竹坡一生中，如果说家族内给他直接影响的人是二伯父张铎和父亲张翊的话，则家族中始终理解他、支持他的人便是他的三弟道渊。

兄弟两人之所以能够如此，是因为他们之间的交往自儿时起就与其他兄弟叔侄不同。"兄长余二岁，幼时同就外傅。"他们的整个童年、少年时期都始终生活在共同的环境之中。由于他们的智力的差异，"余每遭夏楚，兄更得美誉"。然而，兄不倨傲，弟不妒嫉，这种达观与服膺的统一，奠定了兄弟之间一生无间的关系。

更主要的，是他们鉴赏眼力与文学见解的一致。张竹坡评点《金瓶梅》之前，"曾向余曰：《金瓶》针线缜密，圣叹既殁，世鲜知者，吾将拈而出之。"竹坡显然得到了道渊的赞同，他这才"遂键户旬有馀日而批成"，"遂付欹劂"。在竹坡因为评点、刊刻与发行《金瓶梅》，受到社会的排斥、家族的冷落，并且这种遭遇在竹坡身后有增无已的情况下，家族中唯有张道渊站出来说："然著书立说，已留身后之名，千百世后，凭吊之者，咸知有竹坡其人。是兄虽死，而有不死者在也。"道渊认为竹坡的《金瓶梅》评点是可以流传后世的"著书立说"，这在稗词小说不为士林所重，《金瓶梅》尤被视为"淫词小说"的时代，实为难能可贵。可以说，张道渊是张竹坡和张竹坡的小说理论的第一个全面而充分的肯定者。

张竹坡在批评《幽梦影》时曾说："求知己于兄弟尤难。"这当不是无端的感慨。张道渊没有辜负仲兄的期愿，他在竹坡去世以后，为乃兄编辑诗集《十一草》，搜集散文《治道》《乌思记》，以及友朋赠答之言，并把这些都编进《张氏族谱》。张竹坡的生平著述，这才因此传留下来。

三

　　道渊的著作，传世者只有一部《张氏族谱》。在族谱中，有他亲自撰写的五篇家传，即：《奉政公家传》《仲兄竹坡传》《圣侄家传》《珍侄家传》《侄女彦瑷小传》。这五篇传记可说是字字珠玑，无一不是上乘之作。

　　道渊的传记文字的一个很大特点，是极其善于筛选最能表现传主性情人品的生活细节，并用真切厚质的语言，生动形象地描述出来。《奉政公家传》："岁时伏腊，乡里宴会。座中有豪放辈闻公至，莫不攒眉吐舌，辄自引去。曰：此吾平日畏敬而不敢仰视者也。……晚岁……更好饮酒，醉后不责人以非理。子侄辈之狡者，尝将平日不敢面陈之事，乘醉质之公前。公大笑颔之而已。"这就把张铎持正庄敬、涵养有素的形象，表现得活灵活现。《珍侄家传》："侄喜赋诗，气格深稳。每有作，辄以示余，时露警句。余尝欲其裒辑成编，侄笑曰：王筠七叶之中，人人有集，吾诸伯叔足以当之。容侄揣摩数年，如或有得，再当远步后尘也。"就这样一个细节，被道渊撮入传中，就把平日"素讷于言，独对诸公，霏霏畅论，娓娓不休"和"属纩之际，尚能处事井井，一丝不乱"这前后事例连贯统一，从而将张彦珍神凝气逸、沉静恬淡的品行淋漓尽致地描写出来。

　　和竹坡一样，彦圣、彦瑷二人也是聪敏通悟而"其年不永"，道渊为他们写的传记，哀婉凄绝，实不亚于号称"千古绝调"的韩愈《祭十二郎文》。《圣侄家传》："病陡作，遂不起。呜呼，彼苍何心，使其露英爽于三年，丧躯骸于一日。或锋颖犀利太甚，为造物所忌耶？或焰膏将尽之馀，特灼其光耶？"《侄女彦瑷小传》："十馀龄后，诗已渐成。……独恨赋质孱弱，抱染羸疴，咿咀无灵，竟致不起。易箦时，人人留以温语。对其兄瑨曰：今吾永辞人世矣！独有所遗诗词数卷，一生心血，未免情牵。兄其为我刊而传之，我方瞑目。呜呼，死别何时，而犹念念于诗词。无乃瀛岛诗姝偶落人世，今倦游而返欤！"

最能反映道渊文才史识的，还是《仲兄竹坡传》。全传可分五段：开首到"同社尽为倾倒"为第一段。这一段写竹坡由出生至就读，着重渲染了他神话般的出生过程、幼年的聪颖早熟和在私塾中与道渊兄弟之间的嬉戏。接下去至"一时都下称为竹坡才子云"为第二段。这一段用对比的手法写竹坡南京应举落选，而北京赛诗夺魁。再下去至"仅足以供挥霍"为第三段，集中写竹坡评刊《金瓶梅》的目的与情形。再下去至"即以为殉可也"是第四段，写竹坡另觅进取之途，却不幸病故。馀下的是第五段，为作者的评赞。全篇九百九十七字，按时间顺序，跌宕起伏，一气呵成。先极写竹坡的才力；不料如此才倾八斗之人，却在乡试中名落孙山；不料久困场屋之人，却又才倾京师；科举蹭蹬的刺激与都门扬名的鼓舞，终于使竹坡才子摘下了古代小说评点的桂冠；在中国文学批评史上作出如此重大贡献之人，竟不幸"赍志以殁"；如何评价这样一个人物呢；作者自有公论，文章也是水到渠成，于是便给竹坡一个应有的历史的评价。这样一篇短文，波澜起伏，层次分明，首尾呼应，浑然一体，没有班马之笔，不善韩苏之文，是写不出来的。

四

张竹坡评点《金瓶梅》，虽然也得到了像张道渊、刘廷玑、张潮这些有识之士的赞赏，在社会上却遭到了强烈的非议。他的家族便指责他"直犯家讳，则德有未足称者，抑失裕后之道矣"（道光二十九年本《清毅先生谱稿》）。张竹坡因此在生命的最后几年不得不背乡离井，浪迹江湖。

《仲兄竹坡传》也遭到族人的批评指责。道光五年张协鼎第五次修订家谱之时，对该传作了严重的篡改。道光二十九年张省斋重编家乘，竟干脆不收此传。

道光五年谱对该传的篡改，除了个别文字的更换（有的仅是刊误）之外，主要有以下两处：一处是将原传第三段起始至"日访兄以数十计"这一百五十字尽数删除。前文说过，这一段披露竹坡评点《金瓶梅》的宗旨、经过，是该传的精髓。道光五年谱如此处理，其用意与倾向是至为明显的。所以原传下面有一句"大丈夫宁事此以羁吾身耶！遂将所刊梨枣，弃置于逆旅主人，罄身北上"便被窜改为"大丈夫宁惟是啸傲风尘以毕吾生耶！遂挺身北上"。另一处是将原传第五段评赞竹坡"著书立说"的二十六个字全句刊落，而改易为："然英年交游中，当其生，则慕崎嵚之才；及其殁，则恨辕轲之遇。相与凭吊而歔欷者不少，莫不知有竹坡其人。"经此分析可知，道光五年谱是务求将该传中有关《金瓶梅》的文字删削净尽的。如果我们今天发见的，仅是道光五年谱所收的一篇《仲兄竹坡传》，而非乾隆四十二年谱所收的原传，便无法全面开展对张竹坡的研究。

张道渊也因为该传遭到家族后人的冷淡。他所纂修的家谱的体例、文字，道光五年谱作有根本性的改变。更甚者，周钺的那篇《孝靖先生传》，道光五年谱也予剔除。《金瓶梅》将竹坡、道渊兄弟联结在一起，不论是肯定，还是否定，竟是如此的密切！

《孝靖先生传》："虽然云龙不谷，石狗不陵，如先生者，自可传耳。"张道渊及其《仲兄竹坡传》，也像张竹坡及其《金瓶梅》评点一样，可以万世留传。

（原载于《金瓶梅论集》，人民文学出版社 1986.11，1 版；后收入《张竹坡与金瓶梅》，百花文艺出版社 1987.9，1 版）

李笠翁与彭城张氏

　　非韬《李笠翁与笠翁墓》一文（载《徐州日报》"淮海"第272期），介绍了李笠翁与徐州无关的事。其实，清初的这位著名的戏剧理论家和剧作家，和徐州并非没有关系。本文即拟将李笠翁与彭城张氏的交游，简介于桑梓同好。

　　彭城张氏是徐州望族，明末以来，代不乏人，在政治、军事、文化等方面做出过一定的贡献，有的并广有国际影响，为故园增添了光彩。其四世张胆、张铎、张翀三人，系同父异母兄弟。伯兄张胆三摄兵权，两推大镇，官至督标中军副将，很有一些军功。仲兄张铎三入内翰，两任知府，也有不少政绩。季弟张翀以两兄并仕，独奉母家居，而雍容恬雅，振翮雄飞，时称"彭城三凤"。

　　且说张翀能诗擅文，解律工画，聪颖绝伦，多才多艺。其诗尤为清新俊逸，足可与清初名家相比美。他一生啸傲林泉，留连山水，肆力芸编，约文会友，"尝结同声社，远近名流，闻声毕集"[1]。社友中有一人，"二十年来负笈四方，三分天下几遍其二"[2]，"游荡江湖，人以俳优目之"[3]的，即浙江兰溪下李村人氏，姓李名渔号笠翁的便是。

　　《司城张公传》："湖上李笠翁偶过彭门，寓公庑下，留连不忍去者将匝岁。"李渔是在何时到的徐州呢？《笠翁一家言全集》卷四《联》收有李渔书赠张胆的两幅对联，其一注云："次君履贞新登武第"。按履贞即张胆次子道瑞之字，道瑞中康熙癸卯（二年）科武举，癸酉（十二年）成武进士。此云"新登武第"，当为中举之时。则李渔到徐州过访张翀"寓公庑下"的时间，应在康熙二年（公元 1663 年）。这时李渔移家金陵不久，正是"无

①
《族谱·传述》引胡铨《司城张公传》

②
《笠翁一家言全集》卷三《上都门故人》

③
《曲海总目提要》

半亩之田，而有数十家之口，砚田笔末，正靠一人"①，而游历四方，靠打抽丰过日子的时期。

　　主人待客"匝岁"，而使客人"留连不忍去"，可见主雅客亦不俗。李渔"少壮擅诗古文词，著有才子称"②，他与张翙合契而被张翙引为知己，原应是自然而然之事。奇怪的是，在《笠翁一家言全集》中，竟没有李渔题赠张翙的片言只字。而书赠张胆的两联是：其一《赠张伯亮封翁》："少将出老将之门，喜今日科名重恢旧业；难弟继难兄之后，卜他年将相并著芳声。"原注云："伯亮旧元戎也，长公履吉久作文臣，次君履贞新登武第。"其二《赠张伯亮副总戎》："功业著寰中，喜汗马从龙适逢其会；英雄罗膝下，羡经文纬武各有其人。"原注云："令子二人，一为文吏，一为武臣。"李渔与张翙交游既久且厚，却在自己的全集中，只收留与张胆的赠联，这是什么缘故呢？看来只能有一种解释：张胆是官，而张翙是民。"借士大夫以为利，士大夫亦借以为名"③，山人墨客与达官贵人互为利用，这是明末清初的一种社会风气。李笠翁毕竟是李笠翁，他既是一个伟大的戏剧理论家，又是一个庸俗的文人。

　　（原载于《徐州日报》1984年11月4日第3版；后收入《曲海说山录》，文化艺术出版社 1996.12，1版）

①
《四库全书总目提要》别集存目七引《与柯岸初掌科》

②
《光绪兰溪县志》

③
《四库全书总目提要》别集存目七《赵宦光牒草》

张竹坡的故居与墓地

故　居

　　彭城张氏祖籍浙江绍兴，明代中叶，迁来徐州。"自高祖而上，岁远事湮，谱牒不留"，后公认张棋为其始祖，"世居河头，远近称河头张家"[1]。河头，即泗水之吕梁洪，位于吕梁山下，在徐州东南五十里，清朝属铜山县崇庆乡。

　　张棋五子，惟长子应科"迁居彭城"[2]。后应科长子张垣随父"住居彭城"[3]，张垣这一支遂为徐州人。

　　张垣三子，长子张胆"居城西偏房山，在目距二、三里，典型足法"（《曙三张公志·家世附》）。康熙四十六年，任当时淮徐道的刘廷玑，写了一首《题徐州张氏宅》的诗，说："彭城有巨室，西汉留世家。肯堂与肯构，金碧颇繁华。亭叠巉岏石，园开红白花。……"（《葛庄编年诗》）该诗原有注云："时张为滇南太守"。按当时张胆、张铎、张翙、张道祥、张道瑞俱卒，为"滇南太守"者，是张胆第三子道源，所以诗下面又说："主人恋一官，抛此去天涯。"所谓"典型足法"，于此诗可知一斑。

　　张竹坡的父亲张翙行三，分家别居。《族谱·藏稿》录其 [传言玉女]（重阳旅况）中有句云："戏马台前，想家园，宴高岭。"戏马台在徐州市户部山，位于云龙山北，是市内一处著名古迹。因此，张翙是住在"戏马台前"，即户部山南坡的。

　　张翙因为"伯兄远镇天雄，仲兄以内史入侍清班"[4]，而独奉母家居。又因他性耽山水，不欲宦达，所以终生未仕。因此，张翙的居住地，即是张竹坡的出生地。

[1]《张氏族谱·传述》录张胆《旧谱家传》

[2]《族谱·族名录》

[3]《族谱》康熙元年张昙序

[4]《族谱·传述》引胡铨《司城张公传》

张翃卒于康熙二十三年，当时竹坡的长兄道弘为江西按察司知事，奔丧丁艰不补，"归登吾山之云龙，仰睇岚光，俯挹湖影，不觉邱壑之情浓，而簪组之缘绝，遂构数椽于其麓"①。此所谓"其麓"，当即云龙山东坡。家中寡母在堂，长兄别院另居，侍奉母亲的责任，便落到竹坡头上。因此，竹坡的出生地，便也就是他的居住地。

《十一草·乙亥元夜戏作》："堂上归来夜已午，……且以平安娱老母。"说明到康熙三十四年张竹坡还是与他母亲住在一处的。这一年三月，张竹坡评点《金瓶梅》，旋即自刊发行。从此，他浪迹江湖，直至去世，再也没有回过家门。所以，张竹坡一生没有搬过家。就是说，他的居住地就是他的故居。换言之，张竹坡的故居在徐州市户部山南坡。

竹坡子二：彦宝、彦瑜。俱"住张家集"②。张家集在徐州东南，是竹坡两个叔祖聚胄、聚璧的居住地。后来有不少张氏族人迁居到此地，竹坡的四弟道引也在其列。据笔者调查，户部山南坡与云龙山东麓至今仍有张氏后人居住，但他们都不属竹坡一支。因为竹坡后人迁居甚早，张竹坡故居的具体位置究在何处，已不可查确。

墓　地

彭城张氏的祖茔在徐州城东南四十五里杨家窑，那里安葬的是一世祖张棋及其子应选、应第、应聘等。后来张应科另葬于徐州城南太山新茔，接着，张垣、张胆父子随葬。因为张垣是彭城"张氏肇兴之祖"③，张胆官至督标中军副将，张胆之子孙又多入仕有名，而且彭城张氏宗祠建于此处，"太山茔"遂成为有清一代张氏家族最有名的坟茔。直至本世纪六十年代，"太山茔"才因建设需要迁至安徽省萧县许新庄之东。

张翃卒后则另"葬于丁塘紫金山之阴新茔主穴"④，其妻沙氏合葬。康熙三十七年，张竹坡病卒于钜鹿（今河北省平乡县），

① 《族谱·赠言》引葛继孔《张秋山画记》

② 《清毅先生谱稿》卷四

③ 《曙三张公志·夷犹草》张介按

④ 《族谱·族名录》

归 "葬于丁塘先茔穆穴"①，其妻刘氏合葬。丁塘新茔位于今江苏省铜山县汉王乡紫金山之阴。墓地原立有石人、石马，主坟前且有神道碑，俱毁于 "文革" 期间。至今，居住在附近紫山孜村的张氏后人尚记得碑上有 "兵马司指挥" 字样，其碎块且被砌进某墙云。

后来，张道弘及其妻陆氏 "合葬于丁塘先茔昭穴"②，张彦宝 "乾隆甲子正月十九日疾终，拊葬丁塘祖茔"，张世振（彦宝次子）及其妻潘氏合 "附丁塘祖茔"，张世荣（彦瑜长子）"乾隆甲辰二月十一日寿终，拊葬丁塘祖茔"③。这样，葬在丁塘新茔的计有张翶夫妇、道弘夫妇、竹坡夫妇、世振夫妇，以及彦宝、世荣等。

张竹坡及其父兄子孙的坟垄虽俱于 "文革" 中夷平，据张氏后人记忆，其墓穴尚未经破坏，而且他们还可以确指其具体方位。1984 年 7 月，笔者根据乾隆四十二年本《张氏族谱》的记载，查找张竹坡的坟墓，经张氏后人指点，知其在一块稻田之中。11 月 27 日，美国普林斯顿大学浦安迪教授访问徐州，由笔者陪同前往丁塘察看张竹坡的墓地，张氏后人即予具体圈定。1985 年复经洛阳市文管会探墓队探确，遂由铜山县人民政府和徐州市文化局拨款重修。铜山县汉王乡是个风景区，其中拔剑泉传为刘邦率众起义时留下的遗迹，颇享盛誉。考虑到旅游的需要，地方政府征得张氏后人同意，决定将墓迁至紫金山东坡。原墓发掘时，虽未出土什么文物，一男一女两具骨骼尚完整无损。其中男性牙齿一个不缺，显即竹坡；而女性牙齿所剩无几，便是直活到七十五岁的竹坡妻子刘氏。新坟筑好后，即被徐州市人民政府公布为市级文物保护单位。

另外，《张氏族谱》第二次与第三次修纂人、竹坡胞弟张道渊 "葬于丁塘紫金山之东新茔主穴"④。其坟位于紫金山东麓、紫山孜村内，至今尚完好无缺。村人传言墓内有四口棺，也非无稽之谈。道渊原配陶氏早亡，继妻任氏、侧室丁氏俱合葬一穴，正是四具棺木。

　　（原载于《淮海论坛》，1985 年第 1 期；后收入《金瓶梅评点家张竹坡年谱》，辽宁人民出版社 1987.7，1 版）

张竹坡《金瓶梅》评点概论

张竹坡上承金圣叹，下启脂砚斋，通过对《金瓶梅》思想与艺术的评点，在很多方面把中国小说理论向前推进了一大步。

张竹坡评点《金瓶梅》的文字，总计约十几万字。其形式大致为书首专论，回首与回中总评，和文间夹批、旁批、眉批、圈点等三大类。属于专论的，就有《杂录小引》《金瓶梅寓意说》《冷热金针》《第一奇书非淫书论》《苦孝说》《竹坡闲话》等十几篇之多。明清小说评点中使用专论的形式，始于张竹坡。中国小说理论自此健全了自己的组织结构体系。从文学欣赏方面说，张竹坡的各篇专论以及一百零八条读法，是《金瓶梅》全书的阅读指导大纲；而回评与句批则是该回与该段的赏析示范。

张竹坡的《金瓶梅》评点，或概括论述，或具体分析，或擘肌分理，或画龙点睛，对这部小说作了全面、系统、细微、深刻的评介，涉及题材、情节、结构、语言、思想内容、人物形象、艺术特点、创作方法等各个方面，其最有价值的为下述几点：

第一，系统提出"第一奇书非淫书论"，给《金瓶梅》以合法的社会地位，使其得以广泛流传。《金瓶梅词话》大约自明代中后叶问世以来，陆续有人在笔记丛谈中予以评论。这些评论不仅一般都很零碎，而且大多闪烁其词，讳莫如深。有的更干脆目为"淫书"，急欲焚之而后快。这种观点蔓延到社会，在人们心理上造成一种错觉，抹煞了该书的文学价值，影响了它的流传。张竹坡认为《金瓶梅》亦如"诗三百，一言以蔽之曰：思无邪"。[1]他说："《金瓶梅》三字连贯者，是作者自喻。此书内虽包藏许多春色，却一朵一朵一瓣一瓣，费尽春工，当注之金瓶，流香芝宝，为千古锦绣才子作案头佳玩，断不可使村夫俗子作枕头物

[1] 《第一奇书非淫书论》

也"①。又说："然则《金瓶梅》是不可看之书也，我又何以批之以误世哉？不知我正以《金瓶》为不可不看之妙文，……恐人自不知戒而反以是咎《金瓶梅》，故先言之，不肯使《金瓶》受过也"。②又说："今夫《金瓶》一书，作者亦是将《襄襄》《风雨》《薛兮》《子衿》诸诗细为摹仿耳。夫微言之而文人知儆，显言之而流俗皆知。不意世之看者，不以为惩劝之韦弦，反以为行乐之符节，所以目为淫书。不知淫者自见其为淫耳"③。他在《读法·五十三》中也说："凡人谓《金瓶》是淫书者，想必伊止看其淫处也。若我看此书，纯是一部史公文字。"第七十一回"李瓶儿何家托梦，提刑官引奏朝仪"有一段写小厮在何太监宴请西门庆的席前唱了一套 [正宫·端正好]，张竹坡批道："又是宋朝，总见寓言也。"联系他在《金瓶梅寓意说》中所谓"稗官者，寓言也。其假捏一人，幻造一事，虽为风影之谈，亦必依山点石，借海扬波"的说法，则他的"史公文字"说便有了具体的内容。而看出小说有以宋喻明的一面，是很有见地的。所以他要"急欲批之请教"，以"悯作者之苦心，新同志之耳目"④。《金瓶梅》中当然有一些淫秽的文字，张竹坡强调要从整体上把握其主导倾向，不要轻易被"淫书"二字瞒过。《读法·三十八》："一百回是一回，必须放开眼作一回读，乃知其起尽处。"《读法·五十二》："《金瓶梅》不可零星看。如零星，便止看其淫处也。故必尽数日之间，一气看完，方知作者起伏层次，贯通气脉，为一线穿下来也。"《读法·七十二》："读《金瓶》必静坐三月方可，否则眼光模糊，不能激射得到。"经过他鞭辟入里的分析，虽然不能从官方的禁令中，但是从人们的观念上，将《金瓶梅》解放了出来。《金瓶梅》的刻板发行，在张竹坡评点之前，只有万历丁巳本与所谓崇祯本，印数也很少；在张竹坡评点之后，却出现了几十种刊本。带有张竹坡评语的《第一奇书》，成为流传最广、影响最大的《金瓶梅》，这不能不说是张竹坡评点《金瓶梅》的功绩。

第二，指出《金瓶梅》"独罪财色"，是泄愤之作，具体肯

① 《读法·百六》

② 《读法·八十二》

③ 《第一奇书非淫书论》

④ 同上

张竹坡《金瓶梅》评点概论

定了这部小说的思想性、倾向性。众所周知，《金瓶梅》描写了西门庆一家暴发与衰落的过程。张竹坡分析了该书"因一人写及全县"，由"一家"而及"天下国家"的写作方法，认为通过对西门庆的揭露，暴露了整个社会的问题。《读法·六十三》："即千古算来，天之祸淫福善，颠倒权奸处，确乎如此。读之似有一人，亲曾执笔，在清河县前，西门家里，大大小小，前前后后，碟儿碗儿，……一一记之，似真有其事，不敢谓操笔伸纸做出来的。"他又说："尝见一人批《金瓶梅》曰：'此西门庆之大帐簿。'其两眼无珠，可发一笑。夫伊于甚年月日，见作者雇工于西门庆家写帐簿哉？"①似有人记帐，实无人记帐，说明虽然小说描写细微逼真，但毕竟是小说不是帐簿。张竹坡实际已感觉到创作中的"典型"问题，所以他说："《金瓶梅》因西门庆一分人家，写好几分人家，如武大一家，花子虚一家，乔大户一家，陈洪一家，吴大舅一家，张大户一家，王招宣一家，应伯爵一家，周守备一家，何千户一家，夏提刑一家。他如翟云峰在东京不算，夥计家以及女眷不往来者不算，凡这几家，大约清河县官员大户屈指已遍，而因一人写及一县"②。《金瓶梅》中写了很多地方贪官，市井恶霸，张竹坡认为"无非衬西门庆也"③，然社会上"何止百千西门，而一西门之恶已如此，其一太师之恶为何如也"④。他在第七十四回回评中也写道："今止言一家，不及天下国家，何以见怨之深，而不能忘哉！故此回历叙运艮峰之苦，无谓诸奸臣之贪位慕禄，以一发胸中之恨也。"这就是鲁迅说的"著此一家，即骂尽诸色"⑤。张竹坡实际也感觉到艺术真实与生活真实的关系问题，他说："便使一时半夜，人死喧闹，以及各人言语心事，并各人所做之事，一毫不差，历历如真有其事。即真事令一人提笔记之，亦不能全者，乃又曲曲折折，拉拉杂杂，无不写之"⑥。《竹坡闲话》："《金瓶梅》，何为而有此书也哉？曰：此仁人志士孝子悌弟，不得于时，上不能问诸天，下不能告诸人，悲愤呜唈，而作秽言以泄其愤也。"第三十四回"献芳樽内室乞恩，受私贿后庭说事"写西门庆贿赂蔡京当了山

① 《读法·八十二》

② 《读法·八十四》

③ 第四十七回回评

④ 第四十八回回评

⑤ 《中国小说史略》

⑥ 第六十二回回评

东提刑官之后，即贪赃枉法，竹坡在回评中批道："提刑所，朝廷设此以平天下之不平，所以重民命也。看他朝廷以之为人事送太师，太师又以之为人事送百千奔走之市井小人，而百千市井小人之中，有一市井小人之西门庆，是太师特以一提刑送之者也。今看到任以来，未行一事，先以伯爵一帮闲之情，道国一伙计之分，将直作曲，妄入人罪，后即于我所欲入之人，又因以龙阳之情，混入内室之面，随出人罪，是西门庆又以提刑之刑为帮闲、淫妇、书童之人事，天下事至此尚忍言哉？作者提笔著此回时，必放声大哭也。"所以他说："读《金瓶》必须列宝剑于右，或可划空泄愤"①；"读《金瓶》必置大白于左，庶可痛饮以消此世情之恶"②。不仅如此，张竹坡进一步将小说中的人和事放到冷、热、真、假的关系中考察，他在《竹坡闲话》中说："将富贵而假者可真，贫贱而真者亦假。富贵，热也，热则无不真。贫贱，冷也，冷则无不假。不谓冷热二字，颠倒真假，一至于此。……因彼之假者，欲肆其趋承，使我之真者，皆遭其荼毒。"说明他认识到，《金瓶梅》并及揭露到人心世情、社会风尚、道德观念等社会意识形态。《读法·八十三》："《金瓶》是两半截书，上半截热，下半截冷；上半热中有冷，下半冷中有热。"张竹坡把第一回文字就归结为"热结"、"冷遇"，并说："《金瓶》以冷热二字开讲，抑孰不知此二字，为一部之金钥乎？"③他的冷热说，在读法、回评与夹批中虽然时相牴牾，界说不明，其基本含义还是一贯的，这就是："其起头热得可笑，后文一冷便冷到彻底，再不能热也"④。"作者直欲使此清河县之西门氏冷到彻底并无一人，虽属寓言，然而其恨此等人，直使之千百年后永不复望一复燃之灰"⑤。张竹坡还认为，《金瓶梅》之所以能够对社会生活与社会思想作出如此深刻广泛的暴露，是因为"作者必于世亦有大不得意之事，如史公之下蚕室，孙子之刖双足，乃一腔愤懑而作此书，……以为后有知心，当悲我之辱身屈志，而负才沦落于污泥也"⑥。张竹坡从创作意图到写作效果，将《金瓶梅》提到与《史记》《诗经》等同的地位，高度评价了小说的写实成

① 《读法·九十五》

② 《读法·九十七》

③ 《冷热金针》

④ 《读法·八十七》

⑤ 《读法·八十八》

⑥ 第七回回评

就。

第三，紧紧把握住《金瓶梅》的美学风貌，以"市井文字"概括其艺术特色，从小说史的角度，充分肯定了这部小说在中国文学史中的地位。《金瓶梅》以前的中国长篇小说，如《三国演义》《水浒传》《西游记》等，写的是历史、英雄、神魔，着墨最多的是正面人物的刻画与传奇经历的描述。《金瓶梅》则不然，它的主要人物都是反面角色，它的情节多系家庭日常琐事。"审丑"不同于"审美"，写家庭细节不同于写社会巨变。不同的社会生活面，不同的人物形象群，必然会产生不同的艺术特色。张竹坡看到了这种不同，并从理论上准确地给予了总结。他指出，《金瓶梅》与《西厢记》不同，后者是"花娇月媚"文字，而前者则是"一篇市井的文字"。《读法·三十二》："西门庆是混帐恶人，吴月娘是奸险好人，玉楼是乖人，金莲不是人，瓶儿是痴人，春梅是狂人，敬济是浮浪小人，娇儿是死人，雪娥是蠢人，宋蕙莲是不识高低的人，如意儿是顶缺之人。若王六儿与林太太等，直与李桂姐辈一流，总是不得叫做人。而伯爵、希大辈，皆是没良心的人。兼之蔡太师、蔡状元、宋御史，皆是枉为人也。"都是反面角色。反面角色又多是市井中人，"写西门自加官至此，深浅皆见，又热闹已极。盖市井至此，其福已不足当之矣"[1]。"西门拜太师干子，王三官又拜西门干子，势力之于人宁有尽止？写千古英雄同声一哭，不为此一班市井小人哭也"[2]。市井中人不论怎么发迹变泰，穿戴装扮，到底都有市井气。第七回有一段："这西门庆头戴缠综大帽，一撒钩绦粉底皂靴"，张竹坡批道："富贵气却是市井气。"写这些人物的文字，"直是一派地狱文字"[3]。"《金瓶梅》，倘他当日发心不作此一篇市井的文字，他必能另出韵笔，作花娇月媚如《西厢》等文字也"[4]。小说写的不是才子佳人，所以不能用"韵笔"写成"花娇月媚"文字；小说写的是市井小人，所以只能用俗笔写成"市井文字"。《金瓶梅》中的奸夫淫妇、贪官恶仆、帮闲娼妓各色人等，"不徒肖其貌，且并其神传之"[5]，靠的是什么呢？张竹坡认为

[1] 第七十回回评

[2] 第七十二回回评

[3] 第五回回评

[4] 《读法·八十》

[5] 谢肇淛《金瓶梅跋》

"纯是白描追魂摄影之笔"①。他的"市井文字"说包含有一系列表象，"白描"是其最主要的特征。"子弟能看其白描处，必能做出异样省力巧妙文字来也。"第三十回"蔡太师覃恩锡爵，西门庆生子加官"写李瓶儿临盆，"今看其止令月娘一忙，众人一齐在屋，金莲发话，雪娥慌走，几段文字，下回接呱的一声，遂使生子已完，真是异样巧滑之文，而金莲妒口，又白描入骨也"②。书中是怎样描写潘金莲的"妒口"的呢？先是写潘金莲对孟玉楼说："爹嗏嗏！紧着刺刺的，挤了一屋子的人，也不是养孩子，都看着下象胎哩！"又写潘金莲嘲弄孙雪娥说："你看，献勤的小妇奴才！你慢慢走，慌怎的？抢命哩！黑影里绊倒了，磕了牙，也是钱。养下孩子来，明日赏你小妇一个纱帽戴？"这种白描文字，就如中国画的墨线勾描，所以张竹坡又叫做"白描勾挑"③。第九十四回"大酒楼刘二撒泼，酒家店雪娥为娼"："却说春梅走归房中，摘了冠儿，脱了绣服，倒在床上，便扪心挺被，声疼叫唤起来。……落后守备……也慌了，扯着他手儿问道：'你心里怎的来？'也不言语。又问：'那个惹着你来？'也不做声。守备道：'不是我刚才打了你兄弟，你心内恼吗？'亦不应答。……大丫环月桂拿过药来：'请奶奶吃药！'被春梅拿过来匹脸只一泼，骂道：'贼浪奴才，你只顾拿这苦水来灌我怎的？我肚子里有甚么？'叫他跪在面前。"张竹坡批道："内只用几个一推一泼，写春梅悍妒性急如画"④。

第四，全面细微地点拨《金瓶梅》的章法技法，形成系统的《金瓶梅》艺术论，其中不少论述，今天仍有借鉴意义。举如《金瓶梅》的结构，与《水浒传》等小说单线发展结构方式不同，是一个以西门庆一家为主线，旁及清河他家，以及清河各家以外多家多人，贯通关联，穿插曲折的网状形结构。张竹坡注意到这一点，他在《竹坡闲话》中说："然则《金瓶梅》，我又何以批之也哉？我喜其文之洋洋一百回，而千针万线，同出一丝，又千曲万折，不露一线。闲窗独坐，读史读诸家文，少假偶一观之，曰：如此妙文，不为之递出金针，不几辜负作者千秋苦心哉？久

① 第一回回评

② 本回回评

③ 第一回夹批

④ 本回回评

之心怛怵焉，不敢遽操管以从事，盖其书之细如牛毛，乃千万根共具一体，血脉贯通，藏针伏线，千里相牵，少有所见"。《金瓶梅》是怎样"千曲万折"又"血脉贯通"的呢？张竹坡说："《金瓶梅》是一部《史记》。然而《史记》有独传，有合传，却是分开做的。《金瓶梅》却是一百回共成一传，而千百人总合一传内，却又断断续续各人自有一传"[1]。《金瓶梅》一书写了几百个人，其有始有终的少说也有几十人，如此多人"总合一传"，岂不是头绪纷繁，读来模糊吗？张竹坡认为说来也简单："劈空撰出金、瓶、梅三个人来，看其如何收拢一块，如何发放开去。看其前半部止做金、瓶，后半部止做春梅，前半人家的金、瓶，被他千方百计弄来，后半自己的梅花，却轻轻的被人夺去"[2]。他认为第一回是全书的总纲："开卷一部大书，乃用一律、一绝、三成语、一谚语尽之，而又入四句偈作证，则可云《金瓶梅》已告完矣"[3]；第五十一回又是后半部的关键："此书至五十回以后，便一节节冷了去。今看他此回，先把后五十回的大头绪，一一题清，如开首金莲两舌，伏后文官哥、瓶儿之死；李三、黄四谆谆借帐，伏后文赖帐之由；李桂姐伏王三官、林太太；来保、王六儿饮酒一段，伏后文二人结亲，拐财背主之故；郁大姐伏申二姐；品玉伏西门之死；而斗叶子伏敬济之飘零；二尼讲经，伏孝哥之幻化。盖此一回，又后五十回之枢纽也"[4]。但实际读起小说来，却不可如此粗疏。对这一点，张竹坡在每回回评与夹批中随处都有提醒，如第一回回评："一部一百回，乃于第一回中，如一缕头发，千丝万丝，要在头上一根绳儿扎住。又如一喷壶水，要在一提起来，即一线一线，同时喷出来。今看作者，惟西门庆一人是直说，他如出伯爵等人是带出，月娘、三房是直叙，别的如桂姐、玳安、玉箫、子虚、瓶儿、吴道官、天福、应宝、吴银儿、武松、武植、金莲、迎儿、敬济、来兴、来保、王婆诸色人等一齐皆出，如喷壶倾水，然却是说话做事，一路有意无意，东拉西扯，便皆叙出，并非另起锅灶，重新下米，真是龙门能事。"靠什么把这些千丝万缕的片断总合成一个有机

张竹坡与《金瓶梅》研究

① 《读法·三十四》

② 《读法·一》

③ 本回回评

④ 本回回评

的整体呢？张竹坡认为："做文章不过是情理二字。今做此一篇百回长文，亦只是情理二字。于一个人的心中，讨出一个人的情理，则一个人的传得矣。虽前后夹杂众人的话，而此一人开口是此一人的情理。非其开口便得情理，由于讨出这一人的情理方开口耳。是故写十百千人皆如写一人，而遂洋洋乎有此一百回大书也"①。

再如《金瓶梅》的人物塑造，与《水浒传》类型化手法不同，注重人物性格刻画，在个性化方面取得了很大进展。张竹坡在《金瓶梅》评点中很好地总结了小说这一方面的创作经验，他特别抓住了人物性格的发展，在第四十一回回评中写道："上文生子后，方使金莲醋瓮开破泥头，瓶儿气包打开线口。盖金莲之刻薄尖酸，必如上文如许情节，自翡翠轩发源，一滴一点，以至于今，使瓶儿之心深惧，瓶儿之胆暗摄，方深深郁郁闷闷，守口如瓶，而不轻发一言，以与之争，虽瓶儿天性温厚，亦积威于渐以致之也。"小说是如何描写潘金莲醋瓮开瓶的呢？第二十二回回评："此回方写蕙莲。夫写一金莲，已令观者发指，乃偏又写一似金莲。特特犯手，却无一相犯。而写此一金莲必受制于彼金莲者，见金莲之恶，已小试于蕙莲一人，而金莲恃宠为恶之胆，又渐起于治蕙莲之时。其后遂至陷死瓶儿母子，勾串敬济，药死西门，一纵而几不可治者，皆小试于蕙莲之日。西门入其套中，不能以礼治之，以明察之，惟有纵其为恶之性耳。吾故曰：为金莲写肆恶之由，写一武大死；为金莲写争宠之由，乃写一蕙莲死也。"李瓶儿终于因此丧生，第六十二回"潘道士法遣黄巾士，西门庆大哭李瓶儿"写李瓶儿死时各人的言行，竹坡批道："西门是痛，月娘是假，玉楼是淡，金莲是快。故西门之言，月娘便恼；西门之哭，玉楼不见；金莲之言，西门发怒也。情事如画"②。张竹坡还指出小说写出了同类人物的不同性格特征，"《金瓶梅》妙在于善用犯笔而不犯也。如写一伯爵，更写一希大，然毕竟伯爵是伯爵，希大是希大，各人的身分，各人的谈吐，一丝不紊。写一金莲，更写一瓶儿，可谓犯矣。然又始终聚散，其言语举动

①
《读法·四十三》

②
本回回评

又各各不紊一丝。写一王六儿，偏又写一贲四嫂；写一李桂姐，偏又写一吴银姐、郑月儿；写一王婆，偏又写一薛媒婆、一冯妈妈、一文嫂儿、一陶媒婆；写一薛姑子，偏又写一王姑子、刘姑子；诸如此类，皆妙在特特犯手，却又各各一款，绝不相同也"①。小说是怎样做到"用犯笔而不犯"的呢？张竹坡说："《金瓶梅》于西门庆不作一文笔，于月娘不作一显笔，于玉楼则纯用俏笔，于金莲不作一钝笔，于瓶儿不作一深笔，于春梅纯用傲笔，于敬济不作一韵笔，于大姐不作一秀笔，于伯爵不作一呆笔，于玳安不作一蠢笔，此所以各各皆到"②。

①
《读法·四十五》

②
《读法·四十六》

又如《金瓶梅》的写作手法，张竹坡做了很多概括，起了不少名目，虽然没有跳出评点派的窠臼，不免琐屑庞杂，其具体阐述，自有真知灼见。《读法·十四》："《金瓶》有节节露破绽处。如窗内淫声，和尚偏听见；私琴童，雪娥偏知道。而裙带葫芦，更属险事。墙头密约，金莲偏看见；蕙莲偷期，金莲偏撞着。翡翠轩，自谓打听瓶儿；葡萄架，早已照入铁棍。才受赃，即动大巡之怒；才乞恩，便有平安之谗。……诸如此类，又不可胜数。总之，用险笔以写人情之可畏，而尤妙在既已露破，乃一语即解，绝不费力累赘。此所以为化笔也。"《读法·二十五》："文章有加一倍写法。此书则善于加倍写也。如写西门之热，更写蔡、宋二御史，更写六黄太尉，更写蔡太师，更写朝房，此加一倍热也。如写西门之冷，则更写一敬济在冷铺中，更写蔡太师充军，更写徽钦北狩，真是加一倍冷。要之，加一倍热，更欲写西门之热者何限，而西门恃财肆恶；加一倍冷者，正欲写如西门之冷者何穷，而西门乃不早见机也。"《读法·四十四》："《金瓶》每于极忙时，偏夹叙他事入内。如正未娶金莲，先插娶孟玉楼；娶孟玉楼时，即夹叙嫁大姐；生子时，即夹叙吴典恩借债；官哥临危时，乃有谢希大借银；瓶儿死时，乃入玉箫受约；择日出殡，乃有请六黄太尉等事。皆于百忙中，故作消闲之笔。非才富一石者何以能之？"它如"板定大章法"、"两对章法"、"大间架处"、"入笋处"、"特特错乱其年谱"、"脱卸处"、"避难

张竹坡与《金瓶梅》研究

处"、"手闲事忙处"、"穿插处"、"结穴发脉关锁照应处"、"反射法"、"点睛处"等，随文点拨，俯拾皆是，用张竹坡的话说是"《金瓶梅》一书，于作文之法，无所不备"①。

又如《金瓶梅》的细节描写，今传本《金瓶梅》内虽有不少前后抵牾之处，但"《金瓶梅》是大手笔，却是极细的心思做出来者"②。张竹坡特别称许小说的"细针密线"③，《读法·四十八》："写花子虚，即于开首十人中，何以不便出瓶儿哉？夫作者于提笔时，固先有一瓶儿在其意中也。先有一瓶儿在其意中，其后如何偷期，如何迎奸，如何另嫁竹山，如何转嫁西门，其着数俱已算就，然后想到其夫，当令何名，夫不过令其应名而已。则将来虽有如无，故名之曰子虚。瓶本为花而有，故即姓花。忽然于出笔时，乃想叙西门氏正传也。于叙西门传中，不出瓶儿，何以入此公案？特叙瓶儿，则叙西门起头时，何以说隔壁一家姓花名某，其妻姓李名某也？此无头绪之笔，必不能入也。然则俟金莲进门再叙何如？夫他小说便有一件件叙去另起头绪于中，惟《金瓶梅》纯是太史公笔法。夫龙门文字中，岂有于一篇特特着意写之人，且十分有八分写此人之人，而于开卷第一回中不总出枢纽，如衣之领，如花之蒂，而谓之太史公之文哉？……然则作者又不能自己另出头绪说，势必借结弟兄时入花子虚也。夫使无伯爵一班人，先与西门打热，则弟兄又何由而结？……故用写子虚为会外之人，今日拉其入会，而因其邻墙，乃用西门数语，李瓶儿已出。……今日自纯以神工鬼斧之笔行文，故曲曲折折，细详瓶儿，寂目而不令其窥彼金针之一度。"他认为第六十二回"最是难写"，但"内却前前后后，穿针递线，一丝不苟。……如写瓶儿，写西门，写伯爵，写潘道士，写吴银儿、王姑子，写冯妈妈，写如意儿，写花子由，其一时或闲笔插入，或忙笔正写，或关切，或不关切，疏略浅深，一时皆见。至于瓶儿遗嘱，又是王姑子、如意、迎春、绣春、老冯、月娘、西门、娇儿、玉楼、金莲、雪娥，不漏一人，而浅深恩怨皆出。其诸人之亲疏厚薄浅深，感触心事，又一笔不苟，层层描出，文至此亦可云至矣。看

①
《读法·五十》

②
《读法·百四》

③
谢颐《第一奇书序》

张竹坡《金瓶梅》评点概论

他偏有馀力，又接手写其死后西门大哭一篇。且偏更于其本命灯绝后，预先写其一番哭泣，不特瓶儿、西门哭，直写至西门与月娘哭，岂不大奇？至其一死，独写西门一人大哭，真声泪俱出。又写月娘之哭，又写众人之哭，又接写西门之再哭，又接写月娘之不哭，又接写西门前厅哭，又写哭了又哭，然后将'鸡都叫了'一句顿住，……我已为至矣尽矣，其才亦应少竭矣，乃偏又接写请徐先生，报花子由，报诸亲，又写黑书，又写取布搭棚，请画师，且夹写玳安哭，又夹写西门再哭，月娘恼，玉楼疏，金莲畅快，又接写伯爵做梦，咂嘴跌脚，再接写西门哭，伯爵劝，一篇文字方完。我亦并不知作者是神工，是鬼斧，但见其三段中，如千人万马，却一步不乱"①。

张竹坡评点《金瓶梅》还有一个很大的特点，把自己的家世、遭遇、情绪、感触摆进去。在他的评点文字中，这一内容占了不少份量。《竹坡闲话》："迩来为穷愁所迫，炎凉所激，于难消遣时，恨不自撰一部世情书以排遣闷怀，几欲下笔，而前后结构，甚费经营，乃搁笔曰：我且将他人炎凉之书，其所以前后经营者，细细算出，一者可消我闷怀，二者算出古人之书，亦可算我今又经营一书。"《第一奇书非淫书论》："小子穷愁著书，亦书生常事。又非借此沽名，本因家无寸土，欲觅蝇头以养生耳。"《金瓶梅寓意说》："至其以孝哥结入一百回，用普净幻化，言惟孝可以消除万恶，惟孝可以永锡尔类，今使我不能全孝，抑曾反思尔之于尔亲却是如何，千秋万岁，此恨绵绵，悠悠苍天，曷其有极，悲哉悲哉！"他在《读法·八十六》中的感慨："奈何世人于一本九族之亲，乃漠然视之，且恨不排挤而去之，是何肺腑！"指的就是自己的家世。第一回正文开首，他只圈了"亲朋白眼，面目寒酸"四字，便基于自己的身世。他评点《金瓶梅》可谓牵肠挂肚，惊心动魄，"今夜五更灯花影里，我亦眼泪盈把，笑声惊动妻孥儿子辈梦魂也"②。"我却批完此一回时，心血已枯了一半也"③。"夜深风雨，鬼火青荧，对之心绝欲死，我不忍批，不耐批，亦且不能批"④。"我不觉为之大哭十日百千日不歇，然而又大笑不歇也"①。"我亦不能逐节细批，盖读此等文，不知何故，双眼惟有泪出，不能再看文字矣。读过一遍，一月两月，心中忽忽不乐，不能释然"②。

惟其如此，加上时代局限与思想局限，张竹坡的《金瓶梅》评点中，也掺杂了一些主观臆断，阐发了不少封建纲常。第一百回回评："第一回弟兄哥嫂，以悌字起，一百回幻化孝哥，以孝字结。始悟此书，一部奸淫情事，俱是孝子悌弟穷途之泪。"不少论者接着引用张竹坡的话："夫以孝悌起结之书，谓之曰淫书，此人真是不孝悌"，认为这是他为《金瓶梅》辩白的托词。但联系到他冠于书首的"苦孝说"，他在其他专论与回评、夹批中对孝悌的反复论述，他对作者身份家世的猜测，他自己的家世生平，便不能不认为这正是张竹坡的真实思想，是他思想中迂腐落后的一面。张竹坡对贫富、财色、冷热、真假关系的解说也不够固定，并且最后"以空结此财色二字也"③，在第六十一回的夹批中更进而说道："夫一梦一空，已全空矣。现一梦两空，天下安往非梦，亦安往非空。"《红楼梦》评论中的色空观念、说梦之谈，原来滥觞于此。张竹坡的《〈金瓶梅〉寓意说》更是一篇奇文，他说："故《金瓶》一书，有名人物，不下百数，为之寻端竟委，大半皆属寓言"。于是他在全书"寻端竟委"，找微言大义，竟至认为"梅雪不相下，故春梅宠而雪娥辱，春梅正位而雪娥愈辱。月为梅花主人，故永福相逢，必云故主。……至周舟同音，春梅归之，为载花舟，秀臭同音，春梅遗臭，载花舟且作粪舟"，牵强附会到可笑的地步，开了后来红学索隐派的先河。张竹坡激烈贬斥吴月娘，极力推誉孟玉楼，甚至说孟玉楼就是作者的化身，遭到清末《金瓶梅》评点者文龙的批评："作书难，看书亦难，批书尤难。未得其意，不求其细，一味乱批，是为酒醉雷公。批者深恶月娘，而深爱玉楼，至谓作者以玉楼自比，何其谬也"④。

因此，《歧路灯》作者李海观在其书自序中讥讽张竹坡是"三家村冬烘学究"，不能说全无道理。但近人朱星说："崇祯本

① 第七十三回回评

② 第七十八回回评

③ 《读法·二十六》

④ 第二十九回回评

185

❶ 《金瓶梅考证》

已有评点，张评本又加扩大，……《读法》共一百零六条，说'《金瓶梅》是一部《史记》'，这一句还可取，其余都是冬烘先生八股调，全不足取"①，便失之公允。平心而论，张竹坡的《金瓶梅》评点，虽然瑕瑜互见，毕竟瑕不掩瑜。崇祯本只有零散的夹批，张竹坡的评点则是一部系统的《金瓶梅》论，并不仅仅是"又加扩大"而已。何况张竹坡在他的《金瓶梅》论中，完备了古代小说评点的结构体系，对古代小说理论增添了一系列新的创造，开发了近代小说理论的先声。在《金瓶梅》研究史上，张竹坡的评点不可低估；在中国小说批评史上，张竹坡的功绩不可抹煞。

（原载于《徐州师范学院学报》1987年第3期，后收入《张竹坡与金瓶梅》，百花文艺出版社 1987.9，1 版）

张竹坡评本《金瓶梅》琐考

张竹坡评点《金瓶梅》在康熙乙亥正月

张竹坡是在什么时间评点的《金瓶梅》？这一问题，似尚未引起学术界普遍的注意。（美）戴维·特·罗伊（Davin Tod Roy，中文名字芮效卫）在其论文《张竹坡评金瓶梅》中，认为是在康熙五年至康熙二十三年之间；其他一些文章则笼统地说在康熙乙亥。戴维·特·罗伊的提法对不对？能不能进一步考定张竹坡评点《金瓶梅》的具体时间？据笔者发现的《张氏族谱》，参酌《金瓶梅》张评的夫子自道，以及《第一奇书》诸多版本上的附文，已可确知张竹坡是在康熙三十四年乙亥正月评点的《金瓶梅》。兹论证如次：

大连图书馆藏本衙藏版本《第一奇书》所载《寓意说》，较《第一奇书》其他版本同篇，多出下面一段文字："作者之意，曲如文螺，细如头发。不谓后古有一竹坡为之细细点出，作者于九泉下当滴泪以谢竹坡；竹坡又当酹酒以白天下锦绣才子：如我所说，岂非使作者之意，彰明较著也乎！竹坡，彭城人，十五而孤，于今十载，流离风尘，诸苦备历。游倦归来，细思床头金尽之语，忽忽不乐。偶读《金瓶》起首云'亲朋白眼，面目含酸'，便是凌云志气，分外消磨，不禁为之泪落如豆。乃拍案曰：'有是哉，冷热真假，不我欺也。'乃发心于乙亥正月人日批起，至本月廿七日告成。其中颇多草草，然予亦自信其眼照古人用意处，为传其金针大意云尔。缘作《寓意说》，以弁于前。"这段文字，王汝梅《王汝梅解读〈金瓶梅〉》[1]认为是张竹坡的夫子自道，刘辉《〈会评会校金瓶梅〉再版后记》[2]认为是张道渊的附

[1] 时代文艺出版社 2007.1，1版

[2] 《金瓶梅研究》第七期，知识出版社 2002.9，1版

文。笔者赞同刘说。但不管是刘说、王说，对这段话的真伪，却均认为信实可靠。这就是说，张竹坡评点《金瓶梅》是在康熙三十四年乙亥正月。

所有的张竹坡评本《金瓶梅》的卷首，都有一篇题署谢颐的序，作序的时间写得清清楚楚：时康熙岁次乙亥清明中浣。一般说，为某书作序应在全书毕稿之后，就是作者自序也是如此。《仲兄竹坡传》："遂付剞劂"。张评本《金瓶梅》初刻本似在张竹坡评点完成之后两个月杀青，这就是谢颐作序的"清明中浣"。

张竹坡在《第一奇书非淫书论》中称："生始二十有六"。据《张氏族谱》，张竹坡生于康熙九年庚戌。至乙亥年，正好是二十六岁。这说明张竹坡上面关于自己年龄的话诚实可信。大连本所谓"于今十载，流离风尘，诸苦备历。游倦归来"云云，只是约举成数。张翱卒于康熙二十三年甲子，至康熙乙亥，已是十一个年头，"十载"显指整数。但其"流离风尘，诸苦备历。游倦归来"却是实指。康熙甲戌年初，竹坡在京，旋返里；而二月九日，张铎卒，张竹坡没有了最后一个顾虑。他这才敢于在"向日所为密迩知交，今日皆成陌路"之后，去评点禁书《金瓶梅》。

张竹坡在《第一奇书·凡例》中还说："此书非有意刊行，偶因一时文兴，借此一试目力，且成于十数天内。"这也不是自我炫耀之词。《族谱·传述》录张道渊《仲兄竹坡传》："（兄）曾向余曰：《金瓶》针线缜密，圣叹既殁，世鲜知者。吾将拈而出之。遂键户旬有馀日而批成。""旬有馀日"就是"十数天内"。张道渊的话是竹坡自白的一个有力的旁证。所以，大连本所谓"本月"，当指的是正月。大连本所谓自"正月人日批起，至本月廿七日告成"，看似20天时间，其实就是"十数天内"、"旬有馀日"的意思。

"旬有馀日"批完一部文学名著，而且"为之先总大纲，次则逐卷逐段分注批点"，写出具有很高美学价值的十几万字的评语，这可能吗？人们或是出于这种怀疑，不能承认这个事实。由上文可知，竹坡确实是在"旬有馀日"的时间内评完的《金瓶梅》。与其说这是中国古代小说理论批评史上的奇迹，不如说竹坡在批书之前，受过有益的熏陶，经过反复的酝酿。《族谱·赠言》引陆琬《山水友诗序》："彭城季超张先生挟不世之材，负泉石之癖，多蓄异书古器，以啸咏自适。"季超是竹坡父亲张翀的字，他所藏的"异书"，当即包括《金瓶梅》。《仲兄竹坡传》："兄读书能一目数行下，偶见其翻阅稗史，如《水浒》《金瓶》等传，快若败叶翻风。暑影方移，而览辄无遗矣。"一目数行、过目不忘云云，是古人称誉才子的例话。竹坡阅览《金瓶梅》，能快到"若败叶翻风"，不是曾经再三研读，是不可想象的。他能够长期反复玩味《金瓶梅》，没有家藏本，也是不易做到的。这并不是低估"竹坡才子"的才气，忽视他的异乎常人的气质，而是说明竹坡对于《金瓶梅》《水浒传》等说部，确是具有特殊的兴趣和卓异的鉴赏力。

张竹坡能够"十数天内"批完《金瓶梅》，当然也有他自身的才力、精力条件做保证。《仲兄竹坡传》曰："长安诗社每聚会不下数十百辈，兄访至，登上座，竞病分拈，长章短句，赋成百有馀首。众皆压倒，一时都下称为竹坡才子云。"又曰："兄虽立有羸形，而精神独异乎众。能数十昼夜目不交睫，不以为疲。"竹坡的才力、精力如此，又是长期酝酿，成竹在胸，他创造出这种奇迹，是并不奇怪的。

皋鹤堂是张竹坡的堂号

有清一代，在社会上流行的《金瓶梅》，基本上都是张竹坡评本。其版本可约略分为早期刊本、中期刊本与晚清刊本三大类。早期刊本与中晚期刊本的版本特征有许多不同。其中一点突出的差异，是中晚期刊本在封面上增刻有"彭城张竹坡批评"字样，而正文书题则为《皋鹤堂批评第一奇书金瓶梅》。如在兹堂本，系早期复刻本之一，封面书题《第一奇书》，正文书题《皋鹤堂批评第一奇书金瓶梅》。到了稍晚一点的影松轩本，封面书题增改为《彭城张竹坡批评金瓶梅第一奇书》，正文书题同在兹堂本。再晚一些的本衙藏板本，封面书题《彭城张竹坡批评全像金瓶梅第一奇书》，正文书题仍同在兹堂本。如此排比一下，便可看出其中的机窍。"皋鹤堂批评金瓶梅"与"张竹坡批评金瓶梅"，原来只是同一种含意的两种不同说法而已。有一种日本石印油光纸小字本，则干脆在扉页上径署"皋鹤堂第一奇书"。在此之前，《金瓶梅》的研究者似乎都忽略了这一微妙的关系。"皋鹤堂批评"的是《金瓶梅》，"张竹坡批评"的也是《金瓶梅》，而且晚清以前又仅有一种批评本《金瓶梅》，不言而喻，皋鹤堂是张竹坡的堂号。

《诗经·小雅·鹤鸣》："鹤鸣于九皋"。这是皋鹤堂的语源出处。而自北宋张山人放鹤云龙山，苏轼为作《放鹤亭记》以来，鹤常被看作彭城的象征。张竹坡以皋鹤堂作堂号，应该说是十分典贴高雅的。据笔者调查，张竹坡的故居，即在徐州云龙山北户部山南坡。在其故居凭轩观山，放鹤亭举首可见。竹坡或者是久睹合契，方才灵犀一点的吧？

皋鹤草堂本是徐州自刊本

张竹坡评《金瓶梅》的版本，有皋鹤草堂本、康熙乙亥本、在兹堂本、金阊书业堂本、目睹堂本、影松轩本、玩花书屋本、本衙藏板本等多种。既然皋鹤堂是张竹坡的堂号，皋鹤草堂本自当为张评《金瓶梅》的自刊本。《仲兄竹坡传》："遂键户旬有馀日而批成。或曰：此稿货之坊间，可获重价。兄曰：吾岂谋利而为之耶？吾将梓以问世，使天下人共赏文字之美，不亦可乎？遂付剞劂。"话说得再明白不过，皋鹤草堂本不但是自刊本，而且是原刊本。张竹坡以皋鹤草堂名义自刊《金瓶梅》的地点，应该就是他的故园徐州。"遂付剞劂"，说明稿成即行付梓，中间并无间隔。他不愿意"货之坊间"，当然他不会到外地去联系出版商。下文将要证明，最迟至康熙三十五年丙子春，《金瓶梅》张评初刻本最后竣工。就是说，张竹坡自刊《金瓶梅》的时间，只有康熙三十四年正月至年底这大半年时间，工程量摆在那里，也不容许他耽搁。后文还要讲到，梓工报竣以后，是张竹坡本人将书运到金陵销售的。因此，即便当时徐州有坊贾，竹坡也未让他们承刊本书。至于皋鹤草堂本封面刻有"姑苏原板"字样，当系张竹坡的伪托（或现存皋鹤堂本为覆刻本）。

康雍间，《张氏族谱》修成，也是在徐州家刻的。"谱约千页"，"盈尺之书"，"随手付梓，编次方完，而梓人报竣"[①]。《族谱》系仿宋大字本，字体端正，用刀圆熟，说明当时的刻书力量与刻字技术都是相当可观的。《张氏族谱》的刊刻，六越月而毕事。张竹坡在徐州用大半年时间自刊《金瓶梅》，当然也是完全可能实现的。

① 《族谱》张道渊雍正十一年后序

谢颐是张竹坡的化名

为张评本《金瓶梅》作序的"谢颐"，不少《金瓶梅》的研究者都怀疑不是真名。如（英）阿瑟·戴维·韦利（Arthur David Waley 1889–1966）在《〈金瓶梅〉引言》（据顾希春译文，载《河北大学学报》1981 年第 1 期）中就如此认为，译者即将"谢颐"译为"孝义"。但阿瑟·戴维·韦利没有说明谢颐是谁的化名。顾国瑞、刘辉《〈尺牍偶存〉〈友声〉及其中的戏曲史料》[②]，也认为谢颐实无其人，但认为是张潮的托名。说"谢颐"为假名，是对的，说谢颐即张潮，笔者却不敢苟同。今辨证如下。顾、刘两先生既然考证出张潮编《友声》中竹坡的三封《与张山来》书，俱于康熙三十五年写于扬州，（这考证是极为正确的）显而易见，他们据以立论的第三封信（据《友声》编例，此信较前二信晚出）中所提到的张潮的"佳序"，亦当作于竹坡写信前不久。为便于说明问题，今将第三封信全文引录于下：

② 载《文史》第 15 辑

> 捧读佳序，真珠璀玉灿，能使铁石生光。小侄后学妄评，过龙门而成佳士，其成就振作之德，当没世铭刻矣。谢谢！

据《张氏族谱》，康熙三十五年丙子八月，竹坡在南京第五次参加江南省的乡试。应试之前，他在南京住了半年，一方面准备时文，一方面推销《第一奇书》。只是在桂榜落第之后，他才先在扬州后在苏州一带，做了一年多的寓公。因此，他的三封《与张山来》书，可进一步考知写于康熙三十五年下半年。则张潮的所谓"佳序"，亦当作于此时。而皋鹤草堂本《第一奇书》刊刻于康熙三十四年，题名谢颐的序，更早在三十四年三月中旬。顾、刘两先生忽略了这前后一年多的时间差距。试想，张潮于三十五年下半年所作的"佳序"，怎么可能刻印在三十四年刊行的书上呢？而旅居扬州的张竹坡，又怎么能把张潮化名谢颐（姑如顾、刘两先生所说）于一年半之前所作的序，写在这第三封信中，说"捧读佳序"之类的话呢？显然，张评本《金瓶梅》上谢颐的序，并不是张潮的作品。笔者无意否定竹坡信中所说的张潮"佳序"的存在，但那是一篇给什么书所作的序，就很难说了。因为竹坡所评的书，并非《金瓶梅》一种。纵便是《金瓶梅》序，也断不是皋鹤草堂本的谢颐序，而是一篇虽令竹坡"没世铭刻"却未曾刊用的序。

有没有另外一种可能，即竹坡与张潮早已相识，张潮在"康熙乙亥清明中浣"的确曾化名谢颐为张评本写过一篇序？通观竹坡三封《与张山来》书，这种可能也是不存在的。其第一封信云："老叔台诚昭代之伟人，儒林之柱石。小侄何幸，一旦而识荆州。广陵一行，诚不虚矣。"语气如此生分客气，而且明白道出"广陵一行"、初"识荆州"。显然，竹坡与张潮康熙三十五年下半年在扬州系初次相识。

那末，"谢颐"究系谁氏的托名？我们知道，张评本《金瓶梅》的书题全称是《皋鹤堂批评第一奇书金瓶梅》。而谢序题署："秦中觉天者谢颐题于皋鹤堂"。这就漏出了其中的机关。《金瓶梅》是张竹坡批评的，皋鹤堂是张竹坡的堂号，则作序于皋鹤堂的这个"谢颐"，当即竹坡本人。《第一奇书·凡例》："偶为当世同笔墨者闲中解颐"。序中说："不特作者解颐而谢"。两相对应，当出一人之手，可为佐证。谢序系写刻，如果上述考证成立，则也可能我们得到了一篇竹坡的手迹。

汪苍孚其人

刘廷玑《在园杂志》卷二："彭城张竹坡为之先总大纲，次则遂卷逐段分注批点，可以继武圣叹，是惩是劝，一目了然。惜其年不永，殁后将刊板抵偿夙逋于汪苍孚。苍孚举火焚之，故海内传者甚少。"这一段话曾为人们反复征引，但其中颇有欠确以至谬误之处。据《徐州府志》，刘廷玑康熙四十五年任淮徐道，驻守彭城，与张氏族人有交往。所谓"先总大纲，次则逐卷逐段分注批点"，居然能够知道竹坡评点《金瓶梅》的先后次序，不用说是从张氏族人那里得知的。但这时竹坡已经去世八年，传闻上难免有些差误。

《仲兄竹坡传》："遂付剞劂。载之金陵。于是远近购求，才名益振。四方名士之来白下者，日访兄以数十计。兄性好交游，虽居邸舍，而座上常满。日之所入，仅足以供挥霍。一朝大呼曰：大丈夫宁事此以羁吾身耶！遂将所刊梨枣，弃置于逆旅主人，馨身北上。"此段话包含以下几层意思：其一，皋鹤草堂本是竹坡自己发行的。《十一草·拨闷三首》其三："去年过虎踞，今年来虎阜"。竹坡于康熙三十六年春，由扬州移寓苏州。"去年"当为康熙三十五年。前文提到，三十五年八月他在南京应试，旋即旅居广陵，直至年底。因此，"载之金陵"发行《第一奇书》的时间，必在三十五年春。又竹坡于康熙三十七年初夏离开苏州北上，其"馨身北上"之前，一直都在苏州。此时尚有"所刊梨枣"。由此可知，竹坡发行《第一奇书》的路线为南京、扬州、苏州。其二，皋鹤草堂本是竹坡以己资刊刻的。自从康熙二十三年竹坡的父亲谢世之后，竹坡家庭的经济条件便每况愈下。《十一草·乙亥元夜戏作》："去年前年客长安，春灯影里谁为主。归来虽复旧时贫，儿女在抱忘愁苦。"他这里所说的贫苦，

193

当然不是矫情虚语，但也仅是与他"少年结客不知悔，黄金散去如流水"①那种富贵公子的生活相比而言，并非穷到不名一文的地步。因为没有借贷，他也不是"谋利而为之"，所以他才敢于"虽居邸舍，而座上常满。日之所入，仅足以供挥霍"。否则，如果有一个还账的后顾之忧，他将不至于如此浪费。而且，如果他需要借贷付梓，他何不"货之坊间"而获其"重价"。因此，刘廷玑所谓"夙逋"，并不是刊书的借贷。其三，他因为"才名益振"，交游愈广，慷慨挥霍，寄庐苏州的一年多时间，真的欠下逆旅主人一笔款项，而离开苏州时"将所刊梨枣，弃置于逆旅主人，罄身北上"。如果说是"抵偿夙逋"，便是抵偿的这笔旅费。所谓"逆旅主人"，便是汪苍孚一类的人物。其四，他用以抵偿的，是剩余的图书，而不是刊板。所谓"殁后将刊板抵偿夙逋于汪苍孚"，即便刘廷玑是忠实地记录张氏族人的原话，那也仅是因为族人们为避免刊行"淫词小说"危害的一种托词。况且，纵便汪苍孚之流果有举火焚板的蠢举，张评本《金瓶梅》依然广为流行，并非"海内传者甚少"。

张竹坡评点《金瓶梅》所受的连累

稗语小说本不为封建正统文人重视，封建当局更屡颁法令，严加禁止。据王利器《元明清三代禁毁小说戏曲史料》，清朝定鼎未久，顺康两朝仅中央法令，就有十三宗之多。就在张竹坡评点《金瓶梅》前九年，"康熙二十六年议准，书肆淫词小说，……固应严行禁止；至私行撰著淫词等书，……亦应一体查禁，毁其刻板。如违禁不遵，……从重治罪"。

彭城张氏是官宦之家，对此法令自然不会熟视无睹。张竹坡评点《金瓶梅》的时候，虽然其父辈张胆、张铎、张翔兄弟均已辞世，从兄道祥、道瑞也已亡故，但张氏家族中为官者尚众，他们当然不会支持他的这一危及全族的行为。张竹坡将《第一奇书》自刊毕功之后，只能"载之金陵"销售。而且从此他远离桑梓，直至病卒，再也没有与家族团聚。（他离苏北上之时，即使路经家园，逗留也应极为短促。因为他是初夏离开苏州的，这时河工正当紧张之时，据《族谱》，本年竹坡曾效力永定河工地，时间也不允许他多所停留）另外，他第五次被秋闱点额，正是他在南京推销《第一奇书》闹腾得满城风雨之后不久。他一生中这最后一次困于棘围，自然也与他评点《金瓶梅》不无关系。他对这一点深有感触，可以说是愤懑满胸。他评点《幽梦影》："凡事不宜刻，若读书则不可不刻"这一则时说："我为刻书累，请并去一不字。"《十一草·客虎阜遣兴》其五："故园北望白云遥，游子依依泪欲飘。自是一身多缺陷，敢评风土惹人嘲。"他无官无职，有什么不能回家的呢？仅仅因为他评点了一部所谓"淫词小说"，在他生命的最后三年，弄到贫病交加、寄人篱下、饱尝辛酸、有家不可归的田地。

张竹坡身后的景况并不比他生前好多少。除了他的胞弟道渊在纂修《张氏族谱》时，为他说了公道话，并将他的生平著述部分地保存下来之外，直至近代，张氏族人讳莫如深，不愿在公开场合提到他。历次修纂《徐州府志》《铜山县志》，虽然差不多总有张氏族人参与其事，却一律无有他的名姓。只有光绪十七年王嘉诜编选《徐州诗征》，才第一次提到他的名字、诗集，并选入他的二首诗。民国十五年《铜山县志》卷二十《艺文考》这才跟着作了著录。但如果不是后来张伯英于民国二十四年继编《徐州续诗征》，增入一个"道深、翱子"的脚注，人们仍然无法确知张竹坡是彭城张氏族中之人。即彭城张氏族人后来重修家谱，也对竹坡采取了歧视排斥的态度。道光五年张协鼎所修《彭城张氏族谱》，对前谱所载《仲兄竹坡传》作了大量删削，举凡与《金瓶梅》有关的文字，俱已砍除净尽。道光二十九年张省斋新修家谱，索性将该传删除，而在《族名录》中说竹坡"恃才傲物，曾批《金瓶梅》小说，隐寓讥刺，直犯家讳，非第误用其才也，早逝而后嗣不昌，岂无故欤？"张竹坡为评点与刊行《金瓶梅》可谓付出了极大的代价。

《金瓶梅》作者王世贞说、李渔说的由来

关于《金瓶梅》的作者，自明代万历以来，已经提出了几十种说法。本文既非研究这一专题，笔者目前也无力确主一说或另倡新说，本节仅就张评本《金瓶梅》所涉及到的王世贞说、李渔说，略申鄙见。

先谈王世贞说。张竹坡化名谢颐序称："《金瓶》一书，传为凤洲门人之作也，或云即凤洲手然。……的是挥《艳异》旧手而出之者，信乎为凤洲作无疑也。"《金瓶梅》作者王世贞说即滥觞于此。我们看张竹坡的《金瓶梅》批语、《幽梦影》批语以及他的诗文，无论话说得正确与否，尽管他有时好用豪壮之词，又时带酸辛之语，却无一例外地说的都是诚实话。那末，他在序中的提法，自亦不当认为是信口雌黄。张竹坡提出王世贞说的根据，似主要来源于张氏家族的世代相传。竹坡的祖父张垣，生于明万历二十一年，"今古之词，博学强记，无所不窥，下笔浩瀚，跌宕诗赋，屡应宾兴，……崇祯末年，……愤时事不可为，弃文改武，中崇祯癸酉科武举"①。张垣极有气节，后来抗清殉国，是一位民族英雄。但他偎红赏月，依翠观花，落拓不羁，不拘小节。他的中年和壮年时期，正是《金瓶梅词话》和所谓崇祯本《金瓶梅》刊行，世议纷纷，毁誉不一的年代。不能说张垣没有见过《金瓶梅》，或者至少是听人议论过《金瓶梅》及其作者。前文讲过，竹坡的父亲张翙"多蓄异书"，竹坡很早就得以阅读《金瓶梅》。不能说竹坡没有从他父亲那里听到过《金瓶梅》作者的传闻。张翙又"最重交游，尝结同声社，远近名流，闻声毕集。中州侯朝宗方域，时下负盛名；北谯吴玉林国缙，词坛宗匠，皆间关入社"②。不能说竹坡没有从他的父执那里听到过关于《金瓶梅》作者的议论。竹坡本人在评点《金瓶梅》之前，四下金陵，广交全省学子；北上京都，魁夺长安诗社。不能说他没有从他的朋友中间听到过《金瓶梅》作者的流言。总之，《金瓶

① 《族谱·传述》录张胆《旧谱家传》

② 《族谱·传述》引胡铨《司城张公传》

梅》作者王世贞说，应当是当时普遍的议论，张竹坡只是第一次用文字记载下这种时议而已。实在张竹坡也并不是咬定王世贞说不放的。《读法·三十六》："传闻之说，大都穿凿，不可深信"，"彼既不著名于书，予何多赘"。

再谈李渔说。康熙乙亥本、在兹堂本《第一奇书》于封面题署"李笠翁先生著"，是为此说始作俑者。说李渔是《金瓶梅》的作者，当然是无稽之谈。但刻本如此托名，也并非没有来由。皋鹤草堂本《第一奇书》初售于金陵，立即"远近购求"，说明张竹坡的评点很快就得到了世人的首肯。覆刻《第一奇书》，只要原样照搬，或者挂上"彭城张竹坡批评"的招牌，不愁没有销路。而且，"目今旧板，现在金陵印刷，原本四处流行买卖"①。
原本流传既久且广，世人并不会相信"李笠翁先生著"这种伪托。就是说，康熙乙亥本、在兹堂本没有必要也不可能借用李渔的名义扩大销数。可是康熙乙亥本、在兹堂本偏偏如此做了，笔者以为，或者张评本的祖本即所谓崇祯本《新刻绣像批评金瓶梅》，系李笠翁由说唱本改定为说散本的吧？如果是这样的话，则这一事实张竹坡应该早已知晓。《司城张公传》："湖上李笠翁偶过彭门，寓公庑下，留连不忍去者，将匝岁。"《笠翁一家言全集》卷四《联》收有李渔书赠张胆的两幅对联，其一注云："次君履贞新登武第"。按履贞系张胆次子道瑞之字，道瑞中康熙癸卯（二年）科武举，癸酉（十二年）成武进士。无论李渔所指是道瑞中举还是中进士，都是在康熙初年，亦即李渔晚年。李渔在竹坡家中住了那末长的时间，与张翘应是非常合契，自然无话不谈。他改削《金瓶梅》一事，当然也要向张翘夸述。不过，李渔既然不愿在崇祯本上署名，康熙乙亥本、在兹堂本便属多此一举。后来的张评《金瓶梅》刊本，便又拿掉了这一多事而无益的伪托。

本文提到的一些问题，在《张氏族谱》发现以前，都曾经百思不得其解。现在能够贯串为线，顺理成章，应该感谢《族谱》

① 《第一奇书非淫书论》

的修纂者与历代保存者。文内武断与误推之处，或不能全免，谨请方家不吝赐教。

（原载于《徐州师专学报》，1987年第1期；后收入《学林漫录》第12集，中华书局1988.1，1版；又收入《张竹坡与金瓶梅》，百花文艺出版社1987.9，1版）

张竹坡与《金瓶梅》研究

《金瓶梅》的文学风貌与张竹坡的"市井文字"说

前张竹坡的《金瓶梅》艺术论

张竹坡之前论及《金瓶梅》艺术的文字无多。袁宏道说："伏枕略观，云霞满纸"①。袁中道说："往晤董太史思白，共说诸小说之佳者，思白曰：'近有一小说，名《金瓶梅》，极佳。'予私识之"②。可见，袁宏道、袁中道、董其昌都是推崇《金瓶梅》的艺术的。但李日华持相反意见："大抵市诨之极秽者，而锋焰远逊《水浒传》。袁中郎极口赞之，亦好奇之过"③。其他还有一些论述。而无论是称誉者还是贬抑者，都没有展开分析，甚至他们并没有读到该书全帙，而只是掩卷一过，"伏枕略观"，便下了结论。这当然是一种常见的读书方式、论书现象。对作家作品进行总体把握，然后以几句话甚或几个字高度概括其艺术旨趣、文学风貌，原是中国古代诗歌、散文评论的传统。明清两朝，这种文学评论传统被广泛引申到小说、戏曲领域。只不过袁氏兄弟，董、李二公对《金瓶梅》艺术的总体把握，还未达到准确全面概括其文学风貌的地步。

猜度到《金瓶梅》艺术壶奥的见解还有一些。欣欣子序："语句新奇，脍炙人口"。"语句新奇"在哪里？"其中未免语涉俚俗，气含脂粉"，脂粉气浓、俚俗味重的作品就是好作品吗？"此一传者，虽市井之常谈，闺房之碎语，使三尺童子闻之，如钦天浆而拔鲸牙，洞洞然易晓。虽不比古之集理趣，文墨绰有可观"。市井常谈，孺子易晓，说出了点味道。东吴弄珠客序："借西门庆以描画世之大净，应伯爵以描画世之小丑，诸淫妇以描画世之丑婆"，为欣欣子序加了注脚。丑角的嘴脸，今天的戏

① 《袁宏道集笺校》卷六《锦帆集之四·尺牍》

② 《游居柿录》

③ 《味水轩日记》卷七

剧舞台仍可见到。一部小说画出的都是西门庆、应伯爵、诸淫妇以及"僧道尼番、医巫星相、卜术乐人、歌妓杂耍之徒"①这些丑行净行的人物，"其中朝野之政务，官私之晋接，闺阃之蝶语，市里之猥谈，与夫势交利合之态，心输背笑之局，桑中濮上之期，尊罍枕席之语，驵狯之机械意智，粉黛之自媚争妍，狎客之从谀逢迎，奴伲之稽唇淬语，穷极境象，骋意快心。……不徒肖其貌，且并其神传之"②，可谓"曲尽人间丑态"③。

"审丑"是反面的审美。"审丑"的作品的文学风貌与正面审美的作品的文学风貌自然大相径庭。《金瓶梅》是"审丑"的作品，它的文学风貌应该怎样概括，在张竹坡之前，尚无人一语破的。

张竹坡的《金瓶梅》艺术评点

张竹坡十几万字的《金瓶梅》评点，或概括论述，或具体分析，或擘肌分理，或画龙点睛，对小说作了全面、系统、细微、深刻的评介，其中相当大篇幅是评点的《金瓶梅》的艺术，涉及结构、情节、语言、人物、风貌、特色、手法等各个方面。张竹坡的《金瓶梅》艺术论，总结出三、四十种名目，归纳起来，约可区分为以下三类：

一是大处着眼，总体立论。"《水浒传》圣叹批处，大抵皆腹中小批居多。予书刊数十回后，或以此为言。予笑曰：《水浒》是现成大段毕具的文字，如一百八人各有一传，虽有穿插，实次第分明，故圣叹止批其字句也。若《金瓶》，乃隐大段精采于琐碎之中，止分别字句，细心者皆可为，而反失其大段精采也"④。张竹坡不囿前法，别具只眼，提纲挈领，总揽全书，落笔不俗。如《金瓶梅》的结构，与《水浒传》等小说单线发展结构方式不同，是一个以西门庆一家为主线，旁及清河他家，以及清河以外多家多人，贯通关联，穿插曲折的网状形结构。《竹坡闲话》："我喜其文之洋洋一百回，而千针万线，同出一丝，又千曲万折，不露一线。……曰：如此妙文，不为之递出金针，不

①
《满文本金瓶梅序》

②
谢肇淛《金瓶梅跋》

③
廿公跋

④
《第一奇书凡例》

几辜负作者千秋苦心哉？……盖其书之细如牛毛，乃千万根共具一体，血脉贯通，藏针伏线，千里相牵，少有所见"。《金瓶梅》是怎样"千曲万折"又"血脉贯通"的呢？张竹坡说："《金瓶梅》是一部《史记》。然而《史记》有独传，有合传，却是分开做的。《金瓶梅》却是一百回共成一传，而千百人总合一传内，却又断断续续各人自有一传"①。《金瓶梅》一书写了几百个人，其有始有终的少说也有几十人，如此多人"总合一传"，岂不是头绪纷繁，读来模糊吗？张竹坡认为说来也简单："劈空撰出金、瓶、梅三个人来，看其如何收拢一块，如何发放开去。看其前半部止做金、瓶，后半部止做春梅；前半人家的金、瓶，被他千方百计弄来，后半自己的梅花，却轻轻的被人夺去"②。他认为第一回是全书的总纲："开卷一部大书，乃用一律、一绝、三成语、一谚语尽之，而又入四句偈作证，则可云《金瓶梅》已告完矣"③；第五十一回又是后半部的关键："盖此一回，又后五十回之枢纽也"④。张竹坡还进一步用"冷热"论分析小说结构特点，《读法·八十三》："《金瓶》是两半截书，上半截热，下半截冷；上半热中有冷，下半冷中有热。"他把第一回文字就归结为"热结"、"冷遇"，并说："《金瓶》以冷、热二字开讲，抑孰不知此二字，为一部之金钥乎？"⑤。张竹坡说《金瓶梅》有"大关键处"、"大照应处"、"大间架处"。《读法·二》："起以玉皇庙，终以来福寺，而一回中，已一齐说出，是大关键处"。《读法·三》："先是吴神仙，总揽其盛；便是黄真人，少扶其衰；末是普净师，一洗其业，是此书大照应处。"《读法·十二》："读《金瓶》须看其大间架处，其大间架处，则分金、梅在一处，分瓶儿在一处，又必合金、瓶、梅在前院一处。金、梅合而瓶儿孤，前院近而金、瓶妒，月娘远而敬济得以下手也。"其中一些术语，虽系借用前人，且往往界说不明，时相抵牾，其剖析得当之处，却也发人深醒。

二是把握人物，寻绎规律。张竹坡的《金瓶梅》评点，用笔最多的是人物塑造。《金瓶梅》与《水浒传》《三国演义》《西

① 《读法·三十四》

② 《读法·一》

③ 本回回评

④ 本回回评

⑤ 《冷热金针》

游记》等类型化手法不同，注重人物性格刻画。张竹坡很好地总结了小说这一方面的创作经验，特别抓住人物个性的发展，如他在第四十一回回评中写道："上文生子后，至此方使金莲醋瓮开破泥头，瓶儿气包打开线口。盖金莲之刻薄尖酸，必为上文如许情节，自翡翠轩发源，一滴一点，以至于今，使瓶儿之心深惧，瓶儿之胆暗摄，方深深郁郁闷闷，守口如瓶，而不轻发一言，以与之争，虽瓶儿天性温厚，亦积威于渐以致之也。"小说是如何描写金莲醋瓮开瓶的呢？第二十二回回评："此回方写惠莲。夫写一金莲，已令观者发指，乃偏又写一似金莲，……而写此一金莲必受制于彼金莲者，见金莲之恶，已小试于惠莲一人，而金莲恃宠为恶之胆，又渐起于治惠莲之时。其后遂至陷死瓶儿母子，勾串敬济，药死西门，一纵而几不可治者，皆小试于惠莲之日。"李瓶儿终于因此丧生，第六十二回写李瓶儿死时各人的言行，竹坡批道："西门是痛，月娘是假，玉楼是淡，金莲是快。故西门之言，月娘便恼；西门之哭，玉楼不见；金莲之言，西门发怒也。情事如画"[1]。张竹坡实际已感觉到创作中的"典型"问题，他说："《金瓶梅》因西门庆一分人家，写好几分人家，如武大一家、花子虚一家、乔大户一家、陈洪一家、吴大舅一家、张大户一家、王招宣一家、应伯爵一家、周守备一家、何千户一家、夏提刑一家。他如翟云峰在东京不算，伙计家以及女眷不往来者不算，凡这几家，大约清河县官员大户屈指已遍，而因一人写及一县"[2]。《金瓶梅》中写了很多地方贪官、市井恶霸，张竹坡认为"无非衬西门庆也"[3]。然社会上"何止百千西门，而一西门之恶已如此，其一太师之恶为何如也"[4]。他在第七十四回回评中也写道："今止言一家，不及天下国家。"这就是鲁迅说的"著此一家，即骂尽诸色"[5]。张竹坡对《金瓶梅》的艺术特色、创作方法作了一些规律性的概括，如他的"犯笔"说："《金瓶梅》妙在于善用犯笔而不犯也。如写一伯爵，更写一希大，然毕竟伯爵是伯爵，希大是希大，各人的身分，各人的谈吐，一丝不紊；写一金莲，更写一瓶儿，可谓犯矣，然又始终聚散，其言语

[1] 本回回评

[2] 《读法·八十四》

[3] 第四十七回回评

[4] 第四十八回回评

[5] 《中国小说史略》

举动又各各不紊一丝；写一王六儿，偏又写一贲四嫂；写一李桂姐，偏又写一吴银姐、郑月儿；写一王婆，偏又写一薛媒婆、一冯妈妈、一文嫂儿、一陶媒婆；写一薛姑子，偏又写一王姑子、刘姑子；诸如此类，皆妙在特特犯手，却又各各一款，绝不相同也"①。小说是怎样做到"用犯笔而不犯"的呢？张竹坡说："《金瓶梅》于西门庆不作一文笔，于月娘不作一显笔，于玉楼则纯用俏笔，于金莲不作一钝笔，于瓶儿不作一深笔，于春梅纯用傲笔，于敬济不作一韵笔，于大姐不作一秀笔，于伯爵不作一呆笔，于玳安不作一蠢笔，此所以各各皆到也"②。又如"加一倍法"："文章有加一倍写法，此书则善于加倍写也。如写西门之热，更写蔡宋二御史，更写六黄太尉，更写蔡太师，更写朝房，此加一倍热也。如写西门之冷，则更写一敬济在冷铺中，更写蔡太师充军，更写徽、钦北狩，真是加一倍冷"③。他如"板定法"、"顾盼照应伏线法"，"脱卸影喻引入法"，"避难处"、"手闲事忙处"、"穿插处"、"结穴发脉关锁照应处"等，均有见地，不再赘述。

① 《读法·四十五》

② 《读法·四十六》

③ 《读法·十五》

三是随文点拨，因故立目。张竹坡为《金瓶梅》的写作手法所立的名目，还有如"两对法"、"节节露破绽处"、"草蛇灰线法"、"对锁法"、"开缺候官法"、"十成补足法"、"烘云托月法"、反射法"、"趁窝和泥处"、"衬叠法"、"旁敲侧击法"、"长蛇阵法"、"十二分满足法"、"连环钮扣法"等，虽然没有跳出明清评点派的窠臼，不免琐屑庞杂，其具体阐述，自有真知灼见。《读法·十四》："《金瓶》有节节露破绽处，如窗内淫声，和尚偏听见；私琴童，雪娥偏知道。……墙头密约，金莲偏看见；惠莲偷期，金莲偏撞着。翡翠轩，自谓打听瓶儿；葡萄架，早已照入铁棍。才受赃，即动大巡之怒；才乞恩，便有平安之谗。……诸如此类，又不可胜数。"第十三回回评："写瓶儿春意，一用迎春眼中，再用金莲口中，再用手卷一影，金莲看手卷效尤一影，总是不用正笔，纯用烘云托月之法。"第四十二回回评；"此回侈言西门之盛也。四架烟火，既云门前逞放，看官眼

《金瓶梅》的文学风貌与张竹坡的"市井文字"说

底，谁不为好向西门庆门前看烟火也。看他偏藏过一架在狮子街，偏使门前三架毫无色相，止用棋童口中一点，而狮子街的一架，乃极力描写，遂使门前三架不言俱出。此文字旁敲侧击之法。"第七十六回写西门庆在家宴宋御史、侯巡抚："先是叫地吊队舞，撮弄百戏，十分齐整，然后才是海盐子弟上来磕头，呈上关目揭贴，侯公分付搬演《裴晋公还带记》。"张竹坡在此处有一段夹批："又是《还带记》，与请太尉一样对照，作连环钮扣章法也。"此类点拨，随文皆是，用张竹坡的话说是"《金瓶梅》一书，于作文之法，无所不备"①。

张竹坡的"市井文字"说

在张竹坡的《金瓶梅》艺术评点中，最具学术价值的，则是"市井文字"说。

《读法·八十》："《金瓶梅》倘他当日发心，不做此一篇市井的文字，他必能另出韵笔，作花娇月媚，如《西厢》等文字也。"《金瓶梅》以前的中国长篇小说，如《水浒传》《三国演义》《西游记》等，写的是历史、英雄、神魔；着墨最多的是正面人物的刻画与传奇经历的描述。《金瓶梅》则不然，他的主要人物都是反面角色，他的情节多系家庭日常琐事。不同的社会生活面，不同的人物形象群，必然会产生不同的文学风貌。张竹坡看到了这种不同，并且超越前人，从理论上准确地给予了总结。"西门是混帐恶人，吴月娘是奸险好人，玉楼是乖人，金莲不是人，瓶儿是痴人，春梅是狂人，敬济是浮浪小人，娇儿是死人，雪娥是蠢人，宋惠莲是不识高低的人，如意儿是顶缺之人。若王六儿与林太太等，直与李桂姐辈一流，总是不得叫做人。而伯爵、希大辈皆是没良心的人，兼之蔡太师、蔡状元、宋御史皆是枉为人也"②。《金瓶梅》写的就是这些反面角色，这些反面角色又多是市井中人。市井中人不论怎样发迹变泰，穿戴打扮，到底都有市井气。第七回有一段："这西门庆头戴缠综大帽，一撒钓绿粉底皂靴"，张竹坡批道："富贵气却是市井气"①。小说写的不是才子佳人、英雄侠女，所以不能用"韵笔"写成"花娇月媚"文字；小说写的是奸夫淫妇、土豪恶仆、帮闲娼妓这些市井小人，所以只能用俗笔写成"市井的文字"。

① 本回夹批

　　张竹坡的"市井文字"说包含有一系列的表象，"白描"是其最主要的特征。《读法·六十四》："读《金瓶梅》，当看其白描处。子弟能看其白描处，必能做出异样省力巧妙的文字来也。"第三十回写瓶儿临盆，"今看其止令月娘一忙，众人一齐在屋，金莲发话，雪娥慌去，几段文字，下回接呱的一声，遂使生子已完，真是异样巧滑之文，而金莲妒口，又白描入骨也"②。小说是怎样描写金莲的"妒口"的呢？先是写潘金莲对孟玉楼说："爹喏喏！紧着热刺刺的，挤了一屋子的人，也不是养孩子，都看着下象胎哩！"又写潘金莲嘲弄孙雪娥说："你看，献勤的小妇奴才！你慢慢走，慌怎的？抢命哩！黑影里绊倒了，磕了牙，也是钱。养下孩子来，明日赏你小妇一个纱帽戴？"这种白描文字，就如中国画的墨线勾挑，所以张竹坡又叫做"白描勾挑"。③第九十四回有这样一段：却说春梅"走归房中，摘了冠儿，脱了绣服，便闷心挞被，声疼叫唤起来。……落后守备……也慌了，扯着他手儿问道：'你心里怎的来？'也不言语。……守备道：'不是我刚才打了你兄弟，你心内恼吗？'亦不应答。……大丫环月桂拿过药来：'请奶奶吃药！'被春梅拿过来匹脸只一泼，骂道：'贼浪奴才，你只顾拿这苦水来灌我怎的？我肚子里有甚么？'叫他跪在面前。"张竹坡批道："内只用几个一推一泼，写春梅悍妒性急如画"④。第六十七回写应伯爵得子向西门庆借钱："伯爵进来，见西门庆唱喏，坐下。西门庆道：'你连日怎的不来？'伯爵道：'哥，恼的我要不得在这里。'西门庆问道：'又怎的恼，你告我说。'伯爵道：'紧自家中没钱，昨日俺房下那个平白又捅出个孩儿来，……'西门庆问：'养个甚么？'应伯爵道：'养了个小厮。'西门庆骂道：'傻狗才，生了个儿子倒不好，如何反恼？'伯爵道：'哥，你不知，冬寒时月，比不的

② 本回回评

③ 第一回夹批

④ 本回回评

你们有钱的人家，又有偌大前程，生个儿子，锦上添花，俺们连自家还多着个影儿哩，要他做什么！……明日洗三，嚷的人家知道了，到满月拿什么使！到那日我也不在家，信信拖拖，到那寺院里且住几日去罢。'西门庆笑道："你去了，好了和尚趁热被窝儿。你这狗才，到底占小便益儿。'又笑了一回，那应伯爵故意把嘴谷都着，不做声。"张竹坡此处夹批："一路白描，曲尽借债人心事。"第一回回评："描写伯爵处，纯是白描追魂摄影之笔。"白描，是《金瓶梅》使用最为普通的手法，也是张竹坡反复评点的地方。

小说并非通篇都是"市井文字"，第十七回回评："此回写诸官员，真有花团锦簇之妙。"但"写富贵必写至相府之富贵，方使西门等员外家市井之气，不言而出"①。张竹坡称这类"市井文字"为"化工文字"，第一回回评："一部一百回，乃于第一回中，如一缕头发，千丝万丝，要在头上一根绳儿扎住。又如一喷壶水，要在一提起来，即一线一线同时喷出来。今看作者，唯西门庆一人是直说，他如出伯爵等九人，是带出；月娘三房是直叙，别的如桂姐、玳安、玉箫、子虚、瓶儿、吴道官、天福、应保、吴银儿、武松、武植、金莲、迎儿、敬济、来兴、来保、王婆诸色人等，一齐皆出，如喷倾壶水。然却是说话做事，一路有意无意，东拉西扯，便皆叙出，并非另起锅灶，重新下米，真正龙门能事。……真正化工文字。"

张竹坡"市井文字"说的意义

中国古代小说批评，到明末清初形成气候，金圣叹，毛纶、毛宗岗父子，张竹坡等都出现在这一时期，如此集中，如此辉煌，空前绝后。毛纶、毛宗岗父子的《三国演义》评点侧重于思想内容分析，表现了封建正统观念与儒家民本思想，间或论及小说艺术，所概括的名目，多玄虚莫定，无所适从。金圣叹的《水浒传》评点，虽也沿用文选的一些术语，不少地方牵强附会，但艺术评论份量显著增多，其"灵心妙舌，开后人无限眼界，无限

① 第五十五回回评

文心"①。

①
冯镇峦《读聊斋
杂说》

　　张竹坡的《金瓶梅》评点，方式方法虽多渊源于毛氏父子、金圣叹，其艺术评点，至少有三点是他首创：其一，书首专论，中国小说理论自此健全了自己的组织结构体系。其二，新立了不少名目，总结了因《金瓶梅》出现所丰富了的小说艺术。其三，紧紧把握《金瓶梅》的美学风貌，以"市井文字"总括其成，在中国小说批评史上因此高枝独占。特别是第三点，前张竹坡的中国小说理论家均未如此入眼落笔。

　　《金瓶梅》的产生，使中国小说取材、构思、开路、谋篇扩及社会整个领域，写生活，写现实，写家庭，写社会众生相，成为小说家的基本思路，开创了中国古代小说创作的黄金时代。张竹坡"市井文字"说的提出，使中国小说理论摆脱了雕章琢句、随文立论的八股模式，全书立论，总体涵盖，显示了大家气度，奠定了中国古代小说美学的基本支柱。

　　（原载于《金瓶梅研究》第 1 辑，江苏古籍出版社 1990.9，1版；后收入《曲海说山录》，文化艺术出版社 1996.12，1 版；又收入《中国小说戏曲论学集》，台湾文史哲出版社 2000.7，1 版）

康熙六十年刊本《张氏族谱》考探

彭城张氏曾经先后五次通族纂修家谱。五世张道渊于康熙五十七年至康熙六十年主修的一次,是其第二次。这次修谱,虽然因故未成全帙,却也刊成了几项主要的内容,并且装订成册传世。笔者近来发现其残本一册,本文即拟据以考探其全豹。

(一)

笔者在发现乾隆四十二年所修《张氏族谱》之后不久,即据该谱所载张氏各支祖茔位置,找到了张垣一支的后人。其中张信和是江苏省铜山县第二人民医院的院长,他深明挖掘祖国文化遗产的意义,对彭城张氏的研究工作,可说是主动配合,惠助甚多。很快,他找到了家藏的族谱六册,写信让我前去查阅。当时我很兴奋,这不但因为在较短的时间内能够接连获见两部《张氏族谱》,而且因为乾隆四十二年谱六册实缺二册,不是全帙。我满以为因此可以获识全璧了。等到看见信和家藏的族谱,原来并不是乾隆四十二年所修的一套,而是道光五年第五次重修本《彭城张氏族谱》。但在这六册中有一册除外,经考证 (详见下文),它竟是康熙六十年本《张氏族谱》的残册。

(二)

该册残存第 36 至第 94 叶凡六十四叶 (缺第 45、48、55 三叶,增又 44、又 541—3、又 63、又 751—2、又 78 八叶)。书脊书题《张氏族谱》,版心类题《族名录》 (第 91 叶少一 "族" 字)。四周双边,白口,单鱼尾。每半叶七行,行十八字。乌丝栏。遇有 "覃恩"、"诰封" 一类字样,则提行抬头。其族人生卒年月不详者，或修谱当时健在者的卒年等，俱原板不刻。因此版面黑白相间，甚或半叶全是墨色。显然，当时计划以后续修增刻时仍用该板挖补。有朱、墨两色毛笔的添写，为两人笔迹。所补生卒年月，其一人补至雍正十年，另一人补至乾隆十三年。所补族人俱系张道源及其后人，添写者当即出于道源一门。

（三）

彭城张氏纂修宗谱，始于张胆、张翊兄弟，这是康熙初年的事情。嗣后增修家乘，族人便以此为计数起点，标以次第。计：第二次，康熙六十年张道渊修；第三次，雍正十一年张道渊修；第四次，乾隆四十二年张璐修；第五次，道光五年张协鼎修。

第一次所修谱，笔者虽来获见，但该册记年迟至雍正二年，绝非康熙初年刊本，自不待言。第三次所修谱，笔者虽亦未见，然雍正十一年修谱，不可能缺载雍正二年至修谱之时长达九年的族人生卒年月，因此，该册亦非第三次所修。该册关于张道源生卒年的载录，可作为这一判断的佐证。道源与道渊关系至为亲密，这在道渊康熙六十年前序中说得明明白白，道源卒于雍正七年，道渊不可能不知道，但该册仅记有道源的生年，卒年则付阙如。显然，该册非雍正十一年刊本。第四次与第五次所修谱的版式、行款、字体等均与该册不同，其非最后两次所修，亦至为明显。因此，该册只可能是康熙六十年第二次所修本。

雍正十一年张道渊后序（连同前序俱见乾隆四十二年谱）："族谱之修，几经雠校，曾于戊戌、己亥间……裒集成帙。正在发刊，忽以他务纠缠，……只得暂为辍工。止将锓成之《宗支图》《族名录》等等，附以《家法》十七则，订辑成书，分给族人。"残存的这一册，即其《族名录》之一部分。

但所谓康熙六十年刊本，只是据道渊前序的一个简明称谓。该册"秉忠"条："妻吴氏，……于雍正甲辰年……疾卒内寝。""如柏"条："生于雍正甲辰年二月十五日。"均记有雍正二年事，说明这次修谱，至少又往后延续了三年。

（四）

康熙六十年刊本《张氏族谱》的内容，已如道渊后序所言，现逐一加以考订。

《宗支图》，该部分缺失。顾名思义，即所谓世系表。乾隆四十二年谱中有《谱系》一项，自一世至五世，表分明白，统属清晰，当为此《宗支图》之扩充衍变。

《族名录》，该册残存。此项登录族人的行第、字号、生卒年、墓葬地、官职、妻妾、子女等。如"道溥"条："行四，字履嘉，号慎庵。生于康熙辛亥年二月初四日，生年三十三岁，于康熙癸未年四月十九日疾终江南高邮州舟次。葬于太山之阳新茔主穴，壬山丙向。官职贡监，初任山东东昌府堂邑县知县，覃恩诰授文林郎。妻赵氏，直隶顺天府密云县人、漕标右营游击讳完璧之女。生于康熙甲寅年十月十九日。以夫贵，诰封孺人。子彦珝，过继道源之子，吴氏出。女，过继道源之女，吴氏出，婿慕乾生。孙端楷。"这一形式，为雍正十一年谱与乾隆四十二年谱所继承。仍以道溥为例，乾隆四十二年谱仅在"诰封孺人"之后，增补"享年六十四岁，于乾隆丁巳年八月初十日寿终内寝，合葬于太山之阳新茔"一句，而无"孙端楷"三字，余则全同。该残册计自彦璘至嵩高，均为张胆一支。

《家法》，该部分缺失。乾隆四十二年谱与道光五年谱均有家法一项，文字全同，乃十八则，当系据此增补而成。

就以上三项内容而言，虽然该谱仅残存《族名录》一项，但均基本完整地保存在其后所修的族谱之中。不妨认为，康熙六十年谱的内容，今天尚能大致了解。

至于道渊后序中所谓"等等"一说，似仅系行文的习惯，并无具体的内容。后序在"分给族人"一句之后接着说："使其晓明次序，辨别亲疏"。而有《宗支图》《族名录》两项，便足以达到这个目的。因此，康熙六十年第二次修谱时，其已刊成的部分，可能只有上述三项内容。

(五)

这次修谱，虽然未成全帙付梓，而且目前只能见到《族名录》残册 (徐州师范学院图书馆特藏时有恒捐赠图书中亦有该谱一部，仍是《族名录》残册，仍是张胆系下部分，不过页数稍多，分装为二册而已)，但其价值仍然不容忽视。

首先，由该谱可以窥探乾隆四十二年谱所缺失之乐册内容。该《族名录》次第，以尊卑长幼为序。子孙名见父祖条中，然后每人专列一条，随后顺序排列。其所著录族人，已至七世。而乾隆四十二年谱礼册之《谱系》仅及五世，《族名录》仅及六世。乾隆四十二年上距康熙六十年，凡五十六年。在此期间，彭城张氏当又新增有三至四世。乾隆四十二年谱的《族名录》部分，当有张氏六至十世的族人条目。据此推断，其乐册必为《谱系》与《族名录》之续编。当该谱未发现之时，只能据乾隆四十二年谱的"目次"猜测乐册的内容。现在，则可确切判断。

其次，由该谱能够推测雍正十一年谱的版式、行款。前文说过，该《族名录》每条均留有充足的板面以供续刻。而第二次、第三次又均系道渊一人主修，其第三次刊本之《族名录》，似即留用原板补刻而成。至少，其板框、板口是前后两次无有差异的。因为，乾隆四十二年谱的板框、板口，仍沿其旧，尚未变更。

另外，该谱的保存，以及道源一门的添改等，对调查与判断张竹坡的后人，也可提供重要的线索。

(原载于《徐州教育学院学报》1987 年第 2 期，后收入《金瓶梅评点家张竹坡年谱》，辽宁人民出版社 1987.7，1 版)

乾隆四十二年刊本《张氏族谱》述考

（一）

张竹坡与《金瓶梅》的关系，如同金圣叹与《水浒传》、脂砚斋与《红楼梦》一样，相得益彰，密不可分。自从康熙三十四年乙亥初版《第一奇书》即张竹坡评本《金瓶梅》以后，"旧板现在金陵印刷，原本四处流行买卖"①的万历词话本和所谓崇祯本，便绝少流传。其后的《金瓶梅》的读者，差不多也是张竹坡评语的欣赏者。然而，近三百年来，人们对张竹坡其人的家世生平却极少了解。近年来，国内陆续从《铜山县志》《徐州诗征》《友声后集》等文献中拈出一些有关张竹坡的资料，将张竹坡与《金瓶梅》的研究，推进到一个新的阶段。但上述文献中的记载，既零星片断，又有谬误，尚不足以对张竹坡形成一个全面、系统、准确的认识。

民国十五年官修《铜山县图志》时，增补了不少张氏族人的姓名，均夹注标明所据为"张氏谱"。民国二十二年张伯英选编《徐州续诗征》，徐东桥为编《张氏诗谱》，前加小引云：

> 勺圃续诗征讫，以家藏集见示，曰：先世遗著，不敢自去取。属代编录。予辞不获，受而读之。依原编体例，于前征已采者不重录。凡得诗三十一家，合前征得五十一家。……而张氏分居铜、肖，因时与地之各异，诗皆不能联属。予考其家乘，别其世次，撰为《张氏诗谱》。由是张氏同族之诗，一览可知。……

"家乘"即民国《铜山县志》所谓"张氏谱"。这就提供了一个明确的线索：要想得到更多的资料，就必须访求张氏家谱与家藏故集。

笔者即循此线索，先于 1984 年 5 月获见乾隆四十二年刊本《张氏族谱》一部，又于同年七、八月间访得康熙六十年刊本《张氏族谱》与道光五年刊本《彭城张氏族谱》各一部，以及数十册张氏家藏集。同年九月中旬，徐州师范学院图书馆在整理时有恒先生藏书之时，也发见康熙六十年刊本《张氏族谱》与晚清抄本《清毅先生谱稿》各一部。

在这些不同时期纂修的张氏家谱中，以乾隆四十二年刊本《张氏族谱》最具资料价值。本文即主要对该谱加以考述，将这部在张竹坡研究上具有划时代意义的文献，介绍与同好。

（二）

这部族谱是刊本。封面签条书题《张氏族谱》，目录书题同，凡例书题《张氏家谱》。书脊不甚统一，凡例六页刻《张氏家谱》，石杰序九页仅刻一"序"字，张道渊前序五页刻"家谱序"(首页"序"又作"叙")，余俱刻《张氏族谱》。大型大字本，刊刻颇精。四周双边，白口，单鱼尾。版心注类名、页次，《族名录》部分第十六至五十五页上鱼尾与类名之间增刻一"卷"字，却未刻卷次。有界栏。正文每半页八行，行二十字。不分卷，每类编页自为起讫。原为活页，后合订成礼乐射御书数六册。字多用异体字，如"辈"刻为"輩"、"视"刻为"眡"，"辄"刻为"輒"等。又喜自造字，如"邉"，实为"边"字；"罄"，实为"馨"字等。还有不少错别字，如"礽"刻作"礽"，"龇"刻作"龇"等。

（三）

张氏家谱前后经过张胆、张翃、张道渊、张璐等人修纂增补，主要成书于道渊之手。

张胆，字伯量，为彭城张氏四世祖，系大宗长孙。生于明万历四十二年十二月十八日，卒于清康熙二十九年二月初七日，享年七十七岁。幼习时文，文场失利，转攻兵书，与父垣同中崇祯癸酉科武举。清兵入关，进逼黄河，史可法镇守淮扬，录用军前，题授河南归德府城守参军。时张垣为归德通判，参谋兴平伯高杰军事。南明弘光元年，睢州总兵许定国叛变，诱杀高杰，垣与其难。清兵遂围城。胆为报父仇，并保全全城百姓，乃降。转随清兵南下，三摄兵权，两推大镇，累功官至督标中军副将，加都督同知，诰封骠骑将军。顺治十一年，解甲归里，终老彭城。

张翱，字季超，号雪客，胆季弟，竹坡之父。生于明崇祯十六年七月二十九日，卒于清康熙二十三年十一月十一日，享年四十二岁。一生奉母家居，不欲宦达，而留连山水，结社会友，啸傲林泉，诗酒自娱。能诗善文，解律工画，雍容恬雅，英颖绝伦。与伯兄胆、仲兄铎时称"彭城三凤"。

张道渊，字明洲，号蘧庵，为竹坡胞弟。生于康熙十一年九月二十日，卒于乾隆七年二月初七日，享年七十一岁。淡泊处世，不乐仕进，有乃父遗风。喜收字书古器，七十手不释卷。性情孝友，以礼让率族，深得族人爱戴。诗文情真辞切，皆可观。

张璐，道渊第三子，候选州同。醇谨练达，谦恭好学，勇于任事。

（四）

彭城张氏的家谱，至乾隆四十二年，先后经过四次纂修。

张垣殉难睢阳之际，自觉于国无愧，却于族不安。原因就是他早有修谱之意，因为国事倥偬，无暇顾及，如今长辞人间，好多话都不能交待下来。《张氏族谱》（以下简称《族谱》，非特别标明俱指乾隆四十二年刊本）刘明俣顺治四年旧序："无何国难，竟以身殉。（垣）坦然语左右曰：……惟族谱辑未就，终当有继之者，吾于斯世何有哉。"《族谱》八世冢孙张炳雍正十一年序："闻先代自浙绍分来，世远难稽。明季谱失，近世祖亦莫可考。

先王父孝慤公 (敢按即张彦琦) 尝谓余之五世祖别驾公，犹能自合川公 (敢按即一世祖张棋) 而上追忆数代，音容想像，可屈指而历数之。别驾公捐馆后，无复有能知之者。故别驾公于睢阳殉难之顷，独念家谱未修为遗憾焉。"所以后来的修谱者，便公推张棋为其始祖。

父亲的遗志，张胆耿耿记忆，未敢忘怀。刘明侯序："其所为谱，一仿巨族名家，细举而记悉，炳炳麟麟，为足侈矣。乃以竟其尊人未竟之志，……伯亮以戎马之暇，绍厥父志，……"。顺治四年，张胆任浙闽总督张存仁标下中军副将，正在闽北会战，"戎马之暇"，请刘明侯为家谱作了这篇序。其实，当时张胆只是为家谱作了一番规划，并未具体着手。因为《族谱》所收张胆旧谱之作，多系顺治四年以后事。又《族谱》山阴张昙康熙元年序："昙是以谱其图，携归会稽以备考。"此时张胆已经解组归田八年，家谱方才编绘出一个谱系图。但似乎当时已经拟好了体例，下面还要证明，《族谱》体例上一个很大的特点是边修边刊。《族谱·赠言》引陆志熙《奉赠总戎伯量张公序》，不避玄烨的讳，陆序在《赠言》类编页为九、十两页，说明本篇以前本类各篇，俱修定于顺治年间。查各篇所叙确均为康熙以前事。康熙元年以前，张胆修谱所作的事大体如此。张胆出身行伍，不惯文墨，康熙初年，季弟翊年已弱冠，儒雅多才，乡居不仕，兄弟二人遂共襄谱事。《族谱》张道渊康熙六十年前序："迨至康熙初年间，伯父伯量公解组家居，时始与先大人共议修辑。……既列总图，复立各传，宗支明画，祖德彰闻。"张炯序："康熙初年，高祖骠骑公同其嫡弟司城公 (敢按即张翊) 共为增修。"

《族谱》金之俊康熙八年旧序："一日，瀰壑和尚以赠公 (敢按张胆) 序言，并公族谱见示。"则康熙八年张氏家谱已经修成。这是彭城张氏家谱的第一次纂修。但《族谱·传述》录张胆《自传》，记有康熙十九年事，说明这次修谱的善后工作拖了好长的时间。

《族谱·凡例》："余 (敢按道渊) 家藏先大人手迹宗支旧图一

纸，自合川公以上某公某氏列及三世，惜其讳号阙然，其中有讳桂者，系合川公胞兄。何事谱中不载？想必相传失真，考求无据。"据此，张翱的确具体参加了修谱一事，而且非常谨慎。今存谱中哪些出自他的手笔，已不易辨析。但有一点可以指明，张翱没有在族谱上投入过多的精力。在张氏家族中，无论诗思才气，还是学力器识，张翱都堪称翘楚。由他来承修家谱，可谓游刃有余。但这一次的家谱修得并不理想，甚或有目无文，是个半成品。《族谱》雍正十一年张道渊后序："余自十数龄时捧观旧谱，见其条目空存，早已立心纂述，以竟先人未竟之事。"张炯序："(旧谱) 条目历历明刊，而事实则茫茫未载。"张道渊在《凡例》最后一则中并介绍了旧谱即第一次所修谱的大略："旧谱目录十则：首序文，次恩纶，三总图，四分图，五备考，六藏稿，七寿文，八挽章，九赠言，十纪略。其后四则徒有目而未刊，恩纶乃散见于备考诸条，亦未专梓。"

道渊确实说到做到了，但也前后经历了十五、六年时间。康熙五十七年至康熙六十年，是他第一次修谱，也就是张氏家谱的第二次修纂。但这次未能竣工。道渊后序："族谱之修，几经雠校，曾于戊戌、己亥间，遍历通族，详分支派，遵照旧谱条目，汇选恩纶、传志、藏稿、赠言、寿挽诸章，裒集成帙。正在发刊，忽以他务纠缠，奔走于吴中、白下之途，曾一岁而三往返焉……"。只得暂为辍工，止将镌成之宗支图、族名录等等，附以家法十七则，订辑成书，分给族人使用，……余则庋之高阁，以待来兹。"张炯序："辛丑岁，谱已垂成，复为他事所误，庋之高阁者又十余年。"这次修谱，虽然未能一举毕事，修谱的素材，道渊却是准备得很为充分，并且得到从兄道源、从侄大宗彦琦的协助。道渊前序："此谱传守至今五十余年，世日益远，族日益繁，后进子孙，悉未增入。以至重字重名，彼此之称呼莫辨，孰兄孰弟，尊卑之次序无分。况支分派衍，异井乔迁，不无散逸，渐以成疏。余兄履长 (敢按即道源) 患之，尝欲增修，以继先人之志。于时倥偬王事，无暇讲求，因自永平官署遥致一函，嘱余襄事。余愧不敏，然分不容辞。闻命之日，凛凛于怀。于是握椠怀铅，循支依派，逐户咨询，尽人究察。如某讳某行某字某号居某处生某日卒某时葬某地职某衔官某方妻某氏妾某人子某出女某归，以及孙曾云礽一一细记。通族遍历，越岁始周。其间名字雷同者改之，嫡庶混淆者辨之。联合谱之次序，排长幼以攸分。至于事功不泯，文行堪传者，则另为立传。其恩纶、藏稿、寿挽诸章，悉选入集。恪遵旧谱程式，殚精竭虑，阅数载而谱成。"张炯序："先王父与余曾叔祖明洲约共增修，……先王父上承大宗之重任，修谱之责愈重，修谱之念愈急，……忆余髫时曾记曾叔祖与先王父时共商修，西窗折聖，尝至夜分，尚矍矍而未倦也。"这次修谱的结果便是今传康熙六十年刊本《张氏族谱》，显然，这是一个半成品。

十几年后，道渊第二次修谱，即张氏家谱第三次编纂，才基本完成了这项工程。道渊后序："岁月蹉跎，迟至壬子秋七月，墓祭之期，通族子姓，长幼尊卑，咸集泰山祖茔。因起建立宗祠之议，……于是岁十月谷旦，奉安先人主位于祠。……食馂之余，人人欣畅，金谓余曰：建祠、修谱，吾族两大事。今祠已建，谱安容缓。余曰；唯唯。……余谢绝人事，入祠捷关，敬谨增修。旧条目中逐目增益新条，旧条目外按条另标新目。更立宗训、族规、家法，……又恐迟或他误，前辙可鉴也，乃即鸠工于祠，随手付梓。编次方完，而梓人报竣。兹举也，起于癸丑四月之朔，成于九月之望。"张璐序："雍正壬子建祠后，先大人复受合族之请，膺修谱之责。于癸丑春，率胞兄玉五公 (敢按即张瑭)，潜心编辑。凡谱所应有，无不纤悉俱备。较旧谱之条目仅存，直觉无遗憾。其善因能述，为何如耶！"今存《张氏族谱》，绝大部分就是这次修纂的成果。下文还要讲到，这次修谱修得相当成功。《族谱》徐州牧石杰雍正十一年序："观其发凡起例，井井有条，书法之直，不容假借。"实非过誉之词。

乾隆四十二年，张璐绍继乃父遗绪，第四次增订族谱。本文所述，即为此次重订新刊本。张璐序称："迄今四十余年，代日益远，人日益多，使不重加订正，详为增入，将远者或不免于湮，多者或不免于紊。璐罪奚辞焉。独念璐既无力，且愧不文深。赖吾族中宦游者解俸助梓，典核者悉心襄事，始克勒有成书。用是敬序数言，以志第四次之纂修年月。"

修一部家谱，自顺治四年起议，至乾隆四十二年终刊，凡历时一百三十年。修谱之匪易，于此可见一斑。张氏家谱四次修纂，俱由张翱父子祖孙主持。张翱一支虽未宦达光宗，亦可谓著述志祖。彭城张氏的详情得以传留至今，主要是道渊父子的功绩。

（五）

这部《张氏族谱》，具有以下几个特点：

首先，关于张竹坡的材料极为丰富。当然，全谱都是了解张竹坡家世的资料。但其中直接有关竹坡生平的，就有：《族名录》中一篇一百七十五字的竹坡小传，《传述》中张道渊撰写的一篇九百九十七字的《仲兄竹坡传》，《藏稿》中张竹坡的《十一草》全文，《杂著藏稿》中张竹坡的一篇七百七十字的政论散文《治道》和一篇三百六十八字的记叙散文《乌思记》，以及其他一些篇章中所提到的与竹坡生平行谊有关的文字。根据这些资料，可以说，张竹坡的家世生平，今天已经基本揭晓。这一特色，后来的《彭城张氏族谱》和《清毅先生谱稿》都因为种种原因（主要是张竹坡评点《金瓶梅》这部所谓"淫词小说"的原因），而未能继承下来。前者不收藏稿，并篡改了《仲兄竹坡传》；后者虽收藏稿，却删除了《仲兄竹坡传》。

其次，它与其他一些家谱不同，没有那些琐屑的宗祠、祭田、祖茔、家产的记载，而将主要篇幅放在族名、传述、藏稿、志铭、赠言各项。这就使这部族谱首先在纂修体例上，高出其他家谱一筹。它的主要纂修者张翱、张道渊父子均具有较高的文学修养，他们的诗文在当时就取誉于名流。张氏族人又几乎人俱能诗，他们的交游不是社会贤达就是高士逸人。因此，吟其诗词藏稿，观其传述杂著，无异于是一种艺术享受。这部家谱的文学性很强，甚至可以说是一部文学总集。张氏族人的诗词散文，不但给《全清诗》《全清词》《全清文》增加了新的内容，其中的不少篇章，即放进清初名作之列，亦当之无愧。

再次，它具有丰富的社会内容。谱中所记年代，起自明嘉靖初年，迄于清乾隆四十年，首尾二百五十余年，其间经过明清易代的变迁，诸如李自成起义、史可法节制江北四镇、南明王朝覆灭、郑成功抗清、三藩之乱等，均有不同侧面和程度的反映。谱中所记张氏族人近千名，有将近一半的人有功名，文臣武将，宦游足迹遍布今华北、西北、西南、中原、华东各地。伴随着他们的文治武功，各地的政治经济面貌，以及风土人情，都有所载录。为谱作序，为族人作传、赠言和撰写墓志铭者数十百名，或系当朝宰辅，或系文学巨擘，对了解他们的著述交游，也有不少帮助。他如河患、天灾、官制、礼法、当时文坛风尚、少数民族习俗等等，也都有所涉及。因此，这部族谱可以给研究明末清初政治史、思想史、经济史、军事史、文化史等，提供新的参考资料。

另外，这部族谱里的资料信实可征。这样说不仅因为它的编刊年代较早，更主要的是修谱者秉笔直书，据实录辑，编纂态度十分严肃。虽然传述、赠言中照例有一些溢美之词，但并不为尊者讳，为族人讳，如指出张胆、张翀所修旧谱"有目无文"，注明族人张道行"人品不端……拐卖二弟"等。查无实据者，则宁缺不乱，如《族名录》中有一些人的姓名、生卒、去向不明，径空白不刻。康乾时期，深文周纳，文网甚密，《藏稿》居然收录了一些具有强烈黍离之情的诗词，尤为难得。如张翀《泗水怀古和石蕴玉韵》："丰沛雄图望眼消，空余泗上水迢迢。诗歌旧迹碑犹在，汤沐遗恩事已遥。白鹭闲依荒草渡，锦禽争过断杨桥。山川无限兴亡意，月色风声正寂寥。"故国之思，溢于言辞。

当然，族谱中也有一些封建性的糟粕，如颂扬皇恩圣德，提倡忠孝贞操等。但总起来说它们占的比重很小，有些明显只是表面文章，瑕不掩瑜。

（六）

将该谱散页合订成六册的时间在光绪六年，其封面签条上面有墨笔注云："光绪六年合订。"并在每册封面右上角注明本册的目次。但装订时与谱前目次不尽一致。谱中少数篇章有朱墨两色的眉批、夹注、圈点和总评，《霖田张公墓志铭》更经过墨笔删改，《杂著藏稿》前五页天头，并抄补了张胆的一篇《重修奎楼碑文》。封面墨笔字迹，与笔者另外发现的光绪十六年十世张介辑抄本《曙三张公志》字迹同一，因知合订人即张介。介字石夫，系道瑞（张胆第二子）来孙，道光八年生，廪膳生员，山东衍圣公委署司乐厅。

兹将各册细目附列如次：

【礼册】

雍正十一年徐州牧石杰序，康熙六十年五世孙张道渊序，雍正十一年五世孙张道渊后序，雍正十一年八世冢孙张炯序，乾隆四十二年六世孙张璐序，顺治四年山左刘明侯旧序，康熙元年山阴张昙旧序，康熙八年息斋老人金之俊旧序。

凡例，谱说，族规（按族谱目次，宗训在前，族规在后，今倒置），宗训，家法，谱系，族名录（按族谱目次为"名录"）。

【乐册】

族名录（续）。

【射册】

诰命（按族谱目次为"恩纶"），勅谕（按族谱目次为"敕命"），崇祀（按族谱目次，乡饮在前，次征聘，次崇祀，今倒置），乡饮，征聘，乡谥。

传述收有：张胆《旧谱家传》，张胆《自述》，《别驾曙三公小传》，《别驾曙三公殉难小传》，《骠骑伯量公小传》，《骠骑伯量公传》。

【御册】

传述（续）收有：吕维扬《炯垣张公传》，拾泰《珍垣张公传》，苗大会《稚垣张公传》，丁鹏振《拱垣张公传》，王熙《骠骑将军张公传》，范周《总戎伯量张公传》，张道渊《奉政公家传》，胡铨《司城张公传》，王凤辉《鉴远张公传》，司马梦详《青玉张公传》，张道渊《仲兄竹坡传》，庄柱《邑侯张公传》，周钺《孝靖先生传》，庄楷《别驾张公传》，秦勇均《岈山张公传》，张道渊《圣侄家传》，张道渊《珍侄家传》，吴云标《雪樵张君传》。

壸德收有：阃仪，节孝，孝媛，闺秀。

志铭收有：成克巩《睢阳别驾张二公元配刘夫人合葬墓志铭》，张玉书《伯量张公墓志铭》，罗濬《子藩张公墓志铭》，冯溥《拙存张公墓志》，孔毓圻《履贞张公墓志铭》，庄楷《云豀张公墓志》，余文仪《霖田张君墓志铭》，孙倪城《逸园张公墓志铭》。

【书册】

藏稿(按族谱目次此为大类名，下分奏疏、杂著、诗、词四小类，正文则合诗词为藏稿，另将奏疏、杂著独立为大类) 收有：曙三公《夷犹草》，鹤亭公《晏如草堂集》，雪客公《山水友》《惜春草》，拙存公《宦游草》，云溪公《玉燕堂诗集》，竹坡公《十一草》，逸园公《山居编年》《适意吟》《鸥闲舫草》《章江随笔》《凌虹阁词集》，伦至公《学古堂诗集》，佩鞘公《情寄草》，苍崖公《树滋堂诗集》，雪樵公《青照轩诗草》，闺秀青婉氏《娴猗草》。

奏疏。

杂著藏稿收有：伯量公《兵宪袁公传》《罗山人小传》，雪客公《山水友约言》《惜春草小引》，竹坡公《治道》《乌思记》，逸园公《醉流亭赋》《云龙山赋》《华岳记游》，默亭公《祭陇州城隍驱虎文》《祭陇州山神驱虎文》《祈晴文》。

赠言：诗，词，联，额。

【数册】

赠言 (续)。

寿笺：文，诗。

挽章：文，诗，联，额。

（原载于《文献》1985 年第 3 期；后收入《金瓶梅评点家张
竹坡年谱》，辽宁人民出版社 1987.7，1 版；又收入《中国小说戏
曲论学集》，台湾文史哲出版社 2000.7，1 版）

道光五年刊本《彭城张氏族谱》概述

　　张信和家藏的族谱六册，除了一册是康熙六十年谱的《族名录》部分外，其余五册均属《彭城张氏族谱》。该谱应为八卷八册，今存五册为其卷首、卷二、卷四、卷七、卷八。

　　该谱封面书题《彭城张氏族谱》，右一行顶格刻：道光乙酉重修，左一行下署：敦睦堂藏板。目录书题《彭城张氏族谱》。书脊《张氏族谱》。四周双边，白口，上鱼尾，鱼尾下刻类名、细目，板心底脚注页次，每卷自为起讫。乌丝栏。每半页八行，行二十字。遇有当今、祖宗字样，则提行抬头。板式、行款、字体、刻工均略同于乾隆四十二年谱，惟开本、板框稍大。卷首戴均元序，首页钤一印章云："第十三号给八世大邑"。查大邑，系竹坡二伯父张铎第八子道用重孙。则此谱保存人张信和，或即大邑后人。

　　道光五年修谱，已是彭城张氏第五次编修家乘。这次的主修人是张协鼎，监修人是张廷双、张昇，纂修人是张学中。张协鼎是竹坡从兄道瑞来孙暨道瑞长子彦璘重孙，祖父名秉绪，父名隽。协鼎字铸九，号春帆，一号大山。生于乾隆三十六年十月初一日。"初任山东兖州府上河通判，二任河南开封府下北河同知，恭遇覃恩诰授朝议大夫，三任河南分守河北彰怀卫河务兵备道，蒙恩赏加按察使衔，晋授通议大夫。"[1]张廷双字谱亭，是张棋第五子应聘重孙道涛第二子，为当时族长，系协鼎曾叔祖。张昇字子上，号朴斋，是彦琮孙暨彦琮第三子秉智子，系张省斋的伯父、协鼎的从父。张学中字叔时，号庸斋，是彦璘来孙暨秉绪三弟秉绥重孙，系协鼎从侄。生于乾隆五十五年十二月二十六日。增贡生，籤掣地方试用州判。张廷双道光五年自序："兹有

[1] 卷四《微山公系下第一支》

族孙协鼎……深恐地隔而情疏也，因于致仕之暇，毅然以修家乘为己任。"①张协鼎道光五年自序："爰禀命于族长谱亭曾叔祖，议定条规，……延请子上从父设局经理，……其间独任纂修之责者，则从侄学中也。"②可见，张廷双、张昇不过是领衔经理，顶多是参谋规划，张学中则是具体撰写，充其量是在某些条款中略抒己见；而真正决定族谱体例分寸者是张协鼎。不妨说，彭城张氏这第五次修谱，系由张协鼎一手总成。

至于此番修谱的原由与过程，"自康熙辛丑至乾隆丁酉，凡三增订，今又四十八年矣。……子姓日增于下，祖宗日远于上，水源木本之思，能无恻然动于中乎！是则家政之修，莫此为急矣。……自甲申季秋，迄乙酉春杪，七阅月而藏事。……因捐昔日在官时廉俸所余而镌刻之。"③

道光五年谱与乾隆四十二年谱相比，有如下几个特点：

首先，修纂体例有较大的变动。乾隆四十二年谱毋宁说是一部家族文学总集，虽然它也同时具备一般谱牒通常应有的款项。道光五年谱却以压倒的篇幅用列世系，然后上挂宗训、族规，下联家传、志铭，是一部标准的通用家乘。譬如，乾隆四十二年谱《凡例》有两则云："先人著作，子孙有力者全刊专集附谱。今仍公选族人诗文合刻一集，庶使无力者不致湮没祖父之泽。""寿挽诸章，悉系先人交游赠答之辞，后进者捧读篇什，则流风遗韵，犹可想见其一斑矣。"道光五年谱《凡例》则将此两则删除。因此，乾隆四十二年谱书、数两册载记的藏稿、杂著、赠言、寿笺、挽章，道光五年谱便未予收录。

其次，表现了强烈的封建正统观念。譬如乾隆四十二年谱兼容并蓄，举凡族人的言行著述，一仍其旧，以存其真。道光五年谱对不符合封建道德规范、有碍家族前途的内容，则务求删削净尽。张道渊《仲兄竹坡传》，道光五年谱与乾隆四十二年谱均加收录，但两者文字大相径庭，前者已将后者中关于张竹坡评点《金瓶梅》以及一些锋芒毕露的文字尽数删除。又如乾隆四十二年谱尽管也说"吾家世受恩纶，汇梓以光家垂"④，而且在射册

① 卷首

② 同上

③ 张协鼎自序

④ 《凡例》

收录了二十三道诰命，道光五年谱却以整个卷二朱色刷印诰命六十一道，其中属于乾隆四十二年以前而为乾隆四十二年谱未收者有十二道，可谓搜辑汇总，不遗余力。从前述张协鼎的履历看，他是一个标准的官僚，该谱修成如此，是并不奇怪的。

再次，对原谱文字作了大量删改。可分三种情况：一是删弃整篇。除前述藏稿、杂著、赠言、寿笺、挽章外，还有张道渊雍正十一年后序，"家传"中的《珍垣张公传》《稗垣张公传》《青玉张公传》《孝靖先生传》，"志铭"中的《霖田张君墓志铭》等。二是重写片断。如《凡例》《族规》等。三是改动文字。这种情况几乎遍及全谱，包括旧序、《家法》《崇祀》，以及张胆撰写的《先世小传》《自述》和"家传"中的绝大部分篇目。如胡铨《司城张公传》，全文有数十处改动，其"公以至性死于友，公父以至性死于君，易地皆然，而志节萃于一门，能不令人景行而仰止耶"一句之后，原文尚有三百一十七字，全删。重写片断与改动文字两种，并不全象《仲兄竹坡传》那样出于政治的目的，有的是出自行文的需要，有的已很难确知编者当时的用意。由于修谱者对先世历史资料率意篡动，失去其本来面目，大大降低了该谱的文献价值。

最后，有相当分量的增补。除增入后进子孙、辑补诰命之外，另新立了《排行字辈约》，还在"家传"类增补陈廷敬《履贞张公传》、庄楷《默亭张公传》、方长庚《孝直先生传》等十三篇，"外传"类增补周荣祖《节孝丁太宜人传》等三篇，"志铭"类增补苏去疾《苏门张公墓志铭》，《崇祀》增补"节孝"类二篇等。

道光五年谱的这些增补，对研究彭城张氏当然具有不可忽视的作用，但因为该谱不收族人著述与亲友赠答之作，因而张竹坡的《十一草》《治道》《乌思记》等删落，《仲兄竹坡传》又遭到严重篡改，因此，该谱在张竹坡与《金瓶梅》研究中的价值不大。不过，该谱对《仲兄竹坡传》的改易，很能说明世人和族人对待《金瓶梅》和张竹坡的态度，也应引起注意。

附目录：

卷首 (存)

　　道光四年八月戴均元序

　　道光五年三月六世孙廷双序

　　道光五年季春九世孙协鼎序

　　康熙元年小春日张昙序

　　康熙八年长至金之俊序

　　康熙六十年孟春道渊序

　　雍正十一年阳月石杰序

　　雍正十一年十月八世冢孙张炯序

　　乾隆四十二年孟夏六世孙张璐序

　　总目

　　道光乙酉年重修族谱族名

　　凡例

　　宗训

　　族规

　　家法

卷二 (存)

　　恩纶 (收诰命六十一道)

卷三 (缺)

　　排行字辈约

　　世表总图

　　世表分图一、二

卷四 (存 3—134 页)

　　世表分图三

卷五 (缺)

　　世表分图四至二十一

卷六 (缺)

　　世表分图二十二至五十二

卷七 (存 3—105 页)

家传

先世小传 (张胆)

炯垣张公传 (吕维扬)

拱垣张公传 (丁鹏振)

自述 (张胆)

骠骑将军张公传 (王熙)

总戎伯量张公传 (范周)

中宪公家传 (道渊)

司城张公传 (胡铨)

鉴远张公传 (王凤辉)

履贞张公传 (陈廷敬)

邑侯张公传 (庄柱)

别驾张公传 (庄楷)

岈山张公传 (秦勇均)

仲兄竹坡传 (道渊)

默亭张公传 (庄楷)

圣侄家传 (道渊)

孝直先生传 (方长庚)

珍侄家传 (道渊)

铁髯公小传 (秉泰)

雪樵张公传 (吴云标)

枚扬张公传 (任衔蕙)

拱宸张公小传 (冯迈)

霞抒张公传 (田实发)

悔堂张公传 (方长庚)

伟瞻张公传 (戴均元)

羽亭张公传 (陆金章)

冀斋张公传 (刘廷标)

心适张公传 (周开麒)

梧冈张公传 (任衔蕙)

逸园公

杂录

奏疏

（原载于《淮海论坛》1987 年第 3 期，后收入《金瓶梅评点
家张竹坡年谱》，辽宁人民出版社 1987.7，1 版）

道光二十九年稿本《清毅先生谱稿》述略

　　1984 年九、十月间，徐州师范学院图书馆特藏时有恒先生捐赠图书清理告一段落，发现一部稿本《清毅先生谱稿》。这是继乾隆四十二年刊本《张氏族谱》、康熙六十年刊本《张氏族谱》、道光五年刊本《彭城张氏族谱》之后，关于张竹坡家世生平资料的又一发现。

　　《清毅先生谱稿》八卷八册，装订虽有错简，尚可辨正。第一卷包括序文、宗训、族规、家法、恩纶、旌崇文。第二卷为世系总图与部分世系分图。第三至第五卷为世系分图。第六卷辑存张氏族人诗文稿。第七卷汇集张氏族人亲友之赠言、寿笺、挽章。第八卷收录关于张氏族人的传记、行述、墓志铭。

　　"清毅先生"，名张象贤，字省斋，号鲁门，一号心竹，晚年自号息园叟，"清毅"为其私谥之号，系张竹坡大伯父张胆六世孙暨张胆次子张道瑞五世孙。生于嘉庆元年十二月十三日，卒于咸丰七年五月初一日，享年六十二岁。今江苏省铜山县罗岗村人。以铜山县学生员议叙盐运司知事，加州同衔，崇祀乡贤，旌表朝议大夫。一生潜心理学，以程朱为宗，尤致力于义利之辨。咸丰初年，太平天国北伐，捻军进击徐地，张省斋联络乡里，团练民兵，配合清军，抵抗天兵，镇压捻军，终因坠马伤胸，咯血而死。据笔者另外发现的，由其子张介、张达辑抄的《清毅先生荣寿录》载，张省斋著有《克治录日记》《梁园日记》《团练图说》《团练防堵上奕、周两中丞书》《送高赐社还豫诗》《书郑孝子寻亲本末记后诗》等。

　　《清毅先生荣寿录》录张省斋之外甥程保廉咸丰八年撰《清毅先生年谱》："道光二十九年己酉，公五十四岁，重修族谱，采辑旧闻，搜罗遗事，夜以继日，寝食不遑也。"这里所谓"重修族谱"，当即指编纂此《谱稿》事。即《清毅先生谱稿》的编修时间当为道光二十九年。

《清毅先生谱稿》是手写本，笔迹有墨、朱两种，墨笔为底稿，朱笔则就墨笔的部分文字增删改订。根据《谱稿》、《荣寿录》的记载，墨笔为张省斋手迹，其誊录《谱稿》的时间，在道光末咸丰初。《谱稿》世系图各卷凡有题名者皆作《张氏族谱》，这应是张省斋编纂时的书题原名。当时分册不分卷，分册情况也与今存本不同。

笔者另外发现的单行抄本《清毅先生年谱》的辑抄时间为同治八年，《清毅先生荣寿录》的辑抄时间为光绪五年，乾隆四十二年刊本《张氏族谱》的合订时间为光绪六年，三者皆系张省斋长子张介所为。对照笔迹，明显可见，《谱稿》中的朱笔为张介手迹。其增删修改《谱稿》的时间，必在同治、光绪年间。

张介一生只是廪膳生员，后来勉强做了一个山东衍圣公委署司乐厅，是个无名士子。他似乎有过绍厥父志、续修族谱的打算，至少也是一个向慕祖宗勋业、收集家族文献的热心人。他用朱笔对《谱稿》所做的工作，除更变部分文字、添补家族新人新事之外，便是改订重装，标出卷次，题写书名。

彭城张氏编修家乘，至《清毅先生谱稿》，已是第六次。以《谱稿》对照现存康熙六十年谱、乾隆四十二年谱、道光五年谱，可知其具有以下几个特点：

其一，《谱稿》只是以往各谱的综合汇编。乾隆四十二年刊本《张氏族谱》是笔者从张省斋来孙暨张介重孙张伯吹处发现的，封面上尚有张介的墨笔题字。道光五年刊本《彭城张氏族谱》卷首《道光乙酉年重修族谱族名》"誊录"与"校勘"项下均有"九世象贤"，《清毅先生年谱》亦明载此事。康熙六十年刊本《张氏族谱》与《谱稿》同在时有恒藏书之中，其收购来源当同出一处。就是说，康熙六十年谱、乾隆四十二年谱、道光五年谱在张省斋"重修族谱"时，是同在其手头的。《谱稿》墨笔

所记之人、事，一般以道光五年为下限，并未超出道光五年谱的
记载。这说明张省斋这次修谱，并不象以往各次那样，做过通族
的大量的调查。本来，之所以需要重修谱牒，一个主要原因是增
补后来的子孙。《谱稿》没有做到这一点，张省斋只是做了一番
案头的增删组合工作。康熙六十年的《张氏族谱》并未修成，当
时付梓的就只是部分活页，现存的 (无论是笔者发现的一部，还
是时有恒原藏的一部) 更只是活页的残编，而且去日久远，《谱
稿》基本未加参用。《谱稿》主要是揉合乾隆四十二年谱与道光
五年谱而成。其第一至第五卷，以及第八卷，基本是采用的道光
五年谱的内容，而参用了乾隆四十二年谱的形式。《谱稿》卷二
《聚轸小传》张省斋按云： "兹按旧总图分九 (朱笔改作六) 册，
仍立支图于各册之前。"这里所谓 "总图"、"支图"，指的便是
道光五年谱的 "总图"、"分图"。道光五年谱的卷三至卷六凡四
卷均为世系图，占了一半以上的份量。《谱稿》卷二至卷五亦有
四卷的篇幅用列世系，其页数比例亦相仿佛。而乾隆四十二年谱
用为世系的卷帙只当全书的六分之一稍强。《谱稿》第六、七两
卷则相当于乾隆四十二年谱的第五、六两册，而稍有增添。可以
看出，张省斋对他从兄张协鼎道光五年主修的《彭城张氏族谱》
是不甚满意的，认为其中 "失当处、急应更正处"很多①。如果
说雍正十一年张道渊修谱是文人修谱因而文学性甚强、道光五年
张协鼎修谱是官僚修谱因而谱牒味很浓的话，那么这次张省斋修
谱，则是兼及了谱牒味与文学性的，尽管他只是做了这两种性质
资料的取舍汇编工作。

　　其二，思想守旧，力不从心。张省斋、张介父子在《荣寿
录》中表现的强烈的封建正统观念，在《谱稿》编修体例与人物
评赞中表现得很为充分。譬如，乾隆四十二年谱所收张道渊《仲
兄竹坡传》，披露张竹坡评点《金瓶梅》的详情，具有极为重要
的历史文献价值。道光五年谱虽保留了这篇传，却将有关《金瓶
梅》的文字删除净尽。《谱稿》则更甚，干脆不收此传，而在
《竹坡小传》中说： "曾批《金瓶梅》小说，隐寓讥剌，直犯家

讳，非第误用其才也，早逝而后嗣不昌，岂无故欤!"（朱笔改为"……批《金瓶梅》小说，愤世嫉俗，直犯家讳，则德有不足称者，抑失裕后之道矣。"）直视《金瓶梅》为淫书、张竹坡评点《金瓶梅》为异端。与其说张省斋因为不满意道光五年谱的体例而加以重修，不如说他想通过重修家谱，对家族文献来一番符合封建规范的净化。彭城张氏赫赫扬扬二百余年，到晚清时候，早已衰微不振。无论从权势、财力、才气上，张氏家族都已迥别于往昔。道光五年张协鼎五修家谱，已是捉襟见肘；张省斋编修《谱稿》，虽然用心良苦，更觉不自量力。《谱稿》卷二《聚轸小传》张省斋按："惟五世履贞公系下支派特盛，复按第六世再分支图。"突出本支系统，虽然反映了张省斋的小宗观念，他当时能做到的，却也的确只能如此。当时已不可能在全族"逐户咨询，尽人究察"①，也不可能付梓印刷，甚至张省斋没能做到始终如一，毕功其事。今存《谱稿》的散乱现象，并不全是因为后来的遗落，而是当时就不是一个完全品。

① 康熙六十年张道渊前序

其三，《谱稿》具有独立的资料价值。主要表现在两个方面：一是增补出一些以往各谱所没有的资料，譬如卷六收录有 24 名张氏族人的诗词 267 首，8 名张氏族人的文稿 17 篇，其中张胆《归田词》8 首、张漱诗 2 首、张彦珽诗 1 首、张彦琮诗 3 首、张秉忠诗 3 首、张名宿《尔尔鸣》23 首、张长清诗 1 首、张符升诗 7 首、张恒《工庸杂咏》《山楚偶吟》5 首、张苕《望羊草》5 首、张秉智《愿学斋诗钞》《舌叶小草》2 首、闺秀晴筠氏诗 5 首、张名宿《游天门山记》《覆瓿集序》与张秉智《崔泉山庄赋》等，即为以前各谱所无。二是今存康熙六十年谱、乾隆四十二年谱，道光五年谱均非全帙，有着不同程度的残缺，其缺失部分，一般都较完整地保存在《谱稿》之中。譬如，世系图，乾隆四十二年谱缺失六世以下部分，道光五年谱缺失张道瑞以外部分，缺失的这些，《谱稿》中均有。又如，张氏族人亲友之赠言、寿笺、挽章，乾隆四十二年谱有缺失，道光五年谱则未收录，这些，《谱稿》中也均有。

对于张竹坡与《金瓶梅》研究，如果乾隆四十二年谱完整无失，道光五年谱与《清毅先生谱稿》便没有多大价值。因为道光五年谱也有散佚，则《谱稿》中关于张翙一系 (尤其是竹坡一支) 六世以下的世系与小传，以及赠言中阎圻赠竹坡的诗篇，便属绝无仅有，弥足珍贵。

总之，《清毅先生谱稿》因为失收《仲兄竹坡传》，在张竹坡与《金瓶梅》研究中，与乾隆四十二年谱相比，文献价值是要低逊很多的。但它与道光五年谱各有短长，也值得引起注意。

（原载于《金瓶梅评点家张竹坡年谱》，辽宁人民出版社1987.7，1 版）

《张氏族谱》的发现及其意义

　　随着被誉为"四大奇书"之一的《金瓶梅》研究的深入，和中国古代小说批评史课题的提出，《金瓶梅》的著名评点家张竹坡的家世生平，愈来愈引起国内外学人的注意。近年来，人们陆续从《铜山县志》《徐州诗征》《友声后集》等文献中，发现了一些有关张竹坡的资料，并且知道这些资料多出于彭城张氏的家乘故集。因此，访查张氏的宗谱，成为张竹坡与《金瓶梅》研究的一个首要选题。

　　1984 年 3 月，笔者参加武汉中国古典小说理论讨论会，受到与会师友宏论的很大启发。作为徐州人，听到大会对桑梓先哲张竹坡的《金瓶梅》评点的充分肯定与高度评价，既感到光荣，又受到鞭策。返徐以后，得到业师郑云波先生的鼓励和吉林大学王汝梅先生的督促，遂全力投入张氏家谱与家藏故集的访求。

　　彭城张氏是徐州望族，其后裔遍布市区与铜山、肖县等地，十二世张伯英更是近现代地方名人。伯英先生的金石考古很有功力。他的书法，更将汉隶、魏碑融进楷书，端庄润劲，自成格势，独步一时。笔者调查彭城张氏的家乘遗集，即从张伯英一支后人入手。五月中下旬，在很多师友的惠助下，辗转寻访到张伯英的从弟张尚志。尚志先生年近古稀，精神矍铄，确切告知铜山县罗岗村尚有一部族谱存世，并具函绍介于其侄、族谱保存者张伯吹。

　　5 月 29 日晨，笔者遂骑自行车前去罗岗。原来张竹坡的从兄张道瑞，六传一支兄弟两人，长曰介，次曰达。达即张伯英的祖父，罗岗所居乃介之后人。罗岗在徐州市南三十里，属今汉王镇管辖。时值双夏，伯吹正在麦地点种玉米。接谈之后，即于地头摊解笔者据调查结果并地方志乘所编制之《彭城张氏世系表》。伯吹以手指表，侃侃而谈，某人熟知，某人闻名，某人某某事，某人某某时云。忽戛然停语，执手而起，曰：客至不恭，歉歉，请屈尊舍下一观。笔者一向认为风尘中通脱达观者所在定多，而伯吹慷慨有识，早已心许。伯吹自房内梁上取下包袱一只，掸去灰尘，悉令观览。一面自谦道：我识字无多，不知价值，请自取用。笔者早已解袱取书，蹲地开阅。谱名《张氏族谱》，一函，函封系借用，其签条书题《有正味斋全集》，乃张道渊纂修，张璐增订，乾隆四十二年刊本。伯吹自一旁曰：先君爱读书，重文物，动乱之年，"四旧"人俱焚之，独秘藏梁端，易箦之时，尚叮嘱再三。伯吹摩挲族谱，怅然往忆。笔者亦陷入沉思：竹坡家世生平湮没三百余年，人莫能详知，而今即将见世，竹坡有灵，当是含笑欣慰于九泉的吧？

后来，七、八月间，在铜山县第二人民医院张信和等人协助下，笔者又访见康熙六十年刊残本《张氏族谱》与道光五年刊残本《彭城张氏族谱》各一部，以及其他一些稿本张氏先人诗文集。九月中旬，徐州师范学院图书馆时有恒先生捐献书目编制告竣，也发现有一部康熙六十年刊残本《张氏族谱》与一部晚清稿本《清毅先生谱稿》。

在这些新发现的张氏家谱中，以乾隆四十二年刊本《张氏族谱》最具文献价值。该谱辑录有关张竹坡的资料最多、最全，计：《族名录》中一篇一百七十五字的竹坡小传，《传述》中张道渊撰写的一篇九百九十七字的《仲兄竹坡传》，《藏稿》中张竹坡的诗集《十一草》《杂著藏稿》中张竹坡的一篇七百七十字的政论散文《治道》、一篇三百六十八字的抒情散文《乌思记》，以及其他一些与竹坡生平行谊有关的文字。

《张氏族谱》的发现，在中国小说史和中国文学批评史上，是一件不算太小的事情。笔者因而概述发现经过如上，用为志念，并且自励。

《张氏族谱》发现的意义，首先在于张竹坡家世生平的全面揭晓，张竹坡与《金瓶梅》的研究，因而有了一个较大的突破。

譬如，彭城张竹坡是否即评点《金瓶梅》的张竹坡？虽然刘廷玑《在园杂志》早在康熙五十四年就作了记载，绝大多数版本的《第一奇书》也都镌有"彭城张竹坡批评"字样，至今却仍有人怀疑。国外就有人说张竹坡是安徽歙县人，更有人否定张竹坡的存在，认为只是书商的化名。现在，《族谱·传述》录张道渊《仲兄竹坡传》："(兄) 曾向余曰：《金瓶》针线缜密，……吾将拈而出之。遂键户旬有余日而批成。"铁证如山，怀疑论从此可以打消。

再如，张竹坡的家世，如果综合地方志乘、郡邑诗征，并不难了解其大略。但乡土材料里面涉及到的张氏族人有限，记载也很简疏，又有不少谬误，并且世系不明，无法统系。而在《张氏族谱》中，张氏族人俱有小传，重要人物还有家传、志铭、行述、藏稿等。这就可以全面、系统、详尽地了解竹坡的家世。如竹坡的祖父张垣，是明末抗清殉难的民族英雄，清人纂修的方志，自然只能含糊其词，一语提过，族谱等文献则详细记载了张垣壮烈牺牲的时间、地点、原因、经过，于是便可理解为什么竹坡的伯父张胆以副将两推大镇而未获批准，竹坡的父亲张翄一生留连山水、啸傲林泉，等等。

又如张竹坡的生平，在《张氏族谱》发现之前，顶多只知道他评点过《金瓶梅》、《幽梦影》等书，在扬州给张潮写过三封信，在苏州写过二首诗。有些文章就据此说他长期客寓维扬、姑苏，是一个出版商，或专替书贾批书的文人。今天，不仅可以进一步确切知道他评点《金瓶梅》《幽梦影》的时间，到扬州和在扬州给张潮写信的时间，到苏州的时间和在苏州写的其他诗篇，而且还知道他出生时的神话般的传说，童年时期的颖慧，家庭经济、身体素质和志趣爱好，北上京都夺魁长安诗社的壮举，五困棘围未博一第的命运，效力河干、图谋进取、不幸疾卒的结局，以及他为什么能够在《金瓶梅》评点中提出一系列论点等。这就能使不是泛泛地议论，简略地介绍，而是可以周密地考察张竹坡的生平身世，勾勒他的行动线索，系挂他的著述行谊，探讨他的思想脉络，理解他的小说美学的源流、精髓和价值。

又如张竹坡的诗集《十一草》《徐州诗征》、民国《铜山县志》虽有著录，前者且选了其中二首诗，而《张氏族谱》收有《十一草》全部，从而可知《徐州诗征》所选，只是《十一草·客虎阜遣兴》组诗六首的一部分。不仅如此，根据族谱，还可以判断《十一草》的收集人、编定人和诗集名称的命名人，并且可以推考张竹坡诗作的总数及其流传与存佚。

《张氏族谱》的内容十分丰富，具有《金瓶梅》与中国小说美学研究以外的多方面的参考价值。

清初顺治、康熙年间是彭城张氏的鼎盛时期。这时武有张胆、张道瑞父子，领兵于重镇海疆；文有张铎、张道祥、张道源叔侄，官至臬司府道，可谓一门群从，势倾闾里。他们的交游，上至宰辅，下至封疆大吏，多系当代显要。张翀、道弘、竹坡、道渊父子，又俱是诗画大家，名噪当时。侯朝宗、李笠翁、吴国缙等名流俱曾间关过从，结社吟咏。族谱收有相当数量的他们的赠言、诗文、联额、寿挽，提供了他们一些新的行踪和佚作。

张氏家族既是簪缨世胄，又是书香门第，族人几乎人人能诗。族谱选录其诗词达数百首，其文达数十篇。其中张翀的七律、骈文，竹坡的古风，道祥的五律，道渊的传记，彦瑗的七绝等，各领风骚，皆堪称引，值得清诗、清词、清文的研究者留意。

《张氏族谱》详细记载了张氏家族隆遇兴衰的过程，涉及到明末清初政治、经济、军事、思想、文化各个领域，为各种专门史的研究工作，提供出一些难得的资料，也是地方志乘的重要资料来源。

彭城书派以张伯英的书法为代表，成为我国近现代书法艺术的重要流派。张伯英的书法更被推尊为"伯英体"。至今，徐州私淑伯英体者，尚有孙鸿啸、孙茂才、文金山等人。他们中有不少人，在全国书法比赛中，便以伯英体得到过名次。但对伯英体书法的搜集研究，并没有引起足够的重视。张氏族人能书者，代不乏人。族谱就记载有彭城书派渐次演进的足迹。张氏先人的手泽，存世者也不在少数。研究伯英体书法的源流、特点、价值，不但是必要的，而且是可能的。

彭城张氏于顺康间、康熙末年、雍正十一年、乾隆四十二年、道光五年先后五次正式修纂过族谱，其后虽因族繁指众，兼且家族衰落，再也无力进行通族的增补续修，也并不是无人进行局部的辑佚，和着手单支的订补。据笔者另外发现的《荣寿录》载程保廉《清毅先生年谱》称："道光二十九年，公五十四岁，重修族谱，采辑旧闻，搜罗遗事，夜以继日，寝食不遑也。"清毅先生即张省斋，是张伯英的曾祖，他虽然未像年谱所说那样"重修族谱"，却也将族谱辑录重编成册，便是前文提到的《清毅先生谱稿》。省斋长子张介辑抄《曙三张公志》《荣寿录》《宗祠祖茔录》等，无疑也是为重修族谱的某种准备。他们仅是道瑞第三子彦琮以下一支。据笔者访查其他各支所知，他们也都有人在做此类事情。直至民国年间，张伯英尚在节编宗谱，并且手录存世。虽然近几十年间，迭经变迁、动乱，但毕竟去时未远，世间当仍有保存家集、珍惜文物如张伯吹、张信和、时有恒者在。笔者殷切期望文物收藏家与文史研究者，能够继续发现彭城张氏的新的文献。

（原载于《淮海论坛》1985 年第 2 期；又载于《徐州日报》1987 年 10 月 3 日第 4 版；后收入《金瓶梅评点家张竹坡年谱》，辽宁人民出版社 1987.7，1 版）

《十一草》

春朝（二首）

长至封关未许开，葳蕤暂解为春来。

偶依萱树栽花胜，敢使藜灯误酒杯。

呵冻莫愁三月浪，望云已痒一声雷。

预拼拂拭朦胧眼，先赏疏篱腊后梅。

去年腊尽尚留燕，帝里繁华不计钱。

凤阙双瞻云影里，鹤轩连出御河边。

树围瀛岛迷虚艇，花满沙堤拾翠钿。

此日风光应未减，春明门外柳如烟。

乙亥元夜戏作（一首）

堂上归来夜已午，春浓绣幕余樽俎。

荆妻执壶儿击鼓，弱女提灯从傍舞。

醉眼将灯仔细看，半类狮子半类虎。

吁嗟兮，我生纵有百上元，屈指已过二十五。

去年前年客长安，春灯影里谁为主。

归来虽复旧时贫，儿女在抱忘愁苦。

吁嗟兮，男儿富贵当有时，且以平安娱老母。

和咏秋菊有佳色（一首）

不是寻常儿女姿，须从霜后认柔枝。

果堪盈把休嫌瘦，便过重阳莫逞迟。
谁道无钱羞老圃，只须有酒实空卮。
醉眼万朵黄金下，更拭双眸有所思。

赠阎孝廉孙千里（一首）

先生孝廉之长孙，孝廉诗名满乾坤。
金针玉律今尚存，先生又抵词林根。
久思伐木登龙门，破屋拥鼻愁鸢蹲。
高车忽来黄叶村，相思有块亲手扪。
不嫌粗粝出鸡豚，脱略不设瘿木樽。
西坞新烧老瓦盆，木杓对举听春温。
请将诗律细讲论，何以教我洗眵昏。

客虎阜遣兴（六首）

四月江南晒麦天，日长无事莫高眠。
好将诗思消愁思，省却山塘买醉钱。

剑水无声静不流，天花何处讲台幽。
近来顽石能欺世，翻怪生公令点头。

千秋霸气已沉浮，银虎何年卧此邱。
凭吊有时心耳热，云根拨土觅吴钩。

画船歌舞漫移商，矜贵吴姬曲未央。
歌担菜佣桥上坐，也凝双眼学周郎。

故园北望白云遥，游子依依泪欲飘。
自是一身多缺陷，敢评风土惹人嘲。

僧房兀坐掩重门，鸟过花翻近水村。

迩日又开诗酒戒，只缘愁绪欲消魂。

拨闷三首

风从双鬓生，月向怀中照，对此感别离，无何复长啸。愁多白发因欺人，顿使少年失青春。愁到无愁又愁老，何如不愁愁亦少，不见天涯潦倒人，饥时虽愁愁不饱。随分一杯酒，无者何必求。其有遇，合力能，龙凤飞拂逆，志甘牛马走。知我不须待我言，不知我今我何剖。高高者青天，渊渊者澄渊，千秋万古事如彼，我敢独不与天作周旋。既非诹鬼亦非颠，更非俯首求天怜。此中自有乐，难以喉舌传。明日事，天已定，今夜月明里，莫把愁提起。闲中得失决不下，致身百战当何以？

少年结客不知悔，黄金散去如流水。老大作客反依人，手无黄金辞不美。而今识得世人心，蓝田缓种玉，且去种黄金。

青天高，红日近，浮云有时自来往，太虚冥冥谁可印。南海角，北山足，二月春风地动来，无边芳草一时绿。君子能守节，达人贵趋时，时至节可变，拘迫安所之。我生泗水上，志节愧疏放。天南地北汗漫游，十载未遇不惆怅。我闻我母生我时，斑然之虎入梦思，掀髯立起化作人，黄衣黑冠多伟姿。我生柔弱类静女，我志腾骧过于虎。有时亦梦入青云，傍看映日金龙舞。十五好剑兼好马，廿岁文章遍都下。壮气凌霄志拂云，不说人间儿女话。去年过虎踞，今年来虎阜，金银气高虎呈祥，池上剑光射牛斗。古人去去不可返，今人又与后人远。我来凭吊不胜情，落花啼鸟空满眼。白云知我心，清池怡我情，眼前未得志，岂足尽生平。

留侯（一首）

飘然一孺子，乃作帝王师。

岂尽传书力，为思大索时。

报韩未竣事，辅汉亦何辞。

终得骋其志，功成鬓未丝。

酂侯（一首）

骊山失一鹿，泗水走群龙。

不有萧丞相，谁兴汉沛公。

良谋潜蜀内，本计裕关中。

授汉以王业，卓哉人之雄。

淮阴侯（一首）

背水囊沙后，平齐下楚时。

既然用武善，为甚识机迟？

丞相何曾负，将军实自危。

未央云漠漠，莫与郦生知。

中秋看月黄楼上（一首）

今古风光定不殊，古人对月意何如？

兔毫此夜仍堪数，人事当年孰可呼。

远眺却嫌南斗近，旷怀应笑北山孤。

百年以后登楼者，还有悲歌客也无。

（以上录自乾隆四十二年刊本《张氏族谱·藏稿》）

《治道》

　　三代以上为政易，三代以下为政难。何今天下不同于古天下哉？或时数之淳薄有不同欤？上古气厚朴，民鲜刁刻，近今日渐浇漓，故易奸宄。曰：不然。运会有升降，天性无异同，使尽疚气数，何贵有拨乱反治之人乎！抑或土地广狭有不同欤？古之九有也，小恩施易遍，今兼遐迩而一之，教化难周。曰：更不然。协和万邦，重译来朝，岂一隅乎！汉唐宋元而外，割据者多尽易易乎！然则果何故？曰：得道则治，失道则乱，固也。然难易之间，亦自有故。盖政教存乎风俗，风俗系乎人心。自古礼之不作也，而人心荡荡，则出乎规矩之外矣。自古乐之不作也，而人心骄骄，则肆于淫逸之中矣。人心不正，风俗以颓。风俗颓矣，虽有善政，家谕而户晓之，严刑而深禁之，吾见其免而无耻，未见其有耻且格。是以古人生而孩提之时，即教以父母之当孝也，兄长之当敬也。饮食起居，洒扫应对，莫不有礼，以坚其身志。闾巷歌谣，刺恶美善，淡然以和，莫不有乐，以陶其性情。所见者无怪行，所闻者无邪说，非礼不敢出诸口，非义不敢见于事。及其长也，更有名师好友，倡和而切磋之。如是虽欲其心之不正也难矣。人人之心如是，虽欲不风俗之善也又难矣。人心风俗已有敦庞不拔之基，故虽当桀纣之世，而流风遗俗犹有存者，因其机而利导之，乃适还其故有也。是以易也。若夫三代以下，生而孩提时，其亲即以其嬉笑怒骂为可喜也，导之而不加饬。及其少长，吾见其正位而食也，吾见其与先生并行也，吾见其触亲之颜、紾兄之臂为常事也。行皆傲慢之礼，间有揖让者，则群然怪之，此一二人也，畏人怪而羞揖让。闻皆淫佚之声，间有淡远者，则群然迂之，此一二人也，畏人迂而忘淡远。以至言非虐谑不名能言，行非流荡不为合俗。其父兄师友皆然，从之游者，日有甚焉。如是则虽欲其心之正也难矣。人心如是，虽欲不风俗之不善又难矣。人心风俗污染已久，欲复时雍之胜，岂易为力哉！是以难也。或又曰：先王治定功成，然后制礼作乐，今子乃言人心必先礼乐而后正，何也？曰：不然。予所谓礼乐伦常之次序，和乐日用之进退，周旋天序天秩者，此也。岂咸英韶周礼周官之谓也哉。然果陶淑而浃洽之，则制作亦不外是。故孟子曰：我亦欲正人心。诚拔本穷源泉之论也。呜呼，古成才也易，今成才也难，良可慨也夫！

（录自乾隆四十二年刊本《张氏族谱·杂著藏稿》）

《乌思记》

　　余筏里人也。年十五而先严即见背。届今梧叶悲秋、梨花泣雨、三载于斯。而江山如故、云物依然。惟有先生长者、旧与诗酒往还。予童时追随杖履者、仅存寥寥一二人。至于人情反复、世事沧桑、若黄河之波、变幻不测；如青天之云、起灭无常。噫、予小子久如出林松杉、孤立于人世矣。戊辰春、予以亲迎至钟吾。每致悲风木、抱恨终天。兼之萱树远离、荆枝遥隔、当风雨愁寂之时、对景永伤、不觉青衫泪湿、白眼途穷、竟不知今日为何日矣。偶见阶前海榴映日、艾叶凌风、乃忆为屈大夫矢忠、曹娥尽孝之日也。嗟乎、三闾大夫不必复论。彼曹娥者、一女子也、乃能逝长波、逐巨浪、贞魂不没、终抱父尸以出。矧予以须眉男子、当失怙之后、乃不能一奋鹏飞、奉扬先烈、槁颜色、困行役、尚何面目舒两臂系五色续命丝哉。嗟乎、吾欲上穷于碧落、则玉京迢递、阊阖迥矣；吾欲下极于黄泉、则八荒杳茫、鬼磷燃矣。陟彼高冈、埋苍烟矣；溯彼流水、泣双鱼矣。思之思之。惟有庄蝶虞鹿、时作趋庭鲤对之时；然后知杀鸡椎牛、正人子追之不及、悔之不能、血泪并枯之语也。是为记。

（录自乾隆四十二年刊本《张氏族谱·杂著藏稿》）

　　（原载于《金瓶梅评点家张竹坡年谱》、辽宁人民出版社1987.7，1版；又载于《张竹坡与金瓶梅》、百花文艺出版社1987.9，1版）

附录二　张竹坡传记资料

张道渊《仲兄竹坡传》（一）

　　兄名道深，字自得，号曰竹坡。余兄弟九人，而殇者五，兄虽居仲，而实行四。岁庚戌，母一夕梦绣虎跃于寝室，掀髯起立，化为伟丈夫，遂生兄。甫能言笑，即解调声。六岁，辄赋小诗。一日卯角侍父侧。座客命对曰："河上观音柳"；兄应声曰："园外大夫松"。举座奇之。父由是愈钟爱兄。兄长余二岁，幼时同就外傅。余质钝，尽日咿唔，不能成诵。兄终朝嬉戏，及塾师考课，始为开卷。一寓目，即朗朗背出，如熟读者然。余每遭夏楚，兄更得美誉焉。一日，师他出。余拣时艺一纸、玩物一枚，与兄约曰："读一过，而能背诵不忘者，即以为寿。设有遗错，当以他物相偿。"兄笑诺。乃一手执玩具，一手持文读之。余从旁催促，且故作他状以乱之。读竟复诵，只字不讹。同社尽为倾倒。父欲兄早就科第，恐童子试羁縻时日，遂入成均。十五赴棘围，点额而回。旋丁父艰，哀毁致病。兄体臞弱，青气恒形于面，病后愈甚。伯父奉政公尝面谕曰："侄气色非正，恐不永年，当善自调摄"。呜呼，早先见及之矣。兄素善饮，且狂于酒，自是戒之，终身涓滴不入于口。兄性不羁，一日家居，与客夜坐。客有话及都门诗社之盛者。兄喜曰："吾即一往观之，客能从否？"客方以兄言为戏，未即应。次晨，客晓梦未醒，而兄已束装就道矣。长安诗社每聚会不下数十百辈。兄访至，登上座，竞病分拈，长章短句，赋成百有馀首。众皆压倒。一时都下称为竹坡才子云。兄读书一目能十数行下，偶见其翻阅稗史，如《水浒》《金瓶》等传，快若败叶翻风，暑影方移，而览辄无遗矣。

曾向余曰："《金瓶》针线缜密，圣叹既殁，世鲜知者，吾将拈而出之"。遂键户旬有馀日而批成。或曰："此稿货之坊间，可获重价"。兄曰："吾岂谋利而为之耶？吾将梓以问世，使天下人共赏文字之美，不亦可乎"？遂付剞劂。载之金陵。于是远近购求，才名益振。四访名士之来白下者，日访兄以数十计。兄性好交游，虽居邸舍，而座上常满。日之所入，仅足以供挥霍。一朝大呼曰："大丈夫宁事此以羁吾身耶！"遂将所刊梨枣，弃置于逆旅主人，馨身北上。遇故友于永定河工次。友荐兄河干效力。兄曰："吾聊试为之。"于是昼则督理插畚，夜仍秉烛读书达旦。兄虽立有羸形，而精神独异乎众，能数十昼夜目不交睫，不以为疲。然而销铄元气，致命之由，实基于此矣。工竣，诣巨鹿，会计帑金。寓客舍，一夕突病，呕血数升。同事者惊相视，急呼医来，已不出一语。药铛未沸，而兄奄然气绝矣。时年二十有九。与李唐王子安岁数适符。吁，千古才人如出一辙，余大不解彼苍苍者果何意也！兄既殁，检点行橱，惟有四子书一部、文稿一束、古砚一枚而已。嗟乎，之数物者，即以为殉可也。兄一生负才拓落，五困棘围，而不能博一第。赍志以殁，何其陜哉！然著书立说，已留身后之名，千百世后，凭吊之者，咸知有竹坡其人。是兄虽死，而有不死者在也。兄自六龄能诗，以至于殁，其间二十馀年，诗、古文、词，无日无之。然皆随手散亡，不复存稿。搜求败纸囊中，仅得如干首。一斑片羽，徒令人增忉怛耳！呜呼，惜哉！子二：彦宝、彦瑜。

（录自乾隆四十二年刊本《张氏族谱·传述》）

张道渊《仲兄竹坡传》（二）

兄名道深，字自得，号曰竹坡。余兄弟九人，而殇者五，兄虽居仲，而实行四。岁庚戌，母一夕梦绣虎跃于寝室，掀髯起立，化为伟大夫，遂生兄。甫能言笑，即解调声。六岁，辄赋小诗。一日，总角侍父侧。座客命对曰：河上观音柳；兄应声曰：

园外丈夫松。举座奇之。父由是愈钟爱兄。兄长余二岁，幼时同就外傅。余质钝，尽日咿唔，不能成诵。兄终朝嬉戏，及塾师考课，始为开卷。一寓目，即朗朗背出，如熟读者然。余每遭夏楚，兄更得美誉焉。一日，师他出。余拣时艺一纸、玩物一枚，与兄约曰：读一过，而能背诵不忘者，即以相授。设有疑错，当以他物相偿。兄笑诺。乃一手执玩具，一手持文读之。余从旁催促，且故作他状以乱之。读竟复诵，只字不讹。同社尽为倾倒。父欲兄早就科第，恐童子试羁縻时日，遂入成均。十五赴棘闱，点额而回。旋丁父艰，哀毁致病。兄体臞弱，青气恒形于面，病后愈甚。伯父中宪公尝面谕曰：侄气色非正，恐不永年，当善自调摄。呜呼，早先见及之矣。兄素善饮，且狂于酒，自是戒之，终身涓滴不入于口。兄性不羁，一日家居，与客夜坐。客有话及都门诗社之盛者。兄喜曰：吾即一往观之，客能从否？客方以兄言为戏，未即应。次晨，客晓梦未醒，而兄已束装就道矣。长安诗社每聚会不下数十百辈，兄访至，登上座，竞病分拈，长章短句，赋成百有馀首。众皆压倒。一时都下称为竹坡才子云。兄性好交游，虽居邸舍，而座上常满。日之所入，仅足以供挥霍。一朝大呼曰：大丈夫宁惟是啸傲风尘以毕吾生耶！遂挺身北上，遇故友于永定河工次。友荐兄河干效力。兄曰：吾聊试为之。于是昼则督理插图，夜仍秉烛读书达旦。兄虽立有赢形，而精神独异乎众，能数十昼夜目不交睫，不以为疲。然而消烁元气，致命之由，实基于此矣。工竣，诣巨鹿，会计帑金。寓客舍，一夕突病，呕血数升。同事者惊相视，急呼医来，已不出一语。药铛未沸，而兄奄然逝矣。时年二十有九。与李唐王子安岁数适符。吁，千古才人如出一辙，余大不解彼苍苍者果何意也！兄既殁，检点行橱，惟有文稿一束、古砚一枚而已。嗟乎，之数物者，即以为殉可也。兄一生负才拓落，五困棘闱，而不能博一第。赍志以殁，何其阨哉！然英年交游中，当其生，则慕崎之才；及其殁，则恨轲之遇。相与凭吊而歌者不少，莫不知有竹坡其人。是兄虽死，而有不死者在也。兄自六龄能诗，以至于殁，其间二十餘年，诗古文词，无日无之。然皆随手散亡，不复存稿。搜求败纸囊中，仅得若干首。一斑片羽，徒令人增忉怛耳！呜呼，惜哉！子二：彦宝、彦瑜。

（录自道光五年刊本《彭城张氏族谱·家传》）

《张竹坡小传》（二则）

道深，行四，字自德，号竹坡。生于康熙庚戌年七月二十六日，生年二十九岁，于康熙戊寅年九月十五日疾终于直隶保定府永定河工次。葬于丁塘先茔穆穴。官职候选县丞。妻刘氏，同郡人、陕西西安府参将讳国柱之女。生于康熙戊申年九月十三日，享年七十五岁，于乾隆壬戌年三月初一日寿终内寝。合葬于丁塘先茔穆穴。子二：彦宝，刘氏出；彦瑜，刘氏出。女，刘氏出，婿赵懋宗，镶黄旗人；二，刘氏出，婿庄显忠，直隶顺天府大兴县人，广东惠州营把总。

（录自乾隆四十二年刊本《张氏族谱·族名录》）

道深，翃次子，行四，字自得，号竹坡。生于康熙壬子（敢按"壬子"朱笔更正为"庚戌"）七月二十六日。候选县丞。生年二十九岁，康熙戊寅九月十五日疾卒于直隶永定河工次。祔葬于（"于"朱笔删）丁塘先茔穆穴（"穆穴"朱笔删）。著有《十一草》。事见传中，传称竹坡才子。稽公为（三字朱笔删）伯量公犹子，（此处朱笔增"惟公"二字）恃才傲物，曾（朱笔删）批《金瓶梅》小说，隐寓讥刺（"讥刺"朱笔易为"愤世嫉俗"），直犯家讳。非第误用其才也，早逝而后嗣不昌，岂无故欤！（"非第……故欤"十八字朱笔易为"则德有未足称者，抑失裕后之道矣"）室刘氏，同邑人、陕西西安府参将讳国柱之女。生于康熙戊申九月十三日，享年七十五岁，乾隆壬戌三月初一寿终。合祔。子二人（"人"字朱笔删）：彦宝，彦瑜。女二：长适赵懋宗，汉军镶黄旗人；次适庄显忠，直隶大兴县人，广东惠州营把总。

（录自道光二十九年稿本《清毅先生谱稿·族名录·曙三公派雪客公系下》）

其他（八则）

翙……子四：道弘，沙氏出；道深，沙氏出；道渊，沙氏出；道引，沙氏出。

（录自乾隆四十二年刊本《张氏族谱·族名录》）

司城张公讳翙，……子四人：长道弘，以上林牧改授江右观察参军，擅丹青，长于北宋没骨图，名噪一时；次道深，有时名，世咸称为竹坡才子云；次道渊；次道引。

（录自乾隆四十二年刊本《张氏族谱·传述》录胡铨《司城张公传》）

孝靖先生姓张氏，名道渊……性友爱，仲氏竹坡早逝，每良辰美景，先生偕伯兄秋山、季弟汲庵，开阁延宾，……。

（录自乾隆四十二年刊本《张氏族谱·传述》录周钺《孝靖先生传》）

沙氏。徐州人、廪生沙日清女，兵马司指挥张翙妻。……男噪才名于弱冠，女解割股于垂髫，即此可证氏教有方矣。

（录自乾隆四十二年刊本《张氏族谱·壸德》）

东风开冻未全开，云影濛濛带雪来。辞腊祇馀诗一卷，迎嬉惟有酒千杯。三冬冱冷栖宾雁，二月惊涛起蛰雷。后日春光无限景，眼前着屐且寻梅。

繁华何必说幽燕，是处风光尽值钱。锦裹土牛催种急，香飞玉蝶到梅边。华堂晴暖开春宴，子夜清歌堕翠钿。无那频年空惹恨，三春辜负柳如烟。

（录自乾隆四十二年刊本《张氏族谱·藏稿》录张彦琦《甲戌春朝和叔氏原韵》）

道深，字自得，号竹坡，诗名家，候选县丞。

（录自《曙三张公志·家世附》）

黄金满路酒盈樽，客意悠悠道不存。千古才人争石斗，百家风气佞蟏蛸。珠兰琪树随青草，明月秋山冷白门。怪此知名逢处少，高吟仙桂露香频。

闻君年少喜长游，我亦披云拥翠袭。万里山川供快笔，一囊礼乐重诸侯。龙威蝌迹文难译，狗盗蛾眉价未投。尚有远怀勤屐蜡，目穷天际赋登楼。

江南秋水蓟门霜，落落天边有乙行。博物惊人传石鼓，雄词无敌擅长杨。凭陵六代穷何病，赏鉴千秋刻不妨。此意每怜谁共解，昏鸦接翅影苍苍。

君本留城袭汉公，致身家在晓云中。人如秋浦三分白，花想河阳一样红。市石名豪非漫笑，濡头草圣自称雄。闻声肯许轻相问，百里烟波是沛宫。

（录自道光二十九年稿本《清毅先生谱稿·赠言》录阎圻《前初至徐，有客来云，张竹坡先生将枉顾。闻先生名久矣，尚未投一刺，仍乃先及之。因感其意，得诗四章》）

亦有人知阎千里，意外得之狂欲起。十年落莫未逢人，傍湖筑室闲泥水。先民遗教时不投，读书春夏射春秋，出门治具高五岳，苍然逸兴远十洲。少负吟癖移朝暮，长章短咏按律度，江东风调歌周郎，一音一节时时顾。谬折老宿奉典册，倾囊千珠光粒粒。悔后方知非佳言，概从燧火星星入。师心一变家学荒，不学风雅学骚庄，穷居放言少忌讳，不争高步踞词场。诗为圣人一大政，匪独文士倚为命，域中万事起黄钟，嶰谷之竹凤凰应，搔首青天问一声，谢朓何奇使人惊？杜公饮食怀君父，君父而外皆所轻。立言有本大何病，义则可取音何定。微言既绝又何人，茫茫此旨还相问。竹坡竹坡刻苦求，点墨如金笔如钩，信得燕公好手腕，一挥万卷筑诗楼。更不见井鱼意深难，浅出山云岫，发停积高空，明月上城头。照人怀抱如秋白，诵君之诗对君语，一语欲行不肯去，日复三歌琼桂树。

（录自道光二十九年稿本《清毅先生谱稿·赠言》录阎圻《再辱竹坡先生赠诗谬许，颇愧不敢当。不谓先生意中，乃亦知当此时此地有阎子也。用是狂感，漫为放歌一首》）

（原载于《金瓶梅评点家张竹坡年谱》，辽宁人民出版社1987.7，1版；又载于《张竹坡与金瓶梅》，百花文艺出版社1987.9，1版）

附录三 张竹坡家世表

家世表 (1)

一世	二世	三世	四世

张棋
- 应科
  - 垣
    - 胆
    - 铎
    - 澍
  - 聚胃
    - 铨
    - 铖
  - 聚璧
    - 铃
    - 铨
- 应选
  - 聚奖
    - 钦
  - 聚参
- 应第
  - 聚房
    - 镜
    - 锡
    - 钰
- 应试
  - 聚星
    - 铭
- 应聘
  - 聚奎
    - 钊
  - 聚翼
    - 铭
    - 镇
  - 聚珍
    - 镇
    - 锦
    - 铠
    - 铢

家世表 (2)

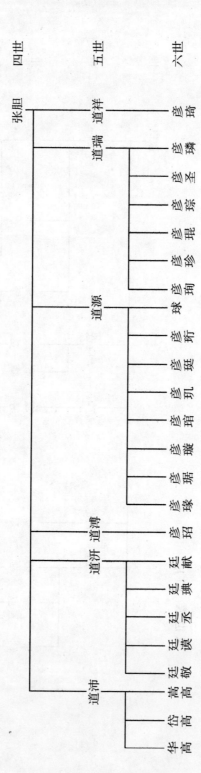

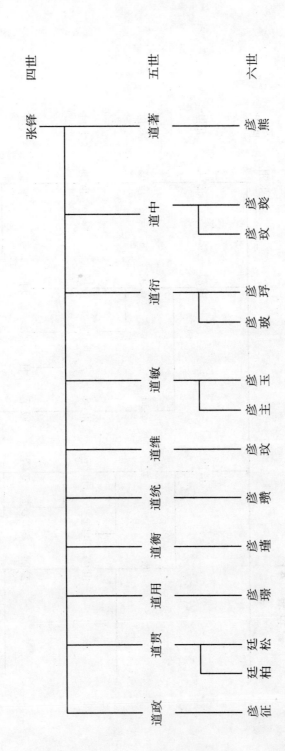

家世表 (3)

四世　　五世　　六世

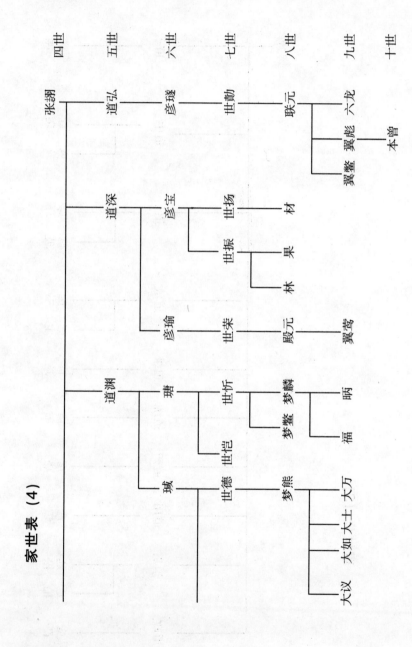

家世表（4）

张竹坡与《金瓶梅》研究

续家世表（4）

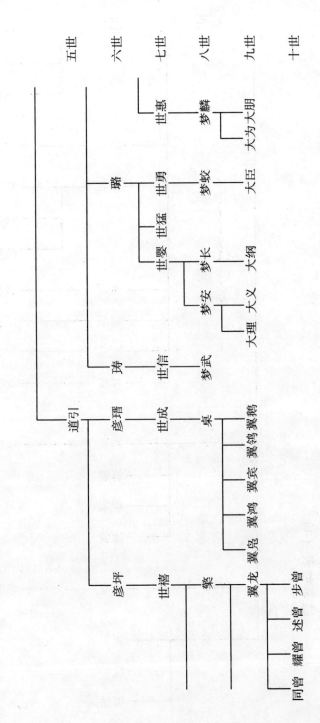

续家世表（4）

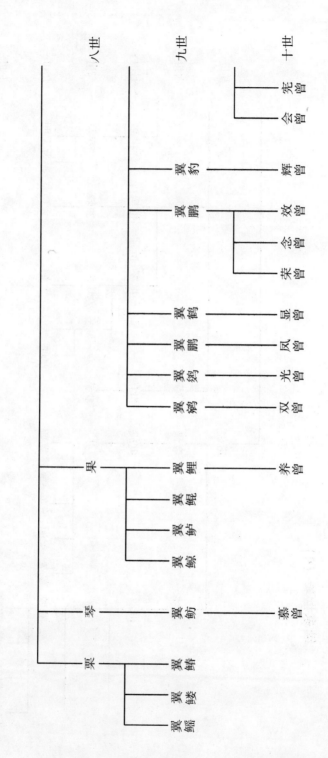

家世表（5）

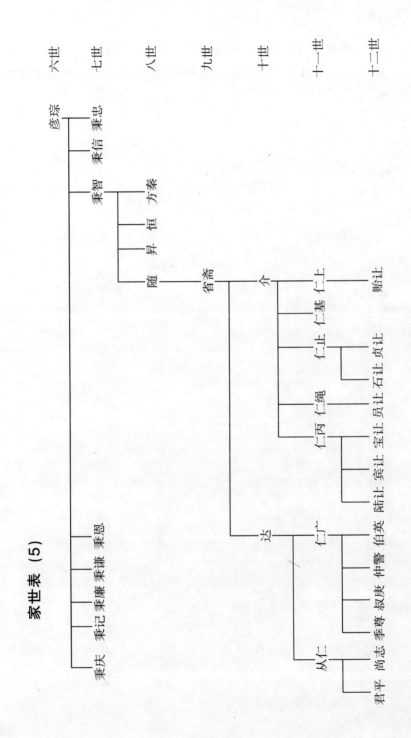

（原载于《金瓶梅评点家张竹坡年谱》，辽宁人民出版社 1987. 7，1 版；又载于《张竹坡与金瓶梅》，百花文艺出版社 1987.9，1 版）

附录四　张竹坡家族诗钞

夷犹草

张垣

序

　　壬子冬，余浮江淮而过彭城，止云龙山放鹤亭中。适有明卿张子怀刺过余，意味闲淡，风骨棱棱，望而知为异人也。急叩之，果然能诗，素习公车业。所谓伊人在水一方，盖不可交臂失之矣。余日守帖括而癖耽诗，每谓诗之景色精元，处处被唐人道尽，惟是情之所至性之所流，可无今亦可无古。方明卿举似一二，已觉清风袭耳，修黛可人，尽罄其囊中，则或搜异而写生，或稽古而凭吊，或因凉飚之动林而怀故旧，或因丛菊之在篱而见南山，鸟之飞，鱼之跃，水之流，花之开，静观自得之趣，慷慨悲歌之气，一发之于诗，皆性情中语。盖惟明卿产于汴泗之交，临于丰沛之境，其有得于河山缥渺豪放空阔之致者，固已多矣，而隤然其处顺渊乎。其近道虽事境杂沓，环堵萧然，而卓乎不忘己志，悠然有世外想，则其天性然也。观其人多从容暇豫，故其诗多轩爽夷犹。因而名之曰：夷犹草。用以志不忘云。俞琬纶。

春日过张天放斋中饮范淑凤先生

南州高士辙，至止幽人帷。

覆屋花如绣，当筵玉作卮。

歌狂仙管沸，谈剧斗杓移。

正是春光好，平原自有期。

集陈章甫园亭偕徐正甫李华东赋春归

一春景色等闲过，此日春归可奈何。

载酒浇愁容汗漫，看花觅句易摩娑。

园亭虚敞松为幕，物籁喧鸣鸟作歌。

且效平原十日饮，朝来长夏乐偏多。

送汤尊宿州倅部粮天津

旗亭初载酒，仗影暮云横。

过雨行装润，长风迅驶轻。

歌棠南楚遍，裁赋北梁成。

飞挽功尤最，归来竹马迎。

周虚白招饮放鹤亭偕同社诸子得风字

亭古当空峙，到来兴不穷。

白云闲座上，绿醑泛杯中。

醉望寒烟暝，赓歌野籁同。

因怀放鹤士，千载擅高风。

登放鹤亭次霍司马韵

绝巘孤亭试此攀，苍茫天地有余闲。

鹤踪已去云犹在，龙气虽湮苔尚斑。

一带岚光樽酒外，千秋胜状画图间。

登高倍切伊人思，何日乘风靖远关。

张江源计部山阁落成

倚巘开新阁，凌霄浮紫烟。

逼临蜀帝宇，高峻楚台巅。

星斗落棂牖，河山入几筵。

清香郁画省，尺五近云天。

程雪屋先生九日过访留饮和答

多君过我正清秋，自愧疏慵辖未投。

已见黄花开蒋径，还欣绿醑载庾楼。

人皆任侠堪谈剑，我欲忘机漫借筹。

雪调殊高难属和，蛩吟转叹此生浮。

访潘从平山居次胡涛公韵

卜筑当幽处，攀崖问索居。

草玄飞墨雾，贳酒卧蓬庐。

出入云为伴，招游鹤是书。

等闲无外事，静看赋芋租。

早秋郊居寄同志

索居无外事，西候尚淹留。

一片叶飘井，数声笛满楼。

旧游常在臆，新别复生愁。

期我乘风志，与君破巨流。

冬日送叶中含还吴

故人此日泛离船，载酒高歌几泫然。

自是还家得意早，江南春色许谁先。

送君徙倚上河梁，无奈离情酒数觞。

日短天寒促晚棹，晴烟一望断人肠。

登云龙北阁遇张伯承

雨过寻山翠落裾，坐来禅舍意如如。

槎边客至联新句，钵里龙眠隐旧居。

栏药风翻香复蔼，崖藤云护密还疏。

倚楼指顾苍烟暮，身世浑疑步紫虚。

集社中诸子饮云龙山

兴狂攀绝巘，尽日一樽开。

弦管当空奏，河山入望来。

远山暝古寺，晚照落荒台。

星聚雄谈处，毋劳太史推。

次韵张天放游华将军园

为觅闲中趣，到来长者车。

入门饶木石，据案有图书。

檐敞窥山鸟，萍开见沼鱼。

野歌声自远，听罢意还疏。

同茅巨宗沈昭文诸君饮云龙山

松关栖美士，标格似神仙。

杯酒交欢际，霸王论列边。

楼空分雨润，厨冷带山烟。

诗就奚囊载，应余白云篇。

雨中小集赋得一片雨中春分新字

洒润浥轻尘，物华时共新。

细添初泮水，青见接天峋。

烟重柳将甲，气蒙草渐茵。

春阳随雨脚，入望渺无津。

九日同徐晦伯饮王丽人家喜晴

秋来长是雨中过，喜得新晴舞欲傞。

九日相逢开口笑，百年无奈此生何。

杯中萸酒须教满，头上黄花不厌多。

莫可红妆无可并，枫林叶叶醉颜酡。

周仲和社集云龙山雨阻不果同用山字

多君集众士，拼饮云龙山。

微雨忽然落，危崖不可攀。

水烟连树暗，野色入帘间。

醉赋高斋里，恍疑绝顶间。

春日送余永修山人还南

同时词客如君否，顾我偏能物色君。

歌唱骊驹春日暖，柳含青眼故人分。

行舟渐入刊关水，别袂看沾茂苑云。

此处相思何处是，万花才放柳才醺。

答罗商雨先生见赠用韵

庚楼月满应衣簪，倾盖交情已断金。

挥麈高谈当世事，开编能识古人心。

寻常诗酒为谋计，到处烟岚是社林。

四海苍生久注望，期君墨雾洒甘霖。

元宵前一日社集马叔章艳雪斋喜晴同用晴字

明日元宵至，今朝杯酒倾。

斋头成短赋，天气正新晴。

烟雾融融远，斜阳淡淡生。

归携月满袖，灯光更相迎。

寿刘岳翁八帙

极星高处德星高，万福攸同时共褒。

南北宦成声藉藉，贤愚化被乐陶陶。

驻颜不用觅灵药，颐养偏须饮浊醪。

杖履逍遥何鑃铄，大椿为寿柏为操。

诸子社集茅斋同赋子夜四时歌即席限韵

春

簇簇百花阴，月转窗前过。

花月媚春宵，偏是人独卧。

夏

曳扇纳晚凉，穿幕萤光小。

忽然幽恨生，魂梦天涯绕。

秋

秋来霜露清，寒蛩依牖处。

欹枕听征鸿，心事倩传语。

冬

天外六花飞，夜寒生绣户。

剩缸与余衾，俱解相思苦。

陈宪台社集诸子同赋春眠不觉晓四句

春眠不觉晓

枕上惜芳春，熏笼烟雾绕。

贪欢睡正浓，不觉东窗晓。

处处闻啼鸟。

不觉东窗晓，隔花啼野鸟。

娇声处处闻，摇曳芳心悄。

夜来风雨声

摇曳芳心悄，潇潇风雨声，

梨花灯火夜，门掩不胜情。

花落知多少

门掩不胜情，轻红花褪了。

风来满院飞，零落知多少。

春日邱无为社集诸子同赋送张仲美还吴用花字

人生浑是寄天涯，一任邮亭烟柳斜。

今日送君春正好，鹧鸪啼入杜鹃花。

夏日刘伟业招饮偕诸友迟陆美人不至

座列南州士，筵开北海樽。

红妆促未至，白堕漫相吞。

遇雨涤尘渴，来风祛暑烦。

问津仙路近，即此是桃源。

赠陆校书

花溪邂逅觑仙姿，笑语生香色陆离。

顾我愧逢东道主，怜君倩若西家施。

眸含秋水莲为步，黛映春山玉是肌。

误落风尘应自悔，好将金屋贮偏宜。

答沙澄生春日惠篦

芬芳桃李竞春华，纨素新裁投贶嘉。

摇动轻风香满袖，展开皓月玉钩斜。

五明本自虞廷制，六角由来王氏家。

常在握中为执友，驱炎功就胜莫邪。

泊舟江阴李葵垣过访偕饮陈成寰舟次

迢递从征千里道，客情乡梦日悠悠。

屠门幸迩心偏醉，蓄榻欢留意未休。

载酒野航堪剧饮，论文别业共交游。

自怜尚有青萍在，好把屠龙壮志酬。

上元前一日上霍钟西司马

德星辉映楚王台，千里阳和泼地回。

玉宇冰轮将欲满，银花火树正初开。

东山诗酒终朝计，北关丝纶指日来。

顾我羞称桃李士，愿教青帝笃栽培。

月夜偕徐晦伯饮项叔斋头座有陈张二妓

相逢莫厌十分狂，醉舞酣歌饮兴长.
自是主人情不薄，移樽月下对红妆。

游云龙山大佛殿步霍司马韵

梵宇巍巍古绀鋆，庄严罔象法轮宽。
攀崖问偈云随履，穿竹朝龛藓在冠。
萝薜月凉苔一径，石床禅定日三竿。
几回指顾青霄近，疑是乘槎斗际看。

赠张玄若将军提兵驻节云龙山

吞虹壮气拂征鞯，猎猎旗开古巇前。
半壁支撑天有柱，贰师保障境无烟。
风和柳叶吹鳞甲，春暖桃花策电鞭。
自是东南饶雨露，会须挽汉洗戈还。

赠别陈善长文学应试南都

月桂攒红槐子黄，著鞭云路马蹄忙。
羡君此去秋风里，折取南宫首苑香。

丁丑季春火灾文庙

宫墙焦毁此何人，尼父胡为回禄嗔。
数尺椠题成白烬，千年俎豆化青磷。
炎炎难扑非钻燧，灼灼谁知预徙薪。
试问泮池殃及否，仅余赪尾卧枯苹。

丁丑三月望日举一子一孙志喜

吉梦协熊罴，兰芽桂复丛。

丁添双种玉，申旦两维崧。

烨烨采俱异，煌煌声自洪。

克家幸勿替，拭目望崇隆。

乱离行

　　崇祯八年，江北贼入萧砀。九年，攻破萧县，焚徐州北关。闯王突入沛县，合扫地王紫金梁等二十四营攻徐州，不克，遂西陷虞城。十年，江北贼陷睢宁，至徐之房村胡山等处。官兵民兵合御，却之。维时守城御贼，徐州兵备参谋徐标，及徐州仓户部分司张公湖、河务同知张公俊英，徐州知州八年为李公宗奇，九年、十年为刘公中衍，镇守徐州副总兵马公广也。详诗中辞意，是乱后总述八、九、十三年情事。八世孙张介谨按。

　　何物群丑犯我疆，乌合之众势披猖。东西奔突总靡常，遍满原野与山冈。乱马纵横怒卯卯，刀戈纷纷耀日铓。杀人如草刈道傍，老稚填壑膏斧斯。系缧少壮随他乡，风声鹤唳起惊惶。蒿砧弃妻儿抛娘，眼前骨肉各分张。生生死死乱离场，焚屋燎原火相望。土寇乘机尽跳梁，所过蹂躏莫可当。幸有福星固金汤，指授方略谋虑长。子房筹策守庾仓，捐需馈饷士饱强。伏波将军威远扬，飞骑剿贼歼其王。九天九地善伏藏，制敌真如驱群羊。敢勇当先推河防，登陴警众类睢阳。李牧刘锜皆循良，锁钥保障奠徐方。卫弁森森列戟枪，听从号令肃秋霜。官兵民兵杂守隍，枕戈城头食不遑。同舟共济阵堂堂，流贼闻之顿远飏。退师十舍跋胡狼，釜鱼阱兽难游翔。车辙斋压怒螳螂，会须天兵尽扫降。万里云天日月光，士民乐业相徜徉。吁嗟谁致此安康，聊以作歌志不忘。

赠秀如上人自燕都卓锡彭门

花雨翻初地，锡飞自北辰。

如如大小乘，了了去来因。

挥麈风生座，谈经月满轮。

远公容叩问，从此愿遵循。

雨后渡河过陈章甫社兄夜酌话旧

雨霁临西候，河澌渡上津。

冲泥双屐乱，分夜一灯亲。

谈剧忘尘虑，饮酣见圣真。

情深劳下榻，知已薄前人。

登沛上歌风台和蔡虚白孝廉韵

汉里歌风此是哉，我来凭吊独徘徊。

千年小篆中郎迹，半碣雄辞帝子裁。

云气犹疑思猛士，水声空自绕荒台。

于今道路多烽火，且对遗踪酾酒杯。

　　献台仁兄之诀别也，于三日前曾诣蜗舍，出袖中箑录近作二首以赠，命余为之和。坐谈移晷，依依若不忍舍状。极意挽留，冀以棋酒款之。兄欲行欲止，竟以他故辞去。越三日后，余同友人王春奎造谒其庭，闻偶中痰，延医诊视。及旋舍而讣音至矣。嗟嗟，兄与弟相接几三十年宛如一日，何幸得聆謦咳于三日之前，何不幸未得奉颜色于顷刻之际，使弟怅然若失，五衷交裂，追忆何及，徒有魂梦相寻耳。勉为歌行一章，聊以志悼。兄灵如在，尚其鉴诸。

　　人生欻歘浑如寄，飞鸿踏雪洵不异，嗟满百年几何哉，虫臂鼠肝天所畀。惟君富贵等浮云，蜗角蝇头耳厌闻，胸藏二酉罗星斗，兀坐凝神志不纷。日日嗜此杯中物，玉屑高谈麈频拂，座上宾客时骈阗，觥筹交错笙歌沸。兴来挥毫写新诗，顾我每将颦效之，围奕思入飞云巧，颐养天和

渥丰姿。丰姿俊雅词盟主，文章气节高千古，含饴弄孙推
枣梨，义方课子绳祖武。眼看万事已备全，白玉楼成召君
还，君还委形虽蝉蜕，也应含笑在重泉。举世难得如知己，
肝胆相倾令谁比，金刀掩芒壑藏舟，调绝高山共流水。

黄昆翁大将军提兵桃山顶建文昌阁步韵

桃阳驻节智排山，杰阁初成带水湾。
群岫屏开舒远眺，万家烟锁动欢颜。
青藜文焰宵冲斗，细柳军容昼启关。
此日中原先拔帜，肤功捷奏释恫瘝。

梦中晤对陈宪台仁兄觉而赋此

午夜梦君过草堂，灯前相对意彷徨。
焚膏将尽话言长，命仆四花重挑缸。
酒阑下榻留君藏，推枕拂衾憩我床。
醒来明月照碧窗，不见颜色令人伤。
回思转忆旧容光，吞声呜咽泪沾裳。
君今思我不能忘，我今思君空断肠。
君魂我梦两茫茫，我梦君魂之何乡。
昊天不悯歼我良，哲人逝矣草木黄。
河水汤汤云山苍，清风千古令名香，
和泪作歌泣数行。

己卯夏部粮淮阴维舟清河县值雨

舟棹淮南浦，旌悬楚北云。
乘风宵破浪，冲雨水生纹。
曙色千林晓，歌声两岸闻。
惭余蒲柳质，输挽奏微勋。

登金山

一峰江上独岿然，画里楼台镜里天。
灏气东南千古胜，奔流左右四时漩。
鱼龙听梵常亲钵，鸟雀驯人欲堕舷。
自是红尘浑不到，清涵法界浩无边。

九日游金山寺

水山佳胜擅吴楚，亘古狂澜砥柱中。
海气结成楼阁迹，江声流出碧金丛。
诸贤题咏环岩立，九日登临愧我逢。
且对黄花挤醉饮，教人怀古挹高风。

赋答赖元白别驾观拔剑泉

高皇剑迹永流传，脉脉云根吐异泉。
几曲潺湲痕坼地，一泓澄澈影涵天。
英风凛凛凝终古，庙貌峨峨罩暮烟。
可惜当年空叱咤，不如涧水韵悠然。

李含真寿

籧城弦管各纷然，竞进霞觞启玳筵。
南极光连三岛外，东山人望五云边。
苍松玄鹤拟清质，绛雪黄芽见大还。
莫道函关多紫气，君家原是陆行仙。

（录自光绪十六年抄本《曙三张公志》）

归田词

张　胆

[浪淘沙] （二首）

跳出是非关，速返家园。扶犁深种水云宽。十亩闲闲真足乐，且自清闲。

车马不喧阗，清静庐簷。遣怀处处有云山。樵牧忘形相作伴，说地谈天。

秉质本愚顽，不善周旋。今朝喜得返家山。落落一鞭敲晓月，行李萧然。

村酒饮来甜，吃得酣酣。无忧无忌醉中天。任我狂歌併慢啸，谁得拘牵。

[黄莺儿] (六首)

今日得辞官。典朝衣，买布衫。脱身做个清闲汉，不学参禅。不学烧丹。开怀吃碗消停饭，遂愚憨。携条竹杖，随处看山川。

世路实巉巉。名利关，今打穿。何须苦苦癡留恋，小隙沉船。星火燎原。翻云覆雨机关幻，速收帆。潜身归去，希得遂吾天。

宦海已多年。驾孤舟，波浪间。而今方得登涯岸，占座青山。结个草庵。天空海阔真无限，任盘旋。餐松侣鹤，再不费周旋。

何必用机关。老苍苍，岂可瞒。笑他徒舞乌江剑，影衾不惭。心田要端。回头须把儿孙看，举念间。关分人兽，休说不相干。

耕读自怡然。检医方，养暮年。鸢飞鱼跃浑忘倦，骑驴访贤。携茗品泉。从今还了乌纱愿，远危巅。平岗站稳，清静了前缘。

美玉莫雕残。爱吾庐，拟漆园。乾坤一个痴呆汉，吟诗兴酣。狂歌醉眠。烟霞风月都嘲遍，这其间。含哺鼓腹，乌乌任迂阑。

（录自道光二十九年稿本《清毅先生谱稿》）

晏如草堂集

张　铎

感　怀

虚度韶华五十秋，潇潇白发渐盈头。
扪心无愧于君父，针口相忘是怨仇。
忠孝空怀家国恨，诗书徒抱杞人忧。
穷通自可随吾分，与世缘悭任马牛。

其　二

追思昔日列鹓班，待漏西清识圣颜。
簪笔直分啣凤下，珮铫扈从猎骑还。
上方沾沐珍馐赐，内藏荣叨宫锦颁。
惟有纶扉司梁翰，常朝不与颇余闲。

其　三

时下诏求言，余有小疏陈钱法。

揽辔长安曾壮游，趋蹡侍从凤池头。
弘文尝忝司纶绰，典籍何当易葛裘。
引见采恩诚素悃，陈言鼓铸献愚谋。
而今甘作林泉客，弹指风光二十秋。

其　四

全省满汉文武大小官员皆衣朝服，俯伏道旁，约十馀里，余乘马竟行不顾，盖住例也。

曾颁凤诏出枫宸，两浙宣恩雨露臻。
天使皇华清驿路，舍人鞠瘁尽臣伦。
西湖桃李烟云旧，南国人文物候新。
俯地锦袍盈十里，雕鞍稳坐不躬身。

其　五

半刺重游万里滇，两经辇瑞听鸣鞭。
槟榔满袖聊为赘，薏苡盈车谩惹愆。
化洽畇町敷善政，惠施蒙诏踏荒田。
汉夷杂处羁縻地，十四年来恍目前。

其　六

半世功名付水流，蟠根错节几春秋。
我逢不偶遭兵火，谁悯徒劳赛马牛。
迎合未谙宜摈放，兴除无补抱惭羞。
那堪往事重回首，五月黄堂白简酬。

其　七

汉水风波解绶回，闭门万事总心灰。
延师课子传经史，抱病检方搜药材。
三径草封无剥啄，半帘云护少尘埃。
图书满架谁同调，明月多情入座来。

其　八

与世无机谁怨尤，奴颜婢膝实堪羞。
道予正直为狂醉，任尔谵凌呼马牛。
说到人情须塞耳，看来时事莫开眸。
何如寄迹衡门下，荣辱相忘且自由。

其　九

罢钓归来万事删，柴门虽设每常关。

揣无水火触人处，应免愁烦到意间。

株守悄惊添白发，旷游深愧老朱颜。

生成傲骨难逢世，卜得桃源便买山。

其　十

不臣不友话渔樵，华衮桓圭视若蒌。

香饵若迷终授首，浊醪独醒懒弯腰。

花前歌笑琴三弄，月下吟哦酒一瓢。

世事纷纷何足问，乾坤偌大任逍遥。

（录自乾隆四十二年刊本《张氏族谱》）

《山水友》《惜春草》

张　翙

山水友约言

丹诏九重，难致草堂之居士。白云一片，堪娱华阳之隐君。旷达无拘，陶靖节之放怀对酒。诙谐特异，嵇中散之乐志携琴。是以富春垂钓之士，友麋鹿而侣鱼虾。神武挂冠之贤，芥功名而尘富贵。古人良有以也，我辈宁不幡然。况朝露易晞，浮云难久，春花虚艳，秋月徒辉，自宜尽日为欢，及时行乐也。爰集烟霞之侣，共订泉石之盟。乐水乐山，会文会友。会之设也，宜俭维道义以相长。会之期也，宜频庶情怀之相洽。要知气分既相投，须置形骸于莫问。克全始终，无竞妍媸。况我同人，咸饶异致。特特奇奇之品，磊磊落落之姿。允为神仙窟里之人，要非名利场中之客。自宜接七逸之武，盘桓于翠竹之溪。追四皓之踪，优游于紫芝之国。或筑草堂于层峦之上，或构环堵于曲水之宾。或荫长松，或坐纤草。朋风友月，听鸟观鱼。世居太古之前，人是羲皇以上。何其适也，不亦快哉。其或韵士无依、高人落魄者，则从而济之；花魂无主、月魄不归者，则从而吊之。呜呼，怡情为乐，养性乃真。较彼心如膏火、思等流波者，其趋既异，所得自多也。张翱谨识

惜春草小引

　　余琴书性癖，花鸟情深。九十韶光，欲尽绸缪久住。三春景物，肯教容易轻归。故携酒深山，卧听清音来睍睆。或征歌密柳，坐评娇影舞参差。无奈风雨欺人，以致莺花无主。葬桃花于红浪，夜雨绵绵。泣燕子于斑帘，春愁黯黯。无何而绿肥红瘦，花事阑珊；蝶惨莺凄，禽声萧瑟矣。呜呼，曾时序之几何，堪飘零之若是。爰拈旧体，用诉新愁。或拆字藏头，或廻文会意。无非嗟风泣雨，吊杜若于芳洲。对景兴怀，悼兰英于中谷。留春无计，徒深惋惜之私。感序多情，实切低徊之想。因以惜春名草，敢云拟古争奇。聊展微吟，少舒幽愤。且为花神抆泪，慰黯淡之香魂；鸟魄生怜，助凄清之啼血云耳。张翱

春夜晏西园次孙汉雯韵

　　千古惟容我辈宽，夜游秉烛莫辞寒。
　　樽前且进青田酿，身后谁逢绛雪丹。
　　美景从来怜易歇，春光休教送无端。
　　诗成四座风云落，独愧阳春曲和难。

白云禅院

　　白云深处偶停车，殊觉红尘道路赊。
　　梵语空清高岭落，花香幽艳曲蹊斜。
　　朝霞暮霭连松叶，夜月春风冷石华。
　　每忆武陵求隐地，桃源不意在山家。

春日访渡愚上人

二月春风绿未齐，疏村历历小桥西。
一湾流水无人渡，十里空山有鸟啼。
素性相亲依涧壑，尘心销尽鉴清溪。
登临欲借天龙意，也向林峦结隐栖。

送董建威之京

云龙岭上杏初华，泗水亭边系玉骢。
行看文章惊海内，由来经业属君家。
燕山明月宫墙柳，楚地春风驿路花。
已识冰心多古道，他年车笠莫相遐。

赠博平耿隐之

典籍英华未易求，文章独自迴曹刘。
古囊明月惊风雨，彩笔阳春动斗牛。
癖爱烟霞尘富贵，性甘泉石老林邱。
云龙折柳为君赋，他日同期五岳游。

和答弥壑和尚

厌闻名利计人余，欲向深山结草庐。
幻梦觉来三昧寂，色空悟到一身馀。
清真不受红尘染，烦恼须凭绿酒除。
为扣天龙寻妙解，古来多少是前车。

初夏静夜玩月偶成

庭角空阶月似霜，清和天气夜犹凉。
花眠露浥香初细，柳静风牵影渐长。
拥石高歌舒啸傲，抛书起舞话兴亡。
啣杯不与人同醉，独醒何妨三万场。

和答王子大

梦笔生花善说诗，小窗风雨寄离思。

阳春白雪高千古，明月青莲擅一时。

绎篆予渐京兆鼎，笼鹅尔占右军池。

陆离片羽真堪范，静坐花阴诵妙辞。

秋日登任城太白楼谒二贤祠

高楼独峙古城巅，楼下苍苔不计年。

沛水秋风香翰墨，凫山夜月带云烟。

非徒彩笔名诗圣，岂为金樽誉酒贤。

千载隐怀谁共解，相怜唯有饮中仙。

春日云龙山怀古和孙汉雯韵

乾坤何处不雍容，野水清清草色浓。

霸气全消空戏马，阳春初转满云龙。

三千世界端为幻，七十人生孰易逢。

名利于今君莫问，尼山久隐道谁从。

泗水怀古和石蕴辉韵

丰沛雄图望眼消，空馀泗上水迢迢。

诗歌旧迹碑犹在，汤沐遗恩事已遥。

白鹭闲依荒草渡，锦禽争过断杨桥。

山川无限兴亡意，月色风声正寂寥。

过西泠游飞来峰

六桥烟柳久相思，此日登临春较迟。

无恙湖光还载酒，多情山色欲催诗。

一峰谁识西来意，千古人哀南渡时。

徒倚谩疑灵鹫远，秀峦原是旧分奇。

登云龙山和殷符九韵

满亭秋色上云龙，放鹤翔云第几峰。

登览咸称当代彦，风流宁让古人踪。

苍苔犹识前贤榻，深井谁怜始帝銮。

一自予家天骥后，往来徒负客憧憧。

登晴川阁

春尽江亭万壑苍，凭栏舒眼看潇湘。

荒洲浅水藏鹦鹉，古岸层岚隐凤凰。

此日酒杯应系慨，昔年诗句已流芳。

堪怜烟树萧条尽，历历空思旧汉阳。

夏日偕友人饮石湖浣俗泉

重叠青山绕画屏，泉摧碎玉韵玎玎。

雨飘石背生纹藻，云过湖心续断萍。

绿野何方无胜迹，红尘到处自劳形。

凉风四座襟怀爽，不觉雄谭尽酴醾。

[青玉案] （春雨）

良辰何是偏阴翳，九十韶光如逝。梨院那堪门久闭，玉楼箫管，金鞍骏骑，恼杀豪华辈。

绿柳红杏米家树，鸟语如歌断肠句。几上高楼望青野，烟云无际，惜春无计，又听黄昏雨。

[菩萨蛮] （春阴喜月儿）

一春花鸟欢和霁，齐愁良景阴云翳。羽禽晚呼晴，青光此夜明。

日间多不乐，木叶霾书阁。各院素辉悬，心中爽意宣。

[传言玉女] （重阳旅况）

雁渡长空，霜落吴江枫冷。乡思无限，又是重阳景。
东篱遍倚，飞叶萧萧金井。秋兰为佩，何须茰梗。

戏马台前，想家园宴高岭。金鐏泛菊，玉俎浮雪影。
无端客路，纵有雄才休逗。滕王赋就，止饶余韵。

[菩萨蛮] （送路秀寰果老洞修行）

云烟一展消千载，春花秋月红颜改。入海访灵山，神
仙共往还。

洞深寻果老，花落多难扫。跌坐话玄牟，玄通得大年。

（录自乾隆四十二年刊本《张氏族谱》）

宦游草

张道祥

滇中留别同乡诸子

作客频年苦，于今又远行。
征轺驰帝里，归思绕彭城。
拙宦羞僮仆，长吟别友生。
临歧说不尽，总是故乡情。

出滇南胜境

黔国依山出，崎岖一径蹊。
四围青嶂合，夹道白云低。
花笑迎人面，泉飞溅马蹄。
滇南称胜境，已在远峰西。

安南晚霁

雨后看山色，晴峦耸翠微。
倦云依远岫，古木渡斜晖。

落落松花湿，青青稻叶肥。

闲吟窥物理，惜境与心违。

关索岭

半壁横黔国，如屏列翠峦。

云迷人径湿，风定鹤巢安。

立马千山小，临流六月寒。

天涯多故旧，回首意姗姗。

镇远府溪河四首

怪石嶙嶙舟子惊，水飞声怒若雷轰。

征夫万里归心切，犹道滩稀水势平。

水面风来倍觉寒，抛书欹枕未曾安。

时闻耳畔涛声急，不记前滩与后滩。

欸乃声惊午梦长，征衫竟不耐风霜。

呼朋幸有杯中酒，倚棹酣吟入醉乡。

结缆连船傍浅汀，波唧山势气冷冷。

晚风未许穿窗入，怕有猿声隔岸听。

桃源洞

桃源洞口花如础，桃源洞里重门闭。

曲径斜穿薜荔长，悬崖倒滴珍珠细。

偶来小憩迎仙桥，便觉悠然绝尘嚣。

愿从此地潜踪迹，不得其门心烦劳。

有客闻言双眉蹙，少年出处苍生属。

假使当年俱避秦，天下何人共逐鹿。

匹夫可作帝王师，肯若幽兰芳空谷。

未闻子房未虎啸，先后山中学辟谷。

余笑客言强达理，子房直欲报韩耳。

圯上若无黄石公，山中那得赤松子。

君不见富春山下白衣人，五月披裘不厌贫。

但有钓竿常在手，何妨加足汉皇身。

客子默默沉吟久，既而大叫狂呼酒。

又言君既厌尘纷，年来何必东西走。

惟恐人不猛抽簪，须信桃源随处有。

若徒倚徙叹无门，终是渔郎问渡口。

余闻斯言惊如唤，不禁愀然惭于面。

愁听涧水去潺潺，漫数桃花飞片片。

堪怜游者如斯夫，扪心自问何所羡。

轮蹄欲息几时休，苍狗白衣增变幻。

傍有征夫笑复嗔，遥指前车出远岭。

此日桃源既未入，劳人安得恋山林。

客亦掷杯振衣起，桃源之言今已矣。

人静苔深不可留，晚风习习西山紫。

同圣霖石申济青诸子泛舟东归顺流志喜

下马复登舟，旷怀山水游。

平明黔月小，薄暮楚云稠。

合我乘风志，期君破浪头。

好看前路稳，击楫共中流。

洞庭湖

湖水晴光丽，烟波逐望生。

茫茫浮大地，隐隐出孤城。

帆挂长风影，日沉巨浪声。

鸱夷归去早，不尽为逃名。

雨后宿芒砀山庄

才遂家园念，其如又不遑。

柳丝牵别绪，花露湿行装。

雁影因风急，雨声入梦长。

年来空碌碌，何以慰高堂。

都门嘱使者南旋

劳尔一杯酒，莫辞行路难。

雁归愁月迥，书寄朔风寒。

计日乡心切，浮云宦兴阑。

老亲如有问，长跪说平安。

长安除夕

性癖耽诗酒，优游岁月频。

梅花千里艳，爆竹五更新。

楚水澄亲梦，燕云老客身。

年华无复问，总是在风尘。

投赠莫三圣霖

神仙中人不易识，万里优游坦胸臆。

请缨自昔入滇南，仗策于今驰冀北。

冀北滇南孤剑遥，凭得山水寄牢骚。

侠交侠志凌千古，倾盖倾心重一朝。

襟怀如对春光晓，磊落翻惊天地小。

走笔文章炳豹斑，忘机情性随鸥鸟。

与君相见即相投，风雨同心话夜篝。

呼酒惟拚今夕醉，典衣不作少年愁。

深藏岂肯儒冠误，犹恐才华二陆妒。

雅抱从教与世违，他年自有凌云赋。

赠魏大石申

南阳侠客事交游，遍访湖山二十秋。

磊落胸怀追嵇阮，豪华声价重枚邹。

曾入蓬壶学剑术，请缨慷慨从戎出。

檄传闉外已投戈，名著军中犹珥笔。

珥笔牢骚去复来，几番击筑怅燕台。

相如自有千金赋，庞统原非百里才。

出处从来良不偶，于今且向风尘走。

一朝拊髀降蒲轮，争美龙文悬如斗。

始知骐骥自空群，等闲肯试经纶手。

平型关

纵目平型境，荒凉更不同。

穴居依戍北，鸟道出林东。

断涧泉吞石，危崖树吼风。

山城云外峙，独挂夕阳红。

繁峙道中

回首青山路渐平，晓风吹入马蹄轻。

疏村落落溪边出，孤鹜飞飞柳外迎。

络绎芳菲看不尽，霏微烟雾拂还生。

郊原幸有桑麻遍，伫望甘霖慰此行。

和三韩李希膺韵

停棹平溪最上流，欣逢李郭正同舟。

一樽重聚关山月，万里难期风雨秋。

到处声华增洛下，频年词赋满梁州。

临岐莫惜轻离别，少小从来事壮游。

采莲曲

轻舟远棹水粼粼，只见花飞不见人。
忽听歌声齐漱玉，江南旧曲一时新。

其　二

穿花分叶去如梭，旖旎清香上薄罗。
日暮言归相笑问，阿谁采得并头多。

（录自乾隆四十二年刊本《张氏族谱》）

玉燕堂诗集

张道源

月下观鱼

月明池水静，鱼跃欲吞星。
风动波纹碎，沉浮几点萍。

怀江右郑子克谦

遥望西江水，睽违路几千。
君归三月暮，我忆九秋天。
窗静棋声寂，书空雁字传。
片帆何日到，重与话樽前。

佛手柑

金色曾传授记年，好从清苦味真诠。
如何有手多相似，不及天龙一指禅。

登黄鹤楼

天涯客子一登楼，暂解羁愁半日游。
黄鹤杳冥千古迹，白云缥缈大江流。
晴川烟护斜阳树，远岸风移旅客舟。

徙倚飞楹心境阔，恍疑身已在瀛州。

楚中春台眺望
秋净天空眼界开，偷闲此日上春台。
遥看山色苍茫外，坐听江声咫尺来。
几树烟云遮户牖，万家灯火护城隈。
登临忘却归时晚，曲径更深带月回。

滕王阁僚友公宴步白大中丞韵
滕王高阁峙江边，棨戟追陪继昔贤。
座满词宗兼武库，诗成秋水共长天。
翠峦云锁西山树，绿柳风摇南浦烟。
饮罢凭栏舒望眼，一轮明月照前川。

西江解组留别山阴倪子士怀
兰亭自古集群贤，文采惟君更斐然。
随意林峦高士笔，等身图史米家船。
瞻云南浦浑如昨，泛月西江共暮年。
愧我莼鲈归兴切，临岐分手重留连。

寄祝毗陵陆三芳谷
陆家兄弟幼随肩，旧雨交情道义坚。
洱海七春劳共事，南州一榻愧留贤。
寄来简牍书能细，老去诗篇格尚妍。
赌墅可曾消永夜，精神应不减当年。

其 二
香山洛社有遗风，天与消闲岁月同。
郭外花开浮画舫，杖头钱挂访邻翁。
松心不畏霜欺翠，膏面无烦酒借红。

乘兴尚迟千里晤，暮云春树忆江东。

寄祝高安朱太夫人七十寿兼呈可亭总宪

瑶池西望五云深，圣主偏知爱日心。
柏府暂辞青琐闼，兰陔重补白华吟。
捧觞应进南台酒，设宴仍余内帑金。
咫尺荣光烛霄汉，淋漓御墨宝天琛。

其　二

北阙承恩拜北堂，婺星南极两辉煌。
衮衣已补山龙职，彩服还瞻卿月光。
共识母贤惟子孝，由来君圣必臣良。
佐成天保升平治，载咏冈陵松柏章。

其　三

逍遥鹤发拥金舆，福履人间总不如。
阆苑特颁丹凤诰，玉皇亲赐紫霞裾。
孟陶淑德传彤管，房杜勋名重石渠。
从此百龄臻大耋，黑头元老侍庭除。

其　四

锋车一宿过彭门，曾谒清尘笑语温。
珂里昔惭叨末吏，芜词今拟侑芳尊。
岩廊久美云霄志，邱壑长怀雨露恩。
计日画麟黄阁上，春风还拂旧巢痕。

竹　砚

广南清玩久无闻，青案何缘得此君。
追琢新裁存古意，揣摩旧制续遗文。
龙睛夜向湘江合，凤尾波从淇水分。

易理苍篴方八晤，临池时见气凌云。

哭韩子大妹婿十首

长空夜陨少微星，人世咸嗟失典型。
故旧关心迟暮日，那堪新友叹雕零。

自昔东床誇坦腹，茑萝今喜附乔松。
玉楼忽降朱衣召，秋雨泉台泣夜蛩。

文坛树帜蜚声早，出仕方当强壮年。
壮志未酬身已死，令人撰首问青天。

珍重河干握手时，骊歌唱彻酒盈卮。
一朝别后成千古，肠断山邱华屋词。

善政传闻潍水上，黍苗膏雨诵棠阴。
祗今惠泽旁流处，士女兴歌泪满襟。

五十功名心已灰，知几久欲赋归来。
渊明有志终难遂，菊萎松枯白日颓。

束刍愧乏南州奠，张翰空怀玉轸悲。
一叶飘零秋露里，伤心风雨复凄其。

琴碎伯牙声断绝，剑成龙去隐延津。
此行应作芙蓉主，华表终归化鹤人。

回忆当年欢聚日，花晨月夕共徘徊。
而今缱帐音容隔，云影虫声总是哀。

零零玉露最凄清，思旧怀人百感生。

涕泣一尊遥奠处，吟成短句尽悲声。

题高少司寇指头画马

笔墨由来重玉堂，兴酣十指有馀香。

扇头写出承平景，闲却骅骝傍绿杨。

（录自乾隆四十二年刊本《张氏族谱》）

《山居编年》《适意吟》《鸥闲舫草》
《章江随笔》《凌虹阁词集》

张彦琦

彭城怀古十咏和孙大公甫韵

彭祖祠

薪水相传孰假真，阎浮何用驻劳身。

早知岁月如驹隙，悔却年华比大椿。

丹井有方都是幻，人情久阅亦生嗔。

只今小阁瞻遗像，犹是黄粱梦里人。

挂剑台

闻说交情在陇头，延陵公子昔曾游。

我心不负初然诺，人世何须问赠酬。

老树婆娑烟径合，荒台岑寂暮云留。

邀盟车笠真堪愧，千古高风已独收。

戏马台

鸿沟无复辩提封，磨洗残碑认旧踪。

力战可知非帝业，亡秦应独让前锋。

云迷马路埋荒刹，气拥山灵护败墉。

慷慨悲歌真快事，名骓千古羡犹龙。

亚父冢

当年何不学文成，枉却雄心与数争。
五色龙文天子气，八千子弟霸王兵。
已知易暴非真主，甘为重瞳误此生。
风雨凄凄原上土，犹留浩气傍孤城。

留侯庙

报秦原不为封侯，隆准能依借箸谋。
养虎未须贻楚患，神龙便已学仙游。
崔巍寝庙千年在，带砺山河一望收。
此后高风谁得似，严陵五月独披裘。

龚胜墓

清樽吊古泪婆娑，龚胜孤忠更足多。
垂老自甘完节义，征车谁遣到岩阿。
名高三楚应无匹，气壮千秋已不磨。
老父何人犹见少，凤兮拟学楚狂歌。

燕子楼

风流遗迹未全湮，赢得芳名事更新。
一旦捐躯标素志，千秋肠断荐蘩苹。
可知报主无双义，好配忠君不二臣。
燕子来时春欲暮，萧萧疏柳更愁人。

放鹤亭

高标踪迹世应稀，处士占星隐少微。
梦醒大槐争土窟，归来只鹤落岩扉。
任呼牛马甘肥遁，不事王侯自免讥。
愧我未能相伯仲，徘徊亭下试春衣。

黄茅冈

新法伤心世莫支，长公雅意独悲时。

凄凉迁客偏多语，踽踽空山好赋诗。

石榻留名传旧句，金蕉泛酒醉新卮。

风流太守无人识，放眼江山只自知。

快哉亭

何处亭基水一湾，遗闻今日有无间。

女墙空系如钩月，秋嶂虚联远黛山。

太守萍踪时览胜，名儒雅会自安闲。

放舟我欲追遗迹，百步洪中日往还。

西征杂咏

庚寅年春，余有陕西之行，由河北怀卫入关，途次所阅，得诗若干首，杂贮敞匣中，归而辑之，名其集曰《西征杂咏》。

马陵道

平沙日落行人少，千里无垠古战场。

漳河水浅沙堤老，孙庞遗迹令人哀。

竖子成名竟谁在，有智不思拒强秦。

齐魏相仇徒自败，连兵转战快私盟。

杀人盈野复盈城，涓膑碌碌何足嗔。

两国君王真愚人，当时不有蔺大夫。

刎颈交成全两虎，隐然敌国树干城，

先公后私足千古。

莱公祠

强邻压境鼓声死，北门锁钥惟君耳。

手握乾纲催渡河，三军气壮敌销沮。

社稷功成心胆雄，浮云富贵如蒿蓬。
便死雷州亦快意，不学无术非定语。
君不见鄙夫持国多模糊，自道胸藏万卷书。
澶渊孤注胡为乎，朝梁暮晋皆公孤。

登禹王庙望三门砥柱

当年疏凿诧神工，此日安澜绕巨洪。
秦晋桑麻饶水利，江淮输挽荷天功。
孤峰高揭云涛渺，九折分源地脉通。
我欲畅流追禹绩，更除顽石辟蚕丛。

华岳诸咏（十一首）
避诏厓

更标名姓在人间，引得丹书入华山。
自是闲心留不住，白云千古锁幽关。

苍龙岭

迢遥葱岭怵凌空，杂沓峰峦指顾中。
怪底烟云生足下，苍龙背上御天风。

猢狲愁

青壁无梯石似油，攀援手足屈如钩。
堪怜世路多奇险，信道猢狲亦解愁。

千尺㠥

五丁何日劈巉岩，界破青山一线天。
直踏天梯窥月窟，不知身在五云边。

登华岳绝顶

俯视群山小，珠宫接彼苍。

东西联日月，南北割阴阳。

金虎冈峦合，苍龙地脉长。

遥瞻人境外，烟水已微芒。

仰天池

露气霜华聚碧空，何年石髓破洪蒙。

遥知呼吸通银汉，收拾天光倒影中。

莲花峰

星罗怪石郁嵯峨，莲瓣斜飞系薜萝。

乞与梵王留宝座，海峰天柱涌金波。

玉女峰

青腰玉女降星帔，电作香车雾作旗。

今日倚栏窥旧迹，碧天咫尺水云低。

毛女洞

一炬咸阳宫阙灰，炼形仙子入山隈。

祇今洞口遗香处，岁岁桃花点碧苔。

沙萝坪

盘磴崎岖到上方，烹茶小憩入僧房。

何年宝树留仙迹，清影扶疏贝叶香。

五里关

路随流水自东西，乱踏寒沙入翠微。

回首已登人境外，天风萧瑟薄征衣。

宿平凉官署赠玉文弟

十载韶光快似鞭，相看须鬓已斑然。

故乡风味犹如昨，宦路玄黄异昔年。
把酒不辞深夜醉，谈心应喜对床眠。
边城熟谙无他嘱，努力加餐更着绵。

与太守金蓼庵订交崆峒山题赠

五马风裁整，论文车笠间。
醇醪倾四座，皓月满空山。
夜静春衫薄，窗虚烛烬残。
人生良宴会，此乐已忘还。

题元鹤洞

洞口幽禽不计年，玄裳丹顶羽衣仙。
令威谁醒人间梦，日日盘云上碧天。

滕王阁

三冬日暖云烟薄，登临直上滕王阁，万井炊烟辨掌螺，千顷湖光浮碧落。当年帝子建珠宫，朝飞暮卷云霞中，翡翠为屏玉为槛，东南胜概辟洪蒙。阎公燕戟开茱宴，宾从如云传笔砚，逡巡相顾莫敢先，少年末坐文光见。落霞秋水句惊人，宿构何能步后尘，递水一帆风送至，怜才独有马当神。数奇迁客朱颜改，空说文章重千载，今日相看白发新，凭栏吊古增悲慨。吁嗟乎！神仙有术不可攀，梅君丹井在西山，我欲从之杳无极，仙乎飘缥白云间。旌阳曾说龙沙记，千二百年著灵异，五陵弟子八百师，大阐宗风来此地。弹指光阴如电扫，海天何处求三岛，记取龙沙合会时，匡庐顶上生瑶草。

甲戌春朝和叔氏原韵（二首）

东风开冻未全开，云影蒙蒙带雪来。
辞腊只馀诗一卷，迎禧惟有酒千杯。

三冬沍冷栖宾雁，二月惊涛起蛰雷。
后日春光无限景，眼前着屐且寻梅。

繁华何必说幽燕，是处风光尽值钱。
锦裹土牛催种急，香飞玉蝶到梅边。
华堂晴暖开春宴，子夜清歌堕翠钿。
无那频年空惹恨，三春辜负柳如烟。

桐城方正观先生以诗笺见赠依韵答之

辛苦浮名愧友生，重君杞梓发南荆。
行携琴鹤成三友，座列诗书拥百城。

其 二

久甘寂寞居山客，问我行藏入定僧。
忽赠秋风惊短句，琼瑶何以答良朋。

其 三

踽踽名场枉数巡，飘零回首老风尘。
相逢他日怜同调，余亦东西南北人。

春游曲柬周建六

去年逢春春信好，二月梅花绽春晓，草堂客到开春筵，春雪已消春径扫。今年逢春春信迟，二月沉阴木枯槁，九十春光已半过，山花瑟缩寒犹早。玉楼冻合春常霾，黄风黑风卷尘埃，闭门却扫情绪恶，忽逢佳客乘春来。惠我以文酌我酒，把臂倾心开笑口，濂溪经学有渊源，李白诗才比琼玖。喜我山中泉独清，诛茅架屋得天成，扁联额记皆入妙，品题月旦春风生。君到何须催羯鼓，醉流亭外花争吐，游春一曲谢知音，公瑾醇醪足千古。

京口张鹤天先生示以述怀诗二十韵率和

出世苦不早，心为尘纲牵。

已知身是客，无复杞忧天。

遣兴留长铗，言怀寄短篇。

寡交应有癖，习懒不须禅。

山静神俱寂，花新岔已蠲。

曝檐消白醉，冷齿漱流泉。

敲月宜栽竹，含香更植莲。

暇时偏意适，妙处岂言传。

弄盏宁辞醉，赏音不在弦。

拟赓春宴曲，早办杖头钱。

爱此芝兰洁，常怀松柏坚。

齐竽何所售，楚璞幸犹全。

鉴物知兴废，观时审后先。

未能齐幻化，且复乐陶然。

锄影开山径，耕烟破石田。

襟怀无俗虑，尘世效顽仙。

短褐安乡里，斑衣美昔贤。

趑趄羞贵第，巧笑耻当筵，

抱朴依寒谷，和云卧雪川。

愧无盘错用，守此自年年。

[多丽]　（咏山庄新池叶曹先生十字韵）

凿山泉，另辟一池秋色。从此后，引开水利，耦耕而食。映长空，天连孤鹜，醮晴波，柳酿新碧。鸟喜山空，我知鱼乐，风光到处皆良夕。绕荒径，萧萧短竹，别创陶潜宅。早成就，数椽茅屋，可以容膝。

屈指算，双九易迈，余也行年三十。想前此，梦迷尘鹿，岁月悠悠等虚掷。白发慈亲，斑衣稚子，天伦自有真消息。享不尽，菜根滋味，便把饕餮给。莫辜负，秋月春花，笑我痴极。

[贺新凉] （鸥闲舫落成）

雨洗田荷卷。看柳线，牵丝映碧，此情谁遣。眨眼男儿头白了，覆雨翻云空法。只此地，藏身作茧。但得安闲何所美，便一椽茅屋休嫌浅。能容膝，已舒展。

知他名利何时显。且自在，无拘无束，就圆随扁。了却一生鸥鹭性，不美臂苍逐犬。学臃肿，斧斤应免。洗耳巢由山野客，坐花阴养拙番经典。人宛在，水堪剪。

[潇湘忆故人慢] （山居初夏即景）

昼长人静，恰梁间燕子新叠成窝。纨扇试轻罗。望麦浪平铺，十里烟波。苑亭似笠，映青青碧树桐柯。夕阳外，笛声牛背，懒云一片横拖。

垂杨岸，飞絮尽数。春归几日，池帖钱荷，便掷老莺梭。叹如水流年，隙影驹过，田园可乐。打叠下钓艇风蓑，烟霞伴此身无恙，神仙又是谁么。

（录自乾隆四十二年刊本《张氏族谱》）

（原载于《张竹坡与金瓶梅》，百花文艺出版社 1987.9，1 版，但其中张胆《归田词》系本书新增，录自《清毅先生谱稿》）

298
张竹坡与《金瓶梅》研究

《张竹坡与金瓶梅》序

前年，我和吴敢同志应吉林文史出版社之约，在长春讨论《金瓶梅词典》的编纂体例时，他嘱我为其大著《张竹坡与金瓶梅》写一篇序；去年，第二届全国《金瓶梅》学术讨论会在徐州召开，我们又得以相聚，旧话重提。我迟迟不敢应命。一来，按时下之风气，作序者多是专家名流，自知才疏学浅，不是合适的人选；再则，我虽然在二十多年以前，就注意到张竹坡，也翻检了一点有关他的材料，但没有吴敢同志研究得这么深，现在让我谈论张竹坡，似乎没有这个发言权。开始只好一再推辞，不久也就冷却了。不料，负责出版此书的百花文艺出版社来信令我写这篇序，并说即将付梓，真是欲罢不能，拖又不成，我只好硬着头皮，尊敬不如从命了。

张竹坡因批评《金瓶梅》得名。然而，长期以来，对张竹坡其人，研究者所掌握的材料，不外乎刘廷玑《在园杂志》里的一条简短记载，以及张竹坡为张潮《幽梦影》所写的几则评语。此外，对他的家世、生平、交游，可以说一无所知，一片空白。真正称得上研究张竹坡，那也是近几年的事。美国芝加哥大学远东语言文学系教授戴维·特·罗伊（Davin Tod Roy）撰写的《张竹坡评〈金瓶梅〉》，是较早发表的一篇。即便这篇专文，也把张竹坡说成是张潮的同父异母兄的儿子。国内发表的文章，包括我自己写的在内，一涉竹坡家世、生平，或语焉不详，或辗转推测，多有失误，就连竹坡是他的名，还是字或号都说不清楚，盖皆因无真凭实据所致。《金瓶梅》的作者，已是几个世纪以来难解的谜，而为《金瓶梅》作评的张竹坡，亦是迷雾重重，我们学术研究的不足，于此可见一斑。

摆在我们面前的这本《张竹坡与金瓶梅》，它的最大贡献，就在于彻底廓清了蒙在张竹坡身上的一切迷雾。读了《张竹坡家世概述》《张竹坡生平考略》《张竹坡年表》等等之后，我不仅赞叹其内容详赡丰富，排列清晰明白，更为作者掌握的材料过硬，准确无误而折服。其中，尤以乾隆四十二年刊本《张氏族谱》中所载张道渊写的《仲兄竹坡传》一文价值最高。提到这篇传，不禁使我想起一件往事。

1984 年岁末，美国普林斯敦大学浦安迪教授来华，要我陪他专程去徐州走访吴敢同志，并渴望亲眼看看新发现的张竹坡资料。火车到徐州已是傍晚，下车后未作小憩，趋车直奔吴敢同志的寓所。浦安迪先生访书时的急切心情，我是完全理解的。吴敢同志则热情接待，当即拿出了这部《张氏族谱》。浦安迪先生尚未翻阅，就向吴敢同志提问："您能够证明这个张竹坡就是为《金瓶梅》作评的张竹坡吗？"吴敢同志随即翻出这篇《仲兄竹坡传》，从"兄读书一目能十数行下"开始，一直读到"四方名士之来白下者，日访兄以数十计"为止。浦安迪先生边听边看，不住点首称赞："好，好，太好了！"晚上，我们回到南郊宾馆，浦安迪先生对我说："我现在就给罗伊先生写信，仅此一篇传，我相信他会修改自己的观点的。"时光流逝，转眼两年过去了，这件小事我始终不能忘怀。

事后，我知道吴敢同志为获见这部《张氏族谱》，付出了艰辛的劳动。他为了访求张氏家谱和家藏故集，到处奔波，走访了凡能查询到的每一个张氏家族的后人。他不畏寒暑，甚至风餐露宿，只要有一点蛛丝马迹，就穷追不舍，终于在张竹坡后人的房梁上，找到了这部已积土寸许的宝贵族谱。对于吴敢同志这股坚韧的治学精神，我同样是怀有敬意的。我想，在当前《金瓶梅》研究争论时间最长、最激烈的作者问题上，设若有人具有吴敢同志的这种精神，多方觅求，矻矻追踪，抓住不放，拿出像吴敢同志这样的确凿材料，一经刊布，即可定谳，那么，这场旷日持久的争论，大概早就可以结束了。

任何一部小说的评点，都是评点者自己哲学思想、道德观念、审美意识、鉴赏情趣的自我表现，张竹坡亦不能例外。我们所以要认真考查张竹坡的生平、思想，目的正是为了深入地研究张竹坡小说理论批评的丰富内涵，总结出他的成就与不足。迄今所见前人之评《金瓶梅》者，仅三家，即李渔、张竹坡、文龙。张竹坡承上启下，处于关键之一环。他为《金瓶梅》所作的回评、眉评、旁评，连同附录在内，在三家中内容最为丰富，洋洋洒洒，十余万言，或阐发主旨，或臧否人物，或揭明史实，或分析章法，条分缕析，探幽抉微，其中不乏精辟之见，在小说理论批评史上，占有重要的一席。尤其在小说艺术手法的探索上，比之金圣叹来，向前推进了一大步。他称《金瓶梅》是"一部世情书"，他的《第一奇书非淫书论》，他的"泄愤说"，亦有其合理的内核，发人深思。鲁迅先生在提到张竹坡评本时，对其批评亦有所取。如果我们再联系张竹坡评《金瓶梅》时，年仅廿六岁，就更使人惊叹这位年青批评家的才华和胆识了。举例来说，尽管李渔当时的名气很大，又是竹坡之父执，张竹坡评本依据的文字，又恰是李渔的《新刻绣像批评金瓶梅》，但是张竹坡并不依傍前贤，人云亦云，而是根据自己的艺术见解，独抒胸臆，在有些问题上，如对吴月娘这一艺术形象的评价，与李渔针锋相对，几成冰炭。读张竹坡的批评文字，总叫人感到，如一股虎虎有生气的热流，迎面扑来，不趋时俗，恣意奔放，无拘无束，坦诚率真，这可能与他年青气盛有关。诗文年少，自不足为奇，青年写出有光彩的评论，亦有人在，俄国的杜勃洛留波夫比张竹坡还少一、二岁时，就写出了著名论文《什么是奥勃洛摩夫性格》。然而，年仅廿六岁，对一部长篇小说名著作出如此全面细致的分析，写下十余万字的理论批评文字，却仅见于张竹坡，而无先例。

肯定张竹坡小说理论批评的同时，我们也不应当忽略，传统小说评点派有一个通病，即主观武断，牵强附会，张竹坡亦在其列。首先，张竹坡一再声称，他评《金瓶梅》，"亦可算我今又经营一书"，"我自做我之《金瓶梅》"，因此，他的理论批评，带有浓厚的主观随意性，甚至曲解原意以符合自己的感受和"文心"，"苦孝说"、"寓意说"就是这一主观随意的产物；其次是片面，只说好，不说坏，《金瓶梅》不论在思想上，还是艺术上都有着不可弥补的缺陷，张竹坡不分精芜，一概为之鼓吹，唱的全是赞美诗；再次，评点家以"通作者之意，开览者之心"为宗旨，本没有错，但求之过深，则不免牵强附会，琐碎拘密。李渔在《闲情偶寄》里曾经这样批评金圣叹："圣叹所评，其长在密，其短在拘；拘即密之已甚者，无一字一句，不通其源，求其命意之所在，是则密矣。"这个批评同样适用于张竹坡。吴敢同志的《张竹坡〈金瓶梅〉评点概论》在这些方面却没有给予足够的重视，不免觉得科学性不足。至于为《第一奇书》作序的谢颐究竟是谁？谁为《第一奇书》初刻本谋以剞劂？在这些具体问题上，我与吴敢同志也有不同的看法。

吴敢同志在张竹坡研究上所取得的成就，已为国内外研究《金瓶梅》的同行所公认。与吴敢同志同为乡梓的我，其欣慰心情，是可想而知的。正当吴敢同志发奋要把张竹坡研究再深入一步时，不想，他被任命担当徐州市文化局的领导工作，加之两届《金瓶梅》学术讨论会都在徐州召开，许多繁杂的组织工作落在他的肩上，不消说，占去了他很多宝贵的研究时间，我的忧虑心情，又油然而生，并与日俱增。反映到这本书里，就不难发现，对张竹坡平生的一些重要问题，研究得还觉不够，譬如，他廿岁以后的游迹，他的思想发展脉络，相对来说，写得就比较单薄了。要想弥补这个不足，就必须大量翻检康熙一朝的诗文别集、稗史、方志，还得要花很大的气力。

1981年，赵景深先生在世时，曾嘱我写出一部像样的《张竹坡评传》出来；如今，赵老谢世已整整两年，他的殷切嘱告我没有完成，怅惘负疚之情，终日萦怀。看到吴敢同志研究张竹坡的成果之后，看来由他来当此大任是最合适不过的了。相信在不远的时日，定能看到吴敢同志的新著《张竹坡评传》问世，我热切地翘首以待。

刘　辉

一九八七年元月于京郊思敏斋

（原载于《张竹坡与金瓶梅》，百花文艺出版社 1987.9，1 版）

《张竹坡与金瓶梅》后记

我原先是学工的，1969 年毕业于浙江大学土木系。虽然在校攻读的是工业与民用建筑专业，但杭州西湖的水光山色却滋润着学子的灵机。那时，灵隐是我常去的地方，山水之魂、佛门之气给了我许多飘逸的思绪。记得一日傍晚，我在飞来峰前徘徊，看着屏壁上"咫尺西天"四个大字，产生了一个工科学生常有的怪念头：从屏壁到山根究竟有多远？以步代尺，我反复测量着，因为步子迈不均匀，每次的结果总不一致。后来，走累了，坐在一块山石上小憩冥思。在大千世界之中，因为"尺度"不一，角度有异，审事度人，得出的结论，不也常常是迥然不同的吗？当时，正值孟夏上浣，夜幕渐重，温馨袭人，一钩新月，斜挂晴空，树影婆娑，夏虫唧唧。我很快忘却方才那种荒诞的行动，沉浸在往日偕友来此捉襟听水、按项观天的回忆之中。"源潜流细冷泉水，根深蒂固飞来峰"，我失声吟出一联诗句，便雀跃而起，大步流星，奔进校图书阅览室。从此，课余的时间，文艺书籍几乎成了我唯一的猎读物。直至几年、十几年以后，我每次重返钱塘，总忘不了去看看那座"飞来"故友，志念当日那种灵犀一点的契机。

后来，我终于改学文科，在徐州师范学院中文系做研究生，从王进珊教授、郑云波副教授学习元明清小说戏曲。本书便是我半路出家后留下的一个足迹。

1982 年研究生毕业后，随郑云波师编纂《中国古代小说词典》。当时我分工负责的部类之一是明清章回小说。1984 年 3 月，我出席武汉中国古典小说理论讨论会，受到与会师友宏论的很大启发。返徐以后，便全力转入张竹坡与《金瓶梅》专题的研究。不久，吉林大学王汝梅副教授惠函督策。其时，学术界对张竹坡其人所知甚少，而张竹坡系徐州人，遂决意率先追踪寻觅地方张氏家族史料。果然先后寻访到乾隆四十二年刊本《张氏族谱》、道光五年刊本《彭城张氏族谱》、康熙六十年刊本《张氏族谱》、光绪十六年抄本《曙三张公志》等多种彭城张氏文献。张竹坡家世生平因得全面揭晓。

1985 年 1 月 22 日，百花文艺出版社编辑邱思达同志冒雨来徐约稿，雅意殷殷，感人至深。遂拟定全书目录为：

《第一奇书金瓶梅》大略

张竹坡《金瓶梅》评点概论

《金瓶梅》的创作意图与张竹坡的"泄愤"说

《金瓶梅》的暴露倾向与张竹坡的"真假"论

《金瓶梅》的艺术特色与张竹坡的"市井文字"说

《金瓶梅》的人物塑造与张竹坡的"寓意"说

张竹坡的"苦孝说"与《金瓶梅词话》作者的指实

张竹坡的"第一奇书非淫书论"与《金瓶梅》在中国小说史上的地位

从潘金莲故事的演变看张竹坡的小说批评

张竹坡评本《金瓶梅》琐考

张竹坡家世概述

张竹坡生平述略

张竹坡《十一草》考评

张竹坡交游考

张竹坡著述考

张竹坡的祖父张垣及其《夷犹草》

张翃与张竹坡

张道渊与两篇《仲兄竹坡传》

《张氏族谱》的发现及其意义

思达兄离徐时带走半部书稿，议定下半部半年之内交稿。

　　我的研究生毕业论文是《赵氏孤儿剧目研究》，研究的是戏，哪知竟因此与管戏的部门结下不解之缘。1985 年元旦前后，徐州市文化局调整领导班子，我被任命为副局长。不料从此政务缠身，一搁笔就是两年。在位谋政，克己奉公，案牍劳形，丝竹乱耳，自然不乏机趣，个中苦衷，即此亦见一斑。到底还是未能兑现初衷，不得已而将一部书稿析分为二：一部是《张竹坡年谱》，已由辽宁人民出版社出版；一部便是本书。本书大部分篇章已在报刊上发表过，这次整理，仅作了一些文字上的修订。如此付梓出版，难逃敷衍之责。直言赘述如上，谨请出版社与读者鉴谅！

　　1985 年 6 月与 1986 年 10 月，在徐州先后召开了两届全国《金瓶梅》学术讨论会。借此机会，谨向赞同关心会议的到会与未到会的师友致以敬意！刘辉先生两年来时加指导，这次又拨冗赐序；中国戏曲学院卜键同志代查代抄相关资料；百花文艺出版社更付出了辛勤的劳动，谨此一并表示谢忱！

吴　敬

1987 年 1 月 22 日于徐州市湖滨新村预真居

　　（原载于《张竹坡与金瓶梅》，百花文艺出版社 1987.9，1 版）

《曲海说山录》序

我与吴敢同志认识已经很久了，我的印象中，他是一个实干家，不仅事业上实干，学问上也是实干。

实干的实绩之一，就是他对《金瓶梅》评点家张竹坡的研究。他的研究是重史料，重事实，不是猜测，不是想当然，更不是杜撰。

实绩之二，就是这部《曲海说山录》。这部书研究的是戏曲和小说。从戏曲来说，他研究的课题，都是实实在在的，都是需要下功夫读书作调查研究的。例如对《赵氏孤儿》的研究，就是如此。我过去也做过同样的笨工作，我把有关岳飞的题材，从小说到戏曲，从宋元到明清，从头梳理了一遍，从而深知这种笨办法的实际用处。同样我把《红梅阁》的题材演变，也梳理了一遍，写了《从绿衣人传到李慧娘》，结果文革中便成为了大罪，但这与我们的研究无关，我们的研究还是应该坚持的。我看到吴敢的这种笨功夫、笨办法，不觉心印一笑，觉得世间还是有笨人，也即还是有真人的。

实绩之三，就是他在徐州市文化局局长任上致力的徐州汉文化的开发与研究。徐州是汉前期文化的一个重点，有规模很大、数量众多的汉墓遗存，如北洞山、小龟山、驼篮山、白集等等，特别是近年新发掘的狮子山汉墓，出土文物之精且富，叹为观止，这又给学术界出了新题目。吴敢当时全力经营的还有徐州汉画像石艺术馆，这是有远见的一项建设，这对地方文化建设是具有永久性的。

实绩之四，就是他十分重视徐州的地方戏曲，大力扶持它，使它能生存发展，也终于取得了可观的成绩。所以他的戏曲研究也是与实干联系在一起的。

收在这本书里的一篇短文，叫《晚清出版小说的欺世花招》，文虽短，却颇值得一读。为什么值得一读？读后读者自然会明白了。

现在吴敢已调任徐州教育学院的领导了，这个工作很重要，能培养人才。吴敢既然自己不仅是研究家，又是一个实干家，我希望他能多培养一点做实事、说实话、实事求是的人才出来，因为我们的社会太需要这样的人才了。我曾说一场文化大革命，花费的代价太大了，唯一的收获是什么呢？从文化这方面来说，就是巴金老的一部《真话集》。四人帮要人人说假话，可巴老却写出了《真话集》，这有多可贵啊！四人帮早已完结了，但真话是永远需要的。因为现在文化界，学术研究上还有人把说假话当作自己的学术新发现，来欺骗不懂事或不明真相的读者。什么曹雪芹有九个祖籍啊！什么研究曹雪芹的祖籍要从明清易代这个大文化范围来考虑从而他的祖籍是某处某处啊等等，前者可入新《笑林广记》，后者我不知道应该叫它做什么？读者可以自思。

所以培养实事求是的，既有理论又重实干的人才已经是当务之急了，特别是文科的人才太少太少了。我们的社会需要大批有远见的有高层文化的全面人才，也就是文理兼通的人才，或文理各自专精博学的人才。二十一世纪是文化和科学大发展的世纪，是需要大批文理兼通而能实干的人才的世纪。所以吴敢的教育工作大有可干的。

让说真话，办实事，重实干，坚持实事求是成为一代新风。

是为序。

冯其庸

1996 年 12 月 21 日晨于京华瓜饭楼

（原载于《曲海说山录》，文化艺术出版社 1996.12，1 版）

《曲海说山录》后记

　　这是一本关于中国古代小说戏曲的论集。收在本集中的，有两部分文章。第一部分是关于中国古代戏曲的论文，大体可分成二组。第一组，臧本《牡丹亭》以外，均为赵氏孤儿剧目研究。1982 年，徐州师范大学首届研究生毕业，学校组织论文答辩，我的硕士论文即为《赵氏孤儿剧目研究》。本组文章即当年硕士论文的分解，乃系列性论文。第二组为中国古代戏曲艺术的简述。宋元南戏、元杂剧、明清传奇是中国古代戏曲的主要样式，其艺术形式虽被后来的花部和今日的戏剧所继承，然具体表现却已有了很大不同。今人阅读古戏，如果对古戏艺术无所分析，不惟读来索然无趣，有时竟至茫然无解。1983 年徐州市文化局举办编剧读书班，由我主襄此事，并开设《中国古代戏曲艺术》课程。本组文章即为当时的讲义，也可认为是中国古代戏曲的阅读入门。

　　第二部分是关于中国古代小说的论文，也可分作二组。第一组是张竹坡与金瓶梅研究的余论，连同已出版的两部专著《张竹坡年谱》（辽宁人民出版社 1987.7，1 版）、《张竹坡与〈金瓶梅〉》（百花文艺出版社 1987.9，1 版）等，是近年我用力最勤的一个研究领域。第二组为小说目录、版本、提要研究。我随业师郑云波教授主编的《中国古代小说辞典》于 1987 年竣稿，1992年由南京大学出版社出版。编著同人以自己多年研究所得，遍参成见，时加考订，十年一剑，乃中国入手较早的一部中型古代小说工具书。中国小说目录，虽有孙子书先生的开创性集成性大著，以及其后诸多前贤的增补，缺漏仍然在所难免。本组文章利用辞典的编余资料，旨在匡谬开目、拾遗补阙。

　　最后一篇谈谈我研究中国古代小说戏曲的缘由。我在徐州市文化局做了十年局长，喜怒哀乐，酸甜苦辣，莫可言表。其实，早在这之前，我的人生道路已带有一些传奇色彩。七十年代后期，国家拨乱反正，教育正本清源，各教学科研单位公开招收研究生。后来我才知道，全国前几届研究生的来源，基本都是1966-1970届的大学生。这是一群希望追回逝去岁月的莘莘学子，他们自加压力，期待着后半生的人生价值。我也是这群中的一员，所不同的是弃工从文，平添了不少曲折。学理工的，说他热爱文学，指的只是杂乱地读过不少文艺类书籍，顶多还能写上一手文章，如此而已。参加正规考试，则需要系统的补课，才能与科班出身的考生一争高低。我不是神童，没有一目十行的敏捷，也没有我心即佛的顿悟，只能笨鸟先飞。那种兀自苦读式的自学，不但将遇难强攻、涉险成趣铸进我的性格，而且也使我的治学方法跳跃集合、文理交融。就这样，我做了此前的研究，并作出以上的结集。

　　本集论文有一些曾经发表，这次结集，文字有所整饬。另外如《论臧晋叔对〈牡丹亭〉的改编》《从"来保押送生辰担"看〈金瓶梅词话〉的成书》等文为我与邓瑞琼学长的合作。当年徐州师范学院从全国招收二名中国文学史专业研究生，我从江西、邓君从青海应招考入，合作的论文乃当时在业师王进珊先生指导下的作品。

　　冯其庸先生耋年拨冗赐序，王利器先生耄年嘉惠题签，文化艺术出版社结集出版，无任感幸，并此誌谢。见贤思齐，学海无涯，谨以此集自励，并祈方家教正。

吴　敢

丙子盛夏记于彭城燕影堂

（原载于《曲海说山录》，文化艺术出版社 1996.12，1版）

《中国小说戏曲论学集》叙

　　我与吴敢先生相识，业已十年。由于我们同是《金瓶梅》一书参研者，可以说是同道。虽说，他是江苏丰县人，我是安徽宿县人，但两地近在咫尺，相距不到一百公里，语言、风尚，都是相同的，遂又以同乡亲之。

　　后来再见，却又发现他也是一位戏剧爱好者。而且，他的硕士论文，就是元杂剧《赵氏孤儿》的研究。说起来，他的大学本科是土木工程，由于爱好戏剧，居然来个大转弯，改道步文学之途，可以想知其志趣的趋向之坚。

　　起先，我只知道他的成名作，是《第一奇书》的评点者张竹坡的年谱编成，兼且连同张竹坡的家世，也一代代考订清楚。不但写成了《张竹坡传略》，竟连张氏一家由浙江山阴徙迁铜山的前前后后，都进行了述考。肯定了张竹坡竟是出身阀阅世家的公子，虽然孩提即以才闻，未到束发之年，即捐监步入乡试科场，惜乎五落榜外；虽憾乎固失于举业，却年在二十六岁时便完成了《金瓶梅》之评点与论述十万言，扬其名也千载，愈乎金榜状元多矣！

　　吴敢对这部清代版本《金瓶梅》的考订工作，其功诚不亚于竹坡之评点也。何况，又能从考索竹坡之年谱工作，趣入于古典小说之版本以及作者著录之误说，认真地一一作以考订，更从而认知了如何去研究古典小说的问题。他又在阅读时，见到了晚清出版的小说，为了"卖点"玩出的"花招"（明代的出版业，早创先例也）。在本书第二辑的几篇作品中，可以见及吴先生在小说研究上的绩效显著。

我说过："小说与戏剧是孪生的"。因为小说与戏剧，都是描写人物的文学艺术。换言之，小说与戏剧都是以塑造人物为职志的艺术。所以，小说与戏剧，往往两者相互为用。譬如以小说改编成戏剧，或由戏剧再改编成小说者，也有的是。以剧情写成小说，不也是其中一种吗？

《赵氏孤儿》源自史传。按史传中的人物，又何尝不是小说家之笔意。相反的，小说家中的虚构人物，比历史中的实有其人，还要真实。《红鬃烈马》中的薛平贵，比真的唐朝实有其人的薛平贵，可就名气大得多。若是查证起来，唐朝的各代哪里有薛平贵与王宝钏的这码儿的历史故事。吴敢先生研究纪君祥的《赵氏孤儿》之故事发展，纵能印证得出《八义记》的八位义人出来，也免不了认为是史家的小说家言。再改个话头儿来说，《左氏传》中的赵氏，忠君乎哉？史家的"赵盾弑其君"之史说，又怎能与《赵氏孤儿》并论之耶？

我们一看吴敢先生研究《赵氏孤儿》的这篇目录，足可蠡知吴先生的着眼点，在论剧而非在断之史也。

"小说"的定义是"道听途说"。那么，"戏剧"的定义是"戏者戏也"。都不能指实而论。历史之所谓"正史"也者，其史也比"野史"还要信不过。小说虽是指明的"虚构"，而其"虚构"也者，可能比"正史"所说，还要真实些呢！

我知道吴敢先生在徐州市文化局局长的十年工作期间，曾悉力于戏剧艺术上最多。那年，我到徐州，正巧遇上他排演《潘金莲》一剧（以河南梆子声腔演出），曾看了彩排，非常欣赏。同时，也看到了他对柳琴戏的加工。正如他在本书后记中所说："柳琴戏剧节是我在文化局局长任内的第一个大型活动，从此继发了徐州文化艺术的内涵底蕴，也留下了我人生历程的际遇变换"。足可想知吴先生在戏剧艺术上的投入与执着。今者，吴先生已步入教育机构（徐州教育学院院长），正好著书立说，当可在志趣上挥洒才情!

魏子云

1999 年 12 月 8 日于台北寓所

　　(原载于《中国小说戏曲论学集》,台湾文史哲出版社 2000.

7，1 版)

《中国小说戏曲论学集》后记

　　选在本集中的，有四组文章。第一组是关于张竹坡与《金瓶梅》的论文。本组论文发表以前，国内外对《金瓶梅》评点家张竹坡其人可说所知甚少。笔者利用 1984 年新发现的张竹坡著作、传记与宗族文献，考证理清几种不同年代的张竹坡家谱，使张竹坡家世生平全面揭晓，并进而知人论世，对张竹坡的小说理论与《金瓶梅》的成书、版本、艺术等，作了较深入的研究。这一发见与论述，在 1984 年江苏省明清小说研究会成立大会上，在 1985 年全国首届《金瓶梅》学术讨论会上，在 1989 年国际首届《金瓶梅》学术讨论会上，得到与会师友的认同，称为《金瓶梅》研究与中国小说理论批评史的一个突破，并先后由 1986 年 1 月 30 日《人民日报》，1986 年 2 月 4 日《文汇报》等海内外几十家报刊电台报道。本课题研究成果被分写成几十篇论文发表，并结集为《金瓶梅评点家张竹破年谱》①《张竹坡与金瓶梅》②两部专著。本组论文即从中选出。

　　第二组是关于中国古代小说的其他论文。1982 年我随业师郑云波教授主编《中国古代小说辞典》，并承担宋元话本、长篇小说两部分的编撰。这部辞典 1987 年竣稿，1992 年由南京大学出版社出版。编著同仁以自己多年研究所得，遍参成见，时加考订，十年一剑，乃中国人手较早的一部中型古代小说工具书。中国小说目录学、版本学，虽有孙子书先生的开创性、集成性大著，以及其后诸多前贤与后学的增补，缺漏仍然在所难免。笔者利用《中国古代小说辞典》的编余资料，旨在匡谬开目，拾遗补缺。本组论文的选录，即作此侧重。

①
辽宁人民出版社
1987.7

②
百花文艺出版社
1987.9

第三组是关于赵氏孤儿剧目的论文。1982 年徐州师范大学首届硕士研究生毕业，我的硕士论文即为《赵氏孤儿剧目研究》。该组论文争取理清该剧目的演变轨迹、各版本之间的源流关系，努力论述各个历史时期各剧种间该剧目的承继脉络、各种戏曲演出本的成败得失，使许多长期争论不休的学术问题，有了较为明确的结论。这是迄今为止对这一剧目的第一次全面清理，1988 年 1 月 3 日《文汇报》撰文称"为中国剧目单向系列研究开拓了新的路子。"

　　第四组记录了我的文学情结，我与中国小说戏曲研究的缘由。1985–1995 年，我在徐州市文化局做了 10 年局长，喜怒哀乐，酸甜苦辣，莫可言表。首届柳琴·泗州·淮海戏剧节的创办，即为一例。拉魂腔是流行于苏鲁豫皖接壤地区的地方戏曲。所谓柳琴–泗州戏，实为同一剧种的不同称谓：在江苏、山东、河南称柳琴戏，在安徽称泗州戏。多少年来，行政区划分散了这一声腔剧种。举办本声腔剧种的聚会，是淮海经济区文化人的共同夙愿。1986 年 11 月，这一愿望变成现实。柳琴节是我在文化局任内的第一个超大型活动，从此继发了徐州文化艺术的内涵底蕴，也潜留下我人生历程的际遇变换。

　　我的人生道路带有一些传奇色彩，论学结选，往事如历，不觉浮想联翩。那还是 20 世纪 70 年代后期，国家拨乱反正，教育正本清源，各教学科研单位公开招收研究生。后来我了解到，全国前几届研究生的来源，基本都是 1966–1970 届的大学生。这是一群希望追回逝去岁月的莘莘学子，他们自加压力，期待着后半生的人生价值。我也是这群中的一员。所不同的是弃工从文，平添了不少曲折。学理工的，说他热爱文学，指的只是杂乱地读过一些文艺类书籍，顶多还能写上一手文章，如此而已。参加正规考试，则需要系统的补课，才能与科班出身的考生一争高低。我不是神童，没有一目十行的敏捷，也没有我心即佛的顿悟，只能笨鸟先飞。何况当时无书可读，无人可问！说来惭愧，我报考元明清小说戏曲研究方向，入学前用来迎考的，只是一本游国恩等五先生主编的《中国文学史大纲》，和文革期间出版的半部刘大杰先生的《中国文学发展史》。后来借得一部 1973 年版《汤显祖集》，便已喜出望外，如获至宝。也可能是我这一股做事志在必成的精神，金石之门，訇然中开。这种兀自苦读式的自学，不但将遇难强攻、涉险成趣铸进我的性格，而且也使我的治学方法跳跃集合，文理交融。就这样，我做了此前的研究，并作出如上的选录。

承蒙文史哲出版社彭正雄先生出版发行。感谢魏子云先生拨冗赐序。我与魏先生忘年结交，在我的印象中，他一直是一位谦谦君子，忠厚长者。这是很难得的一种修养，更是很可贵的一种品质。所谓道德文章，魏先生是当之无愧的。见贤思齐，学海无涯，谨以此集自励，并祈方家教正。

吴　敢

己卯冬记于彭城燕影堂

（原载于《中国小说戏曲论学集》，台湾文史哲出版社 2000.7，1 版）

《20 世纪〈金瓶梅〉研究史长编》序

　　我与吴敢先生在徐州结缘，与《金瓶梅》研究有关。20 世纪 80 年代中期，首届全国《金瓶梅》学术讨论会在徐州举行，我因故未能到会，只发去一纸贺信，但从此留下了吴敢、徐州和《金瓶梅》研究三者相关的印象。后来证明事实确实如此。

　　听说吴敢是一个颇有几分传奇色彩的人物。他毕业于土木工程系，学工程的同时又喜好文学，最终弃工从文。他的文学研究始于戏曲，成名则由于具有突破意义的《金瓶梅》研究。他不仅由工科入于文道，又由文道入于仕途，在徐州市文化局局长和徐州教育学院院长的职位上，为《金瓶梅》研究的开拓和研究者队伍的集结，作出了难能可贵的贡献。这些情况皆为金学界同仁所熟知，毋庸赘言。

　　上月末，浙江大学举办"庆祝徐朔方教授从事教学科研 55 周年暨明代文学国际学术讨论会"，吴敢先生回母校带来了这本《20 世纪〈金瓶梅〉研究史长编》。拜读之后，感到作这样文章的作者，非此君莫属。至少有这样两条重要的理由：一是他是 20 世纪最后 20 年颇有建树的中年金学家，二是他参与筹办了 20 世纪六届全国《金瓶梅》学术讨论会和四届国际《金瓶梅》学术讨论会，且一直被推选担任中国《金瓶梅》学会副会长和秘书长。

　　《金瓶梅》这部曾经声名狼藉的著作，在 20 世纪的学术研究中走过了曲折的历程。对这个研究领域的得失作出全面详实的、合乎实际的总结和评价，显得尤为重要和必要。

　　吴敢先生对《金瓶梅》研究的深厚学养和对《金瓶梅》研究

状况的熟悉，使得这部著作具有相当的力度。

一百年的学术总结，必得广泛地占有材料。这部研究史首先给人一个突出的印象：搜罗扒梳，用力甚勤。吴敢先生的勤奋，早已为人称道。这一点在此书著述中的体现，仅举一例即能显现。我曾经陆续写过一些研究《金瓶梅》的论著，但到底有多少，发表在什么地方，在我是一笔糊涂账。但吴敢为了写这部研究史，把我历年来的《金瓶梅》著述依次辑录出来，我自己读此目录，倒真有恍若隔世之感。他要辑录多少人的著述才能写出这部研究史？这样的"笨事"如今有多少人肯做？

一部研究史，应对所述对象作宏观的把握。吴敢把 20 世纪的《金瓶梅》研究分为五个阶段，比较客观且清晰地勾勒了这个世纪金学发展的轨迹。吴敢总结的范围又不仅仅局限于中国大陆而具有国际性，他把大陆、台港、日本、欧美皆纳入其视野，称之为《金瓶梅》的"四大研究圈"。如此，这部研究史既有纵向的深度，亦有横向的广度。

宏观的把握来自微观的研究，吴敢先生对每一阶段诸种观点、课题、论文、著作的综述，多建立在一一追本溯源的基础上，令人信服。

学术史主要是"述"，但综述诸家，绝非不下断语。断语要下得确切，撰述者须有精审的辨别力。我认为吴先生这部著作，在这方面一般说来是经得起推敲的。另外，在回顾与总结的同时，对《金瓶梅》研究各方面悬而未决的问题作出提示，也必能使研究者从中获得有益的信息。

当然，"史"是客观的。然而，见仁见智，总还有其不可否认的主观性。吴敢先生对于 20 世纪《金瓶梅》研究史的撰述究竟如何，更多的，还是留待同仁来批评。

至于《金瓶梅》研究，我在上一世纪 90 年代初期即主张适当降温以冷静探索。在新世纪第一年写出《再论金瓶梅》一文后，我对这部著作的研究即告结束，也算是对吴敢先生和《金瓶梅》研究同仁的一个交代。

徐朔方

2001 年 11 月 5 日于杭州

　　（原载于《徐州教育学院学报》2002 年第 1 期，名《〈20 世纪金瓶梅研究史稿〉序》；后收入《20 世纪〈金瓶梅〉研究史长编》，文汇出版社 2003.1，1 版）

《20世纪〈金瓶梅〉研究史长编》后记

　　第四届（五莲）国际《金瓶梅》学术讨论会确定召开的时候，人类历史正面临着一个千年纪元、百年世纪之交。20世纪《金瓶梅》研究的回顾与思考，成为会议的首要选题。

　　作为《金瓶梅》的基本研究人员和中国金瓶梅学会的主要工作人员之一，一种责无旁贷的使命感，产生出强烈的写作冲动。

　　于是，本书的主体部分正式提交给了五莲会议。此前，也曾部分地发表于《枣庄师专学报》2000年第1期和《文教资料》2000年第5期。其后，又全文在《徐州师范大学学报》2001年第2期刊出。

　　现在，当本书全稿完成以后，掩卷冥想，历经沧桑的感觉油然而生。

　　1981年春，我尚在徐州师范大学中文系攻读硕士学位，导师郑云波先生筹划编纂《中国古代小说辞典》，命我撰写章回小说等部类的词目，才第一次接触到《金瓶梅》这部小说。当时忙着赶写词条，对《金瓶梅》只作了一般性的了解。《中国古代小说辞典》①关于《金瓶梅》开列的九个条目（金瓶梅、金瓶梅词话、崇祯本金瓶梅、张竹坡评金瓶梅、第一奇书、真本金瓶梅、古本金瓶梅、玉娇丽、续金瓶梅、三世报隔帘花影），明眼人一看就会发现问题。词条的具体文字，也有不少错漏之处。

　　1983年4月，我去武汉出席中国古典小说理论讨论会，再次加深了对《金瓶梅》及其评点的认识。会后，受吉林大学中文系王汝梅先生督策，方才利用地利之便，着手寻访张竹坡的家族文献。

①
南京大学出版社
1992.12

应该说，我的《金瓶梅》研究，是从张竹坡研究入手的。或者说，我所作的是张竹坡与《金瓶梅》研究。

乾隆 42 年刊本《张氏族谱》1983 年 5 月被发现以后，紧接着大半年之内，关于张竹坡与《金瓶梅》，我写出一组二十多篇论文发表，后来结集为《金瓶梅评点家张竹坡年谱》①与《张竹坡与金瓶梅》②两部专著。

我的张竹坡与《金瓶梅》研究，在不到一年的时间内完成。就是从 1981 年初次接触《金瓶梅》计起，前后也只有三个年头。这是我研究《金瓶梅》的整个过程和全部著述。其后至今 18 年过去，我基本未再写作有关《金瓶梅》的文章。

但我并没有离开"金学"事业，相反，我与"金学"事业如影随形，更加密不可分地连接到了一起。

这就不能不说到我与《金瓶梅》的另一种联系。

《左传·襄公二十四年》："太上有立德，其次有立功，其次有立言。"这句话，中国的知识分子传承了几千年。我不是圣人，无"立德"可言。我既不通权谋，又无缚鸡之力，也没有能力"立功"。剩下来只有"立言"。总不能白来世间一游，既然不乐意无功无过、无迹无痕地度过一生，那就姑且栖身文道吧。

后来，"立言"也因涉足仕途，冗务缠身，而无暇自我成总选题谋篇。为师友提供一些学术服务，推动若干学术领域的进展，成为我从政的一个重要思路。虽然我只是在一座小城的一个基层岗位工作，但我没有妄自菲薄。好在我从事的是文化工作，学术建设也是文化发展战略的应有内容；好在徐州此时已经形成了一个《金瓶梅》研究群体，而我已经基本完成了张竹坡与《金瓶梅》的研究，建设"金学"也并非好高骛远。

于是才有 1985 年 6 月、1986 年 10 月首届与第二届全国《金瓶梅》学术讨论会在徐州的召开，徐州也因此成为全国《金瓶梅》的研究与活动中心；于是再接再厉，首届国际《金瓶梅》学术讨论会又于 1989 年 6 月在徐州召开，同时成立的中国金瓶梅学会并挂靠在我时任局长的徐州市文化局。

①
辽宁人民出版社
1987.7

②
百花文艺出版社
1987.9

《金瓶梅》研究由此完全打破禁区，走出国门，如火如荼地开展起来。没有中国大陆改革开放的大背景不会如此，没有"金学"同人的团结奋进不会如此，没有徐州三次会议的召开不会如此，没有以徐州市文化局为基干的徐州市众多的《金瓶梅》研究者、爱好者与热心人积极而有效的筹备会议与组织活动也不会如此。

中国金瓶梅学会自 1989 年 6 月 14 日成立迄今 12 年，联合有关地区，共举办过第 2-4 届国际《金瓶梅》学术讨论会，与第 4-6 届全国《金瓶梅》学术讨论会；会同有关出版单位，计出版有 9 辑《金瓶梅》研究专刊；依托有关图书机构，创办起一处国际《金瓶梅》资料中心；并与国内外"金学"同人建立起广泛的联系。

因为中国金瓶梅学会在徐州办公，其日常工作与具体工作由我承担，自是责无旁贷。这其中最困难的是活动经费的筹集。徐州市文化局与徐州教育学院担负了学会的不少日常开支，徐州市人民政府给予过一定的补助，徐州市一些有识之士慷慨解囊捐助，而学会秘书处人员与历次大会工作人员全系无偿服务。

"金学"大厦已经高耸在学术之林，中国的"金学"宝塔已经屹立在世界东方，众多的"金学"专著与"金学"论文已经存鉴传世，数以百计的"金学"同仁已经集结有年、活动有期。凡此种种，都已经载入"金学"史册、学术史册、群团史册。而本书，只不过是雪泥鸿爪，留下一点痕迹、一个纪念而已。

徐朔方先生在本序中宣告结束他的《金瓶梅》研究，我想这主要是因为他要集中时间完成其煌煌巨著《明代文学史》。相信朔方先生在《明代文学史》中一定还要再写《金瓶梅》的。不过，即使是截止本序为止，朔方先生也是功成身退，他的《金瓶梅》研究，学术思想颖脱高远，治学风格求是真切，非我等后学小子所敢望项比同。

然而我的《金瓶梅》研究，在完成本书以后，确实是想结束了。虽然，本书只是一种长编，不但没有充分完成 20 世纪《金瓶梅》研究史的撰述，而且更没去全面搭设"金学"史的架构。祈愿本书能作为一个台阶，用供有兴趣的"金学"同仁，迈上中国金学史的更高层面。而我则打算用后半生的主要精力从事戏曲研究，希望在中国戏曲文献与格律研究方面能有所建树。

所以，当本书付梓之际，借此机会，我要感谢在本课题研究方面给我以指导与鼓励的王进珊、王利器、吴晓铃、魏子云、徐朔方、冯其庸、宁宗一、郑云波等先生，感谢在本课题活动方面给我以帮助与支持的中国金瓶梅学会的会长刘辉先生与副会长黄霖、王汝梅、张远芬、周钧韬先生，感谢学会理事会各位理事、学会秘书处各位同仁（尤其是及巨涛、孔凡涛、张辰明等）的通力合作，感谢江苏省文化厅、徐州市人民政府、徐州市文化局、徐州教育学院以及其他相关单位的有关领导（尤其是辛原、王鸿、司平等）和师友，感谢出版拙著的辽宁人民出版社、百花文艺出版社、文化艺术出版社、台湾文史哲出版社、文汇出版社，感谢出版"金学"专刊的江苏古籍出版社、成都出版社、辽沈书社、知识出版社，以及发表过拙文的众多报刊（尤其是徐州师范大学学报）的各位编辑，以及被收入本书的专著与论文的作者等。

当本书出版的时候，大约我已经或将要从一线工作岗位上退下来。这对我无疑是一种解脱。我已经误入仕途二十年，早就期盼着这一解脱。当然，人生无悔，但毕竟只有我自己才知道什么叫从政与求学不可兼顾！老子说："大象无形"。庄子说："至人无梦"。这应该是我认识的回归和生活的复原。

因此，包括中国金瓶梅学会的社会兼职性工作岗位，我也应该一并退出来。"金学"队伍之中，已经涌现出很多出类拔萃的年轻人。后来居上，"金学"事业正呼唤着他们！

虽然我尽了不少努力，本书一定还有很多不尽如人意之处，譬如，重考证而轻论述，即为一端。马衍、赵天为君帮我弥补着这些缺憾。附录一《20 世纪〈金瓶梅〉研究专著叙录》与附录二《20 世纪〈金瓶梅〉研究论文索引》，成为本书不可或缺的组成部分。自然，这类资料很难说无一遗漏，特别是附录二更难免少许错谬。谨祈博雅君子鉴谅，并请"金学"同仁补正。

吴　敢

2001.12.10 于彭城病学斋

　　（原载于《徐州教育学院学报》2002 年第 1 期，名《〈20 世纪金瓶梅研究史稿〉后记》；后收入《20 世纪〈金瓶梅〉研究史长编》，文汇出版社 2003.1，1 版）

《新修彭城张氏族谱》序

　　彭城张氏是徐州望族。三世张垣为其肇兴之祖。垣中明崇祯癸酉科武举，史可法督师江北，辟为归德府通判，参谋兴平伯高杰军事，因睢阳总兵许定国叛变降清，与高杰同时遇难。临刑，大骂不屈，壮烈殉国。垣长子胆与父同科中举，题授归德府参将。时父子文武一方，为世所重。为报父仇，胆转随清兵南下，累功官至督标中军副将，加都督同知。垣次子铎以恩荫考除内翰，出补汉阳太守。垣幼子翊奉母家居，闲淡冲远，约文会友，肆力芸编，与兄胆、铎并称"彭城三凤"。同时，胆长子道祥累官湖北按察使；胆次子道瑞康熙癸酉武进士中式，膺选皇帝一等侍卫，题为福山营游击将军；胆三子道源亦历任要冲，官至江西驿盐道。当时，诰命迭颁，恩纶屡加，可谓纬武经文，一门显赫。此时的彭城张氏，实乃簪缨世冑，钟鼎名家。其后也是英才迭出，各展风姿。如其十二世张伯英曾任段其瑞执政府代理秘书长，后主编《黑龙江通志》，其金石考古，为时推许，其书法，将汉隶、魏碑融入楷书，端庄润劲，自成格势，独步一时。自其一世张棋迄今五百年，彭城张氏休养生息，族繁支盛，族人遍布全国乃至世界各地。

　　我与彭城张氏的交往，早在 1960 年我在江苏省丰县中学读高中之时。其时数学教师张为和先生，即为张伯英之孙。不过，当时我只是敬爱为和师，并不知了他的家世。而我真正解读彭城张氏，已是 1984 年。那年三月，我至武汉出席中国古典小说理论讨论会，受到与会师友启发，遂全力转入张竹坡与《金瓶梅》研究。张竹坡（1670—1698）乃翊次子，虽其年不永，布衣始终，却著述甚富，为当世才子。其中尤以其对中国明代著名长篇小说《金瓶梅》的评点最具学术价值。

　　横空出世的《金瓶梅》，破天荒第一次打破帝王将相、英雄豪杰、妖魔神怪为主体的叙事内容，以家庭为社会单元，采取网状树形结构方式，极尽描摹之能事，从平常中见真奇，被誉为明代社会的众生相、世情图与百科全书。得益于此，《金瓶梅》的评点评议也水涨船高，为有识者所重视。而张竹坡的评点，在《金瓶梅》所有的评点评议中最为出色。随着世界思想解放的浩荡潮流，随着新时期中国百家争鸣的和煦春风，随着新学科、新课题的丛出不穷，《金瓶梅》研究被尊为"金学"，中国小说理论史、中国评点文学史被视为热点，张竹坡研究不但成为"金学"，而且成为中国小说理论史、中国评点文学史、中国文学批评史的重要分支。张竹坡评点《金瓶梅》的文字，总约十几万字，其形式大致为书首专论，回首与回中总评和文间夹批、旁批、眉批、圈点等三大类。张竹坡的《金瓶梅》评点，或概括论述，或具体分析，或擘肌分理，或画龙点睛，对小说作了全面、系统、细微、深刻的评介，涉及小说题材、情节、结构、语言、思想内容、人物形象、艺术特点、创作方法等各个方面。从文学鉴赏方面说，竹坡的各篇专论以及 108 条读法，是《金瓶梅》全书的阅读指导大纲；而其回评与句批，则是该回与该段的审美赏析示范。至此，中国小说理论与中国文学评点健全了自己的组织结构体系。而张竹坡上承金圣叹，下启脂砚斋，也使自己名垂青史，立言不朽！

　　然而张竹坡研究却走过一段漫长的过程。张竹坡的家世生平，尤为一团谜雾。因此，彭城张氏的家乘旧集，一时成为人们追寻的目标。1984 年 5 月中下旬，在很多师友的惠助下，我辗转寻访到张伯英的从弟张尚志。尚志先生年近古稀，精神矍铄，确切告知铜山县罗岗村尚有一部族谱存世，并具函绍介于其侄、族谱保存者张伯吹。原来张竹坡的从兄张道瑞，六传一支兄弟两人，长曰介，次曰达。达即张伯英的祖父，罗岗所居乃介之后人。罗岗在徐州市南三十里，属今汉王镇管辖。伯吹亦慷慨有识，径自房内梁上取下包袱一只，掸去灰尘，悉令观览。包内果系《张氏族谱》一函，乃张道渊纂修，张璐增订，乾隆四十二年刊本。包内尚有其他一些抄本张氏先人诗文集。后来，七八月间，在铜山县第二人民医院院长张信和等人协助下，笔者又访见康熙六十年刊残本《张氏族谱》与道光五年刊本《彭城张氏族谱》各一部。九月中旬，徐州师范学院图书馆时有恒先生捐献书目编制告竣，也发现有一部康熙六十年刊残本《张氏族谱》与一部晚清稿本《清毅先生谱稿》。

在这些新发现的张氏家谱中，以乾隆四十二年刊本《张氏族谱》辑录有关张竹坡的资料最多、最全，计：《族名录》中一篇一百七十五字的竹坡小传，《传述》中张道渊撰写的一篇九百九十七字的《仲兄竹坡传》，《藏稿》中张竹坡的诗集《十一草》，《杂著藏稿》中张竹坡的一篇七百七十字的政论散文《治道》、一篇三百六十八字的抒情散文《乌思记》，以及其他一些与竹坡生平行谊有关的文字。

《张氏族谱》的发现，在中国小说史、中国小说批评史和中国文学评点史上，是一件不算太小的事情。对于张竹坡家世生平的全面揭晓，自 1984 年下半年至 1985 年上半年，国内多家报纸、电台均有报道。而我与彭城张氏也因此结下不解之缘。

彭城张氏曾先后六次修撰家谱（张垣意在修谱与张伯英手录节编宗谱尚未计算在内）。康熙初年，其四世张胆、张翙兄弟计议修谱，未竟，未刊；第二次，康熙五十七至六十年其五世张道渊修，仅成《宗支图》《族名录》《家法》，刊行，即张信和、时有恒所得本；第三次，雍正十一年张道渊修，刊行，未见；第四次，乾隆四十二年其六世张璐增修，刊行，即张伯吹所藏本，光绪六年装订，六册，实缺两册；第五次，道光五年张协鼎修，即张信和所得本，8 卷；第六次，道光二十九年张象贤修，即时有恒所捐本。20 世纪见世的张氏族谱，仅《清毅先生谱稿》为全峡。但《清毅先生谱稿》只是以前各谱的综合汇编，且多有删削，故《张氏族谱》《彭城张氏族谱》亦有独立价值。

自道光二十九年（1849）迄今，又过去了 158 年。彭城张氏"代日益远，人日益多，使不重加修订，详为增入，将远者或不免于湮，多者或不免于紊"①。彭城张氏有远见卓识而勇担重任者，代不乏人。果然，2005 年 11 月 27 日，发起成立了"彭城张氏族续谱工作委员会"，计议续修《彭城张氏族谱》。这已是彭城张氏第七次修撰族谱。而前四次，修一部家谱，自顺治四年起议，至乾隆四十二年终刊，凡历时一百三十年。修谱之匪易，于此可见一斑。彭城张氏族续谱工作委员会诸公可谓知难而进，乐于奉献。近两年来，彭城张氏族续谱工作委员会的工作卓有成效。如家族文献的调查征集，仅道光五年刊《彭城张氏族谱》，就又访得两部，而且基本配齐为全帙。

彭城张氏族繁指众，隆遇兴衰，为地方、国家、民族作出了引人瞩目的贡献，涉及政治、经济、军事、思想、文化等各个领域。因此，《彭城张氏族谱》早已超出一家一族，具有全社会多方面的参考价值 。我因为研究张竹坡与《金瓶梅》，对彭城张氏很为敬仰，与其不少族人结下深厚的情谊 ，所以对这次彭城张氏修谱，非常关心。综观彭城张氏现存各谱，以乾隆四十二年谱最可效法。该谱与其他一些家谱不同，没有那些琐屑的宗祠、祭田、祖茔、家产的记载，而将主要篇幅放在族名、传述、藏稿、志铭、赠言各项。这就使这部族谱首先在纂修体例上，高出其他家谱一筹。它的主要纂修者张翙、张道渊、张璐父子祖孙均具有较高的文学修养，他们的诗文在当时就取誉于名流。这部家谱的文学性突出，甚至可以说是一部文学总集。这部家谱的综合性很强，不妨说是一部百科全书。彭城张氏的族谱之所以成为重要的社会文献，其原由盖在于此。当然，时代变迁，文体迥然，认识分途，观念大别，如何绍续前贤，实乃当今修谱一大困难。谨愿本次主修诸公，在清明宗支谱系以便实用的同时，着意延顺本族

张竹坡与《金瓶梅》研究

家谱的传统，尽量增饬族谱的文化含量，使彭城张氏的族谱接流步武，发扬光大！是为序。

凤城吴敢 拜撰

2007 年 9 月 8 日于彭城预真居

（原载于《九州学林》2008 年第 1 期）

跋

写这篇跋，我的心情格外沉重。汶川大地震的善后工作正在紧锣密鼓地进行，近 10 万个遇难同胞的灵魂尚在天庭游荡，生与死，爱与恨，苦与乐，新与旧，交织在一起，难解难分。在和平年代成长的人，正常情况下，很难遭遇瞬间阴阳两途的感受。生死体验，生命感悟，即便是哲人，也要积累几十年时间，才可略知其十一。但现在，不但灾区的人们，通过现代传播手段，也使全体中华儿女，几分钟之内，几个小时之后，至多几天期间，便有了真切解析的可能。那种惊心动魄的场面，那种刻骨铭心的见闻，那种永在眼前的记忆，那种难以排遣的忧怨，使多少人食不甘味，寝不安眠。中国知识分子两千多年修齐治平的修养，说到底，只有一种学问，即生命学问。小女吴泉现在加拿大蒙特利尔海关工作，前不久住院做了一个小手术。术后我曾发给她如下一封电子邮件：

> 泉儿如晤：尽管我们知道你这次手术并没有生命危险，但在你做手术的前后，仍然有恍若隔世之感。万里之外，孤自一家，生离死别，感慨系之！人说起来坚强，每个人一生一般都经过多次风险，几十年之间，好像很能折腾；但人其实很脆弱，首先是心理上经不起打击，即生命弄不好也会出问题。我们积 60 年之经验，觉得人生最大的学问，是生命学问，即生死学问。人来世间一游，来去匆匆，往往来不及作深层次的思考，以致于很多六七十岁的老人，不知生命为何物！各行各业都有大学问，在任何一个行业作出大学问的，都是大人物。大人物的生命自然是有意义

的，但有意义的生命未必为大人物所自知。最可贵的人生，是洞悉生命真谛的人生。能洞悉生命真谛的人，其实并不多。这是因为，洞悉生命真谛需要丰富的人生阅历。生死关头的徘徊，包括类生死关头（如你这次手术）的犹豫，是接近生命真谛的机遇。谁都不想去做手术，但做了手术，坏事也可能变成好事。你回忆一下进手术室时与麻醉醒来以后不同的思索，可能已经触摸到生命的门槛。如果说老子的《道德经》是生命真谛的密码，那么老子应该是在生死线上曾经来去几个回合的人物。你年纪还轻，不是因为这次手术，我们也不会说这么多沉重的话；就是平时说出这种沉重的话，你不经过类生死关头，也恐怕很难接受。我们几家历代行善，会保佑你小难有福。请安心调养，祝早日康复！春祉　父母 字　2008.4.5　20:55

汶川大地震发生后，吴泉打电话问安，说："你们信上说的，当时我觉得看懂了，这次地震后再看信，发现那时我只懂了一半。珍贵生命来自于尊重生命，在生命面前人人平等，不能放弃任何一个生命的生存权利。生命无价，平时要酝酿认识、储备潜能，关键时刻要超常坚持、格外发挥！"汶川大地震最大的损失，就是近 10 万个生命在毫无预感与防范的情况下刹那间被剥夺。汶川大地震最大的后果，就是可能引发不少人对生命的迷茫与错觉。中华人民共和国总理温家宝 2008 年 5 月 23 日在北川中学黑板上大笔一挥："多难兴邦"。这是震撼人心的一声呼唤，是对这次地震最积极的回应，应该成为所有炎黄子孙的共识与行动。生命是什么？有效生命有多少？在有效生命内，干什么才有意义？什么是"有意义"？有没有共同的"有意义"的标准？以上六个问题，在人生旅程之中，迟早要会问到。汶川大地震之后，人们更有理由思考自问。这些问题不一定人人都能回答好，回答好了就是觉悟，而觉悟就是"有意义"。这其实是人生观与价值观问题。"遇灾安命"（正像当前国家与全国人民所做的赈灾工作），当然应该是第一反应；"处乱立身"（正像当前灾民与赈灾人员的表现），必然成为随后的行动；"多难兴邦"显然已升华为触摸生命门槛的号角。自有人类社会以来，中华民族已经经历过太多的灾难，但每次都以抗争与觉悟而上升一个历史层面。小女 35 岁生日前两天，我曾发给她这样一封贺信：

> 泉儿如晤：生日快乐！在你这个年龄，我刚考取硕士生。转眼 28 年过去，真是"弹指一挥间"！前车之鉴，你富有创造力的时间，也仅有 30 多年。祝贺生日之际，一是希望你珍惜生命，利用有效的时间，尽最大的努力，去实现更大的人生价值！二是你已具有实现更大价值的条件与基础，人的有效生命也就三、五十年，这正是你今后的时段，选定任何一个人生方向，都有可能走到很高的层面，甚至是顶端！祝你成功美满！祝你健康愉快！父母 字 2007.6.2　21:28

汶川大地震留给人们最大的启发，正是珍爱生命，延续生命，提高生命质量，实现生命价值！

纵便没有汶川大地震，结集出版这类著作，心情也不会轻松。近年来，原中国金瓶梅学会顾问王利器、吴组缃、吴晓铃、徐朔方先生，原中国金瓶梅学会会长刘辉先生，中国《金瓶梅》研究会（筹）顾问许继善先生，《金瓶梅研究》编委魏子云、孔繁华先生，原中国金瓶梅学会理事张荣楷先生，晋东南师专教授宋谋瑒先生，枣庄师专教授鲍延毅先生，日本九州大学教授日下翠先生等先后魂归道山，令人十分感伤怀念。尚健在的不少师友，多已垂垂老矣，他们所能做的，亦是结集论文、汇总旧说。20 世纪八、九十年代活跃在金学论坛上的各位精英，扩趣转行的也不在少数。正如黄霖兄在赐赠拙著的序言中所表达的感知一样，金学将翻过新的一页。社会源远流长，生命新陈代谢，事业前赴后继，学问推陈出新，过去如此，现在如此，将来也如此。

我的《金瓶梅》研究，可分为两部分：第一部分是"张竹坡与《金瓶梅》"研究。20世纪80年代初期，我曾先后查访到清初《金瓶梅》评点家张竹坡家族的族谱四种，于是在不到一年的时间内基本完成了这一专题研究。我的张竹坡与《金瓶梅》研究，在发表了几十篇论文以后，曾结集成两部专著：一是《金瓶梅评点家张竹坡年谱》，辽宁人民出版社1987年7月一版。该书利用新发现的张竹坡著作、传记与宗族文献，考证理清了几种不同年代的张竹坡家谱，编写了张竹坡年谱。该书的出版，匡谬补阙，使张竹坡家世生平全面揭晓。二是《张竹坡与金瓶梅》，百花文艺出版社1987年9月一版。该书分为张竹坡家世生平分则详考、张竹坡著述行谊考论、张竹坡《金瓶梅》评点评析三部分。前两部分是《张竹坡年谱》的姊妹篇，可以互为参证；后一部分则因为对张竹坡生平行谊的确切知解，知人论世，对张竹坡的小说理论，便有可能解其真谛，探其奥窍。这一专题研究成果先后由1986.1.3《文学报》，1986.1.30《人民日报》（海外版），1986.2.4《文汇报》等20多家报刊、电台报道，在国内外产生了一定的影响。第二部分是"金学史"研究。"金学"既已成为显学，及时予以总结，已是大势所趋，水到渠成。第四届国际《金瓶梅》学术讨论会确定于2000年10月在山东五莲召开的时候，人类历史正面临着一个千年纪元、百年世纪之交。对《金瓶梅》研究作出回顾与思考，成为会议的首要选题。于是我向大会提交了一篇近6万字的论文《20世纪〈金瓶梅〉研究的回顾与思考》。在这篇论文的基础之上，2003年1月我在文汇出版社出版了一本35万字的专著《20世纪〈金瓶梅〉研究史长编》。徐朔方先生为该书作序时鼓励我说："这部研究史既有纵向的深度，亦有横向的广度。"

本书即为第一部分的综合结集。全书除序跋、附录以外，总21篇，可分为五个板块：第一板块1篇，是此一专题研究史；第二板块3篇，是张竹坡年谱；第三板块9篇，是张竹坡家世生平研究；第四板块3篇，是张竹坡《金瓶梅》评点研究；第五板块

5 篇，是彭城张氏族谱研究。因本书的正文与附录均曾发表，故于每篇末皆随文注明出处。另因为本书的绝大多数篇章均发表在20 年以前，这次结集出版，依例作有稍许增删调整。

黄霖先生著述如林，在中国文学批评史、中国古代文学研究史、《金瓶梅》研究等多个学科领域，均为领军人物。黄霖先生儒雅敦厚，宽怀大度，助人为乐，成人之美，诚所谓道德文章。且此番拨冗赐序，行文蕴藉，内涵氤氲，情感丰沛，要言不烦，令人感奋。而朱一玄先生百岁题签，文物出版社高标立帜，责编孙霞女史鼎力玉成，并此深表谢意。

最后，再说几句题外的话，作为本文与本书的尾声。前不久，《都市圈》杂志对我有一篇采访，问我人生感悟，我说："似可用三句话来表达。第一句，人生要有坚定不移的信念，又要有变通随缘的灵动，这就是所谓'内方外圆'。方圆无痕，然后内外相济。《左传·襄公二十四年》：'太上有立德，其次有立功，其次有立言。'这句话，中国的知识分子传说奉行了几千年。我非圣贤，无志'立德'。我既不通权谋，又无缚鸡之力，也没有能力'立功'。剩下来只有'立言'。所以，新时期伊始，我毅然弃工从文。但后来，'立言'也因涉足仕途，冗务缠身，而无暇自我成总选题谋篇。在位谋政，克己奉公，案牍劳形，丝竹乱耳，自然不乏机趣，个中苦衷，即此亦见一斑。因此，为师友提供一些学术服务，推动若干学术领域的进展，成为我从政的一个重要思路。虽然我只是在一座小城的一个基层岗位工作，但我没有妄自菲薄。好在我从事的是文化教育工作，学术建设也是文化发展战略的应有内容。于是才有 1985 年 6 月、1986 年 10 月首届与第二届全国《金瓶梅》学术讨论会在徐州的召开，徐州也因此成为全国《金瓶梅》的研究与活动中心；于是再接再厉，首届国际《金瓶梅》学术讨论会又于 1989 年 6 月在徐州召开，同时成立的中国金瓶梅学会，先后挂靠在我担任主管的徐州市文化局和徐州教育学院；于是 1999 年下半年圆满举办了徐州教育学院建院 40 周年庆典，2000 年 10 月在徐州成功召开了第七届全国教育

学院院长会议；于是，我发起主办了全国古代戏曲专题研讨会
（1998）、江苏省明清小说研究会年会（1999）、江苏省古代戏曲
研讨会（1999），在中国文化报主编了'古代戏曲论坛'（1999.
1-2000.12），至今尚在《徐州工程学院学报》主持着《古代戏曲
研究》《金瓶梅研究》两个专栏。第二句，人生贵在温良敦厚，
要有自知之明，又要勇于承担历史的责任，这就是所谓'内圣外
王'。圣王无间，然后内外得体。如果人间以十年至二十年为一
代，则历史躲不过一代人去。人类历史上的'立德'、'立功'、
'立言'者，在任何一代都会涌现。在这一点上，历史对每一个
人都是公正的。出生在任何时代的任何人，都不要妄自菲薄。任
何人都有机会去成就任何一番事业。人要有志气，要有胆略，要
敢于当家作主，要去做历史的主人。但当你生不逢时之时，当你
错过机遇之时，当你失去竞争条件之时，你要有自知之明，要把
握分寸，要量力而行。如我们 20 世纪 40 年代出生的这一代中国
人，立德者不论，立功很难（和平是世界主流），立言不易（被
'文化大革命'耽误了十几年黄金时间）。我这里说的当然是大
德、大功、大言。所以，我虽然选择立言，却没有奢望成名成
家。我只是踏踏实实立言，兢兢业业立言，力所能及，尽力而
为，努力去增加立言的分量，如此而已。第三句，人生要追求完
美，但要接受残缺。这就是所谓'内阴外阳'。阴阳无违，然后
内外和谐。孟子说'穷则独善其身，达则兼济天下'。苏轼说：
'人有悲欢离合，月有阴晴园缺，此事古难全。'人间虽有了结一
词，世上无有了结之事，不了了之，正是一了百了。人活着要健
康愉快，人死时要心安理得。这与其说是一种修养，不如说是一
个福份。这应是人生最高境界。要达到这一境界，并不容易。老
子说：'大象无形'。庄子说：'至人无梦'。这应该是我认识的
回归和生活的复原"。

　　2003 年 5 月 20 日我退二线。在当天下午召开的徐州教育学
院全院干部大会上，我有一个告别讲话，最后说："其实我的性
情清疏慵散，不适合从政，算是误入仕途二十年，象一只被关进

笼子的小鸟，现在又飞回了自然。1977 年 1 月 29 日，我写过一首题为《咏雪》的七律：'万缕白丝卷北风，高天此去路几程？只向清远求闲放，不以娇痴作藩笼。心怀绸缪非偶傥，诗书淡薄且从容。任凭乾坤全搅乱，一色素雅启鸿蒙'。1977 年 2 月 13 日，我还写过一首题为《赠别》的七绝：'从此天地别一番，依然人生求妙玄。自信灵心长不老，前程总归有新篇'。我将以此自勉。"

吴 敢

2008.5.26 于徐州市锦绣嘉园病学斋

附图1 乾隆42年刊本《张氏族谱》御册封面

附图2 乾隆42年刊本《张氏族谱》书册封面

附图3 乾隆42年刊本《张氏族谱·传述·仲兄竹坡传》

附图4 乾隆42年刊本《张氏族谱·传述·仲兄竹坡传》

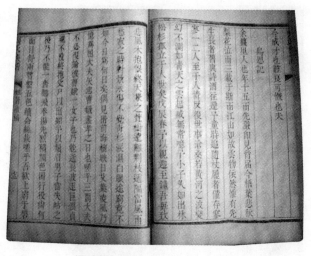

附图 5　乾隆 42 年刊本《张氏族谱·藏稿·十一草》

附图 6　乾隆 42 年刊本《张氏族谱·杂著藏稿·乌思记》

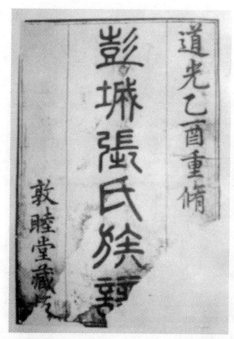

附图 7　道光 5 年刊本《彭城张氏族谱》封面

附图 8　道光 5 年刊本《彭城张氏族谱·家传·竹坡公传》

清毅先生譜稿

傳述

墓誌銘

紀畧

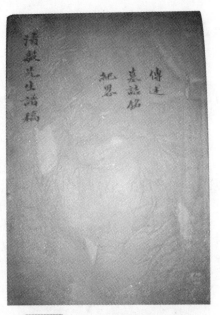

附图 9 道光 29 年稿本《清毅先生谱稿》封面

贈言

夷猶草序　　俞琬綸

壬子冬余浮泗淮而過彭城止雲龍山放鶴亭中適
有明卿張子懷刺過余意味閒澹風骨稜稜望而知
為異士也急叩之果然能詩素習公車業所謂伊人
在水一方蓋不可交臂而失之矣余自守恬拈而癖
耽詩每謂詩之景色精辻處處被唐人道盡惟是情
之所至性之所流可無今亦可無古方明卿卒似一

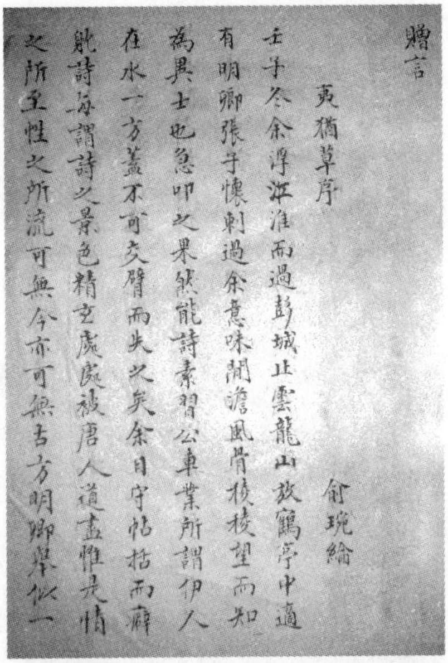

附图 10 道光 29 年稿本《清毅先生谱稿·赠言·〈夷犹草〉序》

明殉難睢陽歸德府督糧通判曙三張公誌

八世孫　介　謹輯

江南省志

張垣任河南歸德府督糧通判時值鼎革有歸德之變
垣負義不撓以身殉節死之日鬚眉猶生正氣懍然

徐州府舊志

張垣由庠功貢攷中崇禎癸酉科武舉居鄉謹厚時崇
禎十三年飢荒流離失所不獨徐人垣心傷之悉將儲

附图 11 光绪 6 年稿本《曙三张公誌》首叶

夷猶草

謹按

四世祖伯量公云先嚴詩帙因兵燹後散失頗多見
存三卷查已剞劂他姓集中不便混入今以笥中手
澤若干首附於家乘亦以誌吉光片羽也茲謹遵依
原本鈔存不敢有所去取以千公為我張氏肇興之
祖當勝國末造恪奉官守致命遂志兩間正氣一代
完人我族瓜瓞綿衍皆盛德之所留遺所有手澤片

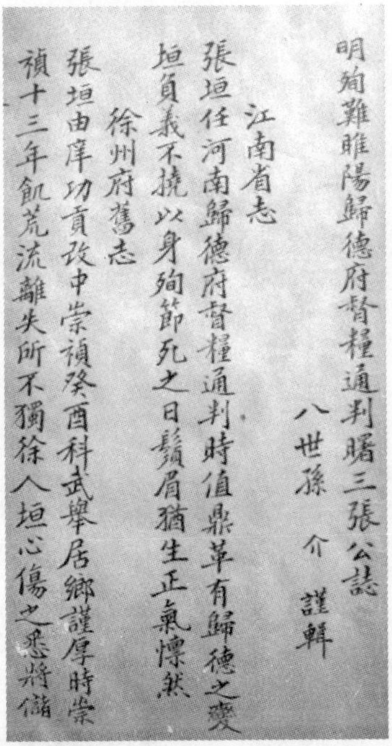

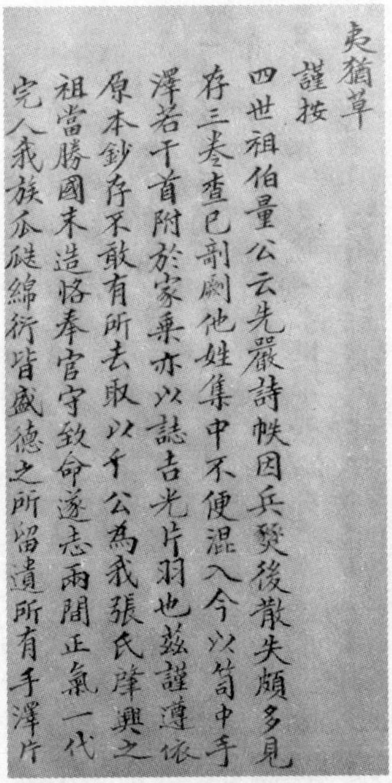

附图 12 光绪 6 年稿本《曙三张公誌·夷犹草》

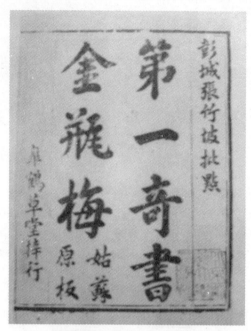

附图 13　《第一奇书》封面

附图 14　《第一奇书》封面

附图 15　《第一奇书》封面

附图 16　《第一奇书》封面

附图 17　《第一奇书》封面

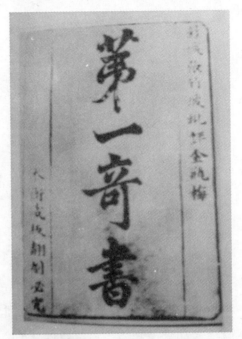

附图 18　《第一奇书》封面

影松轩本《第一奇书》封面

附图 19　《第一奇书》封面

附图 20　《第一奇书》封面

附图 21　《第一奇书》封面

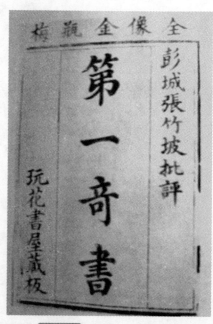

附图 22　《第一奇书》封面